Das Buch

Cornwall, 1788 bis 1790: Demelza ist nicht wiederzuerkennen. Aus der halbverhungerten Tochter eines Minenarbeiters ist die Ehefrau von Ross Poldark und die Mutter einer kleinen Tochter geworden. Doch Demelza ist und bleibt eine Kämpfernatur – ein Talent, das sie zusammen mit ihrem Mut und ihrem Charme schon bald einsetzen muss. Denn ihre Umwelt hat Ross und Demelza die unstandesgemäße Heirat nicht verziehen, und in seinem Kampf für die Rechte der Minenarbeiter legt sich Ross mit dem mächtigen George Warleggan an. Kann ihre Liebe diese Hindernisse überwinden?

Der Autor

Winston Mawdsley Graham, geboren 1908 in Manchester, gestorben 2003 in London, hat über vierzig Romane geschrieben, darunter auch *Marnie*, der 1964 von Alfred Hitchcock verfilmt wurde. Er war Mitglied der Royal Society of Literature sowie des Order of the British Empire und lebte in London und Cornwall.

Die Poldark-Serie von Winston Graham ist in unserem Hause in chronologischer Reihenfolge erschienen:

Poldark – Abschied von gestern
Poldark – Von Anbeginn des Tages
Poldark – Schatten auf dem Weg
Poldark – Schicksal in fremder Hand
Poldark – Im Licht des schwarzen Mondes
Poldark – Das Lied der Schwäne
Poldark – Die drohende Flut

Winston Graham

Poldark
Von Anbeginn des Tages

Roman

Aus dem Englischen
von Hans E. Hausner

Ullstein

Besuchen Sie uns im Internet:
www.ullstein-taschenbuch.de

Neuausgabe im Ullstein Taschenbuch
1. Auflage Juli 2016
© für die deutsche Ausgabe Ullstein Buchverlage GmbH, Berlin 2016
© Winston Graham 1946
Titel der englischen Originalausgabe: *Demelza*
(Pan Books, Pan Macmillan, London 2015;
first published in 1946 by Werner Laurie Ltd.)
Umschlaggestaltung: ZERO Werbeagentur, München
(nach einer Vorlage von Pan Macmillan)
Titelabbildung: Eleanor Tomlinson: Photography Mike Hogan
© Mammoth Screen Limited 2014
Satz: Pinkuin Satz und Datentechnik, Berlin
Gesetzt aus der Albertina
Druck und Bindearbeiten: CPI books GmbH, Leck
Printed in Germany
ISBN 978-3-548-28795-9

Erstes Buch

1

Man hätte den Sturm, der sich bei Julias Geburt erhob, als Prophezeiung ansehen können.

Der Mai war nicht die Zeit für schwere Stürme, doch in Cornwall ist das Klima unberechenbar wie ein ausgelassenes Kind. Es war ein recht linder Frühling gewesen, lind wie auch der Sommer und der Winter, die ihm vorangegangen waren; ein mildes, heiteres, angenehmes Wetter; und schon lag lebendiges Grün über dein Land. Dann kam der Mai, regnerisch und windig, und hier und dort kam die Blüte zu Schaden, und das Heu suchte Beistand und Halt.

In der Nacht zum Fünfzehnten verspürte Demelza die ersten Wehen. Eine Weile umklammerte sie die Bettpfosten und überlegte, ob sie etwas sagen sollte. Sie hatte der Bewährungsprobe, die ihr bevorstand, bis jetzt ruhig und beherrscht entgegengesehen und Ross nie mit blindem Alarm beunruhigt. Sie wollte auch jetzt nicht damit anfangen.

Doch als ein Gefühl sie überkam, als ob jemand auf ihrer Wirbelsäule kniete und sie zu zerbrechen versuchte, erkannte sie, dass es so weit war.

Sie berührte Ross am Arm. Er wachte sogleich auf.

»Ja?«

»Ich glaube, du wirst Prudie holen müssen«, sagte sie.

Er richtete sich auf. »Warum? Was ist los?«

»Ich habe Schmerzen.«

»Wo? Du meinst …?«

»Ich habe Schmerzen«, wiederholte sie steif. »Ich glaube, es wäre gut, wenn du Prudie holen würdest.«

Rasch kletterte er aus dem Bett und zündete eine Kerze an. Flackerndes Licht erhellte den Raum: schwere Teakholzbalken, der Vorhang über der Tür, der sich sanft im Luftzug bewegte, die niedere, mit rosafarbenem Grogram behängte Fensterbank, die Schuhe, wie sie sie, eine Holzsohle nach oben, hingeworfen hatte, Joshuas Fernglas, Ross' Pfeife, Ross' Buch und eine über den Boden krabbelnde Fliege.

Er sah sie an, und sie lächelte blass, wie um sich zu entschuldigen. Er ging zum Tisch neben der Tür und schenkte ihr ein Glas Brandy ein.

»Trink das. Ich werde Jud nach Dr Choake schicken.« Er fing an, sich anzuziehen.

»Nein, nein, Ross! Schick ihn nicht. Es ist ja tiefe Nacht. Er wird schlafen.«

Über die Frage, ob Thomas Choake ihr in ihrer schweren Stunde beistehen sollte, herrschte schon seit einiger Zeit Unstimmigkeit zwischen ihnen. Demelza konnte nicht vergessen, dass sie noch vor zwölf Monaten eine Dienstmagd gewesen war, Choake aber, auch wenn er nur dem ärztlichen Stand angehörte, einen kleinen Besitz sein Eigen nannte. Gegenüber einem Arzt war man immer im Nachteil. Wenn die Schmerzen zu stark waren, würde sie fast sicher so fluchen, wie sie es von ihrem Vater gelernt hatte. Ein Baby zu bekommen und gleichzeitig vornehm zu tun, das war mehr, als Demelza versprechen zu können glaubte.

Und außerdem wollte sie keinen Mann dabeihaben. Das war nicht schicklich. Ihre angeheiratete Base Elizabeth hatte ihn zu sich gerufen, aber Elizabeth war eine geborene

Aristokratin, und Aristokraten sahen diese Dinge anders. Die alte Betsy Triggs, die in Mellin Fische verkaufte und, wo es um Babys ging, eine besonders glückliche Hand hatte, wäre *ihr* weit lieber gewesen.

Ross aber war der Stärkere gewesen und hatte seinen Kopf durchgesetzt.

»Ross!« Sie rief ihn zurück. Im Augenblick fühlte sie keine Schmerzen.

»Ja?« Der Schein der Kerze fiel auf die eine Hälfte seines kräftigen, narbigen, in sich gekehrten Gesichtes; ein kupferner Schimmer lag über dem dunklen, dichten, zerrauften Haar; das Hemd war am Kragen offen. Dieser Mann – ein wahrer Aristokrat, dachte sie – dieser Mann, so zurückhaltend und andere zur Zurückhaltung nötigend, mit dem sie eine süße Vertrautheit verband …

»Würdest du …?«, fragte sie. »Bevor du gehst …?«

Er kam ans Bett zurück. So überraschend hatte ihn ihr Hilferuf aus dem Schlaf gerissen, dass ihm noch keine Zeit geblieben war, etwas anderes zu empfinden als Sorge um sie und die Hoffnung, dass es bald überstanden sein würde. Als er sie küsste, sah er ihre feuchte Stirn, und in seinem Innersten regten sich Angst und Mitgefühl. Er nahm ihr Gesicht in seine beiden Hände, strich das schwarze Haar zurück und starrte in die dunklen Augen seiner jungen Frau. Sie blickten ihn nicht schelmisch und heiter an wie sonst, aber es lag auch keine Furcht in ihren Augen.

»Ich bin gleich wieder da. Ich komme sofort zurück.«

Ihre Geste drückte Ablehnung aus. »Komm nicht zurück, Ross. Geh und sag es Prudie. Es wäre mir lieber … wenn du mich nicht in diesem Zustand sehen würdest.«

»Und was ist mit Verity? Du wolltest doch Verity um dich haben.«

»Sag es ihr morgen früh. Es wäre nicht recht, sie jetzt zu holen. Die Nachtluft ist kalt.«

Er küsste sie wieder.

»Sag mir, dass du mich liebst, Ross«, bat sie ihn.

Überrascht sah er sie an. »Du weißt doch, dass ich dich liebe.«

»Und sage, dass du Elizabeth nicht liebst.«

»Nein, ich liebe Elizabeth nicht.« Was sonst sollte er sagen, der er selbst die Antwort nicht wusste? Er war nicht der Mann, dem es leichtfiel, seine innersten Gefühle zu offenbaren.

»Nur du allein zählst«, sagte er. »Vergiss das nicht. Meine Familie und meine Freunde – und Elizabeth und dieses Haus und alles, was mein ist ... für dich gäbe ich alles hin, das weißt du – das musst du wissen. Wenn du es nicht weißt, dann habe ich in all diesen Monaten versagt, und daran könnten meine Worte nichts ändern. Ich liebe dich, Demelza.«

Er küsste sie wieder, wandte sich um und zündete noch weitere Kerzen an. Dann nahm er eine und verließ das Zimmer; das heiße Wachs lief ihm über die Hand. Seit gestern hatte sich der Wind gelegt; nur ein Lüftchen war geblieben.

Er überquerte den Treppenabsatz, stieß eine Tür auf und ging den Gang hinunter, bis er den Raum erreichte, in dem Jud und Prudie schliefen. Die schlechtgeölte Tür öffnete sich mit einem lang gezogenen Knarren.

Er trat über die Schwelle, zog die Vorhänge auseinander und rüttelte Jud an der Schulter. Juds zwei große Zähne schimmerten wie Grabsteine. Heftig schüttelte er ihn ein zweites Mal. Jud verlor seine Schlafmütze, und ein Tropfen Wachs fiel auf die kahle Stelle seines Schädels. Er fing an zu fluchen; dann sah er, wer es war, setzte sich auf und rieb sich den Kopf.

»Was ist los?«

»Demelza ist krank.« Wie anders als Demelza sollte er sie einem Mann gegenüber nennen, der schon hier lebte, als sie, ein armes verlassenes, zerlumptes Ding, im Alter von dreizehn Jahren ins Haus gekommen war? »Ich möchte, dass du sofort Dr Choake holst. Und wecke Prudie. Auch sie werden wir brauchen.«

»Was ist denn los mit ihr?«

»Ihre Wehen haben begonnen.«

»Ach so. Ich dachte, sie sagten, sie wäre krank.« Mit gerunzelter Stirn betrachtete Jud das Stück Talg, das er auf seinem Kopf gefunden hatte. »Prudie und ich schaffen das auch allein. Prudie kennt sich gut aus. Ist ja auch nicht schwer zu lernen. Ich kann gar nicht verstehen, dass die Leute so ein großes Getue darum machen ...«

Ross lief die Treppe hinunter. Er warf einen Blick auf die neue Uhr, die sie für das Wohnzimmer gekauft hatten. Es war zehn Minuten vor drei. Bald würde es dämmern. Bei Kerzenlicht sah alles viel schlimmer aus.

Im Stall sattelte er Darkie. Er versuchte sich damit zu beruhigen, dass das jede Frau durchmachte; es war etwas Alltägliches in ihrem Leben – gleich den Jahreszeiten folgte eine Schwangerschaft auf die andere. Jetzt musste er zusehen, dass Jud sich auf den Weg machte; wenn der Narr sich nicht ins Zeug legte, konnte es Stunden dauern. Er wäre selbst geritten, wenn er Demelza ruhigen Gewissens mit den Paynters hätte allein lassen können.

Unter dem Fliederbaum vor dem Haus knöpfte Jud seine Hose zu. »Hoffentlich komme ich nicht vom Weg ab«, sagte er. »Es ist ja stockdunkel. Eigentlich sollte ich eine Stange mit einer Laterne haben.«

»Steig auf, oder du kriegst die Stange über den Schädel.«

Als Jud Fernmore Thomas Choakes Besitz erreicht hatte und durch das Tor ritt, stellte er geringschätzig fest, dass der Bau kaum mehr als ein Bauernhaus war, obwohl der Arzt sich aufspielte, als ob er auf Schloss Blenheim residierte. Er stieg ab und klopfte an die Tür. Hohe Föhren standen um das Haus, und die Dohlen und Saatkrähen waren schon munter und zogen mit lärmendem Kreischen ihre Kreise.

»Was gibt's, Mann? Was ist los? Was soll der Lärm?«

Stimme und Augenbrauen sagten Jud, dass er den richtigen Vogel aufgescheucht hatte.

»Captain Poldark hat mich geschickt, Sie zu holen«, brummelte er. »Die – Dings – der Mrs Poldark geht's nicht gar so gut, und Sie werden gebraucht.«

»Was für eine Mrs Poldark, Mann? Welche Mrs Poldark?«

»Mrs Demelza Poldark. Oben auf Nampara. Ihre Zeit ist da.«

»Unsinn, Mann. Ich habe sie vorige Woche untersucht und Captain Poldark gesagt, dass es erst im Juni so weit sein wird.«

Der Arzt knallte das Fenster zu.

Drei Minuten später steckte Dr Choake wieder den Kopf heraus.

»Was ist los, Mann? Willst du mir die Tür einschlagen?«

»Man hat mir aufgetragen, Sie mitzubringen.«

»Du unverschämter Kerl! Dafür werde ich dich prügeln lassen!«

»Wo ist Ihr Pferd? Ich hole es aus dem Stall, während Sie sich fertig machen.«

Einundzwanzig Minuten später, in eisigem Schweigen, ritten sie los. Laut krächzend zogen die Saatkrähen immer noch ihre Kreise, und rund um die Sawle-Kirche erhoben sie ein großes Geschrei. Der Tag brach an.

Seine Überlegungen während des schweigsam zurück-gelegten Rittes besänftigten wohl Dr Choakes verletzte Gefühle, denn als sie auf Nampara eintrafen, beschwerte er sich nicht, begrüßte Ross steif und stieg schwerfällig die Treppe hinauf.

Er stellte bald fest, dass es kein blinder Alarm gewesen war. Er blieb eine halbe Stunde bei Demelza sitzen, forder-te sie auf, tapfer zu sein, und wiederholte immer wieder, dass es keinen Grund gäbe, sich zu fürchten. Weil sie ihm verkrampft schien und stark schwitzte, vermutete er ein leichtes Fieber und ließ sie zur Ader, um sicherzugehen. Alle Stunden ein Tässchen Borkentee würde ein Wiederauf-flackern des Fiebers verhindern. Dann ritt er wieder nach Hause, um zu frühstücken.

Ross hatte sich unter der Pumpe abgespült und versucht, sich die Grillen der Nacht von der Seele zu waschen. Als er in die Küche kam und durch das Fenster eine untersetzte Gestalt das Tal hinaufreiten sah, wandte er sich an Jinny Carter, die jeden Tag zur Arbeit ins Haus kam.

»War das Dr Choake?«

Jinny beugte sich über ihr Kind, das sie auf dem Rücken mitgebracht und dann in der Küche in einen Korb gelegt hatte. »Ja, Sir. Er hat gesagt, das Baby käme frühestens nach dem Mittagessen, und er würde zwischen neun und zehn wieder da sein.«

Ross wandte sich ab, um seinen Missmut zu verbergen. Jinny sah ihn mit hingebungsvollen Augen an.

»Wer hat dir mit deinen Babys geholfen, Jinny?«, fragte er.

»Mutter, Sir.«

»Würdest du sie wohl holen gehen, Jinny? Ich glaube, ich habe mehr Vertrauen in deine Mutter als in diesen alten Esel.«

Sie errötete vor Freude. »Ja, Sir. Ich gehe gleich. Sie wird gern kommen.«

Ross trat in die Halle und blieb an der Treppe stehen. Die Stille irritierte ihn. Er ging ins Wohnzimmer, goss sich ein Glas Brandy ein und kehrte in die Küche zurück. Die kleine Kate hatte sich nicht gerührt; sie lag auf dem Rücken, strampelte und krähte und lachte ihn an. Das kleine Wurm war neun Monate alt und hatte seinen Vater nie gesehen – wegen Wilddieberei saß er im Gefängnis von Bodmin eine Strafe von zwei Jahren ab.

Niemand hatte an diesem Morgen Feuer gemacht, und von Frühstück war weit und breit nichts zu sehen. Ross schürte in der Asche, aber sie war kalt; er holte Anmachholz und zündete es an, während er sich ärgerlich fragte, wo Jud wohl stecken mochte. Er wusste, dass man heißes Wasser brauchen würde und Handtücher und Schüsseln – nichts war vorbereitet.

Als das Feuer aufflammte, kam Jud herein, und mit ihm der Wind, und brauste durch die Küche.

»Ein Sturm bricht los«, sagte er und sah Ross aus blutunterlaufenen Augen an. »Haben Sie die lange schwarze Dünung gesehen?«

Ross nickte ungeduldig. Schon gestern Nachmittag waren schwere Seen gegangen.

»Ja, es geht von allen Seiten los. So etwas habe ich noch selten gesehen. Es ist, als ob jemand das Wasser peitschen würde. Die Dünung ist fast verschwunden und das Meer so schäumend weiß wie Joe Triggs Bart.«

»Pass auf Kate auf, Jud«, sagte Ross. »Mach inzwischen das Frühstück. Ich gehe nach oben.«

In seinem Unterbewusstsein war Ross sich des Brausens des Windes bewusst, der in der Ferne das Meer aufwühlte.

Als er einmal aus dem Schlafzimmerfenster sah, bestätigten ihm seine Augen, dass die Dünung tatsächlich auseinandergebrochen war.

Solange er im Zimmer weilte, bemühte sich Demelza ruhig zu bleiben, aber er merkte, dass sie ihn nicht bei sich haben wollte.

Bekümmert ging er wieder hinunter und kam gerade zurecht, um Mrs Zacky Martin, Jinnys Mutter, zu begrüßen. Plattnasig, bebrillt, niesend, ihrer Sache sicher erschien sie in der Küche, gefolgt von fünf kleinen Kindern, die sich an ihre Fersen hefteten. Während sie mit ihnen sprach und sie schalt, erklärte sie Ross, dass sie niemanden hatte, der auf die Kleinen aufgepasst hätte – es waren die zwei Ältesten von Jinny und ihre eigenen drei Jüngsten. Sie begrüßte Jud und fragte nach Prudie, genoss den Duft von brutzelndem Schweinespeck, erkundigte sich nach dem Befinden der Patientin – und verschwand die Treppe hinauf, bevor noch jemand den Mund auftun konnte.

Es schien, als säße auf jedem Küchenstuhl ein Kind. Wie Kegel auf einem Rummelplatz saßen sie da, so als warteten sie darauf, umgeworfen zu werden. Jud kratzte sich am Kopf, spuckte ins Feuer und fluchte.

Es war Viertel nach sechs.

An diesem Morgen sangen keine Vögel. Eben noch war ein Sonnenstrahl über die Wiese gefallen, um gleich wieder zu verlöschen. Ross blickte auf die Ulmen hinaus, die wie bei einem Erdbeben von einer Seite zur anderen schwankten. Die etwas geschützteren Apfelbäume neigten sich und drehten ihre Blätter nach oben. Schwere Wolken jagten am Himmel.

Er nahm ein Buch zur Hand. Sein Auge überflog die Seite, vermochte aber nicht den Sinn zu erfassen. Der Wind begann, durch das Tal zu brausen. Mrs Zacky sah kurz herein.

»Sie ist tapfer, Captain Ross. Prudie und ich, wir schaffen das schon, machen Sie sich bloß keine Sorgen.«

Unvermittelt erbebte das Haus unter einem wütenden Windstoß. Ross starrte auf das wilde Geschehen hinaus. Dem Sturm gleich stieg Wut auf Choake in ihm auf. Vergeblich versuchte er seinem Zorn Luft zu machen. Sein gesunder Menschenverstand sagte ihm, dass alles gutgehen würde, aber der Gedanke, dass seiner Frau die beste Pflege versagt bleiben könnte, war ihm unerträglich. Demelza war es, die da oben litt und als einzigen Beistand zwei ungeschickte alte Weiber bei sich hatte.

Den Wind, der immer noch an Gewalt zunahm, kaum beachtend, ging er in den Stall hinaus.

Vor der Stalltür warf er einen Blick nach Hendrawna hinüber und sah, dass Schaumwolken aus der See aufzusteigen begonnen hatten; wie Sand vor einem Sandsturm trieben sie davon. Hier und dort rauchten die Klippen.

Eben hatte er die Stalltür geöffnet, als der Wind sie ihm aus der Hand riss und ihn gegen die Wand stieß. Er hob den Blick und sah, dass es unmöglich sein würde, in diesem Sturm zu reiten.

Er machte sich zu Fuß auf den Weg. Es waren ja nur zwei Meilen.

Unten auf Fernmore setzte Dr Choake sich zum Frühstück.

Er hatte die gegrillten Nieren und den gebratenen Schinken verzehrt und überlegte, ob er ein Stück von dem geräucherten Dorsch nehmen sollte, bevor er ihn in die Küche zurückschickte.

Fast hätte das Brausen des Windes das laute Klopfen an der Eingangstür übertönt.

»Wenn jemand nach mir fragt, Nancy«, sagte er verdrießlich und zog die Augenbrauen zusammen, »ich bin nicht zu Hause.«

»Ja, Sir.«

Er entschloss sich, doch ein Stück Dorsch zu essen.

»Entschuldigen Sie, Sir. Captain Poldark …«

»Sagen Sie ihm …« Dr Choake blickte auf und sah im Spiegel eine große, völlig durchnässte Gestalt.

Ross trat ins Zimmer. Er hatte seinen Hut verloren und einen Ärmel zerrissen; Wasser hinterließ eine Spur auf Dr Choakes bestem türkischen Teppich.

Doch der Ausdruck in Ross' Augen ließ nicht zu, dass Choake darauf achtete. Seit zweihundert Jahren waren die Poldarks kornische Edelleute; Choakes Abstammung aber war, trotz seiner feinen Allüren, eher zweifelhafter Natur.

Er erhob sich.

»Ich störe Sie wohl beim Frühstück«, sagte Ross.

»Wir … hm … Ist etwas geschehen?«

»Sie werden sich entsinnen«, entgegnete Ross, »dass ich Sie verpflichtet habe, meiner Frau bei ihrer Entbindung Hilfe zu leisten. Wo ist Ihr Umhang?«

»Mann, ich kann doch nicht in diesem Sturm ausreiten! Sehen Sie doch selbst! Es wäre unmöglich, auf einem Pferd zu sitzen.«

»Daran hätten Sie denken sollen, bevor Sie Nampara verlassen haben.«

Verdrießlich warf der Arzt seinen purpurrot getüpfelten Morgenrock ab und zog seinen Schoßrock an. Dann stapfte er aus dem Zimmer, um seine Tasche und seinen Reitmantel zu holen.

Der Wind blies ein wenig quer. Choake verlor Perücke und Hut, aber Ross bekam die Perücke zu fassen und schob sie unter seinen Mantel. Als sie die Anhöhe in der Nähe von Wheal Maiden erklommen, waren beide außer Atem und völlig durchnässt. Als sie das Wäldchen erreichten, erblickten sie eine schmächtige Gestalt in einem grauen Mantel vor sich.

»Verity«, tadelte Ross seine Base, die an einem Baum lehnte, »du hast heute nichts draußen zu suchen.«

Sie schenkte ihm ein breites gewinnendes Lächeln. »Du solltest wissen, dass du die Neuigkeit nicht geheim halten kannst. Auf ihrem Weg zur Grube hat Mrs Zackys Betty Jud und Dr Choake gesehen und es sogleich Bartles Frau berichtet.« Sie lehnte ihr nasses Gesicht an den Baum. »Der Sturm hat unseren Kuhstall davongetragen, und jetzt haben wir die zwei Kühe im Brauhaus. Das Kopfgestell von Digorys Grube ist eingestürzt, aber soviel ich weiß, ist niemand verletzt. Wie geht es ihr, Ross?«

»So weit ganz gut, denke ich.«

Sie holten Choake ein, als er über die gefallene Ulme kletterte. Auch zwei der Apfelbäume waren entwurzelt, und Ross fragte sich, was Demelza wohl sagen würde, wenn sie die Reste ihrer Frühlingsblumen sehen würde.

Als sie ins Haus traten, sahen sie Jinny mit einem Becken dampfenden Wassers die Treppe hinauflaufen. In ihrer Eile verschüttete sie ein wenig Wasser in der Diele. Sie hatte sie gar nicht kommen gesehen.

Dr Choake war so erschöpft, dass er ins Wohnzimmer ging und sich, nach Atem ringend, auf den ersten Stuhl fallen ließ. Er warf Ross einen finsteren Blick zu und sagte:

»Wenn ich meine Perücke haben dürfte.«

Ross füllte Brandy in drei Gläser. Das erste brachte er Verity, die ebenfalls auf einen Stuhl gesunken war. Ihr lockeres dunkles Haar hob sich von den feuchten Strähnen ab, wo die Kapuze sie nicht geschützt hatte. Sie lächelte Ross zu und sagte:

»Sobald Dr Choake bereit ist, gehe ich mit ihm nach oben. Wenn alles gutgeht, richte ich dir dann etwas zu essen.«

Choake stürzte seinen Brandy hinunter und streckte die Hand nach einem zweiten Glas aus. Ross wusste, dass Alkohol ihn zu einem besseren Arzt machte, und schenkte ihm nach.

»Wir werden zusammen frühstücken«, sagte Choake, den die Aussicht auf eine Mahlzeit milder gestimmt hatte. »Wir gehen jetzt hinauf und werden alle Gemüter beruhigen. Dann werden wir frühstücken. Was gibt es denn zum Frühstück?«

Verity erhob sich, und ihr Gesicht hatte plötzlich einen überraschten und verklärten Ausdruck, so als ob sie eine Vision gesehen hätte.

»Was hast du?«

»Ich glaube, ich hörte …«

Alle lauschten.

»Ach«, sagte Ross schroff. »In der Küche sind Kinder. In der Vorratskammer sind Kinder, und ich würde mich nicht wundern, wenn du auch im Kleiderschrank …«

»Pst!«, machte Verity.

Sie lauschten.

»Wir müssen uns um unsere Patientin kümmern«, sagte Choake, der plötzlich ein Unbehagen zu verspüren schien, und lächelte verschmitzt. »Wenn wir herunterkommen, können wir frühstücken.«

Er öffnete die Tür. Die anderen folgten ihm, hielten jedoch an.

Oben stand Prudie. Sie trug immer noch ihr Nacht-
hemd, mit einer Jacke darüber, und ihre gedrungene Gestalt bauchte sich aus wie ein prall gefüllter Sack. Ihr langes,
knolliges, rosiges Gesicht leuchtete, als sie sich zu ihnen
hinabbeugte.

»Wir haben es geschafft!«, rief sie mit ihrer Orgelstimme.
»Es ist ein Mädchen! Wir haben ein Mädchen für Sie. Das
hübscheste kleine Ding, das ich je gesehen habe! Sie hat ein
paar kleine Beulen im Gesicht abbekommen, aber sie ist
frisch und munter wie ein junges Fohlen. Hört nur, wie sie
schreit!«

2

Hätte Julia den Unterschied erkennen können – die Welt,
in die sie geboren worden war, wäre ihr wohl recht seltsam
erschienen.

Ein Gifthauch lag über dem Land. Der Sturm führte so viel
Salz mit sich, dass es keine Rettung gab. Die jungen grünen
Blätter der Bäume wurden schwarz und welkten, und wo der
Wind durch das Laub fuhr, raschelten sie wie trockene Kek-
se. Selbst die Kuhblumen und die Nesseln wurden schwarz.
Das Heu und die Kartoffeln erlitten schwere Schäden, und
die Erbsen und Bohnen schrumpften und starben ab.

Auf Nampara aber, in der kleinen Welt aus vier Wänden
und hellen Vorhängen und flüsternden Stimmen, triumph-
phierte das Leben.

Nachdem sie sich ihr Baby gut angesehen hatte, entschied Demelza, dass dem Kind nichts fehlte, und dass es

wunderschön anzusehen sein würde, sobald sein armes zerschundenes Gesichtchen geheilt war.

Niemand schien sagen zu können, wie lange das dauern mochte – privat war Ross der Meinung, dass sein Töchterchen bleibende Spuren zurückbehalten würde –, aber Demelza, die einer zuversichtlicheren Denkweise huldigte, besah sich die Beulen ihres Kindes und draußen die verwüstete Landschaft und entschied, dass die Natur in beiden Fällen, wann immer sie die Zeit für gekommen erachten mochte, Wunder wirken würde. Sie beschlossen, die Taufe auf Ende Juli zu verschieben.

Demelza hatte ihre eigenen Ideen, was die Taufe betraf. Zu Geoffrey Charles' Taufe hatte Elizabeth eine Feier veranstaltet. Demelza hatte nicht daran teilgenommen, denn das war vor vier Jahren gewesen, als sie in den Augen der Poldarks noch weniger als nichts zählte. Aber sie hatte Prudies schwärmende Berichte nie vergessen: von den feinen Leuten, die eingeladen gewesen, von den großen Blumensträußen, die aus Truro gekommen waren, von der festlichen Tafel, vom Wein und von den Reden, die gehalten wurden. Jetzt, da sie, wie bescheiden auch immer, in diese Gesellschaft eingeführt worden war, sah sie nicht ein, warum sie nicht für ihr und Ross' Kind eine ebensolche, wenn nicht eine schönere Party geben sollte.

Sie beschloss, zwei Feiern zu begehen, wenn sie Ross dazu überreden konnte.

Vier Wochen nach Julias Geburt, während das Kind im Schatten eines Fliederbaumes schlief, schnitt sie das Thema an. Sie saßen zusammen auf dem Rasen vor dem Eingangstor von Nampara und tranken Tee.

Ross musterte sie mit neckenden, spöttischen Blicken.

»Zwei Partys? Wir haben doch keine Zwillinge.«

Einen Augenblick lang begegneten Demelzas dunkle Augen den seinen, dann starrte sie in ihre Tasse.

»Nein, aber du hast deine Familie und ich die meine, Ross. Die feinen Leute und das gemeine Volk. Es hat keinen Sinn, sie zu mischen – wie man auch Sahne und Zwiebel nicht mischen kann. Jeder für sich sind sie nette Leute.«

»Ich habe eine Schwäche für Zwiebeln«, entgegnete Ross, »und Sahne liegt einem schwer im Magen. Lass uns doch die Leute vom Land einladen: die Zacky Martins, die Nanfans und die Daniels. Sie sind mehr wert als die überfütterten Gutsherren und ihre vornehmen Damen.«

Demelza warf dem Hund, der neben ihr lag, ein Stück Brot hin.

»Die Balgerei mit Mr Treneglos' Stier hat unseren Garrick nicht gerade verschönt«, bemerkte sie. »Sicher sind ihm noch ein paar Zähne geblieben, aber er schlingt sein Fressen hinunter wie eine Möwe und überlässt das Kauen seinem Magen.«

»Wir könnten eine nette Auswahl unter den Landleuten treffen«, meinte Ross. »Auch Verity würde kommen. Sie mag sie ebenso gern wie wir – oder würde sie mögen, wenn man sie ließe. Du könntest sogar deinen Vater einladen, wenn es dir Freude macht. Sicher hat er mir inzwischen verziehen, dass ich ihn in den Fluss geworfen habe.«

»Ich dachte daran, Vater und meine Brüder am zweiten Tag einzuladen«, sagte Demelza. »Der dreiundzwanzigste Juli wäre ein guter Tag. Das ist das Sawle-Fest, und die Bergleute würden freihaben.«

Ross lächelte in sich hinein. Es war schön, hier in der Sonne zu sitzen, und es störte ihn nicht, dass sie ihm etwas abschwatzen wollte. Es reizte ihn sogar, zu erfahren, was sie als Nächstes tun würde, um ihn herumzukriegen.

»Ob deine feinen Freunde wohl zu fein sind, als dass man ihnen ein Essen mit der Tochter eines Bergarbeiters zumuten könnte? John Treneglos würde eine Einladung wohl nicht ablehnen, nehme ich an. Und George Warleggan – du hast mir erzählt, dass sein Großvater Schmied war; er braucht also gar nicht so stolz zu sein, auch wenn er reich ist. Und Francis … Ich mag Vetter Francis. Und Tante Agatha mit ihren weißen Schnurhaaren und ihrer besten Perücke. Und Elizabeth und der kleine Geoffrey Charles. Eine Sippschaft, die sich sehen lassen kann. Und dann«, fügte sie hinzu, »könntest du ja vielleicht auch ein paar von deinen Freunden einladen, die du bei George Warleggan triffst.«

Die Schwierigkeit, wie man mit einer Frau disputiert, besteht darin, dachte Ross, dass man sich von ihrer Schönheit beeinflussen lässt. Dass Demelza vorübergehend hausmütterliche Allüren zeigte, minderte ihren Liebreiz in keiner Weise. Er erinnerte sich, wie Elizabeth, seine erste Liebe, nach Geoffrey Charles' Geburt ausgesehen hatte – wie eine duftende Kamelie, anmutig und zart und makellos.

»Du kannst deine zwei Tauffeiern haben, wenn du willst«, sagte er.

Es war absurd, aber einen Augenblick lang schien Demelza verwirrt. Er wusste, wie rasch ihre Stimmung umschlagen konnte, und beobachtete sie amüsiert. Und dann sagte sie leise:

»Ach, Ross. Du bist so gut zu mir.«

Er lachte. »Kein Grund, in Tränen der Rührung auszubrechen.«

Sie sah ihn forschend an. »Die netten Dinge, die du mir gesagt hast, bevor Julia geboren wurde, hast du die ernst gemeint? Die Wahrheit, Ross!«

»Ich habe vergessen, was ich sagte.«

Sie löste sich von ihm und lief in ihrem hübschen Kleid hüpfend über den Rasen. Dann kam sie wieder zurück. »Komm, Ross, gehen wir baden.«

»So ein Unsinn. Wo du erst seit einer Woche wieder auf bist. Aber wir können zum Strand hinuntergehen.«

Sie sprang auf. »Ich will nur Jinny bitten, ein Auge auf Julia zu haben.«

Als sie zurückkam, gingen sie zur Gartengrenze hinunter, wo der Boden schon halb sandig war. Sich ihren Weg durch Disteln und Malvengewächse bahnend, durchschritten sie einen Flecken Ödland, und er hob sie über die zerbröckelnde Steinmauer. Sie wateten durch weichen Sand und erreichten den Strand von Hendrawna.

Es war ein linder Sommertag, und am Horizont waren weiße Wolkenregimenter angetreten. Die See war ruhig, und die kleinen Wellen, die an den Strand rollten, ließen zierliche weiße Arabesken auf dem grünen Wasser zurück.

»Es wäre nett, wenn Verity zu beiden Partys käme«, sagte sie.

»Sie braucht die Abwechslung und neue Interessen.«

»Ich hoffe, du hast nicht die Absicht, das Kind an zwei Tagen über das Becken halten zu lassen.«

»Nein, nein, nur am ersten Tag. Die hochgeborenen Herrschaften werden das sehen wollen. Den einfachen Leuten wird es nichts ausmachen, wenn sie nur reichlich zu essen bekommen. Und sie können zusammenputzen, was vom ersten Tag übrig geblieben ist.«

»Warum machen wir nicht auch eine Kindergesellschaft?«, fragte Ross. »Die können am dritten Tag aufputzen, was vom zweiten übrig geblieben ist.«

Sie sah ihn an und lachte. »Du machst dich über mich lustig, Ross. Du machst dich immer über mich lustig.«

»Das ist nur eine andere Art, dir Verehrung zu zollen.«

»Aber im Ernst, meinst du nicht, dass das eine nette Sache wäre, so eine Kindergesellschaft?«

»Ganz im Ernst«, erwiderte er, »ich bin bereit, auf deine wunderlichen Einfälle einzugehen. Genügt das nicht?«

»Dann wollte ich, du würdest mir auch noch in einer anderen Sache gefällig sein. Ich mache mir große Sorgen wegen Verity.«

»Was ist mit ihr?«

»Ross, sie sollte keine alte Jungfer werden. Sie hat so viel Wärme und Herzensgüte. Das weißt du doch auch. Das ist doch kein Leben für sie: Trenwith pflegen, Haus und Hof beaufsichtigen, sich um Elizabeth und Francis und Elizabeths Baby und die alte Tante Agatha kümmern, das Personal überwachen, Einkäufe machen … Wenn es ihr eigenes Leben wäre. Wenn sie verheiratet wäre und ihr eigenes Haus hätte, dann sähe die Sache anders aus. Als sie letzten September bei uns auf Nampara war, sah sie schon nach wenigen Tagen gleich viel besser aus, aber jetzt ist sie gelb wie Sattelleder und so mager. Wie alt ist sie, Ross?«

»Neunundzwanzig.«

»Nun, es ist höchste Zeit, dass etwas geschieht.«

Ross schwieg und warf mit einem Stein nach zwei zankenden Möwen. Nicht weit von hier, oben auf dem Felsen, standen die Häuser der Leisure-Grube. Nachdem er jahrelang darauf hingearbeitet hatte, war sie nun in Betrieb, gab sechsundfünfzig Männern Arbeit und warf einen hübschen Gewinn ab.

»Du bist weit genug gegangen«, sagte er. »Machen wir uns auf den Heimweg.«

Die Flut kam und fraß sich langsam in den Sand. Hier und dort wagte sich eine Welle weiter vor, zog sich wieder zurück und ließ einen schmalen Streifen seifigen Schaums zurück.

»Es ist noch keine neun Monate her«, sagte er belustigt, »da wolltest du von Verity nichts wissen. Um keinen Preis. Du hieltest sie für ein menschenfressendes Ungeheuer. Als ich dich mit ihr bekannt machen wollte, wurdest du steif wie ein Grubenstempel. Aber seitdem du sie kennst, hörst du nicht auf, mich zu quälen, ich soll ihr einen Mann suchen.«

»Du hast Captain Blamey vergessen.«

Er machte eine ärgerliche Geste.

»Ich habe ihn nicht vergessen und habe von der Sache schon langsam die Nase voll. Lass die Finger davon, Liebes.«

»Ich werde nie weise sein, Ross«, entgegnete sie nach einer kleinen Weile. »Ich glaube auch nicht, dass ich weise sein möchte.«

»Ich will dich auch gar nicht weise haben«, sagte er und hob sie über die Mauer.

Verity kam am nächsten Tag. In dem Regensturm vor einem Monat hatte sie sich arg erkältet, aber nun war sie wieder wohlauf. Mit zärtlichem Girren begrüßte sie das Baby, erklärte, die Kleine sähe beiden oder auch keinem von beiden ähnlich, hörte sich Demelzas Pläne für die Taufe an, billigte sie ohne zu zögern, versuchte tapfer, die eine oder andere Frage zu beantworten, die Dr Choake zu stellen Demelza nicht gewagt hatte, und brachte ein Taufgewand aus feinster Spitze mit, das sie für das Kind gemacht hatte.

Demelza küsste sie und dankte ihr. Dann sah sie sie mit so dunklen, ernsten Augen an, dass Verity, was sie selten genug tat, in Lachen ausbrach und wissen wollte, was Demelza im Sinn hatte.

»Ach, nichts. Wollen wir Tee trinken?«

»Wenn es an der Zeit ist.«

Verity lächelte. »Und jetzt sag mir, was du auf dem Herzen hast.«

»Dich, Verity.«

»Mich? Ach, du liebe Zeit. Sag mir sofort, womit ich dich gekränkt habe.«

»Du hast mich nicht gekränkt. Aber wenn … Ach, *ich* werde es sein, die dich kränken wird …«

»Solange ich nicht weiß, um was es sich handelt, kann ich mich dazu nicht äußern.«

»Verity«, begann Demelza, »nachdem ich ihm stundenlang in den Ohren lag, hat Ross mir erzählt, dass du einem Menschen einmal sehr zugetan warst.«

Verity bewegte sich nicht, doch das Lächeln um ihre Lippen verlor an Sanftheit.

»Es tut mir leid, dass dich das beunruhigt«, sagte sie.

Demelza war schon zu weit gegangen, um zurückzukönnen. »Ich frage mich, ob es recht war, dass man euch gewissermaßen auseinandergehalten hat.«

Eine leichte Röte überzog Veritys fahle Wangen.

Eine richtige alte Jungfer ist sie geworden und eingeschrumpft, dachte Demelza.

»Ich glaube nicht, dass wir das Verhalten anderer nach unseren eigenen Ansichten beurteilen können, meine Liebe. Es ist nun einmal so in der Welt. Mein … Vater und Bruder folgen festen und wohl überlegten Prinzipien, und nach diesen haben sie gehandelt. Ob es recht war oder unrecht, das zu entscheiden, steht uns nicht zu. Aber was geschehen ist, kann nicht mehr ungeschehen gemacht werden, und außerdem ist alles längst schon begraben und fast schon vergessen.«

»Hast du nie wieder von ihm gehört?«

Verity erhob sich.

»Nein.«

Demelza ging auf sie zu und blieb neben ihr stehen.

»Gemein ist das. Gemein«, sagte sie.

An diesem Abend traf Demelza Jud allein in der Küche an. Niemand hätte aus dem Verhalten dieser beiden ableiten können, ob sie sich gut miteinander verstanden oder in einem Zustand bewaffneter Neutralität verharrten.

»Jud«, sagte Demelza, nahm das Nudelbrett von der Wand und legte sich Mehl und Hefe zurecht. »Jud, erinnerst du dich an einen Captain Blamey, der Miss Verity zu besuchen pflegte?«

»Na, was denken Sie?«

»Ich muss damals schon im Haus gewesen sein«, fuhr sie fort, »aber ich erinnere mich nicht – überhaupt nicht.«

»Sie waren eine kleine Göre von dreizehn Jahren«, sagte Jud in düsterem Ton, »und steckten in der Küche, wo Sie auch hingehörten. Drum.«

»Du wirst dich wohl nicht mehr an alles erinnern«, meinte Demelza.

»Wie denn nicht, wo ich doch die ganze Zeit dabei war?«

Sie begann den Teig zu kneten.

»Was geschah, Jud?«

Die Luft durch seine zwei Zähne blasend, nahm er ein Stück Holz und fing an, mit seinem Messer daran zu schnippeln. Sein glänzender Kopf mit den Haarfransen gab ihm das Aussehen eines abgefallenen Mönchs.

»Er hat seine erste Frau getötet. Es war ein Unfall, nicht wahr?«, fühlte sie vor.

»Sie wissen ja sowieso schon alles.«

»Nein, nicht alles. Ich weiß etwas, aber nicht alles, Jud. Was geschah hier?«

»Nun ja, dieser Bursche, dieser Captain Blamey, war schon eine ganze Zeit hinter Miss Verity her. Captain Ross ließ es zu, dass sie sich hier trafen, weil sie doch sonst nirgendwo zusammenkommen konnten, und eines Tages kamen Mr Francis und sein Vater – den sie vorigen September eingegraben haben – herüber und fanden die beiden im Wohnzimmer. Mr Francis forderte ihn auf, vors Haus zu kommen, na, und dann griffen sie sich die Duellpistolen, die neben dem Fenster hingen, und stapften hinaus. Mich nahmen sie mit, denn es sollte alles seine Ordnung haben, wie man das ja auch erwarten konnte. Und noch bevor der Tag fünf Minuten älter war, schoss Mr Francis auf Captain Blamey und Blamey auf Francis. Eine saubere Arbeit, das muss man ihnen lassen.«

»Haben sie sich verletzt?«

»Verletzt kann man eigentlich nicht sagen. Blamey bekam einen Ritzer in der Hand ab, und seine Kugel blieb in Francis stecken. Es ging alles ganz korrekt zu, und Captain Blamey stieg auf sein Pferd und ritt davon.«

»Hast du seitdem etwas von ihm gehört, Jud?«

»Keinen Ton.«

»Wohnt er nicht in Falmouth?«

»Wenn er nicht auf See ist.«

»Jud«, sagte sie, »ich möchte, dass du etwas für mich tust.«

Mit seinen blutunterlaufenen Bulldoggenaugen musterte Jud sie misstrauisch. »Und zwar?«

»Ich möchte, dass du nach Falmouth reitest und nach Captain Blamey fragst und herausbekommst, ob er noch da lebt und was er treibt.«

Es herrschte Stille, während Jud aufstand und eindrucksvoll ins Feuer spuckte. Als das Zischen verklungen war, sagte er:

»Kneten Sie weiter Ihren Teig, Mrs Poldark. Es ist nicht unsere Aufgabe, die Welt zu verbessern. Es hat keinen Sinn, es ist gegen die Natur, es ist nicht recht, und es ist nicht *ungefährlich*. Genauso gut könnte ich mit einem wütenden Stier anbändeln.

3

Es herrschte heiteres schönes Wetter am Tag der Taufe, und in der Kirche von Sawle drängten sich dreißig Gäste, um der Zeremonie beizuwohnen. Julia blinzelte voll Unbehagen, als ihr Vetter zweiten Grades, der Reverend William-Alfred Johns, Wasser auf ihre Stirn tropfen ließ. Anschließend begaben sich alle nach Nampara zurück; die einen zu Pferde, die anderen zu Fuß, zu zweien oder dreien, plaudernd und sich an der Sonne erfreuend; ein farbenfreudiger Zug, der über das verschrammte Land hinwanderte, gefolgt von den neugierigen und zum Teil auch ehrfürchtigen Blicken der Kleinhäusler und Bergarbeiter. Diese Menschen waren wahrhaftig aus einer anderen Welt.

Elizabeth und Francis waren gekommen und hatten den jetzt dreieinhalb Jahre alten Geoffrey Charles mitgebracht. Tante Agatha war seit zehn Jahren nicht aus Trenwith herausgekommen und hatte seit sechsundzwanzig Jahren auf keinem Pferd mehr gesessen. Mit mürrischem Gesicht hatte sie dann aber doch eine alte und sehr fromme Stute bestiegen, um an der Feier teilzunehmen. Ross ließ sie in einem bequemen Lehnsessel Platz nehmen und brachte ihr einen mit Holzkohle geheizten Fußwärmer; dann mischte er etwas Rum in ihren Tee, und bald besserte sich ihre Laune, und sie fing an, sich nach guten und schlechten Omen umzusehen.

Auch George Warleggan war gekommen – vermutlich weil Elizabeth ihn dazu überredet hatte. Mrs Teague und drei ihrer unverheirateten Töchter waren da, um zu sehen und gesehen zu werden, und Patience Teague, die vierte, weil sie hoffte, George Warleggan zu treffen. Verschiedene Beweggründe hatten John Treneglos, Ruth und den alten Horace Treneglos veranlasst, sich einzufinden: Interesse an Demelza, Gehässigkeit und der Wunsch nach gutnachbarlichen Beziehungen.

Sie hatten auch Joan Pascoe, die Tochter des Bankiers, eingeladen. Sie erschien in Begleitung eines jungen Mannes namens Dwight Enys, der wenig redete, sich aber als liebenswürdig und umgänglich erwies.

Ross sah seiner jungen Frau zu, wie sie die Honneurs machte. Er musste einfach Vergleiche ziehen zwischen Demelza und Elizabeth, die jetzt vierundzwanzig und ganz sicher nicht weniger liebreizend war als vor einigen Jahren.

Gewohnt, ein Leben der Muße zu führen, zu einem vornehmen und gebildeten Wesen erzogen, war sie vom Liebreiz anmutiger aristokratischer Fraulichkeit geprägt. Aber sie war auch für Ermüdung anfällig, so als ob ihr edles reines Blut schon ein wenig dünn durch ihre Adern flösse. Ihr gegenüber war Demelza ein Emporkömmling, ein verwahrlostes Kind in einem hochherrschaftlichen Salon, eine Straßengöre, die die Gelegenheit genutzt hatte, einen Blick in die Paläste der Reichen zu werfen: ein ungeschliffenes Geschöpf, ihre Gefühle und Handlungen ein gutes Stück mehr der Natur verbunden. Doch jede von ihnen hatte etwas, das der anderen fehlte.

Am anderen Ende der Tafel amüsierten sich einige der jüngeren Gäste über Francis' Bericht, wie John Treneglos, um eine Wette zu gewinnen, vergangene Woche die Treppe zum Werry-Haus hinaufgeritten, vom Pferd gefallen und im Schoß der von ihren Hunden umgebenen Lady Bodrugan gelandet war.

»Das ist eine Lüge«, erklärte John Treneglos energisch inmitten des Gelächters und warf einen Blick auf Demelza, um zu sehen, ob sie der Geschichte einigermaßen Aufmerksamkeit schenkte. »Eine faustdicke, gemeine Lüge. Zugegeben, ich verließ für einen Augenblick den Sattel, und Connie Bodrugan bot mir Beistand an, aber schon eine halbe Minute später war ich wieder auf dem Gaul und die Treppe hinunter, noch bevor sie mit ihrer Schimpfkanonade zu Ende kommen konnte.«

»Eine Anzahl kräftiger Flüche haben Sie sich wohl anhören müssen, wie ich die Dame kenne«, sagte George Warleggan und befingerte seinen prächtigen Stehkragen, der jedoch die Kürze seines Halses auch nicht zu verbergen vermochte.

»Also wirklich«, protestierte Patience Teague, die Schockierte mimend, und warf ihm durch ihre Augenbrauen einen schiefen Blick zu. »Stellt Lady Bodrugan nicht ein für eine so nette Feier etwas unpassendes Thema dar?«

Abermals erhob sich Gelächter, und Ruth Treneglos, die ein wenig weiter weg saß, sah ihre ältere Schwester forschend an. Patience entwickelte sich, sie begann der autoritären Herrschaft ihrer Mutter die Stirn zu bieten – so wie sie selbst es getan hatte. Faith und Hope, die zwei Ältesten, waren jetzt schon hoffnungslose alte Jungfern, die Mrs Teague, einem griechischen Chor gleich, alles nachbeteten; mit Joan, der mittleren Schwester, war es nicht viel anders.

»Unter unseren jungen Leuten kleiden sich manche recht extravagant, finden Sie nicht?«, bemerkte Dorothy Johns, das Thema wechselnd, in gedämpftem Ton und musterte Ruth. »Sicher muss Mr Treneglos einen schönen Batzen Geld für die Toiletten seiner Frau hinlegen. Nur gut, dass er in der Lage ist, ihre Ansprüche zu befriedigen.«

»Ja, Ma'am, ich kann Ihnen nur zustimmen, Ma'am«, hauchte Mrs Reverend Odgers beflissen und befingerte ihr ausgeliehenes Halsband. Mrs Odgers verbrachte ihre ganze Zeit damit, jemandem zuzustimmen. Es war ihr Lebensinhalt.

»Sie ist ziemlich dick geworden, seitdem ich sie das letzte Mal gesehen habe«, flüsterte Mrs Teague Faith Teague zu, während Prudie hinter ihr mit den Stachelbeertorten hantierte. »Und mir gefällt auch ihr Kleid nicht – was meinst du? Und es passt auch nicht zu einer, die erst seit so kurzer Zeit verheiratet ist. Sie zieht sich so an, um den Männern zu gefallen. Das sieht man doch.«

»Man versteht das ja«, vertraute Faith Teague ihrer Schwester Hope an und gab das Gespräch pflichtschuldigst einen Schritt tischabwärts weiter, »sie spricht eben einen gewissen Typus von Mann an. Sie besitzt jene Art von Charme, der bald welk wird. Allerdings, was Captain Poldark betrifft, bin ich einigermaßen überrascht, das muss ich schon sagen. Sie sind einander eben über den Weg gelaufen und …«

»Ein süßes kleines Äffchen hast du da«, sagte Tante Agatha, die nahe am Kopfende saß, zu Demelza. »Lass sie mich ein wenig halten, Spätzchen. Du hast doch keine Angst, dass ich sie fallen lassen könnte, oder? Ich habe schon so manches Baby auf meinen Knien geschaukelt. Ein richtiger kleiner Poldark ist sie. Ihrem Vater wie aus dem Gesicht geschnitten.«

»Pass auf«, warnte Demelza, »dass sie dir nicht dein schönes Kleid besabbert.«

»Es wäre ein gutes Omen, wenn sie es täte. Da, ich habe etwas für dich, Spätzchen. Halt mal das Gör. Heute zwickt es mich wieder einmal gehörig, und der alte Klepper hat mich auch ganz schön durchgerüttelt … Da. Das ist für das Kind.«

»Was ist das?«, fragte Demelza.

»Getrocknete Vogelbeeren. Häng sie über die Wiege. Sie schützen vor bösen Geistern.«

»Nein, die Pocken hat er noch nicht gehabt«, sagte Elizabeth zu Dwight Enys und strich mit der Hand sanft über die Locken ihres kleinen Sohnes, der sittsam neben ihr auf seinem Stühlchen saß. »Ich habe mich schon oft gefragt, ob an diesen Impfungen etwas dran ist, ob sie einem Kind schaden können.«

»Nein, nicht wenn sie fachmännisch vorgenommen werden«, wurde sie von Enys beruhigt, den man neben Elizabeth gesetzt hatte und der außer an ihrer Schönheit an nichts Interesse zeigte. »Lassen Sie ihm von keinem Bauern Kuhpocken geben. Wenden Sie sich an einen verlässlichen Apotheker.«

Schließlich ging das Festmahl zu Ende, und weil es so ein schöner Tag war, schlenderten die Gäste in den Garten hinaus. Während die Gesellschaft sich verteilte, machte Demelza sich an Joan Pascoe heran.

»Habe ich richtig gehört, Miss Pascoe, Sie kommen aus Falmouth?«

»Ich bin dort aufgewachsen, Mrs Poldark. Aber jetzt lebe ich in Truro.«

Demelza sah sich um, ob jemand in Hörweite war. »Kennen Sie zufällig einen Captain Andrew Blamey, Miss Pascoe?«

»Ich habe von ihm gehört, Mrs Poldark, ich habe ihn auch ein- oder zweimal gesehen.«

»Lebt er denn noch in Falmouth?«

»Soviel ich weiß, läuft er den Hafen hin und wieder an. Er ist Seemann, wissen Sie.«

»Ich möchte gern einmal Falmouth besuchen«, sagte Demelza verträumt. »Es heißt, es wäre so ein hübsches Städtchen. Wann ist wohl die beste Zeit, um alle Schiffe im Hafen zu sehen?«

»Am besten ist es nach einem Sturm, nachdem die Schiffe dort Zuflucht gesucht haben. Der Hafen ist groß genug für alle, um auch den heftigsten Sturm heil zu überstehen.«

»Ja, aber ich nehme doch an, dass die Paketboote regelmäßig verkehren, ganz nach Fahrplan. Das Postschiff nach Lissabon zum Beispiel, habe ich gehört, segelt jeden Dienstag.«

»O nein, da sind Sie falsch informiert, Ma'am. Im Winter legt das Postschiff nach Lissabon jeden Freitagabend vom St. Just's Pool ab, und in den Sommermonaten jeden Sonnabendmorgen. Das Wochenende ist die beste Zeit, um die Schiffe zu sehen, die den fahrplanmäßigen Verkehr abwickeln.«

»Liebste«, wendete sich Ruth Treneglos an ihre Schwester Patience, »wer kommt da das Tal herunter? Ist das etwa ein Leichenzug? Darin wird Tante Agatha sicher ein böses Omen erblicken.«

Nun wurden auch andere darauf aufmerksam, dass neue Gäste unterwegs waren. Angeführt von einem älteren Mann in einem glänzenden schwarzen Rock, schlängelten sich die Neuankömmlinge durch die Bäume auf der anderen Seite des Flusses.

»Heiliger Bimbam!«, rief Prudie, die am zweiten Wohnzimmerfenster stand. »Es ist der Vater des Mädchens. Er kommt am falschen Tag. Hast du ihm nicht gesagt Mittwoch, du nichtsnutziger Kerl?«

Jud sah erstaunt auf und schluckte ein großes Stück Johannisbeertorte hinunter. Er hüstelte verärgert. »Mittwoch? Natürlich habe ich Mittwoch gesagt. Warum sollte ich denn Dienstag sagen, wenn mir aufgetragen wird, Mittwoch zu sagen?«

Voller Entsetzen hatte auch Demelza die neuen Gäste erkannt. Sie sah die Katastrophe voraus und konnte doch nichts tun, um sie abzuwenden. Und auch Ross war in diesem Augenblick nicht an ihrer Seite; Großtante Agathas Wohlbefinden am Herzen, öffnete er gerade die Flügelfenster, um ihr eine gute Aussicht zu ermöglichen.

Dennoch war ihm der sich nähernde Zug nicht entgangen.

Sie kamen in voller Stärke angerückt: Tom Carne, stattlich und bieder – behäbig in seiner neuen Rolle als Respektsperson; Tante Chegwidden Carne, seine zweite Frau, mit ihrer Haube und ihrem spitzen Mund an eine Henne erinnernd; und hinter ihnen vier hoch aufgeschossene, spindeldürre Burschen, eine Auswahl von Demelzas Brüdern.

Betretenes Schweigen lastete auf der Gesellschaft. Nur der Fluss rauschte, und ein Dompfaff piepte. Die Prozession erreichte die mit Bohlen belegte Brücke und überquerte sie mit dem Aufschlag genagelter Stiefel.

Verity erahnte die Identität der Neuankömmlinge, entschuldigte sich bei dem alten Mr Treneglos und trat an Demelzas Seite.

Ross kam rasch aus dem Haus und erreichte, ohne den Anschein von Eile zu erwecken, in dem Augenblick die Brücke, da Tom Carne sie überquert hatte.

»Wie geht es Ihnen, Mr Carne?«, begrüßte er ihn und streckte ihm seine Hand entgegen. »Ich freue mich, dass Sie kommen konnten.«

Carne musterte ihn sekundenlang. Es war mehr als vier Jahre her, dass sie einander begegnet waren und ein Zimmer zu Kleinholz geschlagen hatten. Zwei Jahre der Besserung hatten den Älteren verändert; seine Augen waren klarer und seine Kleidung anständig und seriös. Aber immer noch hatte er seinen unduldsamen Blick. Auch Ross hatte sich in dieser Zeit verändert, hatte seine Enttäuschung überwunden; das Glück und die Zufriedenheit, die er bei Demelza fand, hatten seine Unduldsamkeit gemäßigt.

Carne, der keinen Sarkasmus in Ross' Stimme entdecken konnte, ließ es zu, dass er seine Hand ergriff. Tante Chegwidden Carne kam als Nächste, schüttelte Ross ohne jede Befangenheit die Hand und ging weiter, um Demelza zu begrüßen.

»Wir haben in der Kirche gewartet, Mädchen«, sagte Carne grimmig zu seiner Tochter. »Du hast uns sagen lassen vier, und um vier waren wir da. Du hattest kein Recht, schon früher damit anzufangen. Wir wollten schon heimgehen.«

»Ich sagte *morgen* um vier«, entgegnete ihm Demelza in scharfem Ton.

»Jaja. Das hat uns dein Diener gesagt. Aber es war unser Recht, am Tag der Taufe hier zu sein, und er sagte, die Taufe fände heute statt. Dein eigen Fleisch und Blut hat mehr Recht, bei einer Taufe neben dir zu stehen, als alle diese feinen Leute.«

Eine entsetzliche Bitterkeit ergriff Demelzas Herz. Dieser Mann, der einst alle Zuneigung aus ihr herausgeprügelt und dem sie als verzeihende Geste eine Einladung geschickt hatte, war absichtlich an einem anderen Tag gekommen, um sie vor allen zu demütigen. Alle ihre Mühe war vergeblich, und Ross würde die Zielscheibe des Spottes des ganzen Bezirkes sein. Mit einem starren Lächeln, das die Verzweiflung in ihrem Herzen verbarg, begrüßte sie ihre Stiefmutter und ihre vier Brüder: Luke, Samuel, William und Bobby – Namen und Gesichter, die sie in jenem fernen, von Alpträumen erfüllten Leben, das nicht mehr das ihre war, geliebt hatte.

Mit allem Charme und aller Würde, deren er fähig war, wenn er wollte, begleitete Ross Tom Carne und Tante Chegwidden rund um den Garten und stellte sie unerbittlich den anderen vor. Die stahlharte Höflichkeit seines Gebarens schloss unerfreuliche Reaktionen aller jener aus, die es nicht gewohnt waren, mit dem gemeinen Volk Komplimente auszutauschen.

Die Zurschaustellung modischer Eleganz bei seinem Rundgang entlockte Tom Carne keine achtungsvolleren Blicke; mit immer härterem und grimmigerem Ausdruck reagierte er auf die Oberflächlichkeit, die diese Leute an einem so feierlichen Tag für angebracht hielten.

Endlich war es vorbei, und abermals setzte das Gespräch ein, wenn auch in gedämpfterem Ton. Eine leichte Brise kam auf, erfrischte die Gäste und hob hier ein Band und dort einen Rockschoß.

Ross gab Jinny einen Wink, Portwein und Brandy anzubieten. Je mehr die Leute tranken, desto mehr würden sie reden, und je mehr sie redeten, desto harmloser würde die Blamage ausfallen.

»Damit will ich nichts zu tun haben«, erklärte Carne. »Wehe jenen, die sich des Morgens früh erheben und sich geistigen Getränken zuwenden und bis zum Abend nicht davon lassen, bis der Wein ihr Blut in Wallung bringt! Lass mich das Kind sehen, Tochter.«

Steif und grimmig hielt Demelza Julia zur Ansicht hin.

»Mein erstes war größer«, äußerte Mrs Chegwidden Carne schwer atmend, »stimmt das nicht, Tom? Im August wird er ein Jahr alt sein. Ich will mein eigenes Kind nicht loben, aber er ist wirklich ein hübscher kleiner Kerl.«

»Was ist mit ihrer Stirn los?«, fragte Carne. »Hast du sie fallen lassen?«

»Es geschah bei der Geburt«, erwiderte Demelza zornig.

Julia begann zu weinen.

Carne kratzte sich am Kinn. »Ich hoffe, du hast dir die richtigen Taufpaten ausgesucht. Ich dachte daran, mich selbst zur Verfügung zu stellen.«

Unten am Fluss kicherten Mrs Teagues Töchter miteinander, aber ihre Mutter war auf ihre Würde bedacht und ließ, wie es ihre Art war, die Jalousien ihrer Augenlider sinken.

»Eine vorbedachte Erniedrigung für uns«, sagte sie, »einen Mann und eine Frau dieses Schlags hierherzubringen und sie uns *vorzustellen!*«

Aber ihre jüngste Tochter wusste es besser. Dies war keine Verschwörung, sondern einfach ein Missgeschick, das es zu nutzen galt. Sie nahm ein Glas von Jinnys Tablett und schlich sich hinter dem Rücken ihrer Schwester an George Warleggan heran.

»Meinen Sie nicht«, flüsterte sie, »dass wir unrecht tun, wenn wir uns so von unseren Gastgebern absondern? Ich war noch nicht bei vielen Taufen und kenne daher die

Etikette nicht, aber der Anstand scheint mir doch zu gebieten …«

George blickte sekundenlang in ihre ein wenig orientalischen grünen Augen. In seinem Innersten hatte er die Teagues immer verachtet. Es war eine übertriebene Form jener Mischung aus Achtung und Herablassung, die er für die Poldarks und die Chynoweths und alle diese Landedelleute empfand, deren kaufmännische Fähigkeiten im umgekehrten Verhältnis zur Länge ihres Stammbaums standen.

»Solche Bescheidenheit ist bei einem so charmanten Wesen füglich zu erwarten, Ma'am«, sagte er, »aber ich weiß von Taufen auch nicht mehr als Sie. Halten Sie es nicht für angebracht, seine eigenen Interessen zu Rate zu ziehen und dem Weg zu folgen, den sie uns weisen?«

Eine Lachsalve ertönte hinter ihnen.

»Hör mal, Mädchen«, rief Francis gerade Jinny zu, die in der Nähe vorbeikam, »hast du noch von dem Kanarienwein? Ich nehme noch ein Glas. Du bist ein hübsches kleines Ding; wo hat Captain Poldark denn *dich* aufgelesen?«

Die Betonung war kaum merkbar, aber Ruths Lachen ließ keinen Zweifel daran, wie sie Francis' Worte aufgefasst hatte. Jinny errötete bis an die Haarwurzeln.

»Ich heiße Jinny Carter, Sir. Martin war mein Mädchenname.«

»Ja, ja.« Francis' Ausdruck veränderte sich ein wenig. »Jetzt erinnere ich mich. Du hast eine Zeit lang in der Grambler-Mine gearbeitet. Wie geht es deinem Mann?«

Jinnys Gesicht erhellte sich. »Recht gut, Sir, danke, soviel … soviel …«

»Soviel du weißt. Ich hoffe, die Zeit wird für euch beide schnell vorübergehen.«

»Sie zeigen aber recht wenig Interesse an Ihrem Patenkind, Francis«, versuchte Ruth ihn von seinem gönnerhaften und herablassenden Betragen abzubringen. »Sehen Sie nur, wie alle die Kleine anstarren! Sicher würde ihr ein Schluck Kanarienwein gut bekommen.«

»Es heißt, das gemeine Volk wird mit Gin aufgezogen«, bemerkte Patience Teague. »Und kommt nicht schlecht dabei weg. Ich habe erst kürzlich gelesen, wie viele Millionen Liter Gin im vergangenen Jahr getrunken wurden.«

»Aber doch nicht ausschließlich von Babys«, scherzte Treneglos.

Tom Carne richtete seinen starren, stechenden Blick auf Mrs Carne.

»Hier herrscht Gottlosigkeit, Frau«, sagte er durch seinen Bart hindurch. »Das ist nicht der passende Ort für ein Kind. Das ist keine ziemliche Gesellschaft für eine Tauffeier. Aber ich habe nichts anderes erwartet.«

Julia wollte nicht aufhören zu weinen, was Demelza als Vorwand diente, um mit ihr ins Haus zu gehen. Sie war von tiefer Verzweiflung erfüllt.

Sie wusste, dass dieser Tag, wie immer er enden mochte, einen schweren Misserfolg für sie bedeutete. Ein gefundenes Fressen für die Lästermäuler. Sie hatte versucht, eine der ihren zu werden, und hatte Schiffbruch erlitten. Sie würde es nie wieder versuchen. Sie wollte nur noch in Ruhe gelassen werden.

Tom Carne steuerte gerade auf Ruth und ihre Freunde zu.

»Ist einer von Ihnen der Pate des Kindes?«

Francis deutete eine Verbeugung an.

»Ich bin es.«

Tom Carne starrte ihn an.

»Mit welchem Recht?«

»Hm?«

»Mit welchem Recht stehen Sie für das Kind am Sitz der Gerechtigkeit vor Gott?«

Francis hatte in der vergangenen Nacht am Pharotisch hoch gewonnen und war daher nachsichtig gestimmt.

»Weil ich dazu aufgefordert wurde.«

»Aufgefordert?«, wiederholte Carne. »Ja, vielleicht wurden Sie aufgefordert. Aber wurden Sie auch gerettet?«

»Gerettet?«

»Ja, gerettet.«

»Gerettet wovor?«

»Vor dem Teufel und der Verdammnis.«

»Diesbezüglich habe ich keine Benachrichtigung erhalten.«

John Treneglos wieherte.

»Nun, darin liegt Ihre Schuld, Mister«, erklärte Carne. »Die ihre Ohren dem Ruf Gottes verschließen, haben ohne Zweifel auf den Teufel gehört. Vor dieser Wahl stehen wir alle. Entweder das eine oder das andere.«

»Wir haben einen Prediger in unserer Mitte«, bemerkte George Warleggan.

Mrs Carne zupfte ihren Mann am Ärmel.

»Komm weg, Tom«, sagte sie. »Lass sie. Sie wandeln im Tal der Schatten, und nichts wird sie davon abbringen.«

»Was mich betrifft«, meinte Francis, »bringt mich diese rigorose Einteilung in Wölfe und Schafe ein wenig in Verwirrung, obwohl ich weiß, dass sie bei Leuten Ihres Charakters häufig Anklang findet.«

Wer gibt Ihnen eigentlich das Recht, zu behaupten, Sie wären ein besserer Hüter dieser Kinderseele als ich? Eine Antwort auf diese Frage wäre mir ein echtes Anliegen. Sie sagen, Sie befänden sich auf dem Weg zum Heil. Das sagen *Sie*. Aber womit wollen Sie das beweisen?«

John Treneglos brach in schallendes Gelächter aus. Rote Flecken des Zorns erschienen auf Carnes fleischigem, eiferndem Gesicht.

»Lass ihn doch«, sagte Mrs Carne in scharfem Ton und begann abermals, an seinem Rock zu zerren. »Er ist der Teufel in Person, der dich mit hohlen Worten missbrauchen will.«

Ross trat von hinten an die Gruppe heran.

»Wind kommt auf«, sagte er. »Im Haus wären die Damen besser untergebracht. Würdest du bitte Tante Agatha helfen, Francis?«

»Nein«, sagte Carne, »mit so gottlosen Gedanken will ich nicht unter einem Dach sein.« Er fixierte Ruth. »Bedecke deine Brüste, Weib, denn dein Anblick ist schamlos und sündhaft. Man hat Weiber schon aus geringerem Anlass in den Straßen ausgepeitscht.«

Es entstand ein unheilvolles Schweigen.

»Verdammte Frechheit!«, fuhr Ruth ihn wütend an. »Wenn hier ausgepeitscht werden soll, dann werden Sie es sein, der die Hiebe bekommt. John! Hast du gehört, was er gesagt hat?«

Ihrem Gatten, dem es an geistiger Wendigkeit mangelte und der die Kontroverse nur von der heiteren Seite gesehen und nicht weiter gedacht hatte, verging das Lachen.

»Sie unverschämter dreckiger Saukerl!«, brüllte er. »Wissen Sie eigentlich, mit wem Sie reden? Entschuldigen Sie sich sofort bei Mrs Treneglos, oder, der Teufel soll mich holen …«

Ross trat energisch zwischen sie und packte Treneglos am Arm. Er starrte in das zorngerötete Gesicht seines Nachbarn.

»Mein lieber John. So ein rüder Ton! In Gegenwart all dieser Damen!«

»Kümmern Sie sich um Ihre eigenen Angelegenheiten, Ross! Dieser Kerl ist unverschämt …«

»Lass ihn nur kommen«, sagte Carne. »Es ist zwar schon zwei Jahre her, dass ich im Ring gestanden habe, aber ich habe noch nicht alles verlernt. Mit Gottes Hilfe …«

»Komm weg, Tom«, bat Mrs Carne. »Komm weg, Tom.«

»Aber es ist meine Angelegenheit, John«, sagte Ross, den Blick immer noch auf Treneglos gerichtet. »Sie sind beide meine Gäste, vergessen Sie das nicht. Und ich könnte Ihnen nicht gestatten, meinen Schwiegervater zu schlagen.«

Einen Augenblick lang herrschte betretenes Schweigen.

»Natürlich«, sagte Ruth, »natürlich sieht Ross sich genötigt, die Partei eines Menschen zu ergreifen, der ihm schon die ganze Zeit freiwillig bei seinen Machenschaften stillschweigend Vorschub geleistet hat.«

»Natürlich«, konterte Ross und gab Johns Arm frei, »natürlich möchte ich mit meinen Nachbarn in Frieden leben, aber nicht um den Preis, dass ich eine Balgerei vor meiner Haustür dulde. Damen goutieren weder zerrissene Hemden noch blutige Nasen.«

»Ich verlange eine Entschuldigung!«, schrie Treneglos. »Meine Frau wurde von diesem Mann schwer beleidigt, Schwiegervater hin, Schwiegervater her. Wenn er meinem Stand angehörte, ich würde ihn für diese Worte zur Verantwortung ziehen! Würden Sie eine solche Unverschämtheit hinnehmen, Ross? Der Herr soll mich strafen, wenn ich dazu einfach …«

»Die Wahrheit ist die Wahrheit!«, fuhr Carne dazwischen. »Und daran ändert auch Gotteslästerung nichts.«

»Halt dein Maul, Mann«, ging Ross ihn an. »Wenn wir deine Meinung hören wollen, werden wir zur gegebenen Zeit darum ersuchen.« Während es Carne die Rede verschlug, wandte Ross sich wieder Treneglos zu. »Lebensweisen und Manieren mögen je nach Stand und Herkunft unterschiedlich gestaltet sein, John; die, die ihr Verhalten nach dem gleichen Ehrenkodex einrichten, sprechen auch die gleiche Sprache. Wollen Sie mir als Gastgeber erlauben, mich für die Ihnen und Ihrer Gemahlin widerfahrene Unbill zu entschuldigen?«

Zögernd, ein wenig besänftigt, beugte und streckte John seinen Arm, warf einen Blick auf die Frau an seiner Seite und knurrte schließlich: »Nun, Ross, das haben Sie ja recht hübsch gesagt. Es ist nicht meine Absicht, Unfrieden zu stiften …«

Ein plötzlicher Aufschrei in ihrer Nähe veranlasste alle, sich umzudrehen. Tante Agatha, von allen vernachlässigt, hatte sich mit beträchtlicher Eile über den Rasen bewegt, war jedoch just in dem Augenblick, da sie sich ihrem Ziel nahe wähnte, von einer mutwilligen Bö erfasst worden. Sie sahen eine kaum noch wiederzuerkennende, von einem grauen Haarschopf gekrönte alte Dame, während eine purpurrote Haube und eine Perücke dem Fluss zuwirbelten. Sofort nahmen Francis und einer oder zwei andere die Verfolgung auf. Vom Wind getragen, folgten ihnen eine Auswahl der deftigsten Flüche und Verwünschungen aus einer längst versunkenen Welt, die keiner von ihnen gekannt hatte.

Eine Stunde später ging Ross nach oben, wo Demelza auf dem Bett lag und sich ihrem Schmerz hingab.

Ein starres Lächeln auf den Lippen, hatte sie mitgeholfen, die Gäste höflich zu verabschieden, bis auch der letzte gegangen war. Dann war sie, eine Entschuldigung murmelnd, in ihr Schlafzimmer geflohen.

»Prudie hat dich schon gesucht«, sagte Ross. »Wir wussten nicht, wo du bist. Sie möchte wissen, was mit dem übrig gebliebenen Essen geschehen soll.«

Sie blieb stumm.

»Demelza.«

»Ach Ross«, jammerte sie, »ich fühle mich scheußlich.«

Er setzte sich auf die Bettkante. »Mach dir doch keine Sorgen darüber, Liebste.«

»Ich kränke mich so sehr. Ich wollte ihnen zeigen, dass ich als Frau zu dir passe, dass ich mich anzuziehen verstehe und zu benehmen weiß und dir keine Schande mache. Stattdessen werden sie alle heimreiten und hinter vorgehaltener Hand über mich lachen.«

»Dies war nur die erste Hürde, Kind. Man hat uns einen Dämpfer aufgesetzt. Nun, wir können es wieder versuchen. Nur eine kleinmütige Seele würde das Rennen so schnell aufgeben.«

»Du meinst also, ich wäre eine kleinmütige Seele.«

Gegen jede Vernunft reizte sie seine Haltung. Sie wusste, dass Ross an diesem Nachmittag von allen am besten abgeschnitten hatte. Sie verspürte leisen Ärger darüber, weil ein liebender Gatte ihrem Gefühl nach nicht so gelassen hätte bleiben dürfen. Zum ersten Mal missfiel ihr, dass er das Wort Kind gebrauchte – so als ob es mehr Herablassung als Liebe verriete.

Über das ganze Geschehen warf Elizabeth ihren Schatten. Sie hatte heute Punkte erzielt. Sie war so schön gewesen, so anmutig und graziös. Sie hatte sich im Hintergrund gehalten und nicht in die Auseinandersetzung eingegriffen. Es hatte ihr genügt, da zu sein. Ihre bloße Anwesenheit hatte in scharfem Kontrast gezeigt, was Ross' Frau alles nicht war.

»Jud hat an allem Schuld, weil er ihnen erzählte, dass wir zweimal feiern würden«, jammerte Demelza. »Dafür könnte ich ihm den Kopf abreißen!«

»In einer Woche wird alles vergessen sein, ohne dass jemand Schaden genommen hat. Und morgen, mein Schatz, kommen die Martins und die Daniels und Joe und Betsy Triggs und Will Nanfan und all die anderen. Und man wird sie nicht lange bitten müssen, sich gut zu unterhalten.«

Demelza verbarg ihr Gesicht in den Kissen.

»Ich kann nicht weitermachen, Ross«, antwortete sie, und es klang dumpf und wie aus weiter Ferne. »Lass ihnen allen absagen. Ich habe mein Bestes getan, und das war nicht genug. Vielleicht ist es meine eigene Schuld, weil ich mich für etwas ausgegeben habe, das ich nie sein kann – und noch dazu stolz darauf war. Na schön, es ist vorbei. Mehr kann ich nicht ertragen. Ich habe nicht den Mut.«

4

Drei Tage vor der Taufe hatte eine stürmische Sitzung der Aktionäre der von Wheal Leisure stattgefunden, bei der sich Ross und Dr Choake wieder in die Haare geraten waren. Ross hatte sich für einen Ausbau ausgesprochen – Choake nannte es Spekulation – und Choake für Konsolidierung – Ross nannte es Drosselung. Der Streit war damit zu Ende gegangen, dass Ross Choake angeboten hatte, seinen Anteil der Grube um das Dreifache des Einstandspreises zu erwerben. Choake hatte das Angebot sehr würdevoll angenommen, und so ritt Ross nun am Tag nach der Taufe nach Truro, um mit seinem Bankier darüber zu sprechen, wie er das Geld auftreiben sollte.

Harris Pascoe, ein kleiner Mann mit Stahlbrille, einem Sprachfehler und einem Gesicht, das nie zu altern schien, bestätigte Ross, dass er mit einer Erhöhung der Hypothek auf Nampara die nötige Deckung beschaffen könnte, hielt allerdings den Ankauf zu diesem Preis für phantastisch unwirtschaftlich. Kupfer stand jetzt auf einundsiebzig, kein Mensch wusste, wie es weitergehen würde. Man empfand große Verbitterung gegen die Schmelzhütten, aber was konnte man tun, wenn das Metall oft Monate lagern musste, bevor sich ein Käufer fand?

Beim Verlassen des Hauses begegnete er einem jungen Mann, dessen Gesicht ihm bekannt vorkam. Er lüftete seinen Hut und wäre weitergegangen, doch der Mann blieb stehen.

»Guten Tag, Captain Poldark. Ich möchte Ihnen noch einmal danken, dass ich gestern kommen durfte. Ich bin fremd hier und wusste Ihre Einladung sehr zu schätzen.«

Es war Dwight Enys, den Joan Pascoe zur Tauffeier mitgebracht hatte.

»Ihr Name lässt vermuten, dass Sie in unserer Gegend zu Hause sind.«

»Ich habe hier Vettern zweiten Grades, Sir. Mein Vater ist aus Penzance, und ich habe in London Medizin studiert.«

»Haben Sie die Absicht, Ihre Kenntnisse beruflich zu verwerten?«

»Ich habe erst Anfang des Jahres promoviert. Aber das Leben in London ist teuer. Ich dachte daran, mich für eine Zeit hier in der Gegend niederzulassen. Ich möchte mein Studium fortsetzen und mich nach ein paar Patienten umsehen, um mir meinen Lebensunterhalt zu verdienen.«

»Wenn Sie sich auf Unterernährung oder die Kohlenstaublunge spezialisieren wollen, dann werden Sie hier genügend Versuchspersonen für Ihre Studien finden.«

Enys sah ihn überrascht an. »Hat es Ihnen jemand gesagt? Ich interessiere mich tatsächlich für die Kohlenstaublunge. Als junger Arzt, der gleichzeitig praktizieren will, schien es mir angezeigt, mich in einer Bergwerkstadt niederzulassen, wo die Lungenschwindsucht weit verbreitet ist.«

Dwight Enys verlor seine Schüchternheit.

»Mit dem Fieber ist es das Gleiche. Es gibt noch so viel zu lernen und zu experimentieren … Aber sicher langweile ich Sie, Sir.«

»Die Ärzte, die ich kenne«, sagte Ross, »neigen eher dazu, von ihren Erfolgen im Jagdrevier zu reden. Wir müssen uns einmal darüber unterhalten. Wo werden Sie wohnen?«

»Diesen Monat bleibe ich noch bei den Pascoes. Ich versuche ein Häuschen zwischen Truro und Chacewater zu finden. In der Gegend gibt es keinen anderen Arzt.«

»Sie wissen vielleicht, dass ich an einer Grube interessiert bin. Vielleicht haben Sie sie von meinem Haus aus gesehen?«

»Ich habe etwas gesehen. Aber ich wusste nicht, dass Sie …«

»Der Posten eines Grubenarztes ist gegenwärtig vakant. Ich glaube, dass ich Ihnen die Stellung verschaffen könnte, wenn es Sie interessiert. Es ist natürlich eine sehr kleine Grube; wir haben jetzt achtzig Leute, aber Sie bekämen etwa vierzehn Shilling die Woche und könnten wertvolle Erfahrungen sammeln.«

Dwight Enys errötete vor Freude und Verlegenheit.

»Es wäre eine große Hilfe. So eine Arbeit habe ich mir gewünscht. Aber … es wäre eine beträchtliche Entfernung …«

»Wenn ich Sie richtig verstehe, haben Sie sich noch für kein Haus entschieden. In unserer Nachbarschaft ist genug Platz.«

»Gibt es dort nicht schon einen Arzt von einigem Ansehen?«

»Choake? Der Bezirk ist groß. Er hat private Einkünfte und überarbeitet sich nicht. Denken Sie darüber nach, und lassen Sie mich wissen, wie Sie sich entschieden haben.«

»Danke, Sir. Sie sind sehr gütig.«

Und wenn er etwas taugt, dachte Ross, während er die Straße hinunterschritt, will ich doch mal sehen, ob er etwas für Jim tun kann, sobald er entlassen wird. Choake hat weniger als nichts getan. Carter saß nun schon über ein Jahr im Gefängnis, und da er trotz seiner angegriffenen Lunge immer noch lebte, bestand die Hoffnung, dass er auch noch die nächsten zehn Monate durchhalten und imstande sein würde, zu Jinny und seiner Familie heimzukehren.

Ross kehrte im Roten Löwen ein; das Lokal war gestopft voll. Er fand einen Platz in der Nische neben der Tür. Aber seine Ankunft war nicht unbemerkt geblieben.

»Captain Poldark? Guten Tag. Man sieht Sie nicht oft in der Stadt.«

Ross blickte auf, und sein Gesichtsausdruck war nicht sehr einladend. Es war ein Mann namens Blewett, Direktor und Aktionär der Maid Grube, eine der Kupferminen des Idlesstales.

»Nein, von geschäftlichen Besuchen abgesehen, habe ich keine überflüssige Zeit.«

»Darf ich mich zu Ihnen setzen? Die Wollhändler im Klubzimmer interessieren mich nicht. Danke sehr. Wie ich sehe, sind die Kupferpreise abermals gefallen.«

»Das habe ich auch eben gehört.«

»Das muss ein Ende haben, sonst müssen wir alle Bankrott ansagen.«

»Keiner würde das mehr bedauern als ich«, erwiderte Ross. Gegen seinen Willen musste er feststellen, dass ihn gemeinsame Interessen mit diesem Mann verbanden.

»Man stellt die wildesten Theorien auf, was man tun könnte, um der rückläufigen Tendenz ein Ende zu bereiten«, sagte Blewett, stellte sein Glas nieder und rutschte unruhig auf seinem Stuhl umher. »Wir haben dieses Jahr schon achthundert Pfund verloren. Für Leute wie uns ist das eine große Summe.«

Wieder hob Ross den Blick. Er begriff, dass Blewett sich wirklich große Sorgen machte; die hängenden Hautfalten unter seinen Augen und seine düstere Miene sprachen eine deutliche Sprache.

»Ich glaube nicht, dass die Verhältnisse lange so bleiben können«, sagte Ross. »Es wird immer mehr Kupfer für Maschinen aller Arten gebraucht. Mit steigendem Bedarf in den Städten werden die Preise anziehen.«

»Auf lange Sicht gesehen mögen Sie recht haben, aber bedauerlicherweise haben wir nur kurze Fristen für die Zahlung der Darlehenszinsen. Wir müssen das Erz billig verkaufen, um überhaupt existieren zu können.«

»Ich glaube nicht, dass es im Interesse der Hütten liegen kann, die Preise niedrig zu halten«, meinte Ross.

»Die Marktpreise nicht, Sir, aber die Preise, die sie uns bezahlen. Sie bilden ein Kartell, Captain Poldark, das wissen wir doch«, entgegnete Blewett.

Ross nickte zustimmend und beobachtete mit starren Blicken die Leute, die in die Wirtschaft kamen und sie wieder verließen. »Mit Gegenangeboten werden die Kupfergesellschaften einander nie weh tun. Wenn aber die Gruben in gleicher Einmütigkeit zusammenstünden, könnten sie die Lieferungen so lange zurückhalten, bis die Kupfergesellschaften willens sind, mehr zu zahlen. Ohne uns Produzenten können sie schließlich auch nicht leben.«

»Ja, ja. Ich verstehe, wo Sie hinauswollen. Sprechen Sie ruhig weiter.«

In diesem Augenblick kam ein Mann an dem niedrigen Fenster der Taverne vorbei und trat durch die Tür. Ross weilte mit den Gedanken bei seinem Vorschlag, und einige Augenblicke lang erweckte die vertraute untersetzte Gestalt und der etwas breitbeinige Gang keine Erinnerung in ihm. Doch dann wendete er dem Mann jäh seine ganze Aufmerksamkeit zu. Das letzte Mal hatte er den Mann vor vier Jahren gesehen, als er nach seinem Duell mit Francis das Tal hinaufgeritten war. Nur das Gesicht hatte sich verändert. Die Falten um den Mund waren tiefer geworden, der Mund selbst härter und zurückhaltender, und die Augen die eines Mannes, der auf Anerkennung seiner Rechte besteht.

Er sah nicht nach links und nicht nach rechts und marschierte geradewegs in eines der Gesellschaftszimmer. Ross schätzte sich glücklich, dass es zu keiner Begegnung gekommen war.

»Wir brauchen einen Führer, Captain Poldark«, erklärte Blewett eifrig. »Einen Mann von Stand, aufrecht und selbstbewusst, der für uns alle auftreten könnte. Ein Mann, wenn ich das sagen darf, wie Sie einer sind.«

»Hm?«, machte Ross.

»Ich hoffe, Sie verzeihen mir die Anregung. Aber in der Welt der Gruben ist jeder sich selbst der Nächste, und den Letzten beißen die Hunde. Wir brauchen einen Führer, der es versteht, Männer um sich zu scharen und ihnen zu helfen, vereint zu kämpfen. Wenn die Industrie floriert, ist gegen freie Konkurrenz nichts einzuwenden, aber in einer Zeit wie heute können wir uns das nicht leisten.«

Ross sah Blewett nachdenklich an.

»Eine andere Möglichkeit bestünde darin, dass die Gruben ihre eigene Kupfergesellschaft gründen – eine Gesellschaft, die das Erz erwerben, in der Nähe eine Schmelzhütte errichten und ihre eigenen Produkte fertigen und verkaufen würde.«

Blewett trommelte nervös mit den Fingern auf den Tisch. »Sie meinen, wir … wir … sollten …«

»… eine Gesellschaft ins Leben rufen, die ohne vorherige Absprachen ihre Angebote macht und den Gewinn an die Grubenbesitzer abführt. Wie es jetzt aussieht, gehen die Gewinne entweder nach South Wales oder an Handelsherren wie die Warleggans, die überall ihre Hand im Spiel haben.«

Blewett schüttelte den Kopf. »Dazu wäre viel Kapital nötig.«

»Nicht mehr Kapital als vorhanden war, als vielleicht auch noch vorhanden ist: gewiss aber mehr Einmütigkeit in der Zielsetzung.«

»Es wäre eine wunderbare Sache«, meinte Blewett. »Wenn ich das sagen darf, Captain Poldark, Sie besitzen die Persönlichkeit, um Menschen zu führen und Einigkeit herzustellen. Sicher würden die Gesellschaften der neuen Konkurrenz den Kampf ansagen und versuchen, sie aus dem Markt zu drängen, aber es … es … es würde vielen, denen der Bankrott drohend vor Augen steht, Hoffnung und frischen Mut geben.«

Ross hörte Blewett halb skeptisch, halb ernst zu. Er sah sich nicht in der Rolle eines Interessenvertreters der Kornischen Gruben. Er kannte seine Leute, ihre Unabhängigkeit, ihre halsstarrig ablehnende Haltung gegenüber neuen Ideen, und wusste, welch ungeheure Anstrengungen nötig sein würden, um so etwas auf die Beine zu bringen.

Ein urplötzlicher Krach im Nebenraum brachte die Zinnkrüge an den Wänden zum Klirren und das Stimmengewirr in der Taverne zum Verstummen. Der Wirt in seiner roten Weste eilte hinein, um nach dem Rechten zu sehen.

»Für Wirtshausraufereien ist hier kein Platz, Sir. Immer gibt es Anstände, wenn Sie kommen. Das lasse ich nicht mehr zu. Ich … ich …«

Die Stimme verklang und eine andere, die in Zorn erhobene Andrew Blameys, trat an ihre Stelle.

Sich mit den Ellbogen einen Weg durch die neugierigen Gäste bahnend, die sich an der Türe drängten, kam er heraus. Er war nicht betrunken. Es war wohl wieder einmal sein ungezügeltes Temperament gewesen.

Francis und Charles und auch er selbst hatten damals also doch recht gehabt. Die weichherzige, großmütige Verity einem solchen Mann anzuvertrauen …

Er musste Demelza von diesem Vorfall erzählen. Nun würde sie ihm mit dieser Geschichte nicht mehr zusetzen.

5

Die zweite Tauffeier ging programmgemäß über die Bühne. Die Bergarbeiter und Kleinhäusler und ihre Frauen stürzten sich ohne alle Vorbehalte ins Vergnügen.

Demelza und Verity und Prudie hatten schon am frühen Morgen mit den Vorbereitungen begonnen. Riesige

Fleischpasteten waren gefertigt worden: mehrfache Schichten von Blätterteig und Fleisch, mit Sahne übergossen, auf großen Tellern. Sie hatten vier junge Mastgänse und zwölf fette Kapaune gebraten und Kuchen gebacken so groß wie Mühlsteine. Es gab Blütennektar und hausgemachtes Bier und Zider und Portwein. Ross hatte mit fünf Litern Zider für jeden Mann und drei Litern für jede Frau gerechnet; das, meinte er, würde gerade reichen.

Das Ereignis des Abends war die Vorstellung des Wandertheaters. In der Vorwoche hatte Ross in Redruth einen an ein Tor genagelten, abgegriffenen Handzettel gesehen, auf dem die Aaron Otway Players ankündigten, dass sie in der folgenden Woche die Stadt besuchen würden, um ihr hervorragendes Programm an alten und modernen, musikalischen und sensationellen Stücken zu zeigen.

Er hatte den Direktor der Truppe in dem größeren der zwei schäbigen Wohnwagen gefunden, in welchen sie reisten, und ihn verpflichtet, am nächsten Mittwoch in der Bibliothek auf Nampara ein Stück aufzuführen. Das Gerümpel in der Bibliothek war in die Ecke geräumt, der vernachlässigte Saal gesäubert und über die Kisten Bretter gelegt worden, auf welchen das Publikum sitzen sollte.

Die Truppe bestand aus sieben Mitgliedern. Es war eine recht gemischte Gesellschaft von Halbzigeunern, dilettantischen Schauspielern und reisenden Sängern. Die beste Schauspielerin von allen war ein hübsches, dunkelhaariges Mädchen mit schrägen Augen von etwa neunzehn Jahren, die mit beachtlichem Erfolg eine Straßendirne spielte.

Mit fachmännischer Schulung, dachte Ross, würde sie es weit bringen. Aber es war wohl anzunehmen, dass es für sie weder Chancen noch Schulung gab und dass sie als Schlampe enden würde – an einer finsteren Straßenecke stehend oder am Galgen hängend, weil sie einem feinen Herrn die Uhr gestohlen hatte.

Einem Mann aber gingen andere Gedanken durch den Kopf. Der magere Mark Daniel, groß und lang und kräftig, war dreißig und hatte in seinem ganzen Leben noch nie etwas gesehen, das sich mit diesem Mädchen vergleichen ließ. Sie war so schlank und rank und schimmernd und zierlich … Die Art, wie sie sich auf die Zehen stellte und den Nacken beugte, ihr sanft zischender Gesang, der ockerfarbige, das Licht der Kerzen reflektierende Glanz ihrer dunklen Augen … Stumm saß er während des Stückes da und auch während des Gesanges, der darauf folgte. Keinen Augenblick wandte er seinen Blick von ihr ab, wenn sie zu sehen war, und wenn sie verschwand, starrte er mit blinden Augen auf den Vorhang.

Als die Vorstellung zu Ende war und die Gläser frisch gefüllt, holte Will Nanfan seine Fiedel, Nick Vigus seine Flöte und Pally Rogers sein Schlangenrohr hervor. Die Bänke wurden an die Wand geschoben, und der Tanz begann. Dies waren keine anmutigen zahmen Menuette, sondern die blutvollen Tänze der englischen Berge und Täler.

Es ging recht flott, und alle hatten ihren Spaß, nur Mark Daniel hielt sich abseits. Schon immer hatte er solches Herumgehopse als weibisch abgetan, dann aber sah er, dass zwei oder drei Mitglieder der Schauspielertruppe mit dem Essen fertig waren und sich an dem heiteren Trubel beteiligten.

Nun konnte er sich nicht länger zurückhalten. Sich das Kinn kratzend und bedauernd, dass er sich nicht sorgfältiger rasiert hatte, tat er schließlich bei einem Kontertanz mit. Am anderen Ende der langen Menschenreihe sah er das Mädchen. Sie hieß Keren Smith, hatte er sagen hören.

Er konnte die Augen nicht von ihr wenden und tanzte so, als sähe er seine Partner gar nicht.

Und irgendwie wusste das Mädchen von seinen Blicken, das verriet das selbstbewusste, unmerkliche Spitzen ihres roten Mundes, die Art, wie sie ein- oder zweimal ihr Haar aus der Stirn strich und den Kopf zurückwarf. Dann sah er, dass sie nun für einige Sekunden zusammen würden tanzen müssen. Er stolperte und fühlte, wie ihm der Schweiß aus allen Poren brach. Der Augenblick war nahe, das nächste Paar tanzte schon an seinen Platz zurück; er blieb allein, und sie kam auf ihn zu. Sie begegneten sich, er fasste sie an den Händen, sie tanzten herum, ihr Haar flog, und als sie ihm einmal direkt in die Augen sah, blendete und verwirrte ihn ihr Blick; dann trennten sie sich, und er ging an seinen, sie an ihren Platz zurück. Ihre Hände waren kühl gewesen, aber die seinen prickelten und brannten, als ob er Eis, als ob er Feuer angegriffen und die Berührung ihn entzündet hätte.

Der Tanz war vorbei. Er ging in seine Ecke zurück. Die Leute ringsum lachten und plauderten und hatten nichts bemerkt. Er setzte sich, wischte sich den Schweiß von der Stirn und von seinen schwieligen Händen, die zweimal so groß waren wie die des Mädchens und sie zu Brei hätten quetschen können.

Den ganzen Abend über hoffte er, ihr irgendwie näherkommen zu können, aber es geschah nichts dergleichen. Nanfans Sohn Joe Nanfan, der es besser wissen sollte, hatte es irgendwie geschafft, ins Gespräch mit ihr zu kommen, und er und ein runzeliges kleines Männchen aus der Truppe nahmen ihre ganze Aufmerksamkeit in Anspruch.

Schließlich schickten sich die Gäste an aufzubrechen.

Die Martins blieben noch eine Weile, weil Mrs Zacky

ihrer Tochter beim Saubermachen helfen wollte, und so
gingen die Daniels allein nach Hause.

Marks älteren Bruder hilfreich in die Mitte nehmend,
führten Oma Daniel und Mrs Paul den Zug an. Unmittelbar hinter ihnen, gleich Fregatten hinter Linienschiffen,
marschierten Pauls drei Kinder. Ein wenig zur Linken, die
Köpfe in flüsterndem Gespräch zusammengesteckt, gingen
Marks zwei Schwestern, Mary und Ena; brummend hol-
perte Opa Daniel hinterher, und die hoch aufgeschossene
Gestalt Marks beschloss den Zug.

Es war eine friedliche Julinacht. Noch schimmerte der
westliche Himmel so, als spiegle sich ein erleuchtetes Fenster darin. Hin und wieder summte ein Junikäfer an ihnen
vorbei, hob eine Fledermaus ihre flatternden Flügel.

Der Zug, schattenhafte ungleiche Gestalten im schattenhaften Halbdunkel, erstieg den Hügel, bewegte sich sekundenlang schwankend über den Horizont und tauchte
sodann zu den Häusern hinab, aus welchen das Dorf Mellin
bestand. Das Tal verschluckte sie und ließ nur mehr die stillen Sterne und das nächtliche Glimmen des Sommers über
dem Meer zurück.

Still lauschend lag Mark Daniel auf seinem Lager. Ihr Haus,
das zwischen dem der Martins und dem der Viguses lag,
besaß nur zwei Schlafzimmer. Im kleineren schliefen die
Eltern und das älteste von Pauls Kindern, das andere beher-
bergte Paul, seine Frau Beth und ihre zwei Kinder. Mary und
Ena schliefen in einem Anbau an der Rückwand des Hauses, während Mark seine Lagerstatt auf einer Strohmatte in
der Küche hatte.

Es dauerte eine ganze Weile, bis alle zu Bett gegangen
waren, und als endlich alles ruhig war, stand er auf und klei-

dete sich wieder an. Die Stiefel zog er erst an, als er draußen war.

Viele kleine Geräusche durchbrachen die Stille der Nacht. Er machte sich in Richtung Nampara auf den Weg.

Er wusste nicht, was er tun würde, aber seine Gedanken waren so in Aufruhr, dass er nicht einfach still liegen und schlafen konnte.

Auf Nampara war es noch nicht dunkel. Kerzen brannten hinter den Vorhängen von Captain Poldarks Schlafzimmer, und unten flackerte ein Licht. Aber nicht danach hielt der junge Mann Ausschau. Ein Stück weiter das Tal hinauf, am Flussufer, standen die zwei Wohnwagen, in welchen die fahrenden Schauspieler wohnten. Dahin richtete er seine Schritte.

Als er näher kam, sah er, dass auch hier noch Lichter brannten, wenngleich Hafergras und Weißdorn sie verdeckt hatten. Für einen Mann seiner Größe bewegte er sich lautlos, und er gelangte nahe an den größeren Wohnwagen heran, ohne aufzufallen.

Hier schlief keiner oder dachte auch nur an Schlaf. Die Kerzen brannten, und die Schauspieler saßen um einen großen Tisch. Es wurde viel geredet und gelacht, und auf dem Tisch klimperte Geld. Mark kroch näher.

Sie spielten ein Kartenspiel mit dicken schmierigen Karten. Das Mädchen war gerade am Geben, und als sie dem ihr gegenübersitzenden blonden Helden eine Karte hinlegte, sagte sie etwas, das alle zum Lachen brachte. Sie trug eine Art chinesischen Kittel, und ihr schwarzes Haar war zerzaust, als ob sie mit der Hand durchgefahren wäre; mit ungeduldig gerunzelter Stirn, die Karten in der Hand, einen entblößten Ellbogen auf dem Tisch, saß sie da.

Einen stacheligen Weißdornstrauch mit seiner großen

Hand zur Seite haltend, stand Mark da und schaute hinein. Das flackernde Licht aus dem Fenster malte Schatten und seltsame Grimassen auf seine Züge. Ein plötzliches Gelächter erhob sich, und schon streifte der Komiker alles Geld ein, das auf dem Tisch lag. Das Mädchen schien ärgerlich, denn sie warf ihre Karten hin und stand auf. Der blonde Mann streifte sie mit einem spöttischen Blick und stellte ihr eine Frage. Sie zuckte die Achseln und warf den Kopf zurück; plötzlich aber schwang ihre Stimmung um, und mit unglaublicher Anmut, geschmeidig wie eine Katze, glitt sie um den Tisch herum, beugte sich vor und küsste den Komiker auf seine Glatze, während sie ihm gleichzeitig zwei Pennys unter seinen erhobenen Fingern wegzog.

Zu spät durchschaute er ihr Manöver und griff nach ihrer Hand. Sie aber, in ausgelassener Freude ihre schönen weißen Zähne zeigend, tänzelte davon und suchte Zuflucht hinter dem Blonden, der den zornigen Komödianten abwehrte. Bevor Mark es noch richtig merkte, war sie, die Tür zuschlagend, mit triumphierendem Kichern aus dem Wagen gesprungen. Zu sehr mit sich selbst beschäftigt, um auf ihn zu achten, lief sie auf ihren Wagen zu, der fünfzig Meter weiter talaufwärts stand.

Mark trat in den Schatten zurück.

In dem Wohnwagen ging jetzt ein Licht an. Er richtete sich auf und schlich sich im Halbkreis heran. Noch während er unterwegs war, öffnete sich die Tür des Wagens, und jemand kam heraus. Er hörte das Klappern eines Eimers und sah eine Gestalt auf sich zukommen. Wieder tauchte er in die Büsche.

Es war Keren.

Ein leises Liedchen vor sich hin pfeifend, kam sie nahe an ihm vorbei. Er folgte ihr. Sie ging zum Fluss hinunter.

Als sie niederkniete, um den Eimer vollzuschöpfen, holte er sie ein. Sie befanden sich in einiger Entfernung vom Wohnwagen, und einen Augenblick lang beobachtete er sie und hörte, wie sie ungeduldige Verwünschungen ausstieß, denn der Fluss war seicht, und es gelang ihr nicht, den Eimer mehr als ein Drittel voll zu bekommen.

Er verließ das schützende Gebüsch.

»Sie bräuchten einen Topf oder eine Pfanne, um …«

Sie fuhr herum und stieß einen leisen Schrei aus.

»Lass mich zufrieden, du …« Dann sah sie, dass es nicht der Komiker war, und schrie lauter.

»Ich tue Ihnen doch nichts«, sagte Mark mit ruhiger und fester Stimme. »Seien Sie still, sonst wecken Sie noch das ganze Tal auf.«

Sie verstummte so schnell, wie sie zu schreien begonnen hatte, und starrte ihn an.

»Ach so … Sie sind es …«

Halb zweifelnd, halb erfreut, dass sie ihn wiedererkannte, heftete er seinen Blick auf das zarte Oval ihres Gesichtes.

»Ja.« Hier, fern von den dicht belaubten Bäumen, war es heller. Er konnte den feuchten Schimmer auf ihrer Unterlippe sehen.

»Was wollen Sie?«

»Ich wollte Ihnen helfen«, antwortete er.

Er nahm ihr den Eimer aus der Hand und watete in den Fluss hinaus, wo es eine tiefere Rinne gab.

»Was schleichen Sie denn so spätnachts noch hier herum?«, fragte sie in scharfem Ton.

»Es hat mir gut gefallen, was Sie heute Abend gespielt haben«, antwortete er. »Mir … hat das Stück gefallen.«

»Wohnen Sie … da unten im Haus?«

»Nein. Da drüben.«

»Wo?«

»Unten im Mellin Tal.«

»Was tun Sie?«

»Ich? Ich bin Bergarbeiter.«

Angewidert zog sie die Schultern hoch. »Das ist keine sehr schöne Arbeit, nicht wahr?«

»Ich … das Stück …«

Sie musterte ihn mit einem schiefen Blick, registrierte seine Körpergröße, die Breite seiner Schultern.

»Habe ich Ihnen in dem Stück gefallen?«

»Ja.«

»Das dachte ich mir«, sagte sie ruhig. »Ich bin hübsch, nicht wahr?«

»Ja«, antwortete er. Er brachte das Wort kaum über die Lippen.

»Jetzt sollten Sie besser gehen«, meinte sie.

Er zögerte und spielte ungeschickt mit seinen Händen. »Wollen Sie nicht noch bleiben und ein wenig plaudern?«

Sie lachte leise. »Wozu? Ich hab was Besseres zu tun.«

»Werden Sie morgen Abend in Grambler sein?«

»Ich nehme es an.«

Sie nahm den Eimer auf und machte kehrt.

»Morgen werde ich auf Sie warten«, sagte er.

»Und ich werde auf Sie warten«, gab sie lässig über die Schulter zurück.

»Wirklich?«

»Ja … vielleicht.« Der Wind trug ihm die Worte zu, denn schon war sie fort, und das Geklapper des Eimers erstarb.

6

Wenige Tage später. Demelza verzehrte schweigend ihr Frühstück und schmiedete Pläne. Ross hätte zu dieser Zeit schon wissen sollen, dass ihr Stillschweigen während einer Mahlzeit ein schlechtes Zeichen war. Ein paar Tage nach der Katastrophe der Tauffeier war sie kleinlaut gewesen, aber das hatte sich gelegt.

»Wann wolltest du in die Stadt reiten, um Jim zu besuchen?«

»Jim?«, sagte er und kehrte mit seinen Gedanken von Kupfergesellschaften und ihren Missetaten zurück.

»Jim Carter. Du hast gesagt, du wolltest Jinny nächstes Mal mitnehmen.«

»Das stimmt. Nächste Woche, dachte ich. Natürlich nur, wenn du sie entbehren kannst und auch sonst nichts dagegen hast.«

Demelza warf ihm einen Blick zu.

»Wirst du über Nacht wegbleiben?«

»Die Klatschbasen haben Mäuler wie Scheunentore und werden etwas zu erzählen haben, wenn ich in Begleitung einer Dienstmagd fortreite. Ich …«

»*Auch* wieder einer Dienstmagd?«

Er lächelte. »Sie können reden, bis ihnen die Zunge aus dem Maul fällt. Mir macht es nichts aus.«

»Also dann reite«, sagte sie. »Ich habe weder Angst vor Jinny Carter noch vor den alten Weibern.«

Nachdem der Tag feststand, hieß es, Verity benachrichtigen. Montagmorgen, während Ross in der Grube zu tun hatte, ging sie zu Fuß die drei Meilen nach Trenwith hinüber.

Sie fand Verity in der Vorratskammer.

»Schönen Dank«, sagte Demelza. »Wir sind alle wohlauf. Ich bin nur gekommen, dich zu bitten, mir ein Pferd zu leihen, liebste Verity. Es ist ein kleines Geheimnis, und Ross soll nichts davon erfahren. Nächsten Donnerstag reitet er nach Bodmin, um nach Jim Carter zu sehen und nimmt auch Jinny mit. Ich wollte aber in Ross' Abwesenheit nach Truro reiten und habe nun kein Pferd.«

Ihre Blicke begegneten sich. Demelza war wohl ein wenig außer Atem, sah aber aus, als ob ihr jede Arglist fremd wäre.

»Wenn du willst, leihe ich dir Random. Soll es auch für mich ein Geheimnis sein?«

»Natürlich nicht«, antwortete Demelza. »Könnte ich mir denn ein Pferd von dir leihen, wenn es ein Geheimnis wäre?«

Verity lächelte. »Also gut, Liebste, ich werde dich nicht drängen. Aber allein kannst du nicht nach Truro reiten. Wir haben ein Pony, das wir dir für Jud leihen können.«

»Ich weiß natürlich noch nicht, um welche Zeit Ross am Donnerstag aufbrechen wird. Wenn es dir recht ist, kommen wir dann zu Fuß herüber, um die Pferde zu holen. Vielleicht erwartest du uns hier an der Hintertür; dann brauchen Francis – und Elizabeth – nichts zu erfahren.«

»Das klingt ja wirklich alles höchst geheimnisvoll. Ich hoffe, dass ich dir nicht bei etwas Unerlaubtem Vorschub leiste.«

»Aber nein, kein Gedanke«, sagte Demelza. »Es ist einfach … etwas, das ich schon lange vorhatte.«

»Also gut, Liebste.«

Verity strich ihr einfaches blaues Baumwollkleid glatt. An diesem Morgen sah sie farblos und gouvernantenhaft aus. Einer ihrer Altjungferntage. Angesichts der Ungeheuerlichkeit ihres Vorhabens blieb Demelza fast das Herz stehen.

Anerkennend und verständnisvoll blickte Ross um sich, als er Donnerstag zeitig früh, Jinny Carter schweigsam auf dem halbblinden Ramoth an seiner Seite, das Tal hinaufritt. Dieser seichte Boden erschöpfte sich bald und brauchte reichlich Zeit, um sich von einer Bebauung mit Getreide zu erholen, aber die Felder, die er für dieses Jahr ausgewählt hatte, gediehen sehr gut. Sie leuchteten in allen Farben von erbsengrün bis kuchenbraun. Eine gute Ernte würde einigermaßen den Schaden wettmachen, den der Sturm im Frühjahr angerichtet hatte.

Als Ross am Donnerstagmorgen hinter dem Hügel verschwunden war, drehte sich Demelza um und ging ins Haus. Der ganze Tag lag nun vor ihr.

»Jud!«

»Ja?«

»Bist du fertig?«

»Da sollen mich doch die Läuse beißen, wenn Mr Ross nicht vor zwei Minuten noch im Haus war!«

»Die Zeit ist kostbar. Wenn wir – wenn ich um fünf nicht zu Hause bin, fängt die kleine Julia zu weinen an – und ich bin vielleicht noch weiß Gott wo.«

»Ein ganz verrückter Einfall ist das, von Anfang bis Ende«, sagte Jud und steckte seinen von einem Haarkranz umgebenen Kahlkopf in die Tür. »Und es gibt welche, die meinen, ich sollte es besser wissen, als mich zu einem solchen Abenteuer herzugeben. Es ist nicht vernünftig. Es ist nicht recht. Es ist nicht *menschlich* …«

»Es ist nicht deine Sache, herumzudebattieren«, erklärte Prudie, die hinter ihm auftauchte. »Wenn sie sagt geh, dann geh und fort mit dir. Wenn es einen Krach mit Mr Ross gibt, hat sie ihn auszubaden.«

»Ich bin da nicht so sicher«, entgegnete Jud. »Ganz und gar nicht sicher. Bei euch Weibern weiß man nie, was ihr für Kapriolen schlagt, wenn ihr im Druck seid. Da springt ihr dann nach allen Seiten wie ein Wagen voller Affen. Also ich warne dich. Wenn ich da mitmache, hängen sie mich vielleicht noch wegen Dummheit auf.«

Kurz nach sieben zogen sie los und holten die Pferde vom Trenwith House. Demelza hatte sich sorgfältig angekleidet: ihr neues blaues, engsitzendes Reitkostüm von männlichem Zuschnitt, mit einem hellblauen Mieder und einem dreieckigen Hütchen mit schmaler Krempe. Sie küsste Verity und dankte ihr sehr herzlich – als glaubte sie, die Wärme ihrer Umarmung würde Verity für die an ihr praktizierte Täuschung entschädigen.

Juds Begleitung erwies sich als nützlich, weil er wusste, wie man über Feld- und Landwege und Seitenpfade nach Falmouth gelangte, ohne eine Stadt oder ein Dorf zu berühren, wo man sie hätte erkennen können.

Sie hatten keine Uhr dabei, aber zwei oder drei Stunden vor Mittag sahen sie das blausilberne Glitzern einer Wasserfläche und wussten, dass es nicht mehr weit sein konnte.

Sie ließen den Fluss hinter den Bäumen zurück, ritten über einen Karrenweg einen staubgrünen Hügel hinab und befanden sich unter den ersten Häusern. Hinter den Häusern erblickten sie einen großen landumschlossenen Hafen und Schiffsmasten. Das Herz schlug ihr bis zum Hals. Sie wurde sich des Wagnisses bewusst, das sie auf sich genommen hatte.

Schon nach wenigen Minuten erreichten sie einen mit Kopfsteinen gepflasterten Platz, und das Wasser glitzerte

wie eine Silberplatte zwischen einigen größeren Häusern
hervor. Viele Menschen waren auf den Straßen, aber sie
schienen es nicht eilig zu haben, zwei Reitern Platz zu machen. Schreiend und fluchend bahnte sich Jud einen Weg
durch die Menge.

Auf der anderen Seite des Platzes sahen sie einen Kai
mit pyramidenförmig aufgebauten Kisten, die aus einem
großen Beiboot ausgeladen wurden. Wie hypnotisiert beobachtete Demelza das Leben und Treiben. Eine Gruppe
bezopfter Matrosen in blauen Jacken starrten das Mädchen
hoch zu Ross an. Eine dicke Negerin ging vorbei, und zwei
Hunde balgten sich um ein Stück Brot. Eine Frau beugte
sich oben aus einem Fenster und warf Abfall auf die Straße.

»Was jetzt?«, fragte Jud, nahm seinen Hut ab und kratzte
sich am Kopf.

»Frag jemanden«, antwortete sie. »Das macht man so.«

»Niemand da, den ich fragen könnte«, brummte Jud und
sah sich auf dem dicht bevölkerten Platz um. Drei Matrosen
mit goldenen Litzen auf ihren Uniformen waren vorbei, bevor Demelza sich entschließen konnte.

Jud saugte an seinen zwei Zähnen. Sie lenkte ihr Pferd
an einigen Straßenjungen vorbei, die im Rinnsal spielten,
und ritt an vier Männer heran, die, auf den Stufen eines der
großen Häuser stehend, miteinander sprachen. Perücken-
tragende, dickwanstige, wohlhabende Kaufleute.

»Verzeihen Sie freundlichst die Störung«, sagte Demelza,
»aber könnten Sie mir bitte den Weg zu Captain Andrew
Blameys Haus weisen?«

Die Herren zogen ihre Hüte. Noch nie war Demelza etwas Ähnliches widerfahren. Sie hielten sie für eine Dame.
Sie errötete.

»Verzeihen Sie, Ma'am«, sagte der eine, »ich habe den Namen nicht verstanden.«

»Captain Andrew Blamey vom Postschiff nach Lissabon.« Die Männer wechselten Blicke.

»Er wohnt am anderen Ende der Stadt, Ma'am. Diese Straße hinunter, Ma'am. Nicht ganz eine halbe Meile.«

»Ich bin Ihnen zu großem Dank verpflichtet«, sagte Demelza. »Diese Straße hinunter? Danke. Guten Tag.«

Sie trabten einen langen engen Feldweg zwischen elenden Hütten und Höfen hinauf. Hier und dort stand ein bescheidenes Haus oder ein kleiner Laden. Zu ihrer Rechten stieg das mit Bäumen und Buschwerk bewachsene Land zu einer Anhöhe empor. Im Hafen lagen zwei oder drei Dutzend Schiffe in einer fast geschlossenen Reihe. In ihrem ganzen Leben hatte sie noch nie etwas Gleichartiges gesehen; gewöhnt war sie nur an den gelegentlichen Anblick eines Kutters oder einer Brigg, die sich an der gefährlichen Nordküste vom Land fernhielt.

Es war eines der besseren Häuser mit einem von Pfosten getragenen Vorbau über der Eingangstür. Es war imposanter, als sie erwartet hatte.

»Ich werde nicht lange brauchen«, sagte sie. »Dass du mir nicht fortläufst und dir einen ansäufst, sonst reite ich allein nach Hause.«

»Ich mir einen ansaufen!« Jud war empört.

Demelza klopfte an die Tür. Was würde Ross sagen, wenn er sie jetzt sehen könnte? Und Verity? Gemeiner Verrat. Sie wünschte, sie wäre nicht gekommen. Sie wünschte … Die Tür öffnete sich.

»Ich möchte gern Captain Blamey sprechen.«

»Er ist nicht da, Ma'am. Er hat aber gesagt, er würde noch vor Mittag zurück sein. Wollen Sie warten?«

»Ja«, antwortete Demelza, schluckte und trat ein.

Mit freundlichen Worten wurde sie in ein wohnliches, rechteckiges Zimmer im ersten Stock geleitet. Es war mit cremefarben lackiertem Holz getäfelt, und zwischen den unordentlich auf dem Schreibtisch herumliegenden Papieren stand ein Modellschiff.

»Wen darf ich melden?«, fragte die Frau.

»Ich würde es vorziehen, ihm selbst meinen Namen zu nennen. Sagen Sie einfach, eine Dame …«

Die Tür schloss sich. Mit klopfendem Herzen lauschte Demelza den sich entfernenden Schritten der alten Frau.

Neben dem Fenster eine Miniatur. Nicht Verity. Seine erste Frau, die er niedergeschlagen hatte und die an den Folgen ihres Sturzes gestorben war? Die eingerahmten Silhouetten von zwei Kindern. Sie hatte seine zwei Kinder vergessen. Das Bild eines anderen Schiffes, eines Kriegsschiffes, wie es schien. Von hier aus konnte sie auf den Fahrweg hinuntersehen.

Sie trat näher ans Fenster. Juds leuchtender Kahlkopf. Eine Frau, die Orangen verkaufte. Er beschimpfte sie. Jetzt schimpfte sie zurück. Jud schien empört darüber, dass auch andere Leute seine ordinären Ausdrücke gebrauchten. »Captain Blamey«, würde sie sagen, »ich bin gekommen, um mit Ihnen – um mit Ihnen über meine Base zu sprechen.« Nein, zuerst musste sie herausfinden, ob er nicht inzwischen eine andere geheiratet hatte. »Captain Blamey«, würde sie beginnen, »haben Sie wieder geheiratet?« Nein, so ging das nicht. Was wollte sie eigentlich erreichen? »Lass die Finger davon«, hatte Ross sie gewarnt, »es ist gefährlich, sich in die Angelegenheit anderer Leute zu mischen.« Aber genau das tat sie – entgegen allen Warnungen, allen gutgemeinten Ratschlägen zum Trotz.

Eine Landkarte lag auf dem Schreibtisch. Mit roter Tinte waren Linien gezogen. Sie wollte sie gerade näher in Augenschein nehmen, als wieder ein Lärm auf der Straße ihre Aufmerksamkeit auf sich zog.

In etwa dreihundert Meter Entfernung stand eine Gruppe von Seeleuten unter einem Baum. Ein übler Haufen bärtiger, zerlumpter, bezopfter Männer, aber in ihrer Mitte stand ein Mann, einen Dreimaster am Kopf, der ein wenig ärgerlich auf sie einredete. Zornig gestikulierend drängten sie sich um ihn, und einen Augenblick lang schien er unter ihnen zu verschwinden, aber dann tauchte sein Hut wieder auf. Die Männer traten zurück, um ihn durchzulassen, aber mehrere schrien immer noch und schüttelten drohend die Fäuste. Ohne einen Blick hinter sich zu werfen, ging der Mann mit dem Dreispitz weiter.

Instinktiv wusste Demelza, dass das der Mann war, den zu sprechen sie Ränke geschmiedet, Pläne ausgeheckt und zwanzig Meilen weit geritten war.

So eindringlich Ross' Warnungen auch gewesen waren, so hatte sie sich diesen Menschen nicht vorstellen können. Blitzartig leuchtete die bisher von ihr kaum beachtete Kehrseite der Medaille vor Demelzas geistigem Auge auf, dass nämlich möglicherweise Francis, der alte Charles und Ross im Recht gewesen waren und Verity sich von falschen Instinkten hatte leiten lassen.

In Panik warf sie einen Blick zur Tür, um die Möglichkeiten einer Flucht abzuschätzen, aber die Außentür schlug zu, und sie wusste, dass es zu spät war. Jetzt gab es kein Zurück mehr.

Steif stand sie am Fenster und lauschte den Stimmen unten in der Diele. Dann hörte sie Schritte auf der Treppe.

Die Stirn von seiner Auseinandersetzung mit den Matrosen immer noch ärgerlich gerunzelt, trat er ins Zimmer. Ihr erster Eindruck war: Er ist alt! Er hatte seinen Dreimaster abgenommen und trug keine Perücke. Er hatte graue Schläfen, und auch seine Haarkrone war grau gesprenkelt. Seine Augen waren blau und blickten grimmig, es waren die Augen eines Mannes, der sich stets in Bereitschaft hielt, um als Erster losstürzen zu können.

Er kam zum Tisch vor, legte seinen Hut darauf und richtete den Blick auf seine Besucherin.

»Mein Name ist Blamey, Ma'am«, stellte er sich mit harter klarer Stimme vor. »Kann ich Ihnen zu Diensten sein?«

Demelzas Vorstellungen, wie sie das Gespräch hätte anbahnen wollen, waren vergessen. Sie befeuchtete ihre Lippen und sagte: »Mein Name ist Poldark.«

Es war, als ob ein Schlüssel den inneren Mechanismus dieses harten Mannes abgestellt hätte, um jedes Zeichen von Überraschung oder sonst einer Gefühlsregung hintan zu halten.

Er verneigte sich leicht. »Ich habe nicht das Vergnügen, Sie zu kennen.«

»Nein, Sir«, antwortete Demelza. »Nein. Aber Sie kennen meinen Gatten, Captain Ross Poldark.«

Es erinnerte sie ein wenig an ein Schiff, dieses vorspringende, angriffslustige Gesicht, vom Wetter gegerbt, aber nicht verwittert.

»Ich hatte vor einigen Jahren Gelegenheit, ihn kennenzulernen.«

Es gelang ihr nicht, den nächsten Satz zu formen. Mit der Hand tastete sie nach dem Stuhl hinter sich und ließ sich hineinfallen.

»Ich bin zwanzig Meilen geritten, um mit Ihnen zu sprechen.«

»Ich fühle mich geehrt.«

»Ross weiß nicht, dass ich gekommen bin«, fuhr sie fort. »Niemand weiß, dass ich gekommen bin.«

Einen Augenblick lang verließen seine Augen ihr Gesicht und glitten über ihre staubige Kleidung.

»Darf ich Ihnen eine Erfrischung anbieten?«

»Nein … nein … Ich muss in ein paar Minuten wieder gehen.« Das war vielleicht ein Fehler, denn eine Schale Tee oder sonst etwas würde ihr Zeit und Gelegenheit gegeben haben, ihre Fassung wiederzugewinnen.

Ein gespanntes Schweigen folgte. Unter dem Fenster brach von neuem der Streit mit der Orangenfrau aus.

»War das Ihr Diener an der Tür?«

»Ja.«

»Er kam mir bekannt vor. Ich hätte es wissen müssen.«

Seine Stimme ließ keinen Zweifel an seinen Gefühlen aufkommen.

Sie versuchte es noch einmal. »Ich … Vielleicht hätte ich nicht kommen sollen, aber ich glaubte, es zu müssen. Ich wollte mit Ihnen sprechen.«

»Also?«

»Wegen Verity.«

Für einen kurzen Augenblick nur verriet sein Ausdruck Verlegenheit; dieser Name durfte nicht mehr genannt werden. Unvermittelt warf er dann einen Blick auf die Uhr. »Ich kann drei Minuten für Sie erübrigen.«

Etwas in seinem Blick raubte Demelza auch ihre letzte Hoffnung. »Es war falsch von mir, zu kommen«, sagte sie. »Ich fürchte, ich habe Ihnen nichts zu sagen. Ich habe einen Fehler gemacht, das ist alles.«

»Nun, was ist das für ein Fehler, den Sie gemacht haben? Da Sie nun schon einmal hier sind, können Sie's mir ja sagen.«

»Nein. Es hat keinen Zweck, einem Mann wie Ihnen etwas zu sagen.«

Er blickte sie wütend an. »Ich bitte Sie, es mir zu sagen.« Sie hob den Kopf.

»Es ist wegen Verity. Ich habe Ross voriges Jahr geheiratet. Damals wusste ich überhaupt nichts von Verity. Und sie hat mir nie etwas erzählt. Ich musste Ross dazu überreden, es mir zu erzählen. Ich habe Verity lieb. Ich würde alles tun, um sie glücklich zu sehen. Und sie ist nicht glücklich. Sie hat es nie überwunden. Ross hat gesagt, es wäre gefährlich, sich einzumischen. Er hat gesagt, ich müsse die Finger davonlassen. Aber das konnte ich nicht, bevor ich Sie nicht gesprochen hatte. Ich … Ich dachte, Verity hätte recht und die anderen wären im Unrecht. Ich musste sicher sein, dass die anderen recht haben, bevor ich die Sache fallen lasse.«

Ihre Stimme schien fortzutönen, sich in einem öden leeren Raum zu verlieren. »Haben Sie wieder geheiratet?«, fragte sie.

»Nein.«

»Ich musste heute schwindeln. Ross ist nach Bodmin geritten. Ich habe mir die Pferde ausgeborgt und bin mit Jud hergekommen. Jetzt muss ich zurück, denn ich habe zu Hause ein kleines Baby.«

Sie stand auf und ging langsam zur Tür.

Er packte sie am Arm, als sie an ihm vorbeikam.

»Ist Verity krank?«

»Nein«, antwortete Demelza zornig. »Kränklich, aber nicht krank. Sie sieht zehn Jahre älter aus, als sie ist.«

Plötzlich spiegelte sich ein wilder Schmerz in seinen Augen.

»Kennen Sie denn die *ganze* Geschichte? Man muss Ihnen doch die ganze Geschichte erzählt haben.«

»Ja, die Sache mit Ihrer ersten Frau. Aber wenn ich Verity wäre …«

»Sie sind aber nicht Verity. Woher wollen Sie wissen, welche Gefühle sie hegt?«

»Das weiß ich nicht, aber …«

»Nie hat sie mir eine Botschaft zukommen lassen …«

»Und auch Sie haben ihr keine Botschaft zukommen lassen.«

»Hat sie je etwas gesagt?«

»Nein.«

»Dann ist es erbärmlich … Ihr Versuch, zu … diese … diese Aufdringlichkeit …«

»Ich weiß«, sagte Demelza, den Tränen nahe. »Jetzt weiß ich es. Ich wollte Verity helfen, aber jetzt wünschte ich, ich hätte es nie versucht.

Wissen Sie, ich verstehe das alles nicht. Wenn dort, wo ich herkomme, zwei Menschen sich lieb haben, ist das mehr als genug, um sie zusammenzubringen, ob einer jetzt trinkt oder nicht. Wenn der Vater dagegen ist, gibt es Schwierigkeiten, aber jetzt ist der Vater tot, und Verity ist zu stolz, um von sich aus etwas zu unternehmen. Und Sie … Und Sie … Ich dachte, Sie wären anders. Ich dachte …«

»Sie dachten, ich säße wahrscheinlich herum und bliese Trübsal. Sicher hat mich der Rest Ihrer Familie schon längst als Versager und Trunkenbold abgeschrieben, der den ganzen Tag in der Kneipe hockt und Unsinn schwätzt und abends nach Hause torkelt. Sicher teilt Miss Verity längst schon die Meinung ihres Schwächlings von Bruder, dass es für alle Beteiligten das Beste war, Captain Blamey fortzujagen. Wozu …«

»Wie können Sie so von Verity sprechen?«, rief Demelza

empört. »Wie können Sie es wagen! Wenn ich daran denke, dass ich mich wund geritten habe, um das zu hören! Wenn ich daran denke, dass ich Pläne geschmiedet und geschwindelt und mir extra noch Pferde ausgeliehen habe und weiß Gott was sonst! Und Sie sprechen so von Verity, die vor Sehnsucht nach Ihnen ganz krank ist! Du lieber Gott! Lassen Sie mich gehen!«

Er verstellte ihr den Weg. »Warten Sie. Das wirft kein schlechtes Licht auf Sie, Ma'am. Ich gebe zu, dass Sie sich von den edelsten Beweggründen haben leiten lassen. Ich anerkenne Ihren guten Willen …«

Sie zitterte, versuchte aber nicht, ihm ihren Arm zu entwinden.

Er schwieg für eine kleine Weile, sah sie aber so forschend an, als wollte er alles erfahren, was sie nicht ausgesprochen hatte. Sein eigener Zorn war mit einem Mal verraucht.

»Seit damals«, sagte er schließlich, »haben wir uns alle weiterentwickelt und verändert. Es ist – begreifen Sie doch! Es ist alles vergessen, es liegt hinter uns – aber es hat Bitterkeit in uns zurückgelassen. Wenn man Dinge frisch aufrührt, die längst vergessen sein sollten, wirbelt man, ob man will oder nicht, eine Menge Staub und Schlamm auf, der sich mittlerweile gesetzt hat.«

»Lassen Sie meinen Arm los«, sagte sie.

Mit einer unbeholfenen Geste gab er sie frei und wandte sich ab. Steif ging sie zur Tür und griff nach der Klinke.

Sie warf einen Blick zurück. Er starrte auf den Hafen hinaus.

Draußen auf der Straße saß Jud blinzelnd auf einer Steinmauer neben seinem Pony. Er lutschte an einer Orange, die er der Orangenfrau geklaut hatte.

»Schon fertig?«, fragte er. »Habe mir gedacht, es würde nicht lange dauern. Nun ja, es ist wohl am besten, wenn man an gewissen Dingen nicht rührt.«

Demelza blieb stumm. Captain Blamey stand am Fenster seines Zimmers und beobachtete sie.

7

Demelza wusste, dass es an ihrer Niederlage nichts mehr zu rütteln gab. Ross hatte recht gehabt. Sogar Francis hatte recht gehabt. Für Verity hatte es nie die Hoffnung auf eine glückliche Heirat gegeben. Und doch …

Nun ja …

Prudies formlose Gestalt unterbrach, einem angeschwollenen weiblichen Caliban gleich, die tiefgründigen Überlegungen einer geistesabwesend vor sich hin starrenden Demelza.

»Sie haben wohl Bauchgrimmen, was?«

»Nein, Prudie, aber ich bin müde und schlechter Laune. Und mir tut alles so weh, dass ich kaum sitzen kann. Ich weiß nicht, wie es kommt, aber wenn ich einen Knochen nur anrühre, könnte ich schreien!«

»Das ist kein Wunder, Mrs Poldark … Pferde, das sage ich immer, sind nicht zum Reiten da, ob gesattelt oder nicht. Wenn man sie vor einen Karren spannt, das ist etwas anderes. Aber ein Ochs schafft das auch, und der ist zweimal so friedlich. Ich bin nur einmal auf einem Pferd gesessen, und das war vor sechzehn Jahren, als Jud mich aus Redruthan hierherbrachte. Mein Gott, war das ein beschwerlicher Ritt, bergauf und talab, ohne Pause. Am Abend habe ich mir dann Achsfett auf mein, na, Sie wissen schon, geschmiert, und es war höchste Zeit, sonst wäre mir die Haut aufgeplatzt, das können Sie mir glauben. Mal sehen, was ich für Sie tun kann. Jedenfalls bin ich gekommen, um Ihnen zu sagen, dass Mark Daniel draußen in der Küche ist und wissen möchte, ob er reinkommen kann, um mit Ihnen zu sprechen, oder nicht.«

Demelza richtete sich auf und verzog schmerzlich das Gesicht. »Mark Daniel? Führ ihn herein.«

Seine Mütze drehend, kam Mark herein. Im Wohnzimmer wirkte er wie ein Riese.

»Ach, Mark«, sagte sie, »willst du Ross sprechen? Er ist nicht zu Hause und übernachtet heute in Bodmin. Ist es etwas Wichtiges, oder willst du bis morgen warten?«

Im Halbdunkel und ohne Mütze sah er jünger aus. Aus Angst, an einem Deckenbalken anzustoßen, hielt er den Kopf gesenkt.

»Ich wollte, es wäre einfacher, es Ihnen zu erklären, Mrs Poldark. Ich hätte schon gestern zu Captain Poldark kommen sollen, aber da war die Sache noch nicht so ganz entschieden, und es liegt mir einfach nicht, das Fell des Bären zu verkaufen, bevor ich ihn habe. Aber jetzt … jetzt habe ich es eilig, weil …«

Darauf bedacht, keine Grimassen zu ziehen, stand Demelza auf und ging ans Fenster. Erst in einer Stunde würde es dunkel sein, aber schon blinkte die Sonne am westlichen Talrand, und Schatten senkten sich über die Bäume. Sie wusste, dass Mark ein guter Freund von Ross war, der nur noch Zacky Martin größeres Vertrauen schenkte, und sein Besuch verwirrte sie ein wenig.

Er beobachtete sie und wartete.

»Warum setzt du dich nicht, Mark, und erzählst mir, was dich bedrückt?«

Sein langes dunkles Gesicht zuckte. »Ich trage mich mit der Absicht zu heiraten, Mrs Poldark.«

Ein Lächeln der Erleichterung ging über ihr Gesicht. »Ich freue mich, Mark. Aber warum sollte das für dich Anlass zur Sorge sein?« Er blieb stumm, und sie fügte hinzu: »Wer soll denn die Glückliche sein?«

»Keren Smith.«

»Keren Smith?«

»Das junge Mädchen, das mit dem Wandertheater gekommen ist. Die Dunkle mit … mit den langen Haaren und der glatten Haut.«

Demelza erinnerte sich. »Ach ja«, sagte sie, »ich weiß.« Es sollte nicht unfreundlich klingen. »Aber was sagt sie dazu? Sind diese Leute noch hier in der Gegend?«

Sie waren noch hier in der Gegend. An der Tür stehend, ruhig und ernst erzählte Mark ihr seine Geschichte. Und was er nicht erzählte, ließ sich leicht erraten. Anfangs hatte sie ihn ausgelacht. Dann aber hatten seine Körpergröße und das Geld, das er ihr aufdrängte, endlich doch ihr Interesse geweckt. Fast nur zum Scherz hatte sie seine Annäherungsversuche geduldet und dann plötzlich entdeckt, dass es eigentlich gar nicht so nebensächlich war, was er ihr da anbot. Sie hatte nie ein Zuhause und nie einen Verehrer wie diesen gehabt. Sie hatte versprochen, ihn zu heiraten, es ihm in die Hand versprochen – unter einer Bedingung. Er müsste etwas finden, wo sie zusammen leben könnten; in das schon jetzt mit Menschen voll gestopfte Haus seines Vaters würde sie unter keinen Umständen einziehen. Wenn er vor Sonntag etwas für sie fände, würde sie mit ihm durchbrennen. War aber die Truppe einmal über St. Dennis hinaus, würde sie, sagte sie, nicht mehr das Herz haben, mit ihm zu gehen. Von dort aus nämlich würden die Schauspieler die lange Fahrt nach Bodmin beginnen, und selbst wenn Mark mit einem Grubenpony für sie ankäme, sie würde nicht mehr in das Moorland zurückkehren. Sie würde aus St. Dennis fliehen oder überhaupt nicht. Die Entscheidung lag bei ihm.

»Und was willst du tun, Mark?«, fragte Demelza.

Die Cobbledicks waren in das alte Haus der Clemmows gezogen; es war also nicht mehr frei. Darum hatte Mark sich entschlossen, sich noch vor Sonntag ein Haus zu bauen. Seine Freunde waren bereit, ihm dabei zu helfen. Sie hatten einen geeigneten Platz gefunden; ein unebenes und unbebautes Stück Land, das an den Treneglosschen Besitz angrenzte, aber noch auf Poldarkschem Gebiet lag. Wenn nun aber Captain Ross nicht da war …

Der Gedanke, dass sich in diesem zähen, kurz angebundenen, hageren Mann Liebesgefühle regten, war irgendwie sonderbar; noch sonderbarer aber der Gedanke an die launische, hübsche Eintagsfliege, die diese Gefühle in ihm erweckt hatte.

»Und was soll ich nun für dich tun?«, fragte Demelza.

Er sagte es ihr. Er brauchte die Erlaubnis, dort bauen zu dürfen. Er dachte daran, das Stück Land zu pachten. Aber wenn er bis morgen wartete, hieß das, dass er einen ganzen Tag verlieren würde.

»Ist es nicht auch jetzt schon zu spät?«, fragte sie. »Du kannst doch nicht bis Sonntag ein ganzes Haus bauen.«

»Doch«, antwortete er, »ich denke, wir schaffen es. Lehm ist ja da, und weil ich doch mit der Möglichkeit rechnete, habe ich mir in den letzten Nächten, unter der Hand sozusagen, eine Menge Zeug zusammengetragen.«

Es lag Demelza auf der Zunge, ihm zu sagen, dass ein Mädchen, das solche Bedingungen stellte, bleiben sollte, wo es war, aber an seinem Gesichtsausdruck sah sie, dass er nicht auf sie hören würde.

»Wo ist dieses Stück Land, Mark?«

»Hinter dem Abhang jenseits von Mellin. Es ist nur Buschwerk und Gestrüpp und ein alter Abzugsgraben von einer Grube. Der Kanal ist schon vor Jahren ausgetrocknet.«

»Ja, das kenne ich …« Sie überlegte. »Nun ja, es liegt wirklich nicht in meiner Hand, es dir zu überlassen. Du musst dich selbst fragen: Ich bin ein alter Freund; würde Captain Ross mir erlauben, auf diesem Streifen Ödland mein Haus zu bauen?«

Mark Daniel sah sie an und schüttelte dann langsam den Kopf.

»Das kann ich nicht entscheiden, Mrs Poldark. Freunde, wie man so sagt, sind wir unser ganzes Leben gewesen; wir sind zusammen aufgewachsen. Wir haben zusammen gesegelt, Rum und Gin geschmuggelt, am Strand von Hendrawna gefischt, und wir haben uns gebalgt, als wir noch kleine Knirpse waren. Aber jetzt ist es doch so, dass er hierher gehört und ich da unten hin, und – es würde mir nie einfallen, mir ohne seine Einwilligung etwas zu nehmen, das ihm gehört, so wie umgekehrt auch er nie daran denken würde, sich an meinem Eigentum zu vergreifen.«

Der ganze Garten lag nun im Schatten. Es schien kein Zusammenhang zwischen dem hellen Himmel und der Dämmerung zu bestehen, die sich jetzt über das Tal breitete. Während noch der Tag strahlte, versank das Land im Abgrund des Abends.

»Wenn Sie mir die Erlaubnis nicht geben können«, fügte

Mark hinzu, »muss ich mich anderswo nach einem Stück Land umsehen. Aber es wird schwierig sein.«

Demelza wusste, wie gering seine Chancen waren. Als sie ihre Blicke vom Himmel abwandte, konnte sie nur seine Augen und die eckige Klammer seiner Backenknochen sehen. Sie ging durch das Zimmer und nahm das Feuerzeug zur Hand. Knisternd flackerte die erste Kerze auf und beleuchtete ihre Hände, ihr Gesicht und ihr Haar.

»Nimm dir einen Morgen Land angrenzend an das Bett des ausgetrockneten Grabens«, sagte sie. »Mehr kann ich nicht sagen. Wie du das mit der Pacht machen willst, davon habe ich keine Ahnung, denn von Zahlen und Rechnen weiß ich nicht viel. Das musst du mit Ross abmachen. Aber ich verspreche dir, dass du dortbleiben kannst.«

Der Mann an der Tür schwieg, während sie zwei weitere Kerzen an der ersten entzündete. Sie hörte, wie er mit den Füßen scharrte.

»Ich kann Ihnen nicht genug danken, Mrs Poldark«, sagte er plötzlich, »aber wenn ich Ihnen oder den Ihren einmal gefällig sein kann, lassen Sie es mich wissen.«

Sie hob den Kopf und lächelte ihm zu.

»Das weiß ich, Mark«, antwortete sie.

Dann war er fort, und sie blieb allein mit den Kerzen.

8

Mit der Dunkelheit war auch Nebel gekommen, und in der Nacht stand ein Mond am Himmel, der wie eine kahle alte Rothaut über die Hügel spähte. Im Tal von Mellin und auf dem Talhang von Reath sah er auf eine Gruppe geschäftiger dunkler Gestalten herab, die sich, scheinbar ziellos wie vom plötzlichen Schein einer Laterne aufgeschreckte Ameisen, zwischen den Hügeln des Moorlandes hinter Joe Triggs Haus und einem von Schutt und Geröll bedeckten Stück Land hin und her bewegten, das auf nicht genau bestimmbare Weise nach Osten abfiel.

Der Bau hatte begonnen.

Nachdem Mark fast vierzehn Stunden ohne Unterbrechung gearbeitet hatte, setzte er sich nieder, um zu essen, und betrachtete sein und seiner Freunde Werk. Die Grundmauern standen, und die Wände waren angefangen. Die Grundfläche war ein wenig größer geraten als vorgesehen, aber das würde sich nur vorteilhaft auswirken; dafür, die einzelnen Räume abzuteilen, blieb Zeit, wenn *sie* erst einmal da war. Sie in das Haus zu bekommen – das war seine fixe Idee.

Keiner zweifelte daran, dass er noch vor Sonntag sein Haus fertig haben würde. Es mochte kritische Stimmen geben, was die Heirat betraf, denn niemand wollte eine Fremde haben, aber Mark war ein beliebter Mann, und so vergaßen die Leute ihre Vorurteile.

Um sieben Uhr abends kamen Zacky Martin, Will Nanfan und Paul Daniel, nachdem sie ein paar Stunden geschlafen hatten, und später erschienen dann auch noch Ned Bottrell und Jack Cobbledick. Um zehn trat eine andere Gestalt ins Licht des von Wolken verdeckten Mondes, und Mark erkannte an der Größe des Mannes, dass es Ross war. Er stieg von der Leiter und ging ihm entgegen.

»Nun, Mark«, sagte Ross, als er vor ihm stand, »das also ist dein Haus?«

»Ja, Captain.« Mark drehte sich um und starrte auf die vier

81

Mauern, die fast schon die Höhe des Daches erreicht hatten, und auf die gähnenden Öffnungen, in die die Fenster eingesetzt werden würden. »So weit es eben ist.«

»Was nimmst du für die Dielenbalken?«

»Dafür gibt es Wrackholz genug, denke ich. Und Holzstützen aus den Gruben. Mit den Planken werde ich noch warten müssen.«

»Für ein Zimmer oben?«

»Ja. Ich denke, es lässt sich in das Strohdach einbauen; damit erspare ich mir eine Wand, denn ich habe kein überflüssiges Stroh – und auch keine Zeit mehr.«

»Du hast für gar nichts mehr Zeit. Wie steht es mit den Fenstern und mit der Tür?«

»Vater wird uns seine Tür leihen, bis ich eine andere machen kann. Und drüben zimmert er mir ein paar Fensterläden zusammen. Mehr kann er mit seinem Rheuma nicht tun. Aber für jetzt wird es reichen.«

»Ich hoffe, du machst keinen Fehler, Mark«, sagte Ross. »Was dieses Mädchen betrifft, meine ich. Glaubst du, sie wird sich hier wohl fühlen, nachdem sie durch das Land gezogen ist?«

»Sie hat nie ein Zuhause gehabt. Das ist ein Grund mehr, warum sie sich jetzt eines wünschen sollte.«

»Wann soll die Heirat sein?«

»Wenn alles gutgeht, Montag früh. Montag, sobald wir zurück sind, gehe ich mit ihr zu Pastor Odgers.«

Ein vierzehn Tage währender Kampf lag schattengleich über seinen Worten.

»Ich lasse morgen den Vertrag aufsetzen.« Ross starrte auf den formlosen gelben Hügel. »Vielleicht kann ich eine Tür für dich finden.«

Sie gaben keine Vorstellung in St. Dennis. Sie ruhten sich aus, bevor sie morgen die lange Fahrt nach Bodmin unternahmen. In der vergangenen Woche hatten sie allmählich den zivilisierten Westen Cornwalls hinter sich gelassen und waren in die Richtung des wilden Nordens gezogen. Für Keren war ein Tag schlimmer als der andere gewesen: das Wetter zu heiß oder zu feucht, die Schuppen, in welchen sie spielten, unmöglich einzurichten, voller Ratten, zu klein, um sich darin zu bewegen, und die Dächer undicht. Sie hatten kaum genug eingenommen, um ihren Hunger zu stillen.

Wie um ihren Entschluss noch weiter zu festigen, hatte sich der gestrige Abend in St. Michael als das bisher größte Fiasko erwiesen.

Sie hatte ihre Sachen in einen Korb gepackt, und als es ihr Mitternacht zu sein schien, erhob sie sich vorsichtig von ihrem Lager und schlich zur Tür. Draußen war alles ruhig; sie band sich ein Tuch um den Kopf und hockte sich neben das Rad eines Wagens, um auf Mark zu warten.

Das Warten fiel ihr nicht leicht, denn sie war kein geduldiges Mädchen, aber ihr Entschluss, die Truppe zu verlassen, stand so fest, dass sie aushielt. Sie verwünschte den sommerlichen Nachtfrost. Wenn er sich doch nur beeilen wollte! Die Minuten erschienen ihr wie Tage, die Stunden wie Monate. Den Kopf an die Radnabe gelehnt, schlief sie ein.

Als sie erwachte, war sie steif und durchfroren, und hinter der Kirche auf dem Hügel erhellte sich der Himmel; die Dämmerung brach an.

Sie stand auf. Er hatte sie im Stich gelassen! Die ganze Zeit über hatte er nur mit ihr gespielt und ihr Versprechungen gemacht, die er nicht einzuhalten gedachte! Tränen der Wut und der Enttäuschung stürzten ihr aus den Augen, doch da sah sie eine große Gestalt über das Feld herbeieilen.

Schwankend kam er gelaufen. Sie blieb unbeweglich stehen und wartete, bis er herankam und sich, nach Atem ringend, an den Wagen lehnte.

»Keren …«

»Wo warst du?«, fuhr sie ihn an. »Die ganze Nacht! Die ganze Nacht habe ich gewartet! Wo bist du gewesen?«

Er blickte zum Fenster des Wagens auf. »Hast du deine Sachen? Komm.«

Sein Ton war so sonderbar und ohne die Achtung, die er ihr sonst entgegenbrachte, dass sie ihm widerspruchslos über das Feld folgte.

»Wo bist du gewesen, Mark? Ich bin völlig durchgefroren! Ich habe die ganze Nacht auf dich gewartet.«

»Ich bin erst spät weggekommen, Keren. Spät. Es war nicht leicht, das Haus zu bauen … Zuletzt … gab es noch etwas zu tun … Ich konnte erst um zehn aufbrechen. Ich dachte, ich könnte die Zeit einbringen, indem ich den ganzen Weg laufe … Aber ich habe die falsche Straße erwischt. Ich bin in die falsche Richtung gelaufen … Auf der großen Landstraße geblieben, statt nach St. Dennis abzubiegen … viele Meilen … Darum bin ich auch von der anderen Seite gekommen … Der Himmel stehe mir bei, ich fürchtete schon, dich überhaupt nicht mehr zu finden!«

Er sprach so langsam, dass sie endlich merkte, wie todmüde er war und dass er sich kaum noch auf den Beinen halten konnte.

Sie gingen ruhig weiter, bis es heller Tag war und eine frische Brise, die von der See herkam, ihm neue Kräfte zu geben schien. Er erholte sich zusehends.

Bei einem Zollhaus kauften sie etwas zum Essen und ruhten sich ein wenig aus. Der Anblick von Marks klimpernder Börse versetzte Keren wieder in gute Laune, und heiter, ihren Arm in den seinen geschoben, setzten sie ihren Weg fort. Nur noch acht oder neun Meilen, und gewiss würden sie ihr Ziel noch vor Mittag erreichen. Zwar hatte sie in ihren wildesten Träumen nie daran gedacht, einen Bergarbeiter zu heiraten, aber es hatte etwas Romantisches an sich, dieses Ausrücken von der Truppe, in die Kirche gehen, ein feierliches Gelöbnis ablegen und dann mit ihm in ein Haus einzuziehen, das er eigens für sie gebaut hatte. Es war wie in einem der Stücke, in welchen sie mitgespielt hatte. Als sie Mingoose erreichten, stand die Sonne, halb hinter den Wolken verborgen, schon hoch am Himmel. Eineinhalb Meilen bis Mellin; dann zwei Meilen bis zur Kirche in Sawle. Wenn sie vor Mittag nicht da waren, würden sie mit der Hochzeit bis morgen warten müssen. Am Ende wäre Mark mit seinen langen Schritten Keren beinahe davongelaufen, aber es war zwanzig vor zwölf, als sie vor der Kirche in Sawle anlangten. Dann konnten sie Mr Odgers nicht finden. Einem dunkelhäutigen, hageren, unrasierten, hohläugigen Mann von unsanfter und heftiger Wesensart gegenüberstehend, gestand Mrs Odgers schüchtern ein, dass Mr Odgers nicht mehr mit ihnen gerechnet hatte. Als sie ihn das letzte Mal gesehen hatte, war er auf dem Weg in seinen Garten gewesen. Es war Tante Betsy, die ihn hinter einem Johannisbeerstrauch aufscheuchte. Mittlerweile war es zehn vor zwölf geworden. Er begann Einwendungen zu erheben, berief sich auf die strenge Einhaltung der Gesetze und tadelte die ziemliche Hast, aber Mrs Zacky, die Brille auf der blassen Nase, in ihrer Überredungskunst unübertroffen, nahm ihn an seinem mageren Arm und führte ihn respektvoll zur Kirche.

So wurde der geistliche Bund geschlossen. Die Uhr in der Sakristei schlug zwölf, als Mark einen Messingring an Kerens langen schlanken Finger steckte.

Zur Feier des Tages gab es einen großen Nachmittagstee und Gerstenbrot und Kaninchenpastete mit Porree. Es war ganz gemütlich. Angeregte Gespräche wurden zuweilen durch plötzliche Pausen unterbrochen, wenn einer den anderen zu beobachten schien; aber dies war das erste Mal, dass diese Menschen, Mark ausgenommen, Keren sahen, und da musste es wohl Spannungen geben.

Der Tag war zu Ende gegangen. Auf Marks Wunsch enthielt man sich anstößiger Scherze und begleitete das junge Paar auch nicht zu seinem neuen Haus. Mark hatte sich seine Ruhe verdient.

Die Abendsonne schien ihnen warm auf den Rücken, als sie Mellin verließen und den Hang hinaufstiegen. Im Westen strahlte goldenes Licht. Deutlich kontrastierten die Farben, wo der helle Himmel an die kobaltblaue See grenzte.

Sie schritten talwärts auf ihr Haus zu. Sie blieb stehen. »Ist es das?«

»Ja.«

Er wartete.

»Oh«, sagte sie und ging weiter.

Sie näherten sich der Tür. Was für eine gewöhnliche und schäbige Kate, dachte er, als er das Mädchen, das er geheiratet, und hinter ihr das Haus, das er gebaut hatte, betrachtete. Alles war so derb; mit liebender Hand gefertigt, gewiss, aber roh und derb. Liebevolle Hände waren nicht genug; man brauchte Kunstfertigkeit und Zeit.

Sie traten ein und sahen, dass jemand ein großes Feuer im Kamin angemacht hatte. Es brannte und knisterte und brauste und schuf Wärme und Behaglichkeit in dem schmucklosen Raum.

»Das war Beth«, sagte er dankbar.

»Was?«

»Das Feuer. Sie war plötzlich weg. Ich habe mich noch gewundert, wo sie hin ist. Sie ist ein selten guter Kerl.«

»Sie mag mich nicht«, sagte Keren und scharrte im sauberen Stroh auf dem Boden.

»Doch, Keren, sie mag dich. Es ist nur, dass sie als Methodistin Theater und solche Dinge ablehnt.«

»Oh, tut sie das?«, entgegnete Keren in einem Ton, der nichts Gutes verhieß. »Was versteht *sie* schon davon!«

Mark sah sich im Raum um.

»Es … es ist alles noch sehr primitiv. Aber es wurde in vier Tagen gebaut, und es wird Wochen dauern, bis es so ist, wie wir es haben wollen.«

Er sah sie erwartungsvoll an.

»Ach, es ist nett«, sagte Keren. »Ich finde, es ist ein nettes Haus. Fünfzigmal schöner als diese alten Hütten hinter dem Hügel.«

Sein dunkles Gesicht erhellte sich. »Es wird noch schöner werden. Es ist … es ist noch viel zu tun. Es ging jetzt nur darum, dass wir ein Dach über dem Kopf haben.«

Zaghaft legte er seinen Arm um ihre Schulter, und als sie ihm ihr Gesicht entgegenhob, küsste er sie. Es war eine zarte, weiche, duftige Liebkosung – als ob er einen Schmetterling geküsst hätte.

Sie blickte zur Seite. »Was ist da drin?«

»Da drin werden wir schlafen«, antwortete er. »Ich habe einen Raum oben vorgesehen, aber der ist noch nicht fertig. Bis dahin bleiben wir hier.«

Es war ihr Haus. Ihr Haus, in dem sie nach Herzenslust schalten und walten konnte. Das war schon was.

»Hast du das ganze Haus wirklich in den paar Tagen gemacht, seitdem wir uns das letzte Mal gesehen haben?«

»Ja.«

»Du liebes bisschen«, sagte sie, »ich kann es kaum glauben.«

Das beglückte ihn, und er küsste sie wieder. Dann entwand sie sich ihm.

»Lass mich jetzt allein, Mark. Setz dich ans Feuer. Ich komme dann gleich zu dir. Ich werde dich überraschen.«

Er verließ das Zimmer. Er musste sich ducken, um durch die Tür zu kommen.

Eine Weile stand sie sinnend am Fenster und blickte hinaus auf die trostlose Landschaft oberhalb des Grabens mit dem ausgetrockneten Wasserlauf und dem Schutt und Geröll aus einer aufgelassenen Grube. Auf der anderen Seite des Tales war der Grund besser; dort waren Bäume und das Türmchen eines Hauses zu sehen. Warum hatte er nicht dort oben gebaut?

Sie ging durch das Zimmer und legte die Hand auf das Bett. Nun, das Stroh war trocken. Es war noch gar nicht so lange her, dass sie auf feuchtem Stroh geschlafen hatte. Und es würde alles noch um so vieles besser werden!

Sie wusste, dass er auf sie wartete. Es kam ihr nicht in den Sinn, die Pflicht zu versäumen, die ihr der abgeschlossene Handel abverlangte; sie sah ihr mit sinnlicher Lässigkeit entgegen.

Als sie in die Küche zurückkam, sah sie ihn im Schatten auf dem Boden sitzen, den Kopf an die Holzbank gelehnt. Er schlief.

Sofort war sie verärgert.

»Mark!«, sagte sie.

Er antwortete nicht. Sie ging zu ihm, kniete neben ihm nieder und starrte in sein dunkles Gesicht. In Mellin hatte er sich rasiert, aber schon begann sein starker Bart wieder zu sprossen. Sein Gesicht war hohlwangig und von Müdigkeit überschattet, sein Mund stand offen. Wie hässlich er doch war!

»Mark!«, wiederholte sie laut.

Er atmete ruhig weiter.

»Mark!« Sie packte ihn am Kragen seiner Jacke und schüttelte ihn derb. Sein Kopf klappte gegen die Bank, seit Atem änderte den Rhythmus, aber er ließ kein Anzeichen erkennen, aufwachen zu wollen.

Sie erhob sich und starrte auf ihn hinab. Zorn begann an die Stelle von Verachtung zu treten. Was hatte sie da geheiratet? Einen Mann, der in seiner Hochzeitsnacht einschlief, dem jeder Funke von Erregung fehlte, der einfach einschlief? Es war eine Beleidigung für sie. Eine schwere Beleidigung.

Nun gut, wenn er es so haben wollte. Sie nahm es nicht so genau. Wenn er die ganze Nacht durchschlafen wollte, na bitte. Es war sein Schaden, nicht der ihre. Sollte er doch weiterschlafen. Sie lachte kurz auf.

9

Bei seinem Besuch in Reath war auch Ross das Türmchen zwischen den Bäumen des jenseitigen Hanges aufgefallen. Es war eines der Pförtnerhäuser von Mingoose und befand sich in schlechtem Bauzustand. Aber eine Reihe von Räumen war noch benutzbar. Ross hatte eine Idee.

Er trug sie Mr Horace Treneglos vor, der jetzt, da die Grube einen Ertrag erwirtschaftete, regelmäßig heruntergestapft kam.

»Wer ist denn dieser Dwight Enys überhaupt?«, erkundigte sich Mr Treneglos in lautem Ton. »Verdient er es, dass man ihm hilft? Meinen Sie, er hat Erfahrung auf seinem Gebiet?«

»Enys ist eifrig, flink und rührig. Es ist immer gut, jungen Menschen eine hilfreiche Hand zu bieten, und seit meinem Streit mit ihm wird Choake nicht mehr gewillt sein, uns zu Diensten zu sein.«

»Was mich betrifft, wissen Sie, ich habe für diese Heilmeister nichts übrig, nichts für die jungen und nichts für die alten. Aber ich möchte Ihnen gefällig sein, und wenn das Pförtnerhaus diesem Grünschnabel zusagt, soll er es haben und mir eine nominelle Miete zahlen – für die Reparaturarbeiten.«

Vierzehn Tage später war in Truro Auktion, zu der auch die Leisure Grube zwei Partien Erz angeliefert hatte. Ross traf schon etwas früher in der Stadt ein und sprach bei den Pascoes vor, bevor die Versteigerung begann. Dwight Enys war nicht da; Ross hinterließ ihm eine Nachricht und ging wieder.

Die Muster des zu vermarktenden Erzes waren bereits geprüft und untersucht worden, und die Agenten der Kupfergesellschaften hatten auch schon die Köpfe zusammengesteckt, um ihre Strategie festzulegen. Bei diesen Auktionen blieb es ausschließlich den verschiedenen Gesellschaften überlassen, Gebote abzugeben. Das erregende Klima einer Versteigerung, bei der ein Käufer den anderen höher treibt, als dieser ursprünglich hatte gehen wollen, war nicht nach dem Geschmack dieser Herren. Stattdessen gab jede Gesellschaft ein schriftliches Gebot ab, der Vorsitzende öffnete die Umschläge mit den Geboten, und die Kupferpartien gingen an die Gesellschaft, die das höchste Gebot abgegeben hatte.

Heute erbrachte die Auktion noch niedrigere Umsätze als bisher, und einige Partien erzielten Preise, die unter der Hälfte ihres wahren Wertes lagen. Es hatte sich eingebürgert, dass die Gesellschaften, wenn sie eine bestimmte Partie nicht haben wollten, dennoch ein sehr niedriges Gebot abgaben, und wenn dann, was nicht selten vorkam, andere Gesellschaften das Gleiche taten, wurde einem dieser niedrigen Bieter der Zuschlag erteilt. Das bedeutete einen schweren Verlust für die betreffende Grube.

Auf die Auktion pflegte ein Dinner im Gasthof zu folgen, veranstaltet von den Grubenbesitzern, zu dem sich Käufer und Verkäufer – die Löwen und die Lämmer, wie ein verbitterter Spaßvogel sie genannt hatte – zusammensetzten. Heute allerdings herrschte eine bemerkenswert schlechte Stimmung unter den Festgästen. Ross war überrascht gewesen, Francis bei der Auktion zu sehen – für gewöhnlich kam nur der Direktor der Grube –, und erkannte darin ein Anzeichen, dass sein Vetter einen letzten verzweifelten Versuch unternahm, um die große, aber schwerfällige Grambler-Grube zu retten.

So selbstsicher er sich sonst auch geben mochte, machte er doch heute einen gehetzten und gequälten Eindruck, so als fühlte er sich von Phantomen verfolgt, die in dunklen Winkeln seiner Seele hausten.

Zu Ross' Linken saß Richard Tonkin, der Direktor und einer der Auktionäre der United Mines, des größten Zinn- und Kupferproduktionsverbandes im Bezirk. Während des Essens flüsterte Tonkin Ross ins Ohr:

»Ich hoffe, Sie sind mit Ihrem Plan weitergekommen.« Ross sah ihn an.

»Sie meinen den Ausbau der Leisure-Grube?«

Tonkin lächelte. »Nein, Sir. Ich meine das Projekt einer

Kupferschmelzhütte, um die Interessen der Grubenbesitzer zu fördern.«

Ross' Blick erstarrte. »An einem Projekt dieser Art arbeite ich nicht, Mr Tonkin.«

Der Mann zeigte sich ein wenig ungläubig. »Ich hoffe, Sie scherzen. Mr Blewett hat mir gesagt … dass ein solches Projekt in Aussicht stünde. Ich würde mich gern daran beteiligt haben.«

»Mr Blewett hat aus einem zufällig zustande gekommenen Gespräch übereilte Schlüsse gezogen«, sagte Ross. »Ich habe seitdem nicht mehr daran gedacht.«

Das Essen ging damit zu Ende, dass die Herren zu zweit oder zu dritt das Lokal verließen, um ihre Pferde zu holen. Ross blieb noch zurück. Er wollte mit Francis reden. Zwar gab es keine Differenzen zwischen ihnen, aber sie sahen sich doch recht selten. Ross hatte gehört, dass der Grambler-Grube eine Atempause gewährt worden war, aber er berührte in seinem Gespräch nur Familienangelegenheiten, weil er fürchtete, Francis an einer empfindlichen Stelle zu treffen.

Miteinander plaudernd gingen sie nach unten, wo der Wirt Ross die Hand auf den Arm legte.

»Entschuldigen Sie, Sir, würden Sie mir wohl den Gefallen tun, sich in diesen Raum zu begeben – nur für einen Augenblick oder zwei. Und Sie auch, Sir, wenn es recht und angenehm ist.«

Ross sah ihn erstaunt an und stieg dann die zwei Stufen in sein privates Wohnzimmer hinunter. Es war ein düsterer kleiner Raum, denn das Fenster ging auf eine hohe Mauer hinaus, aber in dem Raum befanden sich vierzehn Herren.

Francis folgte ihm, stolperte über die Hauskatze, fluchte und hob den Fuß, um das Hindernis zur Seite zu schieben.

92

Dann sah er, was es war, packte das Tier am Kragen, hob es auf und trat, ihn noch ein Stück vorwärtsdrängend, dicht hinter Ross ins Zimmer.

»Du lieber Himmel!«, sagte er, sich umsehend.

Erst als Ross Tonkin und Blewett und Aukett erkannte, ahnte er, woher der Wind wehte.

»Nehmen Sie Platz, Captain Poldark«, sagte Harry Blewett und deutete auf einen Stuhl neben dem Fenster. »Schön, dass wir Sie noch rechtzeitig erreicht haben.«

»Danke«, antwortete Ross, »ich stehe lieber.«

»Captain Poldark«, sagte Tonkin, »es ist günstig, dass Sie mit einiger Verspätung zu uns stoßen, denn mittlerweile hatten wir – die Herren, die Sie vor sich sehen – Gelegenheit, uns privat zu unterhalten, und Sie können sich sicherlich denken, worüber wir gesprochen haben.«

»Ich kann es mir denken.«

»Der Teufel soll mich holen, wenn ich das auch von mir behaupten kann«, bemerkte Francis.

Ein groß gewachsener Mann namens Johnson beugte sich vor. »Wir hätten gern Ihr Wort«, sagte er zu Francis, »dass Sie über alles, was hier gesprochen wird, absolutes Stillschweigen bewahren.«

»Bitte sehr.«

»Wir dürfen doch wohl annehmen, dass die heutigen Transaktionen Sie in keiner Weise befriedigt haben, nicht wahr?«, fragte Richard Tonkin.

Die Grambler-Grube war eine der Minen, die am schlechtesten weggekommen waren. »Sie dürfen es annehmen und brauchen kein Geheimnis daraus machen.«

»Nun, vielen von uns hier geht es nicht besser, und wir haben uns hier und heute zusammengefunden, um zu beraten, was wir tun sollen.«

»Dann sind wir also hier«, sagte Francis, »um die Welt in Ordnung zu bringen. Das wird eine lange Sitzung werden.«

»Nicht gar so lange«, entgegnete Tonkin ruhig, »denn wir haben schon einen Plan, Mr Poldark. Er besteht darin, dass wir unsere eigene Kupfergesellschaft gründen, eine, die außerhalb des Ringes verbleibt, gerechte Preise für Erz bezahlt, das Kupfer im Bezirk verhüttet und das verhüttete Produkt unter Ausschaltung des Zwischenhandels auf den Markt bringt. Wir alle hier, und wir sind mehr als ein Dutzend und vertreten ein Gutteil der Gruben in diesem Gebiet, sind willens, uns zusammenzutun. Und selbst in diesen schweren Zeiten sind wir in der Lage, eine gewisse Menge an Kapital aufzubringen. Aber das wäre nur ein kleiner Teil von dem, was uns gewiss noch zufließen wird, wenn unser Plan bekannt wird – und die Sache geschickt betrieben wird.«

Ross sah, dass die meisten und bedeutendsten Verkäufer der heutigen Auktion anwesend waren. Er begriff, dass nun etwas im Gange war, das sich nicht mehr aufhalten ließ. Tonkin war ein beredsamer Mann; er fasste in Worte, was auch alle anderen empfanden.

»Nun, das klingt alles sehr vernünftig, das gebe ich zu«, ergriff Francis das Wort. »Aber so wie Sie sich das denken, handeln Sie sich allerhand Schwierigkeiten ein. Die Kupfergesellschaften werden sich keine ruinöse Konkurrenz gefallen lassen, und die Banken werden sie unterstützen. Gewisse Leute …«

»Schwierigkeiten sind immer noch besser als Hunger«, fiel Blewett ihm ins Wort.

»Ja, wir haben keine Angst vor Schwierigkeiten!«

Francis zog die Augenbrauen hoch. »Ich werde mich hüten, Ihnen zu widersprechen, meine Herren.«

»Verstehen Sie doch«, sagte Tonkin, »das ist nur ein Anfang. Ich weiß – wir alle wissen –, dass einiges auf uns zukommen wird. Es ist nicht immer leicht, Recht Recht werden zu lassen. Aber da wir nun heute schon einmal alle zusammen waren, schien es uns an der Zeit, die Räder in Gang zu setzen. Aber bevor wir anfangen, möchten wir wissen, wer bei diesem Vorhaben auf unserer Seite steht. Denn wer nicht für uns ist …«

»Ist gegen Sie?« Francis schüttelte den Kopf. »Keineswegs. Denn wer nicht gleich für Sie ist, könnte sich genötigt sehen, eigene Verpflichtungen zu berücksichtigen.« Francis' Auge blieb an Ross hängen. »Was hält denn mein Vetter von dieser Sache?«

»Es war Ihr Vetter, der sie als Erster in Erwägung zog«, antwortete Tonkin.

Francis machte ein überraschtes Gesicht. »Ich hatte ja keine Ahnung, Ross. Ich wäre auch nie drauf gekommen, denn schließlich ist deine Grube …«

Ross blieb stumm, und in seinem Gesicht war nichts zu lesen.

»Wir wissen, dass es auch Nachteile gibt«, meinte Tonkin, »aber wenn es einmal greifbare Wirklichkeit ist, werden wir mit vielen der jetzigen Anomalien Schluss machen. Sehen Sie, Sir, so kann es nicht weitergehen. Wenn sich nicht bald etwas ändert, sind wir in einem Jahr alle nicht mehr da. Ich für meinen Teil sage: Lassen Sie uns dieses Vorhaben mit aller Eile und mit allem Mut in Angriff nehmen. Ich falle lieber in der Schlacht, als gottergeben auf mein Ende zu warten.

»Nun ja«, sagte Francis und zupfte die Spitze an seinem Ärmel zurecht, »ich zweifle nicht daran, dass Sie den Kupfergesellschaften einen guten Kampf liefern werden. Und ich wünsche Ihnen viel Glück, denn, weiß Gott, daran hat es uns in letzter Zeit arg gefehlt. Was mich betrifft, möchte ich über diesen Vorschlag doch lieber noch ein wenig nachdenken, bevor ich mich entscheide.«

10

Demelza hatte Ross schon um fünf erwartet. Um sechs richtete sie das Abendessen an – etwas leichter als sonst, denn sie wusste, dass er voll gesättigt, wenn auch über die vergeudete Zeit murrend, von diesen Auktionen zurückkehrte.

Gegen sieben verzehrte sie ihr Abendmahl. Dann fiel ihr ein, das Tal hinaufzuwandern, um Ross entgegenzugehen.

Den ersten Grillen lauschend, die sich im Unterholz bemerkbar machten, schritt sie das Tal hinauf. Hin und wieder verhielt sie den Schritt, um den Vogeljungen zuzusehen, die sich in den Ulmenzweigen zankten, oder auch einem Frosch, der am Flussufer vorbeihüpfte. Oben, bei den Ruinen der Jungferngrube angelangt, setzte sie sich auf einen Stein, summte ein Liedchen und guckte sich die Augen nach einer vertrauten Gestalt aus. Durch den Rauch der Grambler-Grube hindurch konnte man den Turm der Kirche von Sawle sehen. Von hier aus hatte man den Eindruck, als lehne sie sich nach Südwesten, wie dies auch ein Mensch im Sturm tut. Die Bäume aber lehnten in die entgegengesetzte Richtung.

»Mrs Poldark«, sagte eine Stimme hinter ihr.

Sie sprang auf.

Die Stimme gehörte Andrew Blamey.

»Ich hoffe, Sie lassen meine Entschuldigung gelten, Ma'am. Ich hatte nicht die Absicht, Sie zu erschrecken.«

Er stand neben ihr und dachte, der Schreck hätte sie einer Ohnmacht nahegebracht. Aber dazu hätte es eines größeren Schocks bedurft. Mit der Hand ihren Ellbogen stützend, wartete er, bis sie wieder auf der Mauer saß.

Für einen Augenblick hatte sie ihre guten Manieren vergessen und laut geflucht; jetzt ärgerte sie sich darüber.

»Es ist ein schlechter Anfang«, sagte er, »wenn man herkommt, um eine Entschuldigung vorzubringen und gleich mit einer zweiten beginnen muss.«

»Ich hatte nicht gedacht, Sie in dieser Gegend zu sehen.«

»Auch ich dachte nicht daran, je wieder hierherzukommen.«

»Und was hat Sie veranlasst, Ihrem Entschluss untreu zu werden, Captain Blamey?«

»Ihr Besuch bei mir, Ma'am. Denn seitdem findet meine Seele keine Ruhe mehr.«

Ständig befeuchtete er seine Lippen und runzelte ein wenig die Stirn, so als durchzucke ihn ein Schmerz.

»Wie sind Sie denn … Sind Sie zu Fuß von Falmouth gekommen?«, fragte sie.

»Ich bin zu Fuß von der Grambler-Grube gekommen – ich hoffte, weniger aufzufallen, falls ich Sie nicht allein antreffen würde. Ich war heute Mittag in Truro und sah dort Ihren Gatten – und Francis Poldark. Ich wusste also, dass sie nicht hier sein würden – und die Versuchung war einfach zu groß.«

»Ich erwarte Ross jeden Augenblick zurück.«

»Dann sollte ich besser sagen, was zu sagen ist, solange noch Zeit bleibt. In der Folge unseres Zusammentreffens haben Sie sich zweifellos eine schlechte Meinung von mir gebildet, Mrs Poldark.«

Demelza starrte auf ihre Füße. »Ich war ein wenig verärgert.«

»Ihr Besuch kam so überraschend. Es war etwas, das ich aus meinen Gedanken ausgemerzt hatte … Als es nun … wieder zutage trat, kam auch die ganze Verbitterung wieder.« Er legte seinen Hut auf die Mauer. »Ich bin, ich gebe es zu, ein Mann von aufbrausendem Temperament. Es zu zügeln war das Werk eines Lebens. Als Sie an jenem Tag in mein Haus kamen, war ich wegen eines Zwischenfalls verärgert. Sie richteten das Wort an mich, und es erschien mir anfangs wie eine Einmischung. Erst später wurde mir klar, unter welchem Druck Sie gestanden haben müssen. Dann wünschte ich mir, ich könnte Sie zurückrufen, um Ihnen für alles zu danken, was Sie gesagt und getan haben.«

»Ach, das war doch nicht der Rede wert. Darum ging es auch gar nicht, verstehen Sie?«

»Seit damals«, fuhr er fort, »finde ich keine Ruhe mehr. Nach Lissabon und wieder zurück trug ich mit mir herum, was Sie mir von Verity erzählt hatten. Vielleicht blieb Ihnen nicht genug Zeit, mir viel zu erzählen. Aber … Verity ist nie darüber hinweggekommen. Das haben Sie doch gesagt, nicht wahr? Ich werde keine Ruhe finden, bis ich sie nicht wieder gesehen habe. Das haben Sie angerichtet, Mrs Poldark – wie immer es ausgehen wird. Jetzt ist es wieder an Ihnen. Um Ihnen das zu sagen, bin ich gekommen.«

Die ganze Zeit über hatten seine Augen auf den ihren geruht, und es war ihr nicht möglich gewesen, sich seinen Blicken zu entziehen. Nun sah sie auf die Ebene von Grambler hinaus und erhob sich.

»Er kommt, Captain Blamey. Es wäre besser, wenn er Sie nicht hier fänd.«

Er starrte zu Boden. »Ist er jetzt auch gegen mich? Damals war er es nicht.«

»Er ist nicht gegen Sie. Er war dagegen, dass ich an etwas rühre, an das man, wie er meinte, nicht rühren sollte. Er würde es mir übel nehmen, wenn er es wüsste.«

Er sah sie an. »Verity hat eine gute Freundin an Ihnen, Ma'am. Sie riskieren viel für sie.«

»Ich habe eine gute Freundin an Verity«, entgegnete sie. »Aber bleiben Sie hier nicht stehen, sonst sieht er Sie. Stellen wir uns hinter die Mauer.«

»Wie komme ich am besten zurück?«

»Diese Tannen da. Warten Sie, bis wir unten sind.«

»Wann kann ich Sie wieder sehen? Können wir uns verabreden?«

Sie zermarterte sich den Kopf nach einer konkreten Antwort. »Das kann ich jetzt nicht sagen. Es hängt von … Verity ab … wenn …«

»Ich segle am Sonnabend, das lässt sich nicht mehr ändern. Organisieren Sie etwas für die dritte Woche des nächsten Monats, wenn das möglich ist. So wäre es sicherer. Wenn …«

»Hören Sie«, sagte Demelza drängend. »Es wird in Truro sein; das ist am sichersten. Ich gebe Ihnen Nachricht – einen Ort und die Zeit. Mehr kann ich leider nicht für Sie tun. Alles Weitere liegt bei Ihnen.«

»Gott segne Sie, Ma'am«, sagte er, beugte sich vor und küsste ihr die Hand. »Ich werde Sie nicht enttäuschen.«

Sie sah ihm nach, wie er die schützende Deckung des alten Grubenhauses verließ und schnell auf die Bäume zulief. Bei ihrem ersten Zusammentreffen in Falmoth war ihr unbegreiflich gewesen, was Verity in ihm gesehen hatte, dass sein Verlust ihr so zu Herzen ging. Jetzt verstand sie es besser.

Die Sonne war untergegangen, als Ross herankam. Der Rauch aus dem Bergwerk stieg auf, blies über die Häuser und zog in die Richtung von Sawle. Hier in den Ruinen regten sich die Grillen und zirpten zwischen Stein und Gras um die Wette.

Er sprang vom Pferd, als er sie sah, und ein Lächeln erhellte sein sorgenvolles Gesicht.

»Nun, Liebste, das ist wirklich eine Ehre für mich. Ich hoffe, du hast nicht lange gewartet.«

»Du hast dich um vier Stunden verspätet«, klagte sie. »Wäre ich schon um fünf da gewesen, ich würde längst mit den Steinen verwachsen sein.«

»Da das nicht geschehen ist, kann deine Bindung an totes Gemäuer nicht sehr stark sein.« Er lachte und sah sie an.

»Was hast du?«

Sie hob die Hand und tätschelte das weiche Maul der Stute.

»Nichts. Nur dass ich mir schon vorstellte, die arme Darkie hätte dich abgeworfen oder du wärst Räubern und Wegelagerern in die Hände geraten.«

»Aber deine Auge leuchten. Aus der Ferne glaubte ich, es wären Glühwürmchen.«

Sie strich ihm über den Arm, ließ ihren Blick jedoch auf Darkie haften. »Ich war nur einfach froh, dich wieder zu sehen.«

»Ich fühle mich geschmeichelt, aber du hast mich nicht überzeugt. Etwas hat dich aus der Ruhe gebracht. Küss mich.«

Sie küsste ihn.

»Jetzt weiß ich, dass es nicht Rum ist«, sagte er.

»Oh! Du gemeiner Mensch!« Entrüstet wischte sie sich über den Mund. »Wie kannst du mich so beleidigen? Wenn du mich nur küsst, um herauszufinden, ob ich getrunken habe …«

»Es ist eine unfehlbare Methode.«

»Dann hoffe ich, dass du es das nächste Mal bei Jud probierst, wenn du ihn in Verdacht hast.«

Er hob sie auf und setzte sie seitwärts vorn auf den Sattel seines Pferdes. Sie musste sich an seinem Arm festhalten, um nicht herunterzufallen. Ihre dunklen Augen blickten in seine grauen.

»Ich möchte eher glauben, dass *dich* etwas aus der Ruhe gebracht hat«, ging sie zum Angriff über, bevor er es tun konnte. »Du hast heute etwas angestellt, darauf könnte ich wetten. Hast du Dr Choake in einen Teich geworfen oder George Warleggan in seiner Bank überfallen?«

Er wandte sich um und begann, die Hand fest und wohltuend auf Demelzas Knie, das Pferd ins Tal hinunterzuführen.

»Ich habe Neuigkeiten«, antwortete er, »aber es ist langweiliges Zeug und wird dich nicht sonderlich aufregen. Erzähl mir erst, wie du den Tag verbracht hast.«

»Erzähl mir deine Neuigkeiten.«

»Nein, du zuerst.«

»Ach … Vormittag war ich Keren Daniel besuchen, um unsere Bekanntschaft zu erneuern …«

»Hat sie dir gefallen?«

»Nun ja … Sie hat eine zierliche schmale Taille. Und hübsche kleine Ohren …«

»Und ein hübsches kleines Hirn?«

»Das ist schwer zu sagen. Sie hält viel von sich. Sie will weiterkommen. Ich glaube, sie denkt, ich hätte keine Chance gehabt, wenn sie dir als Erste über den Weg gelaufen wäre.«

Ross lachte.

»Und deine Neuigkeiten?«, fragte sie.

»Es ist eine Bewegung im Gang, den Kupfergesellschaften Konkurrenz zu machen, indem wir unsere eigene Gesellschaft gründen. Ich soll an der Spitze stehen.«

Sie streifte ihn mit einem Blick. »Was bedeutet das, Ross?«

Er erklärte es ihr; sie überquerten den Fluss und erreichten das Haus. Jud kam herausgelatscht, um sich Darkies anzunehmen, und sie gingen ins Wohnzimmer, wo immer noch das Abendessen für Ross angerichtet war. Sie wollte die Kerzen anzünden, aber er hielt sie davon ab. Also setzte sie sich auf den Teppich und lehnte ihren Rücken an seine Knie, und er streichelte ihr Gesicht und ihr Haar und erzählte, während das Licht dahinschwand.

»Francis war nicht bereit, gleich von Anfang an mitzumachen, und ich nahm es ihm auch nicht übel, denn der Fortbestand der Grambler-Grube hängt von Warleggans gutem Willen ab. Das ist es, was viele in Schwierigkeiten bringen wird. Sie stecken so tief in Schulden und Hypotheken, dass sie es nicht wagen können, sich gegen jene zu stellen, die sie in der Hand haben. Aber wir haben eine Kompromissformel gefunden, und unser Vorhaben soll geheim bleiben.«

»Geheim?«, fragte Demelza.

»Wenn es zur Gründung einer Gesellschaft kommt, so soll sie von einigen wenigen gegründet werden, die für jene agieren, die nicht namentlich genannt werden wollen. Ich glaube, es wird funktionieren.«

»Wirst auch du im Hintergrund bleiben?«

Seine langen Finger glitten über die Rundung ihres Kinns.

»Nein. Ich bin nicht gefährdet. Mir können sie nichts tun.«

»Aber schuldet nicht auch die Leisure-Grube der Bank Geld?«

»Pascoes Bank, ja. Aber die arbeitet nicht mit den Kupfergesellschaften zusammen. Da droht keine Gefahr.«

Er beugte sich vor und schmiegte sein Gesicht an ihr Haar. Von vibrierendem Leben erfüllt wie sie selbst, ringelte es sich um sein Antlitz.

Immer wieder fesselte ihn das Geheimnis der Persönlichkeit: dass ihm dieses Haar und dieser Kopf und die Person der jungen Frau zu seinen Füßen auf Grund ihrer Heirat und der leidenschaftlich freien Wahl, die sie selbst getroffen hatte, zu eigen war; dass ihm dieses dunkle lockige Haar, dieser Kopf mehr bedeutete als jeder andere, weil er auf geheimnisvolle Weise den Schlüssel darstellte, der seiner Aufmerksamkeit, seinem Verlangen und seiner Liebe Zugang gewährte. In Gedanken und Zuneigung einander eng verbunden, sich bei jeder Wegbiegung ihres Lebens gegenseitig beeinflussend, waren sie doch gesonderte Wesen, unabänderlich verschieden und individuell, und würden es ungeachtet aller Versuche, eine Brücke zu schlagen, immer bleiben. Diese Polarität faszinierte ihn immer wieder aufs Neue.

»Heute Nachmittag ist ein Brief für dich gekommen«, sagte sie. »Ich weiß nicht, von wem.«

»Ach, von George Warleggan. Ich traf ihn heute Vormittag. Er sagte mir, dass er mir eine Einladung zu einer seiner Partys geschickt hätte und dass ich sie zu Hause vorfinden würde.«

Sie schwieg. Irgendwo in den Tiefen des Hauses debat-

tierten Jud und Prudie; man konnte Prudies klagendes
Brummen und Juds helleres Knurren hören.

»Das bedeutet, dass ihr euch verfeinden werdet, George
Warleggan und du, nicht wahr?«

»Sehr wahrscheinlich.«

»Ob das wohl gut ist? Er ist sehr reich, nicht wahr?«

»Ziemlich reich. Aber es gibt in Cornwall auch noch
mächtigere Cliquen – wenn man sie für unsere Sache mobi-
lisieren kann.« Schüsseln klapperten in der Küche.

»Und jetzt erzähl mir«, sagte Ross, »was dich heute so aus
der Fassung gebracht hat, als du oben bei der Jungferngrube
auf mich wartetest.«

Demelza stand auf. »Diese zwei alten Krähen werden
Julia noch wecken. Ich muss Frieden stiften gehen.«

11

Dwight Enys war hocherfreut, als er schon am nächsten Tag
seine Aufwartung machte. Zusammen inspizierten sie das
Pförtnerhaus, und Keren Daniel stand am Fenster, sah sie
vorüberreiten und hing ihren seltsamen Gedanken nach.
Demelza war mit ihren Vermutungen, was in ihrem Kopf
vorging, der Wahrheit näher gekommen, als Keren sich
hätte vorstellen können.

Ross war überrascht, als er erfuhr, dass auch Enys eine
Einladung zu Warleggans Party erhalten hatte, und als er
dort eintraf, sah er ihn ein wenig hilflos an der Wand des
Empfangszimmers lehnen.

Unter den Gästen befanden sich auch einige Damen, und

Ross hielt Augen und Ohren offen. In der Gesellschaft munkelte man von einer Frau, der Francis besondere Aufmerksamkeit schenkte, aber bisher hatte niemand sie gesehen. Auch Onkel Cary Warleggan war heute Abend gekommen. Cary stand nicht auf dem gleichen seriösen Niveau wie sein Bruder Nicholas und sein Neffe George. Zwar war er von den dreien derjenige, der seine Finger in so ziemlich allen Finanzgeschäften hatte, die im westlichen Cornwall getätigt wurden, aber er zog es dennoch vor, im Hintergrund zu bleiben.

Ross schlenderte eine Weile mit Dwight durch die Empfangsräume und dann über den Rasen, der sich von der Hinterseite des Hauses zum Fluss hinunterzog. Er erzählte ihm von Jim Carter, der in Bodmin im Gefängnis saß, und Enys sagte, er würde den jungen Mann jederzeit gerne besuchen.

Als sie in das hell erleuchtete Haus zurückkehrten, sah Ross eine groß gewachsene junge Frau mit glänzendem schwarzem Haar neben Francis am Würfeltisch stehen. Seine etwas unterwürfige Haltung ließ keinen Zweifel aufkommen.

»Zwölf, so wahr mir Gott helfe! Du Glückspilz!«, sagte die Dame. Sie sprach mit einer gedehnten, tiefen Stimme, der ein nicht unattraktives Schnarren eine besondere Note verlieh. »Ich wünsche dir alles Böse, Francis. In diesem Spiel hast du schon immer Glück gehabt.«

Sie drehte den Kopf zur Seite, um sich im Raum umzusehen, und Ross hatte das Gefühl, glühendes Metall angefasst zu haben.

Als er vor Jahren einmal elend und verzweifelt in den »Bären« gegangen war, um seinen Kummer in Alkohol zu ersäufen, war eine groß gewachsene, schlanke, junge Dirne an seinen Tisch gekommen, eine auffallende und ungewöhnliche, aber völlig heruntergekommene Erscheinung. Mit ihren großen frechen Augen und ihrer gedehnten Sprechweise hatte sie ihn dazu überredet, sie in ihre elende Hütte zu begleiten. Dort hatte er versucht, die Liebe, die er für Elizabeth empfand, in erheuchelter, billiger Leidenschaft zu ersticken.

Sie hatte ihm nur ihren Vornamen, Margaret, genannt. Er hatte nie etwas über sie erfahren. In seinen wildesten Träumen hätte er nie gedacht, sie so wiederzufinden.

In diesem Augenblick betrat George Warleggan den Raum. Prächtig gekleidet, stiernackig und farblos höflich, ging er sogleich auf die zwei Herren an der Tür zu. Margarets Augen folgten ihrem Gastgeber und blieben auf Ross haften. Von der Seite gesehen, mit der Narbe, war er unverkennbar. Ihre Augen weiteten sich. Dann brach sie in ein herzliches Gelächter aus.

»Was hast du, Liebste?«, fragte Francis. »Ich sehe nichts Komisches an einer Vier und einer Drei, wenn du Zehn brauchst, um zu gewinnen.«

»Mrs Cartland«, sagte George, »darf ich Ihnen Captain Poldark vorstellen, Francis' Vetter. Mrs Margaret Cartland.«

»Ihr Diener, Ma'am«, sagte Ross.

Margaret gab ihm die Hand, in der sie den Würfelbecher hielt. Wie gut erinnerte er sich noch an die kräftigen weißen Zähne, die breiten Schultern, die lüsternen dunklen Katzenaugen. »Me Lord«, sagte sie, unbekümmert ihre vertraute Anrede von damals gebrauchend. »Auf diese Vorstellung warte ich seit Jahren. Ich habe so viele Geschichten von Ihnen gehört.«

»My Lady«, erwiderte er, »glauben Sie nur die unwesentlichen – oder die witzigen.«

Ross ging um Mitternacht, aber Francis blieb noch. Er hatte im Pharo stark verloren und war noch immer dabei.

Nur mehr vier Spieler saßen um den Tisch: Cary Warleggan, der auch verloren hatte, der Mühlenbesitzer Sanson, der als Bankhalter fungierte und den ganzen Abend lang gewonnen hatte, und George, der später dazugekommen war. Margaret sah ihnen beim Spiel zu; ihre Hand ruhte auf Francis' Schulter. Sie hob nicht den Blick, als Ross ging.

Dwight Enys übersiedelte in das halbverfallene Pförtnerhaus und nahm seine Pflichten als Bergwerksarzt der Leisure-Grube auf. Keren Daniel richtete sich mit kaum verhülltem Missvergnügen auf ein Leben als Frau eines Bergarbeiters ein. Demelza, einer, wie es schien, plötzlichen Laune nachgebend, übte sich mit unermüdlichem Eifer im Schreiben. Ross war viel von zu Hause fort; in Begleitung des talentvollen und beredsamen Richard Tonkin mühte er sich in unzähligen Zusammenkünften und Besprechungen, einen Wunschtraum Wirklichkeit werden zu lassen.

Das Leben ging weiter, Julia wuchs, und ihre Mutter begann, ihr Zahnfleisch nach kommenden Zähnen abzutasten. Kupfer fiel auf siebenundsechzig Pfund, und zwei weitere Gruben mussten schließen.

Die Zeit kam, da Demelza ihren Brief schreiben musste, und sie tat es mit großer Sorgfalt und nach sehr vielen vergeblichen Versuchen.

Lieber Captain Blamey,

Haben Sie die Giete am zwanzigsten Oktober Vormittag im Seidenladen von Mrs Trelaskin in der Kenwen Street zu trefen Verity wird nichts wissen also bitte trefen sie uns gans zufällig.

Ich bin, Sir, mit allem Respekt,
Ihre Freundin und Dienerin,
Demelza Poldark.

Lobb, der die Post besorgte, war am nächsten Tag fällig, und nachdem sie den Brief fünfzigmal durchgelesen hatte, siegelte sie ihn und adressierte ihn in ihrer leserlichsten Schrift an: Captain Blamy, Schiefartsgesellschaft, Falmouth.

Es blieb noch eine ganze Woche Zeit, und sie rechnete mit allen möglichen Pannen. Sie hatte Veritys Zustimmung unter dem Vorwand erlangt, sie bräuchte ihren Rat bei der Anschaffung eines Wintermantels.

Als sie mit dem *Mercury* unter dem Arm, gefolgt von dem genüsslich kauenden und schmatzenden Garrick, das Tal hinunterwanderte, sah sie Keren Daniel quer über den Hang kommen, so dass sich ihre Wege kreuzen mussten.

All dieses Land gehörte Ross. Es war kein umzäunter Besitz, denn Joshua hatte sich damit begnügt, die Grenzen seines Bodens mit Marksteinen anzuzeigen. Von der Nampara Talmulde allerdings war allgemein bekannt, dass sie in einem privaten Bereich lag, in welchen die dreißig oder vierzig Kleinhäusler, wenn nicht eingeladen, nicht eindrangen.

Keren wusste das offenbar nicht.

An diesem Morgen hatte sie keinen Hut aufgesetzt, und ihr krauses schwarzes Haar flatterte im Wind. Sie trug ein scharlachrotes Kleid aus billigem dünnem Stoff. Ein engsitzender grüner Gürtel war um ihre schmale Taille geschlungen, und der Wind betonte in aufreizender Weise die Rundungen ihrer Formen. Es war eines jener Kleider, bei dem die Männer große Augen machten und die Frauen miteinander tuschelten.

»Guten Morgen«, sagte Demelza.

»Guten Morgen«, sagte Keren und musterte sie verstohlen, um für Demelza unvorteilhafte Vergleiche anstellen zu können.

»So ein Wind! Wind habe ich gar nicht gern. Gibt es in dieser Gegend nichts anderes als Wind?«

»Selten«, antwortete Demelza. »Waren Sie einkaufen?«

Keren sah sie scharf an, um herauszufinden, worauf sie abzielte.

Als ihr dies nicht gelang, senkte sie den Blick auf ihren Korb.

»Ich war in Sawle einkaufen. Ein elender kleiner Fleck, nicht wahr? Sie machen wohl alle Ihre Einkäufe in Truro?«

»Ach, ich kaufe gern bei Tante Mary Rogers, wenn es sich machen lässt. Sie ist eine liebe gute Seele. Ich könnte Ihnen Geschichten von Tante Mary Rogers erzählen …«

Daran schien Keren nicht interessiert zu sein.

»Und dann die Sprotten«, fuhr Demelza fort. »Die Sprotten aus Sawle sind die besten in ganz England. Zugegeben, es war eine schlechte Zeit für sie, aber das vergangene Jahr war wunderbar. Das hat sich im Winter gezeigt.«

»Mrs Poldark«, sagte Keren, »meinen Sie nicht, dass Mark etwas mehr wert ist als ein gewöhnlicher Bergmann?«

Die unerwartete Frage überraschte Demelza. »Ja«, antwortete sie, »vielleicht. Ich habe mir nie darüber Gedanken gemacht.«

»Das tut niemand. Aber sehen Sie ihn sich doch an: Er ist kräftig wie ein Stier; er ist rührig; er ist klug; er ist ein guter Arbeiter. Aber die Grambler-Grube ist so eine Art Sackgasse. Was kann er denn sonst tun als arbeiten und arbeiten, tagein und tagaus, für einen Hungerlohn, bis er alt und verkrüppelt ist wie sein Vater. Und was soll dann aus uns werden?«

»Ich wusste nicht, dass es so arg ist«, sagte Demelza. »Ich dachte, er hätte einen annehmbaren Lohn.«

»Wir können davon leben. Mehr ist nicht drin.«

Demelza sah einen Reiter über den Hügel kommen.

»Mein Vater war Bergmann«, sagte sie. »Wie Mark. Er ist es immer noch. Man hat ihm einen anständigen Lohn gezahlt. Nicht immer gleich natürlich, und auch in den besten Zeiten nicht überragend. Aber wir wären durchgekommen, wenn er es nicht in den Kneipen versoffen hätte. Mark trinkt ja nicht, habe ich recht?«

Mit dem Fuß schob Keren einen Stein zur Seite.

»Wissen Sie, ich dachte mir so, ob es wohl möglich wäre, wenn Captain Poldark einmal eine freie Stelle in seiner Grube hätte; eine freie Stelle für etwas Besseres. Ich dachte nur so. Es könnte ja sein.«

»Ich habe nichts damit zu tun«, sagte Demelza, »aber ich werde es erwähnen.« Der Reiter war nicht Ross.

»Wissen Sie«, sagte Keren und warf den Kopf zurück, »wir haben es ja so weit ganz nett und bequem. Es ist nicht so, dass man um Gefälligkeiten bitten *muss*. Aber Mark ist da so komisch. Ich habe ihn einmal gefragt: ›Warum gehst du nicht zu Captain Ross und fragst ihn? Du bist doch sein Freund. Er wird dich schon nicht beißen. Vielleicht hat er noch nie darüber nachgedacht. Frisch gewagt ist halb gewonnen.‹ Aber er hat nur den Kopf geschüttelt und wollte mir nicht antworten. Ich werde immer richtig böse, wenn er mir nicht antwortet.«

Der Reiter kam jetzt durch die Bäume. Keren hörte ihn und warf einen Blick über die Schulter. Ihr Gesicht war leicht gerötet, sie schien gereizt und verärgert, so als hätte man *sie* um einen Gefallen gebeten. Der Reiter war Dwight Enys.

»Oh, Mrs Poldark. Ich komme eben aus Truro und wollte bei Ihnen vorbeischauen. Ist Captain Poldark zu Hause?«

»Nein, soviel ich weiß, ist er in Redruth.«

Jung und gutaussehend sprang Dwight vom Pferd. Keren ließ ihre Blicke von einem zum anderen wandern.

»Ich habe nämlich hier einen Brief. Mr Harris Pascoe hat mich ersucht, ihn zu überbringen. Darf ich Sie damit belästigen?«

»Danke.« Demelza nahm den Brief. »Das ist Mrs Keren Daniel, Mark Daniels Frau. Das ist Dr Enys.«

Dwight verneigte sich. »Ihr Diener, Ma'am.«

Unter seinem Blick veränderte sich Kerens Ausdruck wie eine Blume, wenn die Sonne aufgeht. Beim Sprechen hielt sie den Blick gesenkt, und die langen schwarzen Wimpern ruhten auf dem dunkelfarbigen Pfirsichflaum ihrer Wangen. Sie kannte den jungen Mann, denn seit jenem Tag, da er mit Ross über den Hang geritten war, hatte sie ihn zwei- oder dreimal von ihrem Fenster aus gesehen. Sie wusste, dass er jetzt in diesem zwischen Bäumen halbversteckten Haus mit dem Türmchen auf der anderen Seite des Tales wohnte. Sie wusste, dass er sie nie zuvor gesehen hatte. Sie wusste, wie entscheidend ein erster Eindruck sein konnte.

Zusammen gingen sie zum Namparahaus hinunter. Keren war entschlossen, die beiden anderen nicht allein zu lassen, wenn man sie nicht daran hinderte. Demelza lud sie beide zu einem Glas Wein ein, aber zu Kerens Bedauern lehnte er ab. Keren entschied sehr schnell, dass ein paar Minuten in Dwight Enys' Gesellschaft ihr Interesse, Namparahaus von innen zu sehen, bei weitem überwogen, und lehnte daher ebenfalls ab. Zusammen verabschiedeten sie sich; Dwight führte sein Pferd am Zügel und ging neben Keren her.

Der zwanzigste Oktober war ein windiger Tag, und es sah nach Regen aus. Demelza war kribbelig, Verity belustigt, weil sie unbedingt noch vor elf in Truro sein wollte.

Diesmal war Bartle ihr Begleiter; Jud wurde immer launischer und unleidlicher.

Auf halbem Weg begann es zu regnen, ein feiner Nieselregen, der wie ein engmaschiges Seidensieb über das Land zog, langsamer als die Wolken, die ihn gesponnen hatten. Etwa drei Meilen vor Truro sahen sie eine Menschenmenge über die ganze Breite der Straße. Es war so ungewöhnlich, mitten am Tag so viele Leute auf einem Haufen zu sehen, dass sie die Pferde zügelten.

»Ich glaube, das sind Bergleute, Ma'am«, sagte Bartle. »Vielleicht ist heute ein Feiertag, von dem wir nichts wissen.«

Zögernd ritt Verity ein Stück voraus. Es sah nicht so aus, als ob diese Leute etwas feierten.

Ein Mann stand auf einem Karren und sprach zu einer Gruppe von Menschen, die sich um ihn versammelt hatten. Es ließ sich nicht deutlich ausnehmen, aber es war klar, dass er über einen Übelstand Klage führte. Andere Gruppen saßen auf der Erde und redeten miteinander. Es waren ebenso viel Frauen wie Männer anwesend, alle ärmlich gekleidet und einige mit kleinen Kindern. Sie schienen zornig und verzweifelt zu sein. Auch von ihnen standen einige auf der Straße, die hier zwischen genau abgegrenzten Hecken durchlief, und sie verfolgten die zwei gutgekleideten Damen und ihren wohlgenährten Reitknecht mit feindseligen Blicken.

Endlich waren sie durch.

»Fffff …!«, machte Demelza. »Was waren das für Leute, Bartle?«

»Bergleute aus Idless und Chacewater, glaube ich. Die Zeiten sind schlecht, Ma'am.«

Demelza ritt näher an Verity heran. »Hattest du Angst?«

»Ein wenig. Ich fürchtete, sie würden uns vom Pferd werfen.«

Demelza schwieg eine Weile. »Ich erinnere mich, als in Illugan der Mais knapp wurde. Eine Woche lang gab es nur Wasser und Kartoffeln – scheußlich wenig Kartoffeln.«

Für den Augenblick hatte die Begegnung mit den Bergleuten sie von ihrem Plan abgelenkt, aber als sie Truro erreichten, vergaß sie sie wieder und dachte nur noch an Andrew Blamey und was sie da in Gang gebracht hatte.

12

Truro zeigte sein übliches Donnerstagvormittaggesicht, vielleicht ein wenig schmutziger wegen des Viehmarkts vom Vortag. Sie ließen Bartle in der Stadtmitte zurück und gingen, sich sorgsam über die Kopfsteine zwischen Schlamm und Abfall einen Weg suchend, zu Fuß weiter.

Von einer gedrungenen Gestalt in einem blau geschnürten Rock war nichts zu sehen, und so betraten sie den kleinen Kleiderladen. Demelza war an diesem Morgen ganz besonders wählerisch, aber schließlich gelang es Verity, sie dazu zu überreden, einen dunklen flaschengrünen Stoff zu wählen.

Als es so weit war, fragte Demelza nach der Zeit. Die Schneiderin ging nachsehen, und es war gerade Mittag. Nun … mehr konnte sie nicht tun. Zweifellos hatte es mit dem Datum nicht geklappt, und er war noch auf See.

Demelza trödelte noch eine Weile bei den Seidenbändern herum, aber Verity wollte mit ihren eigenen Einkäu-

113

fen fertig werden. Sie hatten vereinbart, bei Joan Pascoe zu Mittag zu essen, eine Prüfung, der Demelza mit gemischten Gefühlen entgegensah, und nachher würde sicherlich nur noch wenig Zeit zum Einkaufen bleiben.

Als sie den Laden verließen, drängten sich viele Menschen in der schmalen Straße.

»Miss Verity«, sagte eine Stimme hinter ihnen.

O Gott, dachte Demelza, endlich ist er da.

Verity drehte sich um. Das Reiten und das Einkaufen hatte ihre Wangen mit einer zarten Röte überzogen, doch als sie nun in Andrew Blameys Augen blickte, wich ihr das Blut aus Gesicht, Stirn und Hals, und zurück blieb nur das bläuliche Grau ihrer Augen in einem leichenblassen Gesicht.

Demelza nahm ihren Arm.

»Miss Verity, Ma'am.« Blamey streifte Demelza mit einem kurzen Blick. Seine Augen waren jetzt von dunklerem Blau, so als ob das Eis geschmolzen wäre. »Jahrelang wagte ich zu hoffen, aber nie bot sich eine Gelegenheit. Ich hatte schon den Glauben verloren, dass ich einmal …«

»Captain Blamey«, sagte Verity mit einer Stimme, die viele Meilen weit entfernt schien, »darf ich Ihnen meine Base, Mrs Demelza Poldark, Ross' Frau, vorstellen?«

»Es ist mir eine Ehre, Ma'am.«

»Ich freue mich.«

»Haben Sie Einkäufe zu erledigen?«, fragte Blamey. »Lassen Ihnen Ihre Verpflichtungen eine Stunde Zeit? Es würde mich mehr beglücken, als ich sagen kann, wenn …«

Demelza sah, dass das Leben langsam in Veritys Gesicht zurückkehrte. Und damit auch alle Vorbehalte der letzten Jahre.

»Ich glaube nicht, dass unser Zusammentreffen zu etwas Gutem führen könnte, Captain Blamey«, antwortete sie.

114

»Im Grunde meines Herzens trage ich Ihnen nichts nach …
Aber nach all dieser Zeit täten wir besser daran, unsere
Beziehungen nicht zu erneuern, nichts vorauszusetzen,
nichts anzustreben …«

»Gerade das ist es, was ich mit aller Entschiedenheit be-
streite«, antwortete Andrew. »Dieses Zusammentreffen ist
ein äußerst glückliches. Es gibt mir die Hoffnung auf … auf
Freundschaft, wenn schon nicht mehr, wo die Hoffnung …
geschwunden ist. Wenn Sie wollen …«

Verity schüttelte den Kopf. »Es ist vorbei, Andrew. Dieser
Tatsache mussten wir schon vor Jahren ins Auge sehen. Verzeih mir, aber wir haben noch viel zu erledigen. Wir wünschen dir einen guten Tag.«

Sie wollte weitergehen, aber Demelza hielt sie zurück.
»Du brauchst auf mich keine Rücksicht zu nehmen, Verity.
Ich kann selbst meine Einkäufe besorgen, ehrlich. Wenn …
wenn dein Freund kurz mit dir sprechen möchte, müsstest
du ihm doch wohl diese Höflichkeit erweisen.«

»Nein, Sie müssen auch mitkommen, Ma'am«, sagte der
Seemann. »Es könnte sonst Anlass zu Gerede geben. Der
Zufall will es, dass ich in einem Gasthof ein Zimmer genommen habe. Wir könnten dorthin gehen, einen Kaffee
trinken oder einen Likör. Eingedenk alter Zeiten …«

Verity riss sich von Demelza los. »Nein«, entgegnete sie
geradezu hysterisch. »Nein! Ich sage nein.«

Sie drehte sich um und eilte die Straße hinunter, auf die
Westbrücke zu. Demelza streifte Blamey mit einem wilden
Blick und folgte ihr. Sie ärgerte sich über Verity, doch als
sie sie einholte und, abermals ihren Arm nehmend, dazu
nötigte, ihre Schritte zu verlangsamen, begriff sie, dass Andrew Blamey auf dieses Treffen vorbereitet gewesen war,
Verity aber nicht. Veritys Gefühle waren heute die gleichen

wie die Andrew Blameys an jenem Morgen, als sie ihn in Falmouth besucht hatte: ein Zurückscheuen vor einer alten Wunde, eine aufbrausende, sich aufbäumende Feindseligkeit, um sich vor weiteren Kränkungen zu schützen. Sie machte sich Vorwürfe, weil sie Verity nicht vorbereitet hatte. Aber wie hätte sie das tun sollen, wo Verity doch …

Rufe und Schreie und aller möglicher Lärm drangen an ihr Ohr, und in ihrer gegenwärtigen Verwirrung brachte sie alles mit Blamey in Verbindung.

»Er ist schon weit hinter uns«, beruhigte sie Verity. »Wir brauchen uns nicht mehr so zu beeilen. Ach, Verity, es wäre doch schön gewesen, wenn du ihn angehört hättest. Wirklich wahr.«

Verity hielt ihr Gesicht abgewendet. Sie glaubte an ihren Tränen zu ersticken; sie spürte sie in ihrer Kehle und überall, nur nicht in den Augen, die völlig trocken waren. Sie hatte schon fast die Westbrücke erreicht und wollte darauf lossteuern, als sie feststellte, dass eine große Menschenmenge ihr den Weg versperrte. Die Leute sprachen erregt miteinander und starrten in die Richtung, aus der sie gekommen waren. Auch Demelza hielt sie zurück.

Demelza sah, dass es die Bergleute waren. An der Westbrücke befand sich ein dicht bebautes Viertel mit alten Häusern und engen Gässchen, und auf diesem Platz scharten sich dicht gedrängt, schreiend und ihre Waffen schwingend, die Bergleute, die die River Street heruntergekommen waren. Ihr Ziel war die Coinagehall Street gewesen, aber dieses Zusammentreffen von Gassen und Gässchen hatte sie verwirrt. Sie hatten die Richtung verfehlt.

Die alte Steinbrücke war von Menschen verstopft, die sie überqueren wollten. Demelza und Verity befanden sich schon ganz am Rande des Strudels, Zweiglein gleich, die um die wirbelnde Strömung kreisen und jeden Augenblick von ihr verschlungen werden können. Und als Demelza einen Blick über die Schulter warf, sah sie Menschen, Bergleute, grau und staubig und zornig, in Massen die Kenwyn Street heraufkommen.

Sie fanden sich zwischen zwei Flutwellen gefangen.

»Schau doch, Verity!«

»Hier herein«, sagte eine Stimme, und jemand ergriff ihren Arm. Andrew Blamey zog sie quer über die Straße und in eine Hauseinfahrt hinein. Es war nur ein kleiner Raum, aber er bot Platz für die drei und vielleicht auch Sicherheit.

Halb widerstrebend ließ Verity sich mitziehen. Andrew schob Demelza hinterher und Verity, sie mit seinem Arm schützend, neben sich.

Die erste Welle der menschlichen Flut wogte brüllend, die Fäuste gereckt, mit großer Schnelligkeit an ihnen vorbei. Sie prallte auf die Menge an der Brücke. Das Tempo ließ nach, so wie strömendes Wasser seinen Lauf verlangsamt und einen engen Kanal füllt, aus dem es nicht ausfließen kann. Keiner wusste, was vorging, aber die Spitze des Zuges hatte sich wohl orientiert, und das hatte zur Folge, dass sich die Verstopfung jenseits der Brücke löste. Aufschwellend begann sich die Flut durch den Engpass der Brücke zu ergießen. Der Druck ließ nach, und die Menge verebbte, langsam zuerst, dann schneller, auf die Stadtmitte zu.

Bald schwankten sie nur mehr in zerlumpten Gruppen vorüber, und die drei waren in Sicherheit.

Andrew ließ seinen Arm sinken. »Bitte, Verity, überlege es dir doch noch einmal …« Er sah ihr ins Gesicht. »Liebste, ich bitte dich …«

Sie drängte sich an ihm vorbei und tauchte in der Menge unter.

117

Es ging alles so schnell, dass keiner der beiden ihr rasch genug folgen konnte.

»Verity! Verity!« Über die Köpfe der Leute hinweg rufend, die ihn von ihr trennten, stürmte Andrew ihr nach, und Demelza folgte ihm.

Aber diese eine Sekunde genügte, um einen Menschenkeil zwischen sie zu treiben, und da Andrew seine ganze Kraft einsetzte, um Verity einzuholen, blieb Demelza immer weiter zurück, bis sie ihn schließlich aus den Augen verlor.

Demelza war überdurchschnittlich groß, aber auch die Männer vor ihr waren groß gewachsen, und es half ihr nicht, dass sie sich drehte und wendete und den Hals ausreckte. Und als sie dann die Engstelle der Brücke erreichte, hatte sie weder den Platz noch die Kraft, sich nach den anderen umzusehen; sie musste selbst kämpfen, wenn sie nicht zur Seite gedrängt und in den Fluss gestoßen werden wollte. Sie hörte Rufen und Schreien und das Aufeinanderschlagen von Knütteln. Auch die enge Straße nach der Brücke ließ keinen Abfluss der Menschenflut zu.

Ihrem Ziel nahe, wurde die Menge zorniger, und dieser Zorn kostete noch mehr Luft, verzehrte sie in großen Wellen von Erregung und Gewalt. Grelle Lichter und flimmernde Sterne blitzten vor Demelzas Augen auf, und sie kämpfte mit den anderen um einen Platz unter den Lebenden. Endlich hatte sie das ärgste Gedränge hinter sich, und nun wälzte sich die Menschenschlange die Coinagehall Street hinunter. Die Menge bewegte sich auf die großen Getreidespeicher am Fluss zu.

Plötzlich sah sie Captain Blamey zu ihrer Rechten und versuchte, wieder einigermaßen bei Kräften, sich zu ihm durchzukämpfen.

Das Gedränge wurde wieder stärker, die Masse trug sie

vorwärts und nötigte sie dann, von zornigen, verschwitzten Bergleuten und ihren Frauen umringt, stehen zu bleiben. Ihre gute Kleidung war zu auffallend.

Vor den großen Toren des ersten Speichers hatten sich die Bürger der Stadt versammelt, um das Recht auf Eigentum zu verteidigen. Ein dicker, schlicht gekleideter Mann, der Friedensrichter, stand auf der Mauer und begann nun zu sprechen, konnte sich aber gegen das laute Murren des Mobs kaum verständlich machen.

Als Demelza auf die Ecke zusteuerte, wo sie Captain Blamey entdeckt hatte, sah sie Verity. Er hatte sie gefunden. Sie standen zusammen vor einer Stalltür, durch die Menge am Weitergehen gehindert.

Nachdem sich die Bergleute Vernunftgründen nicht zugänglich gezeigt hatten, nahm der Friedensrichter zu Drohungen Zuflucht. Zwar würde alles getan werden, was getan werden konnte, aber das hieß nicht, dass alle jene, die gegen das Gesetz verstießen, nicht auch im Sinne des Gesetzes bestraft werden würden. Er erinnerte sie an die Unruhen in Redruth im vergangenen Monat, bei welchen einer der Unruhestifter zum Tod verurteilt und viele ins Gefängnis geworfen worden waren.

Man hörte Rufe wie »Schande!« und »Gemeinheit!« und »Mörder!«.

»Aber wir wollen nur, was recht ist. Wir wollen Korn, um leben zu können wie die Tiere des Feldes. Verkauft uns das Korn zu einem angemessenen, gerechten Preis, und wir ziehen friedlich damit ab. Nennen Sie uns einen Preis, Mister, einen angemessenen, gerechten Preis für Menschen, die am verhungern sind.«

Der Friedensrichter drehte sich zur Seite und sprach mit dem Kornhändler.

Demelza drängte sich zwischen zwei Bergleuten durch, die sie wegen der Störung böse anfunkelten. Sie hatte rufen wollen, um Verity auf sich aufmerksam zu machen, überlegte es sich aber.

»Mr Sanson«, sagte der Friedensrichter, »wird euch das Korn aus Entgegenkommen für eure armen und Not leidenden Familien um fünfzehn Shilling den Scheffel verkaufen. Kommt, das ist ein großzügiges Angebot.«

Ein grollendes Murren, das Zorn und Ablehnung ausdrückte, erhob sich, aber bevor der kleine Bergmann antwortete, beugte er sich vor, um sich mit seinen Freunden zu beraten.

Endlich gelangte Demelza in Sprechweite ihrer Freunde, war aber immer noch durch einen Handwagen und eine Anzahl Frauen, die auf dem Wagen saßen, von ihnen getrennt. Sie sah keine Möglichkeit, näher an sie heranzukommen. Weder Andrew noch Verity sahen sie, denn sie hielten ihren Blick auf die Verhandlungen vor dem Tor des Speichers gerichtet – wenngleich sie den Vorgängen kaum Aufmerksamkeit schenkten.

»Acht Shilling. Wir zahlen Ihnen acht Shilling den Scheffel. Das ist das Höchste, was wir bieten können, und auch das bedeutet schon Not und schmale Kost für uns.«

Noch bevor der Friedensrichter sich hinzuwandte, beschrieb der Kornhändler eine ausdrucksvolle Geste mit seinen Händen. Feindselig brüllte die Menge auf, und in der folgenden Stille hörte Demelza Andrews Stimme.

»… zu leben, Liebste. Habe ich in diesen leeren Jahren nichts gebüßt, habe ich nichts dazugelernt? Wenn es böses Blut zwischen uns gegeben hat, ist es längst trocken. Francis hat sich verändert, du aber hast dich nicht verändert, in deinem Herzen hast du dich …«

Wieder brüllte die Menge auf.

»Acht Shilling oder nichts«, schrie ein Bergmann. »Sprechen Sie jetzt, Mister, wenn Sie Frieden haben wollen, denn wir können nicht länger warten.«

Verity hob eine behandschuhte Hand an die Augen.

»Ach, Andrew, was kann ich sagen? Soll alles wieder von vorne anfangen … die Zusammenkünfte, die Trennungen, das Herzweh?«

»Nein, Liebste, das schwöre ich dir. Nie wieder eine Trennung …«

Dann ging alles in dem Gebrüll unter, das auf die hartnäckige Weigerung des Kornhändlers folgte. Der kleine Bergmann verschwand von seinem Platz, als ob die Hand eines Riesen ihn weggeholt hätte. Die Menge drängte vorwärts. Die Männer auf den Stufen des Speichers versuchten, Widerstand zu leisten, wurden aber hinweggefegt wie Blätter von einem Wind.

Demelza hielt sich am Handwagen fest, um nicht fortgerissen zu werden, aber die Männer bemächtigten sich des Wagens, um Korn aufzuladen, und sie musste loslassen und sich gegen die Stalltür drücken.

»Demelza!« Verity hatte sie gesehen. »Andrew, hilf ihr. Sie wird ihren Halt verlieren.«

Krampfhaft hielt Verity Demelzas Arm fest, so als ob Demelza sich von ihr losgerissen hätte. Tränen hatten Spuren auf ihrem Gesicht hinterlassen. Ihr feines schwarzes Haar hing ihr strähnig über die Stirn, und ihr Rock war zerrissen.

Die Leute im Lagerhaus reichten ihren vor dem Speicher wartenden Kumpeln die Kornsäcke heraus, und schon kamen auch die Maultiere die Straße herunter, um beladen zu werden.

»Hier lang«, sagte Blamey, »jetzt haben wir eine gute Chance. Besser jetzt als später, denn wenn sie das Korn haben, fangen sie vielleicht zu trinken an.«

Er führte sie zur Coinagehall Street zurück, aus der die Bergleute mittlerweile abgezogen waren. Dafür waren jetzt die Bürger der Stadt in großer Zahl auf den Straßen; sie standen in Gruppen zusammen, unterhielten sich aufgeregt und diskutierten über die Frage, was zu tun wäre, um weitere Plünderungen zu verhindern.

»Wo sind Ihre Pferde?«, fragte Blamey.

»Wir hätten mit den Pascoes essen sollen.«

»Ich möchte Ihnen raten, das an einem anderen Tag zu tun. Sie hätten möglicherweise Schwierigkeiten, wenn Sie nachher nach Hause reiten wollten. Es könnte sein, dass die Straßen dann nicht mehr sicher sind.«

»Andrew«, sagte Verity, ihre Schritte verlangsamend, »wollen wir uns nicht hier verabschieden? Es wäre bestimmt besser für uns. Wenn Bartle dich sieht, könnte Francis von unserem Zusammentreffen erfahren, und er könnte annehmen, dass es kein zufälliges war und …«

»Lass ihn doch«, erwiderte der Seemann. »Es könnten sich noch mehr Unruhestifter in der Gegend herumtreiben, und ich habe nicht die Absicht, mich zurückzuziehen, bevor ich Sie beide in Sicherheit weiß.«

Bartle wartete in den Stallungen, und während die Pferde gesattelt wurden, sandten sie einen Boten zu den Pascoes. Dann stiegen sie auf und machten sich auf den Heimweg. Sie ritten schweigend, jeweils zu zweit, unter der sinkenden Sonne dahin. Demelza versuchte, einen bescheidenen Diskurs mit Bartle in Gang zu bringen, während sie gleichzeitig die Ohren spitzte, um etwas von dem Gespräch mitzubekommen, das hinter ihr geführt wurde. Sie konnte nichts hören, nur hin und wieder ein paar leise Worte, aber es schien ihr das erste frische Grün in einer Wüste nach einem Regen zu sein.

13

Jud hatte sich nun schon so lange gesittet aufgeführt, dass Prudie die Vorzeichen einer Veränderung nicht erkannte. Ross verließ das Haus schon früh am Morgen – er war jetzt drei oder gar vier Tage in der Woche fort –, und sobald Demelza außer Sichtweite war, machte Prudie es sich bei einer Schale Tee in der Küche gemütlich, um mit Jinny Carter die Ärgernisse der Woche durchzuhecheln, wobei sie geflissentlich die Tatsache übersah, dass sie Jud vor einer Stunde dabei ertappt hatte, wie er, während er die Kühe melkte, einen Schluck aus der Ginflasche nahm.

Es war eine etwas kuriose Entwicklung, aber Jinny erfüllte jetzt für Prudie so ziemlich die gleiche Funktion, die Demelza ausgeübt hatte; kurz gesagt, Jinny besorgte den Großteil der schweren Hausarbeit und überließ es Prudie, herumzuwerkeln, ihren Tee zu kochen, zu schwatzen und über ihre wehen Beine zu klagen. Das ging nicht so leicht, wenn Demelza im Hause war; ging sie aber aus, bewegte sich alles klaglos im gewohnten Geleise.

Zur Abwechslung hatte Jinny heute von Jim erzählt, wie mager er war und wie schlecht er aussah, und dass sie jeden Abend betete, die acht Monate bis zu seiner Entlassung mögen schnell herumgehen. Prudie war froh, als sie hörte, dass Jinny keine Absicht hatte, ihren Posten auf Nampara aufzugeben. Jim dürfe nie wieder unter Tag arbeiten, sagte Jinny. Er hatte ihr versprechen müssen, zurückzukommen und den Hof zu bewirtschaften. Es war ihm nie so gutgegangen wie damals, als er auf dem Hof gearbeitet hatte. Nie wieder war er so glücklich gewesen. Man verdiente nicht so viel wie in der Grube, aber was machte das? Wenn sie auch arbeitete, kamen sie schon durch.

Ach herrje, meinte Prudie, es war eine verkehrte Welt, und es mochte wohl so kommen, dass die, die auf einem Hof arbeiteten, bald mehr verdienen würden als die im Bergwerk, wenn das stimmte, was sie letztlich über Kupfer und Zinn erzählen gehört hatte. Man brauchte sich ja nur Captain Ross anzusehen, der über Berg und Tal galoppierte, als ob der leibhaftige Gottseibeiuns hinter ihm her wäre.

Während sie so vor sich hin salbaderte, hatte Jinny drei- oder viermal die Küche verlassen müssen, und als sie jetzt wieder hereinkam, trug ihr junges schmales Gesicht einen sorgenvollen Ausdruck.

»Es ist jemand im Keller, Prudie. Wirklich. Eben jetzt, als ich durch die Tür kam …«

»Nein«, sagte Prudie und wackelte mit den Zehen. »Du irrst dich. Es war vielleicht eine Ratte. Oder die kleine Julia in ihrer Wiege. Geh doch mal nachsehen und schone meine alten Beine.«

»Das kann es alles nicht gewesen sein«, antwortete Jinny. »Es war eine Männerstimme – knarr, knarr, knarr, wie ein alter Schubkarren – und sie kam aus dem Keller.«

Prudie wollte ihr abermals widersprechen, schlüpfte aber dann mit einem nachdenklichen Blick in ihre Pantoffeln und erhob sich ächzend von ihrem Stuhl. Sie watschelte in die Diele hinaus und horchte an der Kellertür, die sich neben der Treppe befand.

»Das ist Jud«, klärte sie die ängstlich dreinschauende Jinny in grimmigem Ton auf. »Lässt sich mit Captain Ross' bestem Gin volllaufen. Warte hier ein Weilchen. Den hole ich mir.«

Sie watschelte in die Küche hinaus. »Wo ist der Besenstiel?«

»Im Stall«, antwortete Jinny. »Heute Morgen habe ich ihn dort gesehen.«

Mit Jinny auf den Fersen ging Prudie ihn holen. Am Küchenherd zündeten sie dann eine Kerze an, und Prudie stieg die Treppe hinab. Unten lagen ein paar zerbrochene Flaschen, aber von Jud war nichts zu sehen.

Prudie kam wieder herauf. »Während wir fort waren, hat sich der x-beinige Hund aus dem Staub gemacht.«

»Warte einen Augenblick«, sagte Jinny.

Sie lauschten.

Jemand sang leise im Wohnzimmer.

Jud, die Stiefel auf dem Kaminsims, saß in Ross' schönstem Lehnsessel. Auf seinem Kopf trug er einen von Ross' Hüten, einen schwarzen Reithut mit aufgebogener Krempe. In seiner Hand hielt er eine Ginflasche, in der anderen eine Reitgerte, mit der er sanft die Krippe anstieß, in der Julia schlief.

»Jud!«, fuhr Prudie ihn an. »Steh von dem Sessel auf!«

Jud drehte den Kopf herum.

»Ach«, sagte er mit einer drolligen Stimme, »k-kommt nur rein, ihr guten Damen alle, ihr gu-guten Damen. Gehorsamster Diener, Ma'am. Gott verdammich, das ist aber nett von euch, mich zu besuchen.«

Prudie packte ihren Besenstiel fester.

»He, Kleine«, sagte sie zu Jinny, »geh an deine Arbeit. Um den kümmere *ich* mich.«

»Wirst du mit ihm fertig?«, fragte Jinny besorgt.

»Fertig werden? Den *mache* ich fertig. Es ist nur wegen der Wiege. Wir wollen ja nicht, dass der Kleinen etwas passiert.«

»Was denn?«, grölte Jud, nachdem Jinny gegangen war. »Ist nur noch eine da? Was für ein raffiniertes Luder bist du doch, Mrs Paynter! Hast sie weggeschickt, damit uns mehr Gin bleibt.«

Jud lehnte sich zur Seite und stellte die halb volle Flasche hinter sich auf den Tisch. Wie gebannt sah Prudie hin.

»Hör mal!«, sagte sie. »Raus aus dem Sessel, oder ich spalte dir mit diesem Besen den Schädel! Und lass das Kind zufrieden!« Die letzten Worte stieß sie kreischend hervor, denn er hatte der Wiege neuerlich einen Stoß versetzt.

Jud drehte sich herum und betrachtete sie forschend; aus trüben Augen versuchte er abzuschätzen, wie weit sein Kopf in Gefahr war. Aber Ross' Hut ließ ihn Vertrauen fassen.

»Gib nicht so an. Da, nimm den Brandy aus der Anrichte. Gib ihn her, und ich mix dir einen Sampson.«

Das war einmal Prudies Lieblingsgetränk gewesen: Brandy und Zider und Zucker. Sie starrte Jud an, als ob er der Teufel wäre, der sie dazu überreden wollte, ihm ihre Seele zu verschreiben.

»Wenn ich etwas trinken will«, antwortete sie gereizt, »besorge ich mir das selbst. Dazu brauche ich dich nicht und auch sonst keinen.« Sie ging zur Anrichte und mixte sich gemächlich einen Sampson.

»Und jetzt«, sagte Prudie grimmig, »steh von dem Sessel auf.«

Jud fuhr sich mit der Hand über den Mund. »Du liebe Zeit, ich möchte heulen, wenn ich dir so zusehe. Jetzt trink mal erst einen. Und mix mir auch einen. Mix mir einen Sampson mit Haar. Mach schon, sei ein gutes Eheweib.«

Ein »Sampson mit Haar« war das gleiche Getränk, aber

126

mit der doppelten Menge Brandy. Prudie hörte nicht auf ihn und leerte ihr Glas. Dann mixte sie sich ein zweites.

»Du kannst dir selber aufwarten«, sagte sie. »Ich war nie deine Frau, das weißt du sehr gut. Ich war nie in der Kirche, wie man das von einem anständigen Mädchen erwartet. Hab nie einen Pfarrer gesehen, der uns gesegnet hätte. Keine Orgelmusik gehört. Nie eine Hochzeitsfeier gehabt. Du hast mich einfach genommen, das war alles. Es wundert mich nur, dass du nachts schlafen kannst.«

»Eine gute Figur hast du ja gehabt«, wusste Jud zu erwidern. »Und einiges ist dazugekommen. Fast schon genug, um ein Kanonenboot damit zu laden. Und eine Hochzeit wolltest du selbst nicht. Also gib nicht so an. Trink noch eins.«

Prudie griff nach der halb leeren Flasche.

Jinny in der Küche wartete auf den Krach und auf die lauten Worte, die auf Juds Bestrafung folgen würden. Seit Kate, ihr Jüngstes, gelernt hatte, sich mit sich selbst zu beschäftigen, brachte sie sie nicht mehr zur Arbeit mit und überließ sie der Obhut ihrer Mutter, wo sie nun zusammen mit den anderen beiden und den jüngeren Kindern von Mrs Zacky aufwuchs. Jinny war ganz allein in der Küche.

Schließlich beendete sie ihre Arbeit und sah sich nach etwas anderem um. Den Fenstern konnte ein Putz nicht schaden. Sie nahm den Eimer, um Wasser von der Pumpe zu holen, und sah ihren Ältesten, Bengy Ross, der aus Mellin über die Felder herantrottete.

Sie wusste gleich, um was es ging. Zacky hatte seiner Tochter versprochen, ihr Nachricht zu geben.

Sich die Hände an der Schürze abwischend, ging sie dem Kind entgegen.

Bengy war jetzt dreieinhalb, ein großer Junge für sein Alter.

»Nun, Schätzchen?«, fragte sie. »Was hat Opa gesagt?«

Der Junge sah sie strahlend an. »Großvater hat gesagt, dass die Grube nächsten Monat geschlossen wird, Ma'am.«

Jinny ließ die Hände sinken. Sie war entsetzt. »Was … die ganze Grube?«

»Ja. Großvater sagt, es wird alles nächsten Monat geschlossen. Ma'am, kann ich einen Apfel haben?«

Das war schlimmer, als sie erwartet hatte. Sie hatte gedacht, dass man die halbe Grube einstellen, aber die fündigere Lagerstätte weiter bearbeiten würde. Etwas Schlimmeres hatte sie nicht erwartet. Wenn die Grambler-Grube völlig eingestellt wurde, war alles aus. Die wenigen Glücklichen, die sich etwas gespart hatten, konnten vielleicht noch den Winter durchstehen. Der Rest musste sich eine andere Arbeit suchen oder verhungern. Aber es gab keine andere Arbeit, wenn man davon absah, dass ein paar Männer vielleicht in der Leisure-Grube unterkommen könnten.

Nun würde auch Jim keine Wahl bleiben, wenn er aus dem Gefängnis kam. Er würde von Glück reden können, wenn man ihn auf dem Hof aufnahm. Jinny hatte ihr ganzes Leben im Schatten von Grambler verbracht. Es war kein sorgenfreies Leben gewesen, problemlos begonnen und problemlos geführt. Gewiss, es war auf und ab gegangen, nie aber ein Ende in Sicht gewesen. Sie wusste nicht, wie lange Grambler schon stand, aber es hatte bereits existiert, als ihre Mutter geboren wurde. Es hatte kein Dorf vor der Inbetriebnahme der Grube gegeben. Die Grube *war* das Dorf. Es war der Mittelpunkt des Bezirkes, eine Industrie, ein Alltagswort, eine Institution.

Sie ging ins Haus, holte einen Apfel aus der Vorratskammer und gab ihn Bengy.

Sie musste es Jud und Prudie erzählen. Mit Bengy auf den Fersen begab sie sich ins Wohnzimmer.

Ross erfuhr davon, als er nach einer Besprechung mit Richard Tonkin, Ray Penvenen und Sir John Trevaunance nach Hause ritt. Es würden bald keine Gruben mehr übrig sein, um von ihrem Plan zu profitieren, wenn das noch lange so weiterging. Voll frischen Mutes war er von Place House, Trevaunance, aufgebrochen, denn Sir John hatte ihm Geld versprochen und auch in Aussicht gestellt, seinen Einfluss geltend zu machen, wenn sie die Schmelzhütte auf seinem Land errichten würden; jetzt hatte die Nachricht von der Schließung der Grambler-Grube seinen Optimismus wieder gedämpft.

Langsam ritt er die Talmulde von Nampara hinunter, bis er sein Haus erreicht hatte, brachte Darkie aber nicht gleich in den Stall. Er trug sich mit dem Gedanken, Francis einen Besuch zu machen.

In der Halle verhielt er seinen Schritt und lauschte den erregten Stimmen im Wohnzimmer. Hatte Demelza Gäste? Er war nicht in der Stimmung für Gesellschaft.

Aber das war Juds Stimme. Und Jinny Carters erhobene Stimme. Jinny laut schreiend! Er ging zur Tür, die einen Spalt offen stand.

»Das ist eine Lüge!« Jinnys Augen standen voll Tränen. »Eine gemeine schmutzige Lüge, Jud Paynter! Auspeitschen müsste man dich, wie du da im Lehnsessel deines Herrn sitzt, seinen Brandy trinkst und solche Falschheiten aussprichst! Mit Skorpionen solltest du geschlagen werden, wie es in der Bibel steht! Du niederträchtiges gemeines Vieh du …«

»Hört, hört«, sagte Prudie. »Du hast ganz recht, Mädchen. Hau ihm eins auf den Schädel. Da hast du meinen Besen.«

»Du bleib in deinem eigenen Stall«, sagte Jud. »Wichtigtuerische alte Vettel. Ich sage nichts, was die anderen nicht auch sagen. Schau doch selbst. Die Narbe auf seinem Gesicht. Armer Kleiner. Ist ja nicht seine Schuld. Was Wunder, dass die Leute sagen, es ist ein Zeichen, das Beelzebub selbst ihm aufgedrückt hat, damit alle sehen können, wer der wirkliche Vater ist. Die Leute sagen – und wer könnte ihnen daraus einen Vorwurf machen? –: Hat man schon je zwei ähnlichere Narben gesehen? Der Apfel fällt nicht weit vom Stamm, sagen die Leute: Ross und Bengy Ross.«

»Ich will nichts mehr hören!«, rief Jinny. »Ich komme hier rein, um euch von Grambler zu erzählen, und du fährst auf mich los wie ein besoffener Kettenhund. Und du, Prudie, ich würde es nicht glauben, wenn ich es nicht mit meinen eigenen Augen gesehen hätte!«

»Still, still! Hab dich nicht so, Mädchen. Ich sitze hier ganz ruhig und pass auf, dass Jud keinen Unfug anstellt. Und letzten Endes …«

»Und was den armen Kleinen angeht«, warf Jud ein, »es ist nicht billig, ihm die Schuld zu geben. Es ist nicht gescheit. Es ist nicht gerecht. Es ist nicht anständig. Es ist nicht schicklich.«

Wild um sich blickend, tränenüberströmt, stürzte sie aus dem Wohnzimmer. Sie hielt ihr Kind an der Hand. Ross hatte sich an die Wand gedrückt, aber sie sah ihn. Im selben Augenblick wurde sie leichenblass, rote Flecken erschienen auf ihren Wangen. Voller Angst und Feindseligkeit begegneten ihre Augen den seinen. Dann lief sie in die Küche.

Kurze Zeit später kam Demelza nach Hause; von Trenwith hatte sie den Weg über das Kliff genommen. Sie fand Julia trotz des Krachs und Geschreis immer noch schlafend in der Wiege und daneben, den Kopf in der Schürze, laut heulend, Prudie. Das ganze Wohnzimmer stank, und auf dem Boden lagen zwei zerbrochene Flaschen. Einige Stühle waren umgeworfen, und Demelza begann zu ahnen, was vorgefallen war.

Sie hastete in die Küche. Sie suchte Jinny. Doch von ihr war nichts zu sehen.

Lärm im Hof. Ross stand an der Pumpe, die er mit der einen Hand betätigte, während er eine Reitpeitsche in der anderen hielt. Unter der Pumpe lag Jud.

So oft er versuchte, vom Wasser wegzukommen, zog Ross ihm eins mit der Peitsche über, und so hatte er es aufgegeben und ließ geduldig alles über sich ergehen.

»Ross, Ross! Was ist los? Was hat er getan, Ross?«

Er sah sie an.

»Wenn du das nächste Mal einkaufen gehst«, antwortete er, »werden wir bessere Vorkehrungen für die Sicherheit unseres Kindes treffen müssen.«

Verity kam nach Hause, ohne etwas von der Schließung gehört zu haben. Sie hatten sich bei der Abzweigung nach St. Ann von Captain Blamey getrennt. Bei der Auffahrt zu Trenwith war Demelza dann abgestiegen, und Verity und Bartle waren allein weitergeritten.

Elizabeth war die Einzige, die bei Veritys Eintreten den Kopf hob. Tante Anna hörte sie nicht, und Francis beachtete sie nicht.

Elizabeth lächelte schmerzlich. »Haben dich die Pascoes schon so früh fortgehen lassen?«

»Wir waren gar nicht dort«, antwortete Verity und zog die Handschuhe aus. »In der Stadt haben die Bergleute randaliert, und wir hielten es für besser, gleich zurückzureiten, bevor die Unruhen sich weiter ausbreiteten.«

»Ha!«, machte Francis, der am Fenster stand. »Randaliert haben sie? Sie werden auch bald anderswo randalieren.«

»Darum blieb mir keine Zeit, dir die Brosche zu holen, Elizabeth. Es tut mir leid, vielleicht kann ich nächste Woche …«

»Nach all den Jahren«, sagte Tante Agatha. »Du lieber Himmel, sie war schon in Betrieb, bevor ich geboren wurde. Ich erinnere mich sehr gut, wie die alte Großmutter Trenwith mir erzählte, dass ihr angeheirateter Großvater John Trenwith im Jahr vor seinem Tod die ersten Erd- und Gesteinsschichten abtrug.«

»In welchem Jahr war das?«, fragte Francis niedergeschlagen.

»Das weiß ich nicht. Sieh mal in der Bibel nach.«

Ganz allmählich wurde Verity sich der Bedeutung dieses Dialogs bewusst.

»Du meinst doch nicht …«

»All die Jahre, und nie wurde die Grube geschlossen. Es ist noch gar nicht so lange her, dass wir Tausende im Jahr erwirtschaftet haben. Scheint mir nicht richtig, jetzt alles aufzugeben.«

Mit für sie ungewöhnlichem Fingerspitzengefühl machte sich Verity die Vermutungen der anderen zu eigen.

»Was ich so gehört habe«, sagte sie, »ich war mir nicht ganz sicher … Gilt das für die ganze Grube? Alles?«

»Was denn sonst?« Francis wandte sich vom Fenster ab.

»Als ich ein kleines Mädchen war«, fuhr Tante Agatha fort, »hatten wir Geld wie Heu. Papa starb, als ich acht war, und ich erinnere mich noch, wie großzügig Mutter für den Stein in der Kirche von Sawle Geld ausgab. Ach, Verity, du bist schon zurück? Du bist ja ganz rot im Gesicht. Wieso eigentlich? Diese Nachrichten sind nicht dazu angetan, einem das Blut in Wallung zu bringen. Das ist das Ende der Poldarks, das kann ich euch sagen.«

»Was bedeutet das, Francis?«, fragte Verity. »Wie wird sich das auf uns auswirken? Werden wir weiter leben können wie bisher?«

»Als Aktionäre wird es uns überhaupt nicht berühren – davon abgesehen, dass wir die Hoffnung auf eine Erholung begraben müssen und kein Geld mehr zum Fenster hinauswerfen können. Wir haben seit fünf Jahren keine Dividenden mehr ausgeschüttet.«

»Dann können wir kaum so weiter …«, meinte Verity.

»Das wird von unseren anderen Einkommensquellen abhängen«, entgegnete Francis gereizt. »Wir haben den Hof zu bewirtschaften. Uns gehört das ganze Dorf Grambler und die Hälfte von Sawle – wobei natürlich fraglich ist, was wir aufgrund der veränderten Situation an Pacht und Mieten erwarten können.«

Elizabeth ließ Geoffrey Charles zu Boden gleiten und erhob sich.

»Wir werden durchkommen«, sagte sie ruhig. »Andere sind in einer noch viel schlechteren Lage. Es gibt verschiedene Möglichkeiten, wie wir sparen können. Es kann ja nicht ewig dauern. Es geht nur darum, dass wir uns eine Zeit lang über Wasser halten.«

Francis warf ihr einen überraschten Blick zu. Vielleicht hatte er erwartet, dass sie sich beklagen und ihm Vorwürfe machen würde.

»Kann ich jetzt Lärm machen, Mama?«, fragte Geoffrey

Charles und streifte seinen Vater mit einem zornigen Blick. »Kann ich jetzt Lärm machen?«

»Wart noch ein Weilchen, mein Schatz«, sagte Elizabeth.

Verity murmelte eine Entschuldigung und verließ das Zimmer.

Langsam stieg sie die breite Treppe hinauf und blickte mit ganz anderen Augen um sich. Sie ging den niederen quadratischen Gang mit seinen schönen tudorgotischen Fenstern hinunter, die auf den kleinen Rasenplatz mit seinen Kletterrosen hinausgingen, mit seinen gepflasterten Wegen und dem Springbrunnen, der nie funktionierte. Alles in diesem Haus war solide, wohlgeformt, gebaut, zu gefallen und die Zeit zu überdauern. Sie hoffte, sie würden es nie verlieren.

In ihrem Zimmer angelangt, vermied sie es, in den Spiegel zu schauen. Sie wollte nicht sehen, was den scharfen alten Augen Tante Agathas aufgefallen war.

14

Jud und Prudie mussten gehen. Ross ließ sich nicht umstimmen. In so mancher Hinsicht war er ein zugänglicher Mann und sah aus Loyalitätsgründen vieles nach. An Juds Trunksucht hatte er sich schon längst gewöhnt, aber er war unter keinen Umständen bereit, seine perfiden Verleumdungen hinzunehmen. Überdies musste er an das Kind denken. Nie wieder durfte es den beiden anvertraut werden.

Am nächsten Morgen ließ er sie kommen und gab ihnen eine Woche, ihre Sachen zu packen. Prudie war in Tränen aufgelöst, Jud zeigte sich verstockt. Jud hatte Ross in der Vergangenheit schon des Öfteren herumgekriegt und dachte, dass es ihm auch diesmal gelingen würde. Doch diesmal irrte er sich. Erst als ihm das klarwurde, erschrak er ernstlich. Zwei Tage bevor sie gehen sollten, kam Demelza, der vor allem Prudie leidtat, auf den Gedanken, es könnte ihr gelingen, Ross zu überreden, sie zu behalten, wenn sie sich von Jud trennen würde; Prudie aber blieb loyal und zog es vor, Juds Los zu teilen.

So gingen sie also, beladen mit allem möglichen Gerümpel und Trödelkram. Sie hatten ein baufälliges Haus gefunden, halb Schuppen, halb Hütte, das erste Haus am diesseitigen Ende des zerstreut liegenden Dorfes. Es war eine miserable Unterkunft, aber die Miete war lächerlich gering, und sie lag neben einer Kneipe, was ihnen sehr passen würde.

Ihr Fortgehen stellte eine tiefgreifende Veränderung dar, und als sie nicht mehr da waren, ergriff ein sonderbares Gefühl die Bewohner auf Nampara. Immer wieder lauschten sie auf das dumpfe Aufklatschen von Prudies Pantoffeln oder Juds raue Stimme. Demelza war froh, dass sie sich in der Nähe niedergelassen hatten, denn ihre Freundschaft mit Prudie bestand schon zu lange, um in wenigen Tagen in die Brüche zu gehen.

An ihrer Stelle nahm Ross ein Ehepaar namens John und Jane Gimlett auf, ein rundliches Gespann Anfang vierzig. Sie schienen ungeheuer eifrig, willig, sauber, tüchtig, gutmütig und respektvoll zu sein – das genaue Gegenteil von Jud und Prudie.

Nur die Zeit konnte offenbaren, wie sie sich machen würden.

Nur zwei Tage nach dem großen Krach hatte Ross abermals Schwierigkeiten mit seinem Personal.

135

»Wo ist denn Jinny heute Morgen?«

»Sie ist gegangen«, antwortete Demelza verdrießlich.

»Gegangen?«

»Gestern Abend. Ich wollte es dir erzählen, aber du bist ja erst spät gekommen. Ich verstehe das Ganze nicht.«

»Was hat sie gesagt?«

»Sie sagte, sie würde sich wohler fühlen, wenn sie sich um ihre drei Kinder kümmern könnte. Es half nichts, als ich sie darauf hinwies, dass die ganze Familie ihrer Mutter bald arbeitslos sein würde. Sie presste nur die Lippen zusammen und sagte, sie wolle gehen.«

»Oh«, sagte Ross und rührte seinen Kaffee um.

»Es hängt alles mit dieser Auseinandersetzung Donnerstagnachmittag zusammen«, fuhr Demelza fort. »Wenn ich wüsste, worum es ging, könnte ich vielleicht etwas tun.«

»Du erinnerst dich doch, wie ich Jinny nach Bodmin mitgenommen habe und ich dir sagte, es würde Klatsch geben –«

»Ja.«

»Nun, jetzt *gibt* es Klatsch, und Jud gab ihn gerade zum Besten, als ich heimkam. Und dazu kommt noch allerhand giftiges Geschwätz aus der Vergangenheit. Das ist auch der Grund, warum Jud gehen muss – von Julia ganz abgesehen.«

»Jetzt verstehe ich«, sagte Demelza.

»Vielleicht weiß Jinny gar nicht, dass Jud uns verlässt«, meinte Ross nach einer kleinen Weile. »Wenn …«

»Sie weiß es. Prudie hat es ihr gestern gesagt.«

»Nun, dann will ich mit Zacky sprechen, wenn du sie zurückhaben willst.«

»Natürlich will ich sie zurückhaben. Ich mag sie gern.«

»Ich muss sowieso mit Zacky sprechen. Für die Kupfergesellschaft, die wir gründen wollen, brauchen wir einen Einkäufer, einen Agenten, einen in der Branche unbekannten Mann, der für uns auftritt und das Scheinwerferlicht nicht zu scheuen braucht. Ich glaube, ich kann Zacky diesen Posten zuschanzen. Er ist kein gewöhnlicher Bergmann, weißt du.«

»Und was wäre mit Mark Daniel?«

»Was soll denn sein?«

»Du erinnerst dich doch: Ich habe dir erzählt, dass Keren mich gefragt hat, ob du etwas Gutes für ihn hättest.«

»Ja. Aber dazu taugt er nicht, Demelza. Wir brauchen einen Mann, der lesen und schreiben und auf kultivierte Weise auch mit großen Summen umgehen kann. Außerdem muss es ein Mann sein, dem wir rückhaltlos vertrauen können. Absolute Geheimhaltung ist für uns unerlässlich. Es könnte sonst gefährlich werden. Natürlich würde ich Mark mein Leben anvertrauen. Aber er ist nicht mehr so … unbelastet wie früher. So rechtschaffen ein Mann auch sein mag … Wenn er eine unbeständige Frau hat …«

»Ich weiß nicht, was Keren sagen würde, wenn sie das gehört hätte«, meinte Demelza. »Es würde ihr nie in den Sinn kommen, dass sie ein Hemmschuh für ihn ist.«

Keren stand auf der Leiter. Seit zwei Tagen regnete es, und das Wetter hatte sich einen Weg durch Marks Strohdach gebahnt. Es war in die Küche eingedrungen und dann ins Schlafzimmer, und gestern Nacht hatte es ihnen auf die Füße getropft.

Keren war wütend. Natürlich hatte Mark den größten Teil seiner Freizeit im Regen auf der Leiter verbracht, aber sie vertrat die Ansicht, er hätte in den zwei Monaten, die ihre Ehe nun bestand, viel mehr Zeit aufwenden sollen, um das Haus wetterfest zu machen. Stattdessen hatte er an allen Regentagen *im* Haus und bei Schönwetter im Garten gearbeitet.

Die Ehe war eine Enttäuschung. Marks Liebesbezeugungen, zwar gut gemeint, waren derb und unromantisch, ihnen fehlte jede Feinheit. Von Gesprächigkeit war bei ihm kaum etwas zu merken. Und die langen Stunden, wenn er fort und in der Grube war! Dazu kam der wöchentliche Schichtwechsel: Die eine Woche musste er sein Frühstück um fünf haben, in der nächsten kam er um halb sieben in der Früh zum Schlafen nach Hause. Dabei weckte er sie, wollte sich aber selbst nicht wecken lassen, wenn sie aufstand. Diese Schicht, bei der er um halb drei Uhr nachmittags das Haus verließ, brachte es mit sich, dass sie den ganzen langen Abend allein verbringen musste.

Jetzt war er eben gegangen, war fortgeeilt, um pünktlich zu sein, und sie musste neun Stunden totschlagen. Er hatte keine Zeit mehr gehabt, die Leiter wegzustellen. Sie beschloss, selbst zu versuchen, das Dach auszubessern. Anpassungsvermögen genügte ihrer Meinung nach, um alle Probleme zu lösen. Sie fand die Stelle, wo er gearbeitet hatte, und kletterte über das feuchte Stroh. Es war ein schöner Morgen, aber der Tag versprach noch mehr Regen zu bringen. Sie stellte sich vor, was er für ein Gesicht machen würde, wenn er im strömenden Regen heimkam und feststellte, dass das Haus innen völlig trocken war.

Von dort, wo sie jetzt saß, hatte sie einen guten Ausblick auf Dr Enys' Türmchenhaus, und es tat ihr leid, dass die Bäume ringsum im Winter nicht ihre Blätter verloren. Seit ihrer Begegnung auf Nampara hatte sie ihn dreimal kurz gesehen, aber kein Wort mit ihm gewechselt.

Seit einiger Zeit regten sich Zweifel in Keren: Ob es wohl

klug gewesen war, das Wandertheater gegen eine Existenz als lebendig Begrabene einzutauschen?

Sie beugte sich vor, um ein Strohbündel an seinen Platz zu bringen, und verlor dabei den Halt. Ganz sanft begann sie das Dach hinunterzugleiten.

»Nun ja«, sagte Zacky und rieb sich seine Bartstoppeln, »das ist mehr als gütig von Ihnen. Ich mache kein Hehl daraus, dass ich es gern versuchen würde. Mutter wird sehr froh sein, dass auch weiterhin Geld ins Haus kommt. Aber so viel Geld kann ich nicht annehmen, wenigstens nicht am Anfang. Geben Sie mir, was ich unter Tag verdiene, das ist fair genug.«

»Als Angestellter der Gesellschaft werden Sie nehmen, was man Ihnen gibt. Ich kümmere mich darum, dass Sie immer rechtzeitig verständigt werden, wenn wir Sie brauchen. In der letzten Woche werden Sie eben leider hin und wieder der Arbeit fernbleiben müssen.«

»Das spielt keine Rolle. Der Schwung ist sowieso raus. Von gut der Hälfte der Belegschaft weiß ich nicht, wie sie über den Winter kommen werden.«

»Und jetzt«, sagte Ross, »möchte ich mich kurz mit Jinny unterhalten.«

Zacky schien ein wenig verlegen. »Sie ist drin bei Mutter. Ich weiß nicht, was in sie gefahren ist, sie ist richtig bockbeinig. Jinny! Jinny! Komm mal einen Moment raus.«

Es folgte eine lange Pause. Endlich öffnete sich die Tür des Hauses, und Jinny erschien auf der Schwelle, kam aber nicht heraus.

Ross ging auf sie zu. Zacky blieb zurück.

Ross redete nicht um die Sache herum. »Ich weiß, warum du uns den Dienst aufgekündigt hast, Jinny, und habe

Verständnis für deine Entscheidung. Durch Jud Paynter und sein betrunkenes Gefasel ist mein Haus und dein guter Ruf beschmutzt worden. Deswegen habe ich ihn hinausgeworfen. Es wäre ein großer Fehler von dir, wenn du dieser Sache dadurch Leben geben würdest, dass du sie ernst nimmst. Ich sähe es gern, wenn du morgen wie gewohnt zur Arbeit kämst.«

Sie sah auf und begegnete seinem Blick.

»Es wäre besser, wenn ich nicht käme, Sir.«

Seit zwanzig Minuten war Dwight Enys bei Keren. Durch einen glücklichen Zufall hatte er ihre Rufe gehört und war als Erster am Unglücksort eingetroffen. Er hatte sie ins Haus getragen und aufs Bett gelegt, und sie empfand die geschickten, geübten Hände, mit welchen er ihren ganzen Körper untersuchte, wie die eines neu gewonnenen und doch vertrauten Liebhabers.

»Der Knochen ist gebrochen«, sagte er. »Jetzt muss ich Ihren Arm einrichten. Das wird weh tun.«

»Machen Sie nur«, sagte sie und sah ihn an.

Er hatte eine Rolle Verbandszeug in seiner Tasche und fand zwei dünne Leisten unter Marks Zimmermannsholz. Dann gab er ihr Brandy zu trinken und brachte den Arm in die richtige Lage. Sie biss die Zähne zusammen, machte aber keinen Mucks. In ihren Augen standen Tränen, und als er fertig war, rollten sie ihr über die Wangen, und sie wischte sie fort.

»Sie waren sehr tapfer«, sagte er. »Nehmen Sie noch einen Schluck.«

Sie folgte seiner Aufforderung.

Dann setzte er sich aufs Bett, wusch ihr auch den anderen Ellbogen und ihren Knöchel und verband ihn. Das war ihr eine wahre Wonne, und ihre Augen würden es ihm verraten haben, hätte er sich nicht auf seine Tätigkeit konzentriert. Aber er versprach ihr, morgen wiederzukommen.

Zweites Buch

1

Am Freitag, dem 3. April 1789, fand in dem im Obergeschoss gelegenen Speisesaal des »Roten Löwen« eine Auktion statt. Der niedrige getäfelte Raum war bereits für das Essen hergerichtet, das üblicherweise folgte.

Es waren etwa dreißig Herren anwesend, die sich in Lehnstühlen rund um einen länglichen Tisch gruppiert hatten, der nahe dem Fenster auf einer hölzernen Estrade stand. Acht der Männer vertraten acht Kupfergesellschaften. Die anderen waren Verwalter oder Zahlmeister der Gruben, die das Erz anboten. Wie üblich führte der Direktor jener Mine den Vorsitz, die die größte Partie anzubieten hatte, und das war an diesem Tag Richard Tonkin.

Neben sich den Stoß der Kaufangebote, saß er in der Mitte, flankiert von je einem Vertreter der Gruben und der Schmelzer. Die Gesichter der Männer waren ernst, und von dem gutmütigen Gespött früherer und besserer Tage war kaum etwas zu hören.

Die Uhr schlug eins, und Tonkin erhob sich und hüstelte.

»Die Auktion ist eröffnet, meine Herren. Keine weiteren Angebote? Sehr gut. Als Erstes gelangt eine Partie Erz aus der Grube Busy zur Versteigerung.«

Zusammen mit den zwei Herren neben sich, die die Aufsicht führten, öffnete er die für das erste Los bestimmten Umschläge und trug die Angebote in ein Buch ein. Der eine oder andere scharrte mit den Füßen, und der Zahlmeister der Busy-Grube nahm erwartungsvoll sein Notizbuch heraus.

Einige Augenblicke später sah Tonkin auf.

»Das Erz der Busy-Grube geht um sechs Pfund siebzehn Shilling und sechs Pence die Tonne an die Carnmore Kupfergesellschaft.«

Sekundenlang herrschte Stille. Der eine oder andere sah sich um. Ross bemerkte, wie ein Agent die Stirne runzelte und ein anderer einem dritten etwas ins Ohr flüsterte.

Tonkin fuhr fort: »Tresavean. Sechzig Tonnen.«

Er öffnete die Umschläge des zweiten Häufchens. Nach einer weiteren Beratung trug er auch diese Zahlen in das Buch ein.

Er räusperte sich. »Das Erz der Grube Tresavean geht um sechs Pfund sieben Shilling die Tonne an die Carnmore Kupfergesellschaft.«

Mr Blight von der South Wales Copper Smelting Company erhob sich.

»Wie war der Name, Mr Tonkin?«

»Tresavean.«

»Nein. Der Name des Käufers.«

»Die Carnmore Kupfergesellschaft.«

»Oh«, machte Blight, zögerte und nahm wieder Platz. Abermals nahm Tonkin seine Liste zur Hand, und einige Minuten lang ging die Versteigerung weiter wie zuvor.

»Leisure-Grube«, sagte Tonkin. »Eine Partie roter Kupfer. Fünfundvierzig Tonnen.«

Der Mann zu Tonkins Rechter beugte sich hinüber, um die Angebote zu sehen.

»Das Erz der Leisure-Grube geht um acht Pfund zwei Shilling die Tonne an die Carnmore Kupfergesellschaft.«

145

Mehrere Herren blickten zu Ross hinüber. Ross betrachtete seine Reitpeitsche und glättete ein Stück ausgefranstes Leder. Draußen im Hof beschimpfte ein Stallknecht sein Pferd auf das gröblichste.

»United Mines«, sagte Tonkin. »Erste Partie um sieben Pfund ein Shilling die Tonne an Carnmore. Zweite Partie um sechs Pfund neunzehn Shilling und sechs Pence an Carnmore. Dritte Partie um fünf Pfund neun Shilling und neun Pence an die South Wales Smelting Company.«

Blight war abermals auf den Beinen. Die scharfgeschnittenen Züge seines kleinen Gesichts erinnerten an einen Terrier.

»Es widerstrebt mir einzugreifen, Sir. Aber darf ich sagen, dass mir eine Schmelzhütte, die diesen Namen trägt, nicht bekannt ist?«

»Soso«, erwiderte Tonkin. »Man hat mir versichert, dass sie sehr wohl existiert.«

»Wie lange existiert sie schon?«, fragte ein anderer.

»Das kann ich nicht sagen.«

»Welche Beweise haben Sie, dass es sich um ein solides Angebot handelt?«

»Das wird sich sehr bald zeigen«, erwiderte Tonkin.

»Nicht vor nächstem Monat, wenn die Zahlung fällig ist«, meinte Blight. »Dann könnte es sich erweisen, dass Sie mit all diesen Partien sitzen geblieben sind.«

»Jawohl! Oder dass man sie abgeholt hat, ohne dafür zu bezahlen.«

Tonkin erhob sich. »Ich glaube nicht, dass wir diese Gefahr ernst zu nehmen brauchen. Meine persönliche Ansicht ist, dass wir als Agenten der Grubenbesitzer es uns nicht leisten können, einem neuen Kunden nahe zu treten, indem wir – indem wir seine Bonität in Zweifel ziehen. Wir haben ja auch schon früher einmal neue Kunden bekommen, nicht wahr, Mr Blight?« Sein drohender Blick stand im Gegensatz zu seinen überaus ruhig vorgebrachten Worten!

Blight war aufgesprungen. »Ich darf Sie daran erinnern, Mr Tonkin, dass wir als Bieter zugelassen wurden, nachdem zwei andere Gesellschaften für uns gebürgt hatten und Warleggans Bank für uns garantiert. Wer ist hier der Garant?«

Es erfolgte keine Antwort.

»Wer ist der Agent?«, wiederholte Blight. »Sie müssen doch mit irgendjemandem Kontakt gehabt haben. Wenn der Betreffende anwesend ist, möge er sich melden.«

Stille trat ein.

»Es ist also, wie ich dachte«, sagte Blight. »Wenn …«

»Ich bin der Agent«, sagte jemand hinter ihm.

Er drehte sich um und sah einen kleinen, grob gekleideten Mann in der Ecke neben dem Fenster stehen. Der Mann hatte blaugraue Augen, Sommersprossen auf einer großen Nase, einen humorvollen Mund und ein energisches Kinn. Er trug seine rötlichen, schon ein wenig ergrauten Haare nach Art eines Arbeiters kurz geschnitten.

Blight musterte ihn von Kopf bis Fuß.

»Wie ist Ihr Name, mein Bester?«

»Martin.«

»Und was ist der Zweck Ihrer Anwesenheit hier?«

»Ich bin Agent der Carnmore Copper Company.«

»Von dieser Gesellschaft habe ich noch nie etwas gehört.«

»Na, das überrascht mich aber. Der Vorsitzende da redet schon seit ein Uhr von nichts anderem.«

Einer der Agenten der Kupfergesellschaften neben Tonkin erhob sich.

147

»Welchen Zweck, Sir, verfolgen Sie damit, dass Sie für diese große Menge Kupfer Angebote legen?«

»Den gleichen wie Sie, Sir«, antwortete Zacky respektvoll. »Wir haben die Absicht, es einzuschmelzen und auf dem offenen Markt zu verkaufen.«

»Ich nehme an, Sie sind der Agent einer – einer neu gegründeten Gesellschaft.«

»Das ist richtig.«

»Wer sind Ihre Auftraggeber? Wer finanziert Sie?«

»Die Carnmore Copper Company.«

»Ja, aber das ist nur ein Name«, unterbrach Blight. »Wer sind die Aktionäre, die Ihre Gesellschaft kontrollieren? Das müssen Sie uns sagen, wenn wir wissen sollen, wo wir stehen.«

Zacky Martin befingerte seine Mütze. »Ich meine, es ist Sache dieser Herren, ob sie ihre Namen bekannt geben wollen oder nicht. Ich bin nur ein Agent – so wie Sie –, lege Angebote für meine Auftraggeber – so wie Sie – und kaufe Kupfer zum Schmelzen – so wie Sie.«

Harry Blewett hielt es nicht länger auf seinem Platz. »Kennen wir schon die Namen der Aktionäre der South Wales Smelting Company, Blight?«

Blight funkelte ihn an. »Stecken Sie hinter diesen Machenschaften, Blewett?«

Tonkin klopfte auf den Tisch. »Meine Herren, meine Herren! Ich muss doch sehr bitten …«

»Wann wurden die Proben entnommen, Tonkin?«, meldete sich Blight abermals zu Wort. »Jedenfalls nicht, als die anderen Agenten anwesend waren. Hier hat es heimlich Absprachen gegeben. Bei der Probeentnahme war kein Fremder zugegen.«

»Ich habe mich im Datum geirrt«, sagte Zacky. »Ich kam

einen Tag später, und man gestattete mir liebenswürdigerweise, selbst Proben zu entnehmen. Daraus ist niemandem ein Schaden erwachsen.

»Das war nicht korrekt, Mr Tonkin. Da hat es eine vorherige Absprache gegeben …«

»Es war völlig korrekt«, mischte Aukett sich ein. »Was ist daran auszusetzen? Ich sehe nichts von einer heimlichen Absprache, wie sie gewissen Unternehmungen zur Last zu legen wären …«

»Jetzt hören Sie mal«, begann Zacky Martin mit ruhiger Stimme, die sich allmählich vernehmbar machte, weil alle hören wollten, was er zu sagen hatte. »Hören Sie mal, Mr Blight. Und auch die anderen Herren, die sich durch mich und mein Tun vielleicht ein wenig verunsichert fühlen. Es ist nicht meine Absicht, Ihnen lästig zu fallen oder Ihnen Knüppel zwischen die Beine zu werfen, verstehen Sie? Es soll alles freundschaftlich und offen und ehrlich zugehen. Ich und meine Freunde, wir tragen uns mit der Absicht, unsere eigene kleine Schmelzhütte zu errichten, verstehen Sie, und darum wollten wir heute eine bestimmte Menge Kupfer aufkaufen, um uns sozusagen ein kleines Lager anzulegen.«

»Schmelzhütte? Wo?«

»Aber es war nicht unsere Absicht, die anderen Gesellschaften aufs Kreuz zu legen. Das ist nicht unsere Art. Und wenn wir heute mehr gekauft haben, als uns zukommt – nun, ich glaube, es verantworten zu können, wenn ich sage, dass wir bereit sind, eine oder zwei Partien an eine Ihrer Gesellschaften zurückzuverkaufen, wenn Sie Interesse zeigt. Zu dem Preis, den ich heute geboten habe. Wir wollen dabei keinen Gewinn erzielen. Ich werde mich auch an der nächsten Auktion beteiligen und weitere Partien kaufen.«

Ross sah, wie Blights Gesichtsausdruck sich veränderte. Einer der anderen Makler wollte sprechen, aber Blight schnitt ihm das Wort ab.

»Das also steckt dahinter! Damit riecht die Sache nur noch mehr nach einer heimlichen Absprache. Ein netter Plan, die Preise hinaufzutreiben und die legitimen Händler in eine schwierige Lage zu bringen. Nein, mein guter Mann, Sie und Ihre Freunde – und ich zweifle nicht daran, dass einige von ihnen hier anwesend sind – Sie werden sich etwas anderes einfallen lassen müssen, um uns alte Hasen hinters Licht zu führen.«

Wieder klopfte Richard Tonkin auf den Tisch.

»Beenden wir die Auktion.«

Dieses Mal setzte er sich durch. Und es herrschte Stille, bis das ganze Erz verkauft war. Die Carnmore Company erstand etwa zwei Drittel – und den qualitativ besten Teil – des gesamten Angebots. Die ganze Transaktion belief sich ungefähr auf fünftausend Pfund.

Dann setzten sich alle zum Essen.

Es war der erste echte Zusammenstoß zwischen den zwei Interessengruppen gewesen. Klagen und Beschwerden waren bisher im kleinen Kreis erörtert worden. Die Kupfergesellschaften waren schließlich die Kunden, und der gesunde Menschenverstand gebot, dass man sich mit solchen Leuten nicht anlegte.

Zacky Martin saß in einiger Entfernung von Ross. Einmal begegneten sich ihre Blicke, ohne dass ein Schimmer des Erkennens sichtbar geworden wäre.

Nach dem Essen verabschiedete sich Ross, um Harris Pascoe aufzusuchen. Der Bankier erhob sich, um Ross zu begrüßen, und erkundigte sich zaghaft, wie der Tag verlaufen war.

150

»Nächsten Monat werden Sie Wechsel in Höhe von etwa viertausendachthundert Pfund auf Rechnung Carnmore Copper Company einzulösen haben«, sagte Ross.

Pascoe spitzte seine Lippen. »Sie haben mehr eingekauft, als ursprünglich vorgesehen war?«

»Die Preise waren niedrig, und wir haben gekauft, was wir konnten. Wenn sie erst mal merken, dass sie uns ernst nehmen müssen, werden sie wahrscheinlich versuchen, uns zu überbieten. Aber mit dieser Menge brauchen wir uns für die nächsten Monate keine Sorgen zu machen.«

»Wurden unbequeme Fragen gestellt?«

Ross erzählte ihm.

Pascoe fummelte ein wenig nervös an dem von Schnupf-tabak verfärbten Batist seiner Halsbinde. Er war der Bankier dieses Projekts, aber Konfliktsituationen behagten ihm nicht. Seine Einstellung zu Geld war eine rein akademische: Es ging ihm darum, Zahlen miteinander abzugleichen, in Rechnungsabschlüssen Gleichgewichte herzustellen; es war der mathematische Aspekt seines Geschäftes, der ihm mehr als alles andere zusagte. Darum war er, wenngleich er den Absichten dieser Gruppe Männer Beifall zollte, doch ein wenig nervös, weil er fürchtete, sie könnten zu einer Belastung werden und seinen Seelenfrieden stören.

»Nun ja«, meinte er schließlich, »das waren die ersten Re-aktionen der Agenten und der anderen kleinen Leute. Ich könnte mir vorstellen, dass die Männer, die hinter ihnen stehen, ihrer Unzufriedenheit auf feinere Art Ausdruck verleihen werden. Die nächste Auktion wird es zeigen. Ich bezweifle, dass es je wieder zu einem offenen Protest kommt.«

»Sie müssen im Dunkeln gelassen werden, darauf kommt es vor allem an«, sagte Ross. »Angesichts der Tatsache, dass Zacky Martins Haus auf meinem Land steht und Trevaunance die Schmelzhütte auf seinem Besitz errichtet, ist nicht zu verhindern, dass einige Fakten auf Umwegen bekannt werden.«

Pascoe schob ein Blatt Papier vor sich hin und machte darauf zwei Eintragungen mit seiner kratzenden Feder. Dies war der erste gedruckte Firmenkopf der Carnmore Copper Company, und darauf hatte der Bankier mit wässriger Tinte alle die Gesellschaft betreffenden Angaben geschrieben. Die Gesellschaft war mit einem Kapital von zwanzigtausend Pfund ausgestattet. Die Aktionäre hatten zwölftausend bar eingezahlt, der Rest war jederzeit abrufbar. Sie wollten sich auch als Kaufleute betätigen und die Gruben mit Materialien und Ersatzteilen beliefern. Damit konnten sie sich neben dem Hauptgesellschaftszweck auch eine zweite, kleine aber stetige Einkommensquelle erschließen. »Bedauerlich, dass sich Ihr Vetter Francis nicht an Ihrem Vorhaben beteiligt hat.«

»Er ist zu sehr an die Warleggans gebunden. Als Privatmann ist er auf unserer Seite.«

Der Bankier nieste. »Verity hätte uns Anfang der Woche besuchen sollen. Sie sieht jetzt gesünder aus, meinen Sie nicht?«

»Mit der Schließung von Grambler haben sie sich allesamt besser abgefunden, als ich erwartet hatte.«

Pascoe begleitete ihn zur Tür. »Ich nehme an, dass Sie von den G-gerüchten gehört haben, die sich um Miss Veritys Namen ranken.«

Ross blieb stehen. »Ich habe nichts gehört.«

»Ich hätte vielleicht nichts er-erwähnen sollen, aber ich meinte, Sie sollten es wissen. Sie beide sind einander ja immer sehr nahegestanden.«

»Nun, was sind das für Gerüchte?«, fragte Ross ungeduldig.

»Na ja, es hängt mit diesem Blamey zusammen. Ich habe von verschiedenen Seiten gehört, dass sie einander ge-getroffen haben.«

2

Immer wieder schweiften seine Gedanken ab, während er heimwärts ritt. Vor achtzehn Monaten war er glücklich gewesen und hatte in weiser Vorraussicht versucht, so lange wie möglich in dieser glückhaften Stimmung zu verweilen. Nicht dass er jetzt unzufrieden gewesen wäre, aber er war ratlos, allzu sehr von Sorgen bedrängt.

Verity und Blamey? Dieser arrogante Kerl, der ihm am Tag nach Julias Taufe so unangenehm aufgefallen war, hatte alles eingebüßt, was er mit der sanften, zurückhaltenden Verity je gemein gehabt hatte. Es konnte nicht sein.

Auch zwischen ihm und den Paynters war keine Versöhnung zustande gekommen. Demelza besuchte Prudie zuweilen, aber das war alles. Jud arbeitete gelegentlich für Trencrom, der einen skrupellosen Mann, der im Segeln Erfahrung hatte, immer gebrauchen konnte. Zwischendurch machte er seine Runden durch die Hafenkneipen und hielt den Leuten Strafpredigten über ihre Unzulänglichkeiten.

Was die Gimletts betraf, waren sie den Erwartungen, die Ross in sie gesetzt hatte, in jeder Hinsicht gerecht geworden. Mit pausbäckig-behäbiger Gutmütigkeit trotteten sie durch Haus und Hof und arbeiteten oft aus purem Vergnügen, auch wenn das Notwendige schon getan war. Seit Weihnachten war auch Jinny wieder auf Nampara.

Den ganzen Winter über hatte Ross sich mit dem Gedanken getragen, in Dwight Enys' Begleitung nach Bodmin zu reiten und Jim zu besuchen, aber es war nicht dazu gekommen. Die Kupfergesellschaft hatte seine Zeit zu sehr in Anspruch genommen.

Die Leisure-Grube hatte sich den ganzen Winter über einer bescheidenen Prosperität erfreuen können, wenngleich Ross das Geld, das er verdiente, nur allzu rasch wieder los war. Er steckte das meiste in die Carnmore Company, zweigte aber einen kleinen Betrag ab, um Demelza ein Pferd zu kaufen, und legte sich eine Reserve von zweihundert Pfund an, um für Notfälle gerüstet zu sein.

Als er auf Grambler zuritt, sah er Verity, die aus dem Dorf auf ihn zukam.

»Dass ich dich einmal treffe, Ross«, begrüßte sie ihn. »Ich war Demelza besuchen. Sie beklagt sich, dass du sie vernachlässigst. Wir haben ein langes Gespräch geführt, das bis Sonnenuntergang gedauert haben würde, wenn Garrick nicht mit dem Schweif das Teetablett heruntergeworfen und Julia aus ihrem Nachmittagsschlaf geweckt hätte. Wir haben wie zwei alte Fischweiber geschwatzt, die darauf warten, dass die Netze eingezogen werden.«

Ross betrachtete Verity mit neuen Augen. Er glaubte etwas in ihrem Blick zu entdecken; ihr Auftreten war ungewohnt lebhaft. Beunruhigt stieg er ab.

»Was habt ihr denn heute Nachmittag ausgebrütet?«

Die Frage war so zielsicher gestellt, dass sie errötete.

»Ich wollte nur wissen, ob der Sherborne-Mann auch euch eine Einladung überbracht hat, wie wir sie erhalten haben. Reine Neugier, mein Lieber. Frauen sind nie zufrieden, wenn sie nicht wissen, was im Nachbarhaus vorgeht.«

»Und hat er?«

»Ja.«

»Eine Einladung wozu?«

Verity zupfte eine Locke zurecht. »Nun, sie wartet zu Hause auf dich. Ich wollte gar nichts erwähnen, aber du hast mir die Neuigkeit herausgelockt.«

»Dann lass mich auch den Rest herauslocken, damit ich alle Neuigkeiten auf einmal erfahre.«

Verity begegnete seinem Blick und lächelte. »Geduld, mein Lieber. Es ist jetzt Demelzas Geheimnis.«

»Ich habe in letzter Zeit weder mit Francis noch mit Elizabeth gesprochen«, brummte er. »Geht es ihnen gut?«

»›Gutgehen‹ ist nicht das richtige Wort. Francis ist so schwer verschuldet, dass es ganz so aussieht, als ob wir nie wieder auf die Beine kommen würden. Aber zumindest hat er den Mut gehabt, sich von den Warleggans zurückzuziehen. Elizabeth – nun ja, Elizabeth ist geduldig mit ihm. Ich glaube, sie ist froh, dass er jetzt mehr zu Hause ist; aber ich wünschte – ihre Geduld wäre vielleicht noch ergiebiger, wenn sie auch ein wenig Verständnis aufbrächte. Man kann gütig sein und doch jedes Mitgefühl vermissen lassen. Ich … Aber vielleicht ist das ungerecht.« Ihr Gesicht nahm plötzlich einen bekümmerten Ausdruck an. »Ich ergreife Francis' Partei nicht, weil ich seine Schwester bin. Es ist wirklich alles seine Schuld … oder zumindest scheint es so … Als er noch Geld hatte, verschleuderte er es. Wenn das Geld, das er vertan hat, noch vorhanden gewesen wäre, wäre es vielleicht möglich gewesen, die Grube zu halten …«

Ross wusste, warum Francis sich von den Warleggans fernhielt und es vorzog, zu Hause zu trinken: Jetzt, da sein

Geld weg war, hatte Margaret Cartland ihm den Laufpass gegeben.

»Demelza wird mir böse sein, dass ich dich aufgehalten habe. Reite nach Hause, mein Lieber, du musst müde sein.«

Ja, sie hatte sich verändert. Zweimal war er drauf und dran gewesen, Blameys Namen auszusprechen, zweimal war er davor zurückgeschreckt. Jetzt war er froh. Wenn es da etwas gab, sollte es ihm ruhig verborgen bleiben.

Schon von weitem hörte er Demelza auf dem Spinett spielen. Zart vibrierend, sanft klagend drangen die Töne an sein Ohr. Die Bäume hatten grüne Spitzen, die Weidenkätzchen sprossen, und im feuchten Gras blühten die ersten Primeln. Gleich einem silbernen Faden war die Musik in den Frühling eingewoben.

Er beschloss, sie zu überraschen. Er stieg ab und band Darkie an der Brücke fest. Dann ging er zum Haustor und gelangte unbemerkt in die Diele. Die Tür zum Wohnzimmer stand offen.

Sie saß in ihrem weißen Musselinkleid am Spinett. Auf ihrem Gesicht lag jener Ausdruck, den es stets trug, wenn sie Noten las – so als sei sie eben dabei, in einen Apfel zu beißen.

Lautlos durchquerte er den Raum und küsste sie auf den Nacken.

Sie quiekte, und das Spinett verstummte mit einem Misston.

»Einmal mit dem Finger ausgerutscht, und fffttt, du bist tot!«, sagte Ross, Juds Stimme kopierend.

»Du gemeiner Mensch! Wie du mich erschreckt hast! Immer erschreckt mich etwas. Kein Wunder, dass ich ein Nervenbündel bin. Jetzt kommst du schon gar wie ein Kater hereingeschlichen.«

Er fasste sie am Ohr. »Wer hat Garrick hereingelassen, damit er unser neues Wedgwood-Porzellan kaputt macht? Ein Hund – wenn man dieses Kalb so nennen kann – hat hier nichts verloren …«

»Du hast also Verity getroffen? Hat sie dir erzählt von unserer – von unserer …«

Er blickte in ihr lebhaftes, erwartungsvolles Gesicht. »Von unserer was?«

»Von unserer Einladung.«

»Nein. Was ist denn das für eine Einladung?«

»Ha!« Vergnügt machte sie sich von ihm los und tanzte zum Fenster. »Ich werde doch nichts ausplaudern! Ich sage es dir morgen. Oder vielleicht übermorgen. Genügt dir das?«

Seine scharfen Augen gingen im Zimmer herum und blieben sogleich auf dem Blatt haften, das zusammengefaltet unter dem Gewürztopf auf dem Tisch lag.

»Ist es das?«

»Nein, Ross! Du darfst nicht gucken! Lass es liegen!« Sie lief hin, und beide kamen zusammen beim Tisch an, balgten sich lachend, und irgendwie gelangten ihre Finger in die seinen. Das Papier riss in der Mitte entzwei, und als sie sich voneinander lösten, hielt jeder eine Hälfte in der Hand.

»Ho«, sagte Demelza, »jetzt haben wir es kaputt gemacht!«

Er las. »Zur Feier der Danksagung Seiner Majestät und der Bürgermeister von Truro … in den Räumen des Landhauses eine festliche Zusammenkunft … mit anschließendem Ball. Die Veranstaltung … Captain Poldark sind eingeladen.«

»Und Mrs«, rief sie. »Captain und Mrs Poldark sind eingeladen, daran teilzunehmen.«

157

»Davon steht nichts auf meiner Einladung«, wandte er ein. »Da! Da!« Sie kam auf ihn zu und hielt ihre Hälfte des zerrissenen Papiers an die seine. »Und Mrs Poldark.‹ Siehst du?«

»Gehen wir jeder mit unserer Hälfte hinein?«, fragte er. »Wo da nur ›Mrs‹ steht, werden sie dich nicht einlassen. Es ist wirklich zu vage.«

»Es wundert mich nicht«, sagte sie, »dass man es dir überlassen hat, mit den Kupfergesellschaften fertigzuwerden. Du bringst doch alle Welt auf schlechte Gedanken.«

»Na, jedenfalls können wir die Einlandung jetzt nicht mehr brauchen«, sagte er und tat, als wollte er seine Hälfte ins Feuer werfen.

»Nein, Ross! Nein!« Sie fasste nach seiner Hand und versuchte ihn aufzuhalten. Aber schon einen Augenblick später gab er den Kampf auf, zog sie an sich und küsste sie.

»Das solltest du nicht, Ross«, sagte sie, »nicht am helllichten Tag.«

»Wie viel Porzellan hat Garrick denn zerbrochen?«

»Ach … nur zwei Untertassen.«

»Und wie viele Schalen?«

»Eine, glaube ich … Ross, wir gehen doch zu dieser Veranstaltung?«

»Und wer hat ihn hereingelassen?«

»Ich glaube, er hat sich irgendwie hereingeschlichen. Du weißt ja, wie er ist. Er lässt sich nicht abweisen. Eben war er noch draußen, und schon war er drin.« Sie wand sich in seinem Griff, aber diesmal hielt er sie fest.

Am Abend, bevor sie schlafen gingen, sagte Ross: »Hat Verity in letzter Zeit von Captain Blamey gesprochen?«

Die Frage wirkte wie ein Schock auf Demelza. Sie musste einen harten Kampf mit ihrem Gewissen bestehen.

»Warum fragst du?«

»Es geht ein Gerücht um, dass sie sich mit ihm trifft.«

»So?«, sagte Demelza.

»Nun?«

»Ich möchte dir nicht antworten, Ross. Ich möchte nicht sagen, dass sie ihn *nicht* getroffen hat, und ich möchte auch nicht sagen, *dass* sie ihn getroffen hat.«

»Mit anderen Worten, du möchtest überhaupt nichts sagen.«

»Nun ja, Ross, es wäre nicht anständig von mir, etwas, das mir anvertraut wurde, weiterzuerzählen – selbst dir nicht.«

Ross dachte darüber nach.

»Ich frage mich, wie es dazu gekommen ist, dass sie einander wieder begegnet sind.«

Demelza blieb stumm und kreuzte im Dunkel die Finger.

»Das kann doch nichts Ernstes mehr sein«, sagte Ross voll Unbehagen. »Dieser launenhafte Kerl. Wie immer die Sache damals ausgesehen haben mag, es wäre verrückt von Verity, sie jetzt fortzusetzen. Wenn Francis davon erfährt, fängt das ganze traurige Theater wieder von vorne an.«

Demelza blieb auch weiterhin stumm, kreuzte nun aber auch ihre Beine.

»Als ich jetzt davon hörte«, fuhr er fort, »nahm ich es nicht ernst. Ich konnte nicht glauben, dass Verity so dumm sein könnte. Du bist sehr schweigsam.«

»Ich habe mir nur überlegt«, sagte Demelza ruhig, »dass sie … wenn sich ihre Gefühle in all den Jahren nicht verändert haben … dann hat es in Wirklichkeit gar keine Trennung gegeben.«

»Nun«, meinte er nach einer Pause, »wenn du mir nicht

sagen kannst, was los ist, dann kannst du es eben nicht. Ich will dir nicht verhehlen, dass mich die Sache beunruhigt, und ich bin nur froh, dass ich sie nicht wieder zusammengebracht habe. Verity tut mir sehr leid.«

»Ja, Ross«, sagte sie. »Ich verstehe dich. Kann ich jetzt schlafen gehen?«

3

Es hatte die ganze Nacht geregnet, aber um acht klärte es auf, und ein frischer Wind blies aus Südwesten. Mark Daniel hatte den ganzen Vormittag im Garten gearbeitet, aber um halb eins kam er ins Haus, um zu essen und sich für die Grube fertig zu machen.

Eine Weile aßen sie schweigend. Wenn Keren nichts redete, bedeutete das einen neuen Grund zur Klage oder Verdrossenheit über einen alten Kummer. Mehrmals streifte er sie mit einem Blick.

Um ihre Stimmung auszuloten, versuchte er etwas zu finden, worüber er mit ihr sprechen konnte.

»Es schießt alles so schnell aus dem Boden, man möchte meinen, wir haben schon zwei Monate Frühling. Ich hoffe nur, es kommt nicht noch ein Frost oder ein kalter Wind wie voriges Jahr.«

Keren gähnte. »Die Drosseln in den Ulmen sind schon am Brüten«, sagte er. »Sie sind so früh dran, dass es mich gar nicht wundern würde, wenn sie dieses Jahr zweimal legten.«

Keren blieb stumm.

»Die Erbsen und die Bohnen sind auch einen Monat zu früh«, meinte Mark. »Wir sind Captain Poldark zu Dank verpflichtet, er hat uns die Samen gegeben.«

»Wir würden mehr davon gehabt haben, wenn er dir eine bessere Arbeit gegeben hätte.«

»Noch gestern Vormittag hat Paul gesagt, wir müssten uns glücklich schätzen, dass wir überhaupt Arbeit haben.«

»Ach Paul …«, sagte sie geringschätzig. »Was tut Zacky Martin eigentlich, das möchte ich gerne wissen. Er arbeitet für Captain Poldark, nicht wahr? Ich wette, er arbeitet nicht den ganzen Tag wie ein Bergarbeiter um ein paar Shilling die Woche. Den Martins ist es in ihrem ganzen Leben noch nie so gutgegangen. Zacky ist mal da und mal dort – und ein Pferd hat er auch zur Verfügung. Warum haben sie dir nicht so einen Posten gegeben?«

»Zacky ist gebildeter als ich«, antwortete Mark. »Sein Vater pachtete ein paar Morgen Land und schickte ihn zur Schule, bis er neun war. Hier in der Gegend wissen es alle, dass Zacky ein gutes Stück über uns steht.«

»Lesen und Schreiben kann jeder lernen, wenn er den ernsten Willen dazu hat. Zacky scheint nur so gebildet, weil ihr alle dumm und faul seid.«

»Vielleicht ist es Faulheit, wenn die Leute nicht mehr lernen, und vielleicht auch nicht. Du wirst zugeben, dass es leichter ist, als kleiner Junge in der Schule das Abc zu bewältigen, als später, wenn man erwachsen ist und ganz allein und niemanden hat, der mit einem lernt.«

»Niemand hat behauptet, dass du faul bist, Mark. Wenn man dir deine Plackerei nicht so miserabel bezahlen würde! Sogar den Vigus' geht es besser als uns – und dabei ist er arbeitslos.«

»Nick Vigus ist ein gerissener Gauner. Er war es, der Jim

Carter in die Nesseln gesetzt hat. Du würdest doch nicht wollen, dass ich wildern gehe oder billiges Gift zusammenbraue, um es als Gin zu verkaufen?«

»Ich will nur, dass du Geld verdienst«, antwortete sie, aber sie sagte es mit sanfterer Stimme. Sie war zur offenen Tür gegangen und starrte über das Tal hinweg.

»Es ist Zeit für dich.«

Sie sah ihm zu, wie er die schweren Stiefel und seine grobe Drillichjacke anzog. Dann kam er zur Tür, und sie ging hinaus, um ihn vorbeizulassen.

Er betrachtete sie, aber sie wandte ihre dunklen Elfenaugen ab. Die Sonne setzte ihrem lockigen Haar helle Lichter auf.

»Mach dir keine Sorgen um uns«, sagte er sanft. »Wir kommen schon durch, hab keine Bange. Die schlechte Zeit wird nicht ewig dauern. Wir kommen schon wieder auf die Beine.«

Er beugte seine große Gestalt vor und küsste sie auf den Nacken. Dann setzte er sich ein wenig steif in Bewegung.

Sie sah ihm nach. Es war naiv von ihr gewesen, zu glauben, sie könnte ihn ändern. Er *wollte* sich nicht ändern. Als Bergarbeiter geboren, zum Bergarbeiter erzogen, beschränkte sich sein Horizont auf das Graben nach Kupfer und Zinn. Und obwohl er ein guter Arbeiter und ein geschickter Handwerker war, besaß er weder das Wissen noch die Entschlusskraft, um weiterzukommen. Und sie hatte sich verpflichtet, für den Rest ihres Lebens …

Tränen stürzten ihr aus den Augen, und sie ging ins Haus zurück. Während der Wintermonate hatte Mark viel getan, um es wohnlicher zu machen, aber davon sah sie nichts. Stattdessen eilte sie ins Schlafzimmer, entledigte sich ihres schlichten Baumwollkleides und zog das aufreizende scharlachrote mit dem grünen Gürtel an. Dann fing sie an, sich zu kämmen.

Zehn Minuten später, das Gesicht gewaschen und gepudert, das volle Haar glänzend und gewellt, Theatersandalen an den bloßen Füßen, war sie bereit.

Sie schlüpfte aus dem Haus, lief schnell den Hang bis zum ausgetrockneten Flussbett hinunter, kletterte hinüber und lief den Hang hinauf, dem Wald entgegen.

Dwight Enys öffnete selbst.

Gegen seine bessere Überzeugung begannen seine Augen zu sprühen, als er sie vor sich stehen sah. Sie hielt die Hände hinter dem Rücken verschränkt, und der Wind zerzauste ihr Haar.

»Keren. Wie kommen Sie um diese Tageszeit hierher?«

Sie warf einen Blick über die Schulter. »Darf ich reinkommen, bevor mich alle alten Weiber sehen und zu klatschen anfangen?«

Er zögerte, zog aber dann die Tür weiter auf. »Bone ist nicht da.«

»Ich weiß. Ich habe ihn weggehen gesehen.«

»Keren. Sie werden in einen üblen Ruf kommen.«

Sie ging ihm voran den dunklen Gang hinunter und wartete, dass er die Tür zum Wohnzimmer öffne.

»Es wird immer gemütlicher hier«, sagte sie.

Der Raum war lang und schmal. Das Gepräge war weniger mittelalterlich als das der anderen Räume; er hatte sein Wohnzimmer daraus gemacht und es mit einem guten türkischen Teppich, ein paar bequemen alten Lehnsesseln und einem Bücherregal ausgestattet. Es war auch der einzige Raum mit einem guten Kamin, in dem jetzt ein lustiges Feuer brannte.

163

Sie kniete vor dem Feuer. Er blickte auf sie hinab. Seine Augen registrierten die anmutige Rundung ihres Rückens, gleich einem Bogen leicht gekrümmt und von einem Augenblick zum anderen bereit, sich zu entspannen. Er betrachtete die ihm zugekehrte Kurve ihrer Kehle und erfreute sich an der grellen Farbe des Kleides. In diesem Kleid gefiel sie ihm am besten. Sicher wusste sie das. Aber heute hierherzukommen, ganz bewusst ...

»Damit muss Schluss sein, Keren«, sagte er. »Sie müssen ...«

Der Bogen entspannte sich, und sie blickte auf, während sie ihm ins Wort fiel. »Wie kann ich, Dwight? Wie kann ich? Ich freue mich so darauf, hierherzukommen. Was macht es denn aus, wenn man mich sieht? Was macht das aus? Es ist doch nichts dabei. Und es gibt sonst nichts, woran mir etwas liegt.«

Er war von ihrer Heftigkeit überrascht und ein wenig gerührt. Er kam zum Kamin, legte eine Hand auf den Sims und blickte auf sie hinab.

»Es ist doch die einzige kleine Abwechslung – und Gesellschaft –, die ich habe. Sie sind anders als dieses gewöhnliche Volk, das hier lebt. Keiner von ihnen ist je mehr als ein paar Meilen über den Ort hinausgekommen, in dem er geboren wurde. Sie sind alle so engherzig und beschränkt. Sie denken nur an ihre Arbeit, und sie essen und schlafen wie – wie Tiere auf einem Hof. Über das Leuchtfeuer von St. Arm sehen sie nicht hinaus. Was ist das für ein Leben, das sie führen?«

Er fragte sich, was sie erwartet hatte, als sie einen Bergarbeiter heiratete.

»Wenn Sie tiefer suchen«, entgegnete er sanft, »werden Sie sehr viel Gutes in Ihren Nachbarn finden. Und auch in Mark, wenn Sie mit ihm unzufrieden sind. Sie werden nichts an der Oberfläche entdecken, das gebe ich zu. Für das, was über ihren Horizont geht, haben sie kein Verständnis, aber innerhalb ihrer Grenzen sind sie zuverlässig und gutmütig und rechtschaffen. In der kurzen Zeit, die ich jetzt hier lebe, habe ich das erkannt. Verzeihen Sie mir, wenn es so aussieht, als ob ich Ihnen eine Predigt halten wollte, aber wenn Sie ihnen begegnen, versuchen Sie zur Abwechslung einmal, ihnen auf halbem Weg entgegenzukommen. Versuchen Sie, das Leben aus ihrer Warte zu sehen ...«

»Das ist alles recht schön und gut, Dwight, aber ich bin hier eine Fremde und werde es immer bleiben. Könnte ich nicht lesen und schreiben und hätte ich nicht die Welt gesehen, sie würden mir mit der Zeit vielleicht verzeihen. Aber so niemals. Sie werden bis zum Ende ihrer Tage engstirnig und gemein bleiben.« Mit gekräuselten Lippen stieß sie einen leichten Seufzer aus. »Ich bin ja so unglücklich.«

Stirnrunzelnd blickte er zu seinen Schriften hinüber. »Nun, ich kann auch nicht über ein Übermaß an Gesellschaft klagen, aber ...«

Sie sprang auf. »Dann darf ich also kommen? Und ein Weilchen bleiben? Sie finden es nicht zu schlimm, ein wenig mit mir zu plaudern? Ich verspreche Ihnen, Sie nicht mit meinem Kummer zu belasten. Sagen Sie mir, was Sie jetzt tun, was Sie studieren, ja?«

Er lächelte. »Das ist nichts, was Sie interessieren würde. Ich ...«

»Alles würde mich interessieren, Dwight. Wirklich. Kann ich heute ein paar Stunden bleiben? Mark ist gerade zur Arbeit gegangen. Ich verspreche Ihnen, nichts zu reden.

Ich werde Ihnen nicht im Weg sein. Ich kann Ihnen etwas zu essen kochen und Ihnen helfen.«

Wieder lächelte er, diesmal ein wenig trübe. Er wusste, was dieses Angebot bedeutete. Aber ein Teil seines Bewusstseins sah dieser Entwicklung auch durchaus erwartungsvoll entgegen.

Zwei Stunden waren vergangen. Bei ihrer Ankunft war er mit einer Aufstellung der Fälle von Lungenerkrankungen beschäftigt gewesen, die er bisher behandelt hatte: die Art der Krankheit, soweit er sie zu klassifizieren imstande war, die von ihm empfohlene Behandlung und das Resultat. Sie hatte alle Angaben notiert, die er ihr vorlas, und so war es ihm gelungen, die Arbeit von drei Stunden in der halben Zeit zu bewältigen. »Sie sind mir heute eine große Hilfe gewesen, Keren. Dafür bin ich Ihnen dankbar. Es war sehr freundlich von Ihnen, so viel Zeit und Geduld für meine langweilige Aufstellung geopfert zu haben.«

Sie las noch einmal durch, was sie geschrieben hatte, und ihr hübsches keckes kleines Gesicht trug einen ernsten, angespannten Ausdruck.

Dwight Enys lächelte und ging zu ihr hinüber.

Sie drehte den Kopf herum und sah, die vollen roten Lippen leicht geöffnet, um den Schmelz ihrer Zähne zu zeigen, zu ihm auf. »Oh, Dwight«, sagte sie.

Er legte seine Hand auf die ihre.

»Warum sind Sie hergekommen?«, fragte er in scharfem Ton und senkte den Blick, als ob er sich schämte.

Sie wandte sich ihm zu, ohne ihm ihre Hand zu entziehen.

»Oh, Dwight, es tut mir so leid.«

»Das tut es nicht. Sie wissen genau, dass es Ihnen nicht leidtut.«

»Nein«, gab sie zu. »Es tut mir nicht leid. Es könnte mir niemals leidtun.«

»Warum sagen Sie es dann?«

»Es tut mir nur leid, wenn Sie mich nicht mögen.«

Er starrte sie an, als ob er sie nicht gehört hätte. »Nein«, sagte er, »das nicht.«

Er legte seine Hände auf ihre Schultern, beugte sich vor und küsste sie. Sie lehnte sich ein wenig an ihn an, und er küsste sie abermals.

Er löste sich von ihr.

Sie folgte ihm mit den Blicken, als er zu den Fenstern hinüberging. Ein falsches Wort, eine unbedachte Geste konnte die Uhr wieder zurückstellen, noch weiter zurück als je zuvor. Jede normale Regung drängte sie, zu bleiben, die Gelegenheit, die sich vielleicht erst wieder in Monaten, vielleicht auch nie wieder bieten würde, beim Schopf zu packen.

Doch so, als hätte sie vermocht, in seinen Gedanken zu lesen, wurde ihr klar, dass, wenn sie das tat, wenn alles auf der Flutwoge des Augenblicks geschah, dass er es dann vielleicht schon Sekunden später bereuen, sie hassen oder als Frau, die ihn in diese Lage gebracht hatte, verachten würde. Hatte er aber Zeit, darüber nachzudenken, ganz allmählich und auf seine Weise sein Verlangen zu entdecken, dann würde er die Schuld nicht auf sie abwälzen können. Er würde sie ganz allein tragen müssen – und vielleicht auch nie den Wunsch verspüren, sich von ihr reinzuwaschen.

Und dann war nichts mehr unmöglich.

4

Ross war zur Grube hinaufgegangen, und Demelza und Jinny und Jane richteten Honigwein an.

Schräg in der Nachmittagssonne fiel der Schatten Zacky Martins über diese friedlich häusliche Szene. Demelza wusste sofort, dass etwas nicht in Ordnung war. Nein, Captain Poldark war nicht hier, gewiss würde sie ihn oben im Bergwerk finden. Zacky dankte ihr schwerfällig und ging.

Jinny lief ihm bis zur Tür nach. »Vater. Geht es um Jim?«

»Nein, nein, du brauchst dir keine Sorgen zu machen«, antwortete Zacky. »Ich habe mit Captain Ross etwas zu besprechen.«

»Na ja, ich dachte …«, murmelte Jinny, nicht so recht überzeugt. »Ich dachte …«

Sie sah ihm eine Weile nach und kehrte dann mit bekümmerter Miene in die Küche zurück.

Zacky fand Ross vor dem Maschinenhaus, wo er mit Captain Henschawe sprach. Er sah Zacky fragend an.

»Also, Sir, es ist wegen Jim. Heute Morgen erfuhr ich, dass viele von den alten Gefangenen von Bodmin in andere Strafanstalten verlegt wurden, um Platz zu schaffen. Joe Trelasks Bruder ist verlegt worden: und Peter Mawes hat gesagt, dass alle aus Jims Zelle nach Launceston überführt werden.«

»Launceston.« Ross stieß einen leisen Pfiff aus.

»Ist es sehr schlimm dort?«

»Das Gefängnis genießt nicht den besten Ruf.« Es hatte keinen Zweck, Zacky noch mehr zu beunruhigen. »Aber dass man einen Mann kurz vor seiner Entlassung noch verlegt, das ist doch absurd. Wer hat das verfügt? Ob es auch wirklich wahr ist?«

»Peter Mawes ist eben aus Bodmin gekommen. Ich dachte, ich sollte es Ihnen sagen. Ich dachte, Sie würden es sicherlich wissen wollen.«

»Ich werde darüber nachdenken, Zacky. Es gibt vielleicht eine Möglichkeit, der Wahrheit schnell auf den Grund zu kommen.«

Ross war Jim schon immer sehr zugetan gewesen, und der Gedanke, dass man ihn – möglicherweise aufgrund der Anordnung eines aufgeblasenen wichtigtuerischen Paragraphenreiters – in das zwanzig Meilen weiter von seinem Heimatort entfernte, übelste Gefängnis im Westen überführt haben könnte, beunruhigte und ärgerte ihn.

Den Rest des Nachmittags war er noch auf der Grube beschäftigt, doch als er seine Arbeit beendet hatte, ging er zu Dwight Enys hinüber.

Als er sich dem Pförtnerhaus näherte, fielen ihm die Verbesserungen auf, die der junge Arzt vorgenommen hatte. Die Fenster von Dwights Wohnzimmer standen offen, und Ross hörte jemanden singen. Zu seiner Überraschung war es eine Mädchenstimme, nicht sehr laut, aber doch deutlich vernehmbar.

Mit seinem Spazierstock klopfte er an.

Die Tür öffnete sich. Dwights Gesicht, bereits leicht gerötet, verfärbte sich noch mehr, als er sah, wer sein Besucher war.

»Captain Poldark! Bitte treten Sie näher!«

»Danke.« Ross folgte ihm ins Wohnzimmer. Das Zimmer war leer.

Ross legte Dwight Enys dar, was ihn hergeführt hatte: die Nachricht in Bezug auf Jim Carter und dass er beabsichtigte, morgen die Postkutsche zu nehmen, um der Wahrheit auf den Grund zu gehen. Er wollte wissen, ob Enys wohl geneigt wäre, mitzukommen.

Dwight, dessen Eifer trotz seiner Verlegenheit sichtbar wurde, sagte sofort zu, und sie verabredeten, sich morgen früh zu treffen und gemeinsam nach Truro zu reiten.

Auf dem Heimweg grübelte Ross darüber nach, wo er diese Frauenstimme schon einmal gehört hatte.

Sie ritten gleich nach dem Frühstück los, und als sie Truro erreicht hatten, besorgte Ross einige Einkäufe.

Mrs Trelask, eben im Begriff, die Tücher von den Tischen zu nehmen, wurde durch die Ankunft eines groß gewachsenen, ernst dreinblickenden Herrn in große Verwirrung gestürzt. Seines Wissens, erklärte der Herr, nachdem er sich vorgestellt hatte, sei Mrs Poldark Kundin ihres Salons, und somit läge die Annahme nahe, dass Mrs Trelask ihre Maße kenne. Er habe daher die Absicht, ein neues Abendkleid für seine Frau zu bestellen, das für den Danksagungsball bei George Warleggan angefertigt und geliefert werden müsse.

»Wir werden darauf achten, dass das Kleid nach der neuesten Mode ist«, versicherte Mrs Trelask. »Wann könnte Mrs Poldark zur Probe kommen?«

»Es wird keine Probe geben, es sei denn, am Tag des Balls«, antwortete Ross. »Es soll eine Überraschung sein. Wenn es nicht ganz in Ordnung ist, kann meine Frau noch nachmittags vorbeikommen.«

Danach begab sich Ross in einen winzigen Laden unter einem knarrenden Schild mit der Aufschrift: »S. Solomon. Goldschmied und Zinngießer.«

»Ich suche etwas für eine Dame«, sagte er. »Etwas, das sie

im Haar oder um den Hals tragen kann. Ich habe nicht die Zeit, mich lange umzusehen.«

Der groß gewachsene Greis zog den Kopf ein, um Ross in ein dunkles Hinterzimmer zu führen. Er legte ihm ein Tablett mit einem halben Dutzend Halsketten, drei Broschen, ein paar Perlenarmbändern und acht Ringen vor. Es war nichts dabei, was Ross gefallen hätte.

»Ich habe da noch ein Stück«, sagte Mr Solomon, »das ich von einem Seemann gekauft habe. Würde Sie das interessieren?«

Er holte eine mit Goldfiligran gearbeitete Brosche, mit einem einzigen, guten, von einem Kranz kleiner Perlen umschlossenen Rubin aus der Lade. Es war ein fremdartiges, vermutlich venezianisches oder florentinisches Stück. Der Mann beobachtete Ross' Gesichtszüge, als er das Stück in die Hand nahm.

»Was kostet das?«

»Es ist mindestens hundertzwanzig Pfund wert, aber ich muss vielleicht lange auf einen Käufer warten und möchte nicht riskieren, es jetzt mit der Post nach Plymouth zu schicken. Mit hundert Guineen wäre ich einverstanden.«

»Ich pflege nicht zu handeln«, entgegnete Ross, »aber mehr als neunzig wollte ich nicht ausgeben.«

Der Greis verneigte sich. »Es ist auch ebenso wenig meine Art, zu handeln. Verzeihen Sie die Frage, aber würden Sie bar bezahlen?«

»Mit einem Wechsel auf Pascoe's Bank. Ich zahle jetzt und hole mir die Brosche heute in einer Woche.«

»Sehr gut, Sir. Mit neunzig … neunzig Guineen … bin ich einverstanden.«

Rechtzeitig vor Abgang der Postkutsche traf Ross wieder mit Dwight zusammen, und am frühen Nachmittag waren sie in Bodmin. Dort blieb die Kutsche lange genug, um den Passagieren Gelegenheit zu geben, eine Mahlzeit einzunehmen, während Ross feststellte, dass das Gerücht, dem er auf den Grund gehen wollte, kein bloßes Gerücht war. Jim war verlegt worden.

Kurz nach sieben erreichten sie Launceston und nahmen Quartier im »Weißen Hirsch«.

Das Gefängnis stand auf dem Hügel innerhalb der zerfallenen normannischen Burg. Durch ein enges Geflecht von Straßen und Gässchen und auf einem ansteigenden, mit Brombeer- und Himbeergestrüpp überwachsenen Pfad kamen sie zur Außenmauer des seinerzeitigen Bergfrieds. Ein mit einem Vorhängeschloss gesichertes eisernes Tor führte unter einem Bogen durch, aber niemand antwortete auf ihr Klopfen oder Rufen. Auf einem verkümmerten Baum zwitscherte eine Drossel, und hoch oben am abendlichen Himmel sang eine Lerche.

Dwight bewunderte die Aussicht. Von hier oben konnte man das Moor sehen, das sich nach allen Richtungen ausbreitete: nach Norden bis zum Meer, das wie ein blankes Messer in der untergehenden Sonne funkelte, nach Osten und Süden bis weit nach Devon und Dartmoor hinein. Kein Wunder, dass der Eroberer sich diesen Platz ausgesucht hatte, um seine Burg zu bauen, von der aus er alle Zugänge aus dem Westen beherrschte.

»Der Kuhhirt da drüben. Ich werde ihn fragen«, sagte Dwight.

Während Ross noch weiter an das Tor hämmerte, ging Dwight zu dem dunkelhäutigen Mann in der Leinwandmütze und dem Kittel eines Landarbeiters hinüber und sprach mit ihm. Er kam bald wieder.

»Er sagt, dass im Gefängnis alle an Fieber erkrankt sind.

Es steht dort auf dem Anger, rechts von unserem Tor. Er glaubt nicht, dass wir heute Abend noch hineinkommen.«

Ross starrte durch die Gitterstäbe. »Und der Büttel?«

»Der wohnt nicht hier. Ich habe seine Adresse. Er wohnt hinter der Southgate Street.«

Ross blickte stirnrunzelnd an der Mauer hinauf. »Da können wir hinüber. Die Bolzen sind verrostet und ließen sich herausziehen.«

»Ja, aber es würde uns nichts helfen, weil das Gefängnis selbst versperrt ist.«

Sie kehrten um und gingen den Hügel hinunter.

Es dauerte eine gute Weile, bis sie das Haus des Büttels gefunden hatten, und es bedurfte minutenlangen Klopfens, bis die Tür sich einen Spalt öffnete und ein zerlumpter, schmutziger, strubbeliger Mann den Kopf herausstreckte. Sein Zorn ließ etwas nach, als er die Kleidung seiner Besucher sah.

»Sind Sie der Aufseher dieses Gefängnisses?«, fragte Ross.

»Bin ich.«

»Haben Sie einen Mann namens Carter in Ihrem Gewahrsam, der Ihnen aus Bodmin überstellt wurde?«

Der Büttel blinzelte. »Kann sein.«

»Wir wünschen Carter sofort zu sehen.«

»Jetzt ist keine Besuchszeit.«

Rasch setzte Ross den Fuß auf die Türschwelle. »Holen Sie Ihre Schlüssel, sonst werde ich veranlassen, dass Sie wegen Verletzung Ihrer Aufsichtspflicht entlassen werden.«

»Nein, nein«, antwortete der Büttel. »Es ist schon Abend. Überall wütet das Fieber. Es ist gefährlich, sich dort in die Nähe zu wagen.«

Mit der Schulter hatte Ross die Tür aufgestoßen. Der scharfe Geruch billigen Fusels schlug ihm entgegen.

173

Der Büttel fuhr sich mit dem Ärmel über die Nase. »Wo haben Sie Ihre Ermächtigung? Sie müssen eine Ermächtigung haben.«

Ross packte ihn am Kragen. »Wir haben die Ermächtigung. Holen Sie den Schlüssel.«

Etwa zehn Minuten später waren die drei Männer durch die mit Kopfsteinen gepflasterten Gässchen unterwegs zum Gefängnis auf dem Hügel. Durch das eiserne Tor und unter dem Steinbogen durch führte sie der Büttel mit schlurfenden Schritten zu einem nicht sehr großen Bau in der Mitte des Angers.

Der Mann blieb stehen. »Es ist viel zu spät, jetzt hineinzugehen. Zeigen Sie mir Ihre Ermächtigung. Sie haben alle Fieber da drin. Gestern ist einer gestorben. Ich weiß nicht, welcher. Mein Helfer …«

Plötzlich zerrissen Schreie die Stille, an Zahl und Lautstärke zunehmend, tierische, nicht menschliche Schreie, Gebelfer, klagendes Ächzen und Stöhnen, animalisches Grunzen, aber keine Worte. Die Gefangenen hatten sie gehört.

»Da sehen Sie's«, brummte der Büttel, als Ross unwillkürlich zurückfuhr. »Das ist nichts für Herren von Stand. Das Fieber …«

Ross aber war zurückgetreten, um nach einem Fenster zu suchen, sah nun eines hoch in der Mauer zu seiner Rechten. Das Haus hatte zwei Stockwerke, und das Fenster sollte dem im Erdgeschoss gelegenen Verlies offenbar etwas Licht und Luft zuführen. Die Rufe und Schreie kamen von da, aber sie klangen hohl, und offenbar war das Fenster außer Reichweite der Gefangenen.

»Machen Sie die Tür auf, Mann«, sagte Ross. »Oder geben Sie mir die Schlüssel!«

174

»So geht das nicht!«, protestierte der Büttel. »Seitdem die Gefangenen hier sind, ist es nicht mehr geöffnet worden. Kommen Sie in die Kapelle hinauf, und ich werde die Falltür öffnen, durch die sie ihr Essen bekommen. Auch dort können Sie sich noch anstecken, ich warne Sie, aber wenn Sie unbedingt wollen …«

»In zehn Minuten ist es dunkel«, sagte Dwight. »Wenn wir ihn noch heute sehen wollen, haben wir keine Zeit zu verlieren.«

»Hören Sie«, sagte Ross zu dem Büttel. »Er ist Arzt und wünscht Carter sofort zu sehen. Öffnen Sie die Tür, oder Sie kriegen eins über den Schädel, und ich tue es selbst.«

Der Mann sperrte die große Tür auf. Sie mussten mit ihrem ganzen Gewicht dagegendrücken, bis sie sich, auf rostigen Angeln knarrend, öffnete. Innen war es völlig dunkel, und ein entsetzlicher Gestank schlug ihnen entgegen.

»Gibt es hier eine Laterne?«

»Ja, ich glaube schon. Hinter der Tür.«

Nach all dem Lärm herrschte nun Stille im Gefängnis. Zweifellos glaubten die Insassen, dass neue Häftlinge eingeliefert wurden.

Nachdem sich seine Augen an das Dunkel gewöhnt hatten, sah Ross, dass sie in einem Gang standen. Auf der einen Seite ließ das Fenster einen leichten Schimmer des Abendrots ein. Auf der anderen befanden sich die Zellen oder besser Käfige. Es waren nur drei oder vier, allesamt klein. Als die Kerze endlich brannte, sah er, dass der größte Käfig nicht mehr als drei Meter im Quadrat maß. In jeder Zelle befanden sich etwa ein Dutzend Häftlinge. Entsetzliche Gesichter starrten zwischen den Gittern heraus.

»Ein Pesthaus«, murmelte Dwight, der, ein Taschentuch an die Nase gepresst, den Gang hinunterschritt.

175

»Mein Gott, welches Vergehen gegen die Menschenwürde! Gibt es Kloaken hier, Mann? Ärztliche Versorgung irgendwelcher Art? Zumindest einen Schornstein? Was sind das für entsetzliche Zustände.«

»Hören Sie mal«, sagte der Büttel an der Tür, »hier gibt es nur Krankheit und Fieber. Früher oder später wird es uns alle erwischen.«

»In welcher Zelle ist Carter?«

»Bei allen Heiligen, das weiß ich nicht. Sie müssen ihn schon selber finden.«

Den Büttel mit der schwankenden Laterne vor sich herstoßend, folgte Ross dem Arzt.

»Ist ein Jim Carter unter euch?«, rief er. »Jim, bist du da?«

Keine Antwort.

Sie hörten Ketten klirren, und eine Stimme sagte: »Er ist da. Aber sein Zustand erlaubt es ihm nicht, zu sprechen.«

Ross ging auf den mittleren Käfig zu. »Wo?«

»Hier.« Die Teufelsfratzen wichen von den Eisenstäben zurück, und die Laterne des Büttels ließ zwei oder drei am Boden liegende Gestalten erkennen.

»Ist er … tot?«

»Nein, nur der andere. Carter hat das Fieber, und er hat es schlimm. Und sein Arm …«

»Bringt ihn nach vorn.«

Das taten sie, und Ross sah einen Mann vor sich, den er nicht wiedererkannt hätte. Das von einem langen, struppigen, schwarzen Bart umrahmte, abgezehrte Gesicht war von roten Pusteln bedeckt.

Hin und wieder bewegte sich der Kranke, murmelte und flüsterte etwas in seinem Delirium.

»Petechialfieber«, murmelte Enys. »Die Krise scheint überwunden zu sein. Wie lange ist er schon krank?«

»Das weiß ich nicht«, sagte der andere Gefangene. »Hier verliert man die Übersicht, das werden Sie verstehen. Vielleicht eine Woche.«

»Was ist mit seinem Arm?«, fragte Enys.

»Wir haben versucht, das Fieber zu hemmen, und ihn zur Ader gelassen.«

Ross war aufgestanden. »Öffnen Sie diese Tür.«

»Was?«, sagte der Büttel. »Wozu?«

»Ich nehme diesen Mann mit. Er braucht ärztliche Pflege.«

»Ja, schon, aber er sitzt eine Strafe ab und …«

»Verdammt!« Ross war rot vor Zorn. »Öffnen Sie die Tür!«

Der Aufseher wich gegen den Käfig zurück, sah sich vergeblich nach einem Fluchtweg um und begegnete schließlich wieder dem Blick des Mannes, der vor ihm stand. Schnell drehte er sich um, fummelte an seinen großen Schlüsseln herum, sperrte eilig die Tür auf und trat schwitzend zurück.

»Bringt ihn raus«, sagte Ross. Sie hoben ihn auf und trugen ihn aus dem Käfig und aus dem Gefängnis. Ross folgte ihnen. Sie legten ihn auf das grüne Gras, und der Büttel ging ins Gefängnis zurück, um die Türen abzuschließen.

Dwight trocknete sich die Stirn.

»Wir müssen ihn irgendwo hinbringen. Hier draußen überlebt er die Nacht nicht.«

»Nun ja, im ›Weißen Hirsch‹ werden sie ihn nicht haben wollen. Genauso gut könnten wir sie fragen, ob sie einen Aussätzigen aufnehmen würden.«

»Vielleicht gibt es in der Stadt ein Krankenhaus.«

»Keines, das diesen Patienten aufnehmen würde.«

»Ich komme schon wieder in Ordnung, Jinny. Mich erwischen sie nicht«, kam es heiser über die Lippen der Gestalt, die zu ihren Füßen lag.

177

5

Während sie ihn entkleideten, lachte Jim. Es war ein eigenartig wimmerndes Geräusch. Hin und wieder fing er an zu reden, aber es war sinnloses Zeug.

Sie hatten eine Stallscheune gefunden – der Architektur nach ein Relikt aus der Frühgeschichte der Stadt – und Besitz davon ergriffen. Sie hatten die Hühner, den Ochsenkarren und die zwei Maultiere hinausgeworfen und erst dann den Besitzer benachrichtigt. Eine Mischung aus Bestechung und Drohungen hatten seinen Zorn besänftigt. Dann hatten sie zwei Decken von ihm gekauft, dazu zwei Tassen, etwas Milch und etwas Brandy. An einem Ende der Scheune hatten sie ein Feuer angezündet, und der Bauer war zurückgekommen, um sich darüber zu beschweren. Mehr hatte er, von tödlicher Angst vor dem Fieber erfasst, nicht getan.

Beim Licht von zwei Kerzen und dem rauchigen Glimmen des Feuers nahm Dwight jetzt seine Untersuchung vor. Ross war nach draußen gegangen, um Jims Kleider zu vergraben; als er wiederkam, war Dwight gerade dabei, den vergifteten Arm des Jungen vorsichtig abzutasten. »Ich muss ihm den Arm abnehmen, wenn er noch eine Chance haben soll.«

Ross ging zur Tür. »O Gott«, sagte er. »Sein Zustand ist zu schlimm, lassen Sie ihn in Frieden sterben.«

Dwight schwieg eine kleine Weile und betrachtete den phantasierenden Mann. Er gab ihm Brandy, und Jim schluckte gehorsam.

»Haben Sie das schon einmal gemacht?«

»Nein, aber es ist eine relativ unkomplizierte Sache. Man braucht dazu nur die grundlegenden anatomischen Kenntnisse und muss die üblichen Vorsichtsmaßregeln treffen.«

»Welche Vorsichtsmaßregeln könnten Sie hier treffen? Und womit wollen Sie arbeiten?«

»Ach, ich verschaffe mir schon was. Die Vorsichtsmaßregeln bestehen darin, Blutverlust zu vermeiden und eine weitere Vergiftung abzuwehren. Nun, eine Aderpresse ist nicht schwer anzulegen, und … wir haben ein Feuer und reichlich Wasser.«

»Und das Fieber?«

»Ist im Schwinden. Sein Puls wird langsamer.«

Ross kam zurück und starrte auf die abgezehrte bärtige Gestalt.

Dwight sah ihn an. »Können Sie mir bei der Operation zur Hand gehen?«

»O ja, ich kann Ihnen helfen. Ich werde nicht gleich in Ohnmacht fallen, wenn ich Blut sehe. Wenn ein junges Leben so nutzlos vertan wird … Ich könnte speien; und das würde ich auch tun, wenn ich die Richter hier hätte, die ihn ins Gefängnis gesteckt haben … Wann soll es sein?«

»Sobald wir alles haben, was wir brauchen.«

Am Morgen des Zweiundzwanzigsten war Ross immer noch nicht zurück, und Demelza verbrachte eine schlaflose Nacht. Zumindest empfand sie es so, denn in Wirklichkeit hatte sie die Zeit in einer Folge von dösendem Schlummer und plötzlichem Erwachen verbracht, wenn sie Darkies Hufschlag vor ihrem Schlafzimmer zu vernehmen glaubte. Beim ersten Tageslicht war sie auf und entschloss sich, ihrer alten Gewohnheit zu folgen und in der Morgendämmerung aus dem Haus zu gehen. Heute aber, statt im Tal nach Blumen zu suchen, wanderte sie, mit Garrick dicht hinter ihr, am Strand von Hendrawna entlang.

Die Flut hatte eine Menge Treibholz zurückgelassen, und

hin und wieder blieb sie stehen, um etwas mit dem Fuß umzudrehen und zu sehen, ob es vielleicht von Wert war.

Es wurde heller, und sie sah, dass oben auf der Leisure-
Grube die Schicht gewechselt wurde. Wenige Minuten später tauchten mehrere Gestalten auf dem Strand auf, Bergleute, die ihre acht Stunden hinter sich hatten und nun ein
wenig den Strand abkämmten, um vielleicht etwas zu finden, was sie zum Frühstück nach Hause bringen könnten.
Das Meer hatte sich in letzter Zeit nicht sehr großzügig gezeigt, und so wurde der Strand nach jeder Flut genauestens
untersucht. Nichts war zu klein oder zu nutzlos.

Zwei oder drei drahtige kleine Männer kamen an ihr vor-
bei und zogen ihre Mütze vor ihr; dann sah sie, dass Mark
Daniel ihnen folgte, der sich aber nicht für die Ernte des
Meeres zu interessieren schien.

Groß und steif, seine Haue über der Schulter, kam er über
den weichen Sand daher. Ihre Wege kreuzten sich, und er
blickte auf, als ob er sie nicht bemerkt hätte.

»Na, Mark«, begrüßte sie ihn, »wie geht es denn immer?
Hast du es schon behaglich in deinem neuen Haus?«

Er blieb stehen, streifte sie mit einem Blick und sah dann
teilnahmslos auf das Meer hinaus.

»Ach ja, Ma'am. Es ist schon ganz nett. Danke für Ihr
Interesse, Ma'am.«

Seit dem Tag, da er zu ihr gekommen war, um sie um das
Stück Land zu bitten, hatte sie ihn kaum mehr gesehen. Er
war magerer geworden, hagerer – was sie nicht überraschte, denn das ließ sich von fast allen Leuten sagen – aber ein
neuer Schatten lag jetzt hinter seinen schwarzen Augen.

»Wie geht es Keren, Mark? Ich habe sie diesen Monat
noch nicht gesehen; aber um ehrlich zu sein, uns geht es
hier noch verhältnismäßig gut, wenn man bedenkt, wie viel

Elend es jetzt in Grambler gibt. Miss Verity kümmert sich um ihre Leute, und ich habe ihr dabei geholfen.«

»Keren kommt ganz gut durch.« Ein düsteres Licht flackerte in seinen Augen. »Ist Captain Poldark schon zurück?«

»Nein, er ist schon seit einigen Tagen nicht da, Mark.«

»Ach … ich bin nur über den Strand gekommen, weil ich dachte, er wäre schon zurück. John hat mir gesagt …«

»Ist es etwas Besonderes?«

»Es kann warten.« Er wandte sich zum Gehen.

»Ich könnte es ihm ausrichten, Mark«, sagte sie.

»Im vergangenen August haben Sie mir sehr geholfen, Ma'am«, antwortete er, »und das habe ich nicht vergessen. Aber das … ist etwas, das besser unter Männern zu bereden ist …«

Sie trennten sich, und Demelza ging langsam weiter. Eigentlich hätte sie umkehren müssen.

Sie hörte den Sand hinter sich knirschen, und als sie einen Blick über die Schulter warf, sah sie, dass es Mark war.

Seine schwarzen Augen begegneten den ihren. »Man spricht üble Dinge über Keren, Mrs Poldark«, sagte er. Es klang wie eine Herausforderung.

»War es das, worüber du sprechen wolltest?«

»Klatschgeschichten machen die Runde.«

»Was für Klatschgeschichten?«

»Dass sie mit einem anderen Mann geht.«

»In unserer Gegend gibt es immer solche Geschichten. Du weißt doch, dass die alten Weiber nichts Besseres zu tun haben, als dummes Zeug zu schwatzen.«

»Schon wahr. Aber es geht mir im Kopf herum.«

Ja, dachte Demelza, mir ginge es bei Keren auch nicht anders. »Wie kann Ross dir helfen?«

»Ich wollte seine Meinung hören, was ich tun soll. Ich dachte, er wüsste das vielleicht besser als ich.«

»Ist von einem bestimmten Mann die Rede?«

»Ja.«

»Hast du etwas zu Keren gesagt? Hast du etwas erwähnt?«

»Nein. Ich hatte nicht den Mut, Ma'am, ich hatte nicht den Mut. Wir sind erst seit acht Monaten verheiratet. Ich habe das Haus für sie gebaut. Ich kann es einfach nicht glauben.«

»Dann glaube es nicht«, riet ihm Demelza. »Wenn du sie nicht geradeheraus fragen willst, dann lasse es und tue gar nichts. Hier hat es immer schon böse Zungen gegeben. Wie Schlangen sind sie. Vielleicht weißt du, was man alles über mich erzählt hat …«

»Nein«, antwortete Mark und blickte auf. »Solches Gerede habe ich nie ernst genommen. Erst jetzt …«

»Warum es dann jetzt ernst nehmen? Weißt du, dass es Klatsch gibt, wonach Captain Poldark der Vater von Jinny Carters erstem Kind wäre, nur weil sie an ähnlichen Körperstellen eine Narbe haben?«

»Nein«, sagte Mark. Er spuckte aus. »Verzeihen Sie, Ma'am, aber das ist eine gemeine Lüge. Ich weiß das, und jeder redliche Mann weiß das. Eine schmutzige Lüge.«

»Gut. Aber wenn ich mir nun einfallen ließe, dass etwas Wahres daran sein könnte, dann würde ich genauso unglücklich sein, wie du es jetzt bist, nicht wahr?«

Der große Mann sah sie an. Eine unsichere, aber doch merkbare Beruhigung glättete seine Züge. Dann ließ er den Blick auf seine Hände sinken.

»Den Mann, der es mir gesagt hat … ich hätte ihn beinahe erwürgt. Vielleicht war ich zu voreilig. Aber wenn es keine Lügen sind … Ich könnte es nicht ertragen. So wahr mir Gott helfe, ich könnte es nicht ertragen. Zusehen, wie sie zu einem anderen geht? Nein …« Seine Halsmuskeln spannten sich. »Nochmals vielen Dank, Ma'am. Ich stehe noch tiefer in Ihrer Schuld. Ich will das alles vergessen und neu anfangen. Vielleicht komme ich noch einmal vorbei, um mit Captain Poldark zu sprechen, wenn er daheim ist.«

6

Sie fand ihn im Wohnzimmer. Er zog sich die Handschuhe aus.

»Ross!«, rief sie. »Ich dachte schon, du kämst überhaupt nicht nach Hause. Ich dachte …«

Er drehte sich um.

»O Ross«, sagte sie. »Was ist passiert?«

»Ist Jinny schon da?«

»Ich weiß es nicht. Ich glaube nicht, dass sie schon hier sein kann.«

Er setzte sich. »Ich habe vorhin Zacky getroffen. Vielleicht konnte er es ihr noch sagen, bevor sie das Haus verließ.«

»Was ist es denn?«, fragte sie.

Er hob den Kopf, um sie anzusehen. »Jim ist tot.«

Sie taumelte, sah ihn an und ließ den Blick wieder sinken. Dann kam sie auf ihn zu und ergriff seine Hand.

»Oh, mein Liebster, es tut mir so leid. Ach, die arme Jinny. Lieber Ross …«

»Du darfst mir nicht in die Nähe kommen«, warnte er sie. »Ich könnte mich angesteckt haben.«

Statt einer Antwort setzte sie sich neben ihn und blickte ihm ins Gesicht.

»Was ist geschehen?«, fragte sie. »Hast du ihn gesehen?«

»Haben wir noch Brandy im Haus?«

Sie stand auf und brachte ihm die Flasche. Offenbar hatte er schon eine Menge getrunken.

»Er war nach Launceston gebracht worden«, begann er. »Dort fanden wir ihn mit Fieber im Gefängnis. Diesen Affenkasten müsste man niederbrennen. Schlimmer als die alten Pesthäuser. Er war krank, und wir holten ihn heraus …«

»Ihr habt ihn herausgeholt?«

»Wir waren stärker als der Büttel. Wir brachten ihn in eine Scheune, und Dwight tat, was er konnte. Aber im Gefängnis hatte ein Pfuscher ihn zur Ader gelassen, und sein Arm war brandig geworden. Es gab nur eine Hoffnung: Weg damit, bevor das Gift sich weiter verbreiten konnte.«

»Weg? Seinen Arm?«

Mit einem Schluck leerte Ross sein Glas. »Dwight hat sein Bestes getan und keine Mühe gescheut. Jim hat bis zum frühen Morgen gelebt.«

Stille trat ein. Seine Heftigkeit und seine Verbitterung machten ihr Angst. Von oben kam, wie aus einer heilen Welt, Julias Gequengel. Unvermittelt erhob sich Ross, ging ans Fenster und blickte auf seinen Besitz hinaus.

»War Dr Enys bis zum Ende mit dir zusammen?«, fragte sie.

»Wir waren gestern so müde, dass wir in Truro übernachteten. Darum sind wir heute so früh dran. Unterwegs traf ich Zacky. Er hatte etwas für unsere Gesellschaft zu erledigen, ritt aber gleich wieder nach Hause zurück.«

»Du hättest das besser nicht tun sollen, Ross. Ich …«

»Es ist schlimm, dass ich nicht schon vor vierzehn Tagen dort war. Da hätten wir noch hoffen können.«

»Was wird das Gericht, was werden die Konstabler dazu sagen, dass du ins Gefängnis eingebrochen bist und einem Gefangenen zur Flucht verholfen hast? Wirst du da nicht Schwierigkeiten haben?«

»Schwierigkeiten, ja. Die Bienen werden stechen, wenn ich sie nicht mit Honig zudecke.«

»Aber …«

»Ja, lass sie stechen, Demelza. Ich wünsche ihnen viel Spaß. Fast wäre ich versucht, wie abgemacht, bei der morgigen Feier zu erscheinen, wenn ich dächte, sie könnten das Fieber von mir bekommen.«

»Rede nicht so, Ross. Fühlst du dich nicht wohl? Hast du das Gefühl, du könntest dich angesteckt haben?«

Einen Augenblick später legte er ihr die Hand auf den Arm, blickte sie an und sah sie zum ersten Mal, seit er heimgekommen war.

»Nein, Schatz. Ich bin ganz gesund. Ich muss es ja wohl auch sein, denn Dwight ergriff die sonderbarsten Vorsichtsmaßnahmen, was ihm großen Spaß zu machen schien: Er wusch unsere Kleider und hängte sie über ein brennendes Teerfass, um den Gestank des Gefängnisses herauszubekommen. Aber erwarte nicht, dass ich morgen, wo mir das, was sie angerichtet haben, noch frisch in Erinnerung ist, mit diesen Leuten tanze und scherze.«

Um fünf ging er zu Jinny hinüber. Der Gedanke, ihr zu begegnen, bereitete ihm Unbehagen, aber es gab außer ihm keinen, der mit ihr hätte sprechen können.

Eine Stunde blieb er fort. Wenn er auch sein seelisches Gleichgewicht noch nicht wiedergefunden hatte, so war er

doch körperlich ein wenig ruhiger und begann sich zu entspannen.

Und dann kam das Kleid.

Mit der großen Schachtel kam Demelza kaum durch die
Tür. Stirnrunzelnd setzte sie sie vor Ross hin.

»Bartle hat das gerade gebracht«, sagte sie. »Von Trenwith. Was kann es nur sein?«

»Ist Bartle noch da? Gib ihm bitte Sixpence.«

Traurig starrte Ross die Schachtel an, bis Demelza wieder
ins Zimmer kam. Dann starrte auch sie hin und streifte ihn
nur hin und wieder mit einem fragenden Blick.

»Ich dachte, es wäre ein Irrtum. Ich dachte, Bartle hätte
sich in der Adresse geirrt. Hast du etwas bei Mrs Trelask
gekauft, Ross?«

»Ja«, antwortete er. »Mir ist, als wäre ein Jahr seitdem vergangen. Während ich nach Launceston unterwegs war, be-
stellte ich bei ihr ein Kleid für dich.«

»Oh«, machte Demelza, und ihre dunklen Augen weiteten sich. »Für die Feier morgen. Damals dachte ich noch,
wir sollten gehen.«

»O Ross, du bist so lieb. Darf ich es anschauen?«

»Wenn es dich interessiert«, antwortete er. »Es wird sich
schon noch einmal die Gelegenheit ergeben, es anzuziehen.«

Sie beugte sich über die Schachtel und löste die Schnur.
Sie hob den Deckel auf, zog einige Bogen Papier heraus und
hielt inne. Sie steckte die Finger hinein und begann das Kleid
herauszuheben. Es schimmerte silbern und scharlachrot.

»O Ross, ich wäre nie auf …«

Dann legte sie es zurück, setzte sich auf ihre Fersen und
fing an zu weinen.

»Es wird sich schon noch einmal die Gelegenheit ergeben, es anzuziehen«, wiederholte er.

186

Er beobachtete sie eine Weile. Der Brandy füllte wie ein Nebel seinen Kopf, aber es bereitete ihm Unbehagen, sie so weinen zu sehen.

»Es ist auch noch etwas anderes in der Schachtel. Schau doch einmal nach.«

Sie wollte nicht nachsehen. Und dann führte John Verity herein.

Demelza stand schnell auf und ging ans Fenster. Sie starrte in den Garten hinaus. In Ermangelung eines Taschentuchs trocknete sie ihre Wangen mit den Händen und dem Spitzenbesatz ihrer Ärmel.

»Ich bin hier offenbar fehl am Platz«, sagte Verity, »aber mich jetzt zurückzuziehen, würde auch nichts mehr daran ändern. Es tut mir so leid wegen Jim, Liebste.«

Demelza wandte sich um und küsste sie, ohne sie anzusehen.

»Wir ... wir sind ein wenig durcheinander. Es ist doch tragisch mit Jim, nicht wahr ...« Sie verließ das Zimmer.

Verity sah Ross an. »Verzeih mir, dass ich so bei euch eindringe. Ich wollte schon gestern kommen, aber es gab viel Arbeit, bis ich Elizabeth in der Kutsche sitzen hatte.«

»In der Kutsche?«

»Ja, sie und Francis. Sie werden zwei Tage als Gäste in Warleggans Haus verbringen. Ich werde noch dableiben und dachte, ich könnte morgen mit euch in die Stadt reiten.«

»Ach so«, antwortete Ross. »Ja, gern, wenn wir reiten würden.«

»Aber ich dachte, das wäre längst beschlossen. Du meinst ...« Verity setzte sich. »... wegen Jim?«

Er beugte sich vor und legte ein Scheit ins Feuer. »Ich habe einen guten Magen, Verity, aber beim Anblick einer gepuderten Perücke würde mir schlecht werden.«

Veritys Blicke waren schon mehrmals zu der offenen Schachtel hinübergewandert.

»Ist es das, was Bartle gebracht hat? Es sieht wie ein Kleid aus.«

In wenigen Worten erzählte ihr Ross, was er erlebt hatte. Verity streifte ihre Handschuhe ab. Was war Ross doch für ein sonderbarer Mann, Zyniker und Gefühlsmensch in einer Person. Und diese Geste mit dem Kleid ... Kein Wunder, dass Demelza weinte und aus dem Zimmer lief.

Im Grunde ihres Herzens waren sie allesamt sentimentale Schwärmer, diese Poldarks, dachte Verity, und zum ersten Mal wurde ihr bewusst, dass dies ein gefährlicher Charakterzug war, weit gefährlicher als jeder Zynismus. Sie selbst, glücklich inmitten so viel Trübsal und Leid: Sie führte jetzt wieder ein erfülltes Leben, ohne ein Recht darauf zu haben. Ganz bewusst verschloss sie die Augen vor einer Seite ihres Lebens, indem sie die Vergangenheit vergaß und auf eine niemals zu verwirklichende Zukunft baute. Manchmal ließ dieser Gedanke sie nachts aufschrecken. Tagsüber aber ging alles seinen gewohnten Gang, sie war glücklich.

Und Francis. So gut wie alle seine Leiden hatten den gleichen Ursprung. Er erwartete zu viel vom Leben, von sich und von Elizabeth. Ganz besonders von Elizabeth. Wurden seine Erwartungen enttäuscht, suchte er Trost im Spiel und im Alkohol. Er kam mit der Welt nicht zurecht. Sie alle kamen mit der Welt nicht zurecht.

»Ross«, unterbrach sie schließlich das Schweigen. »Ich halte es nicht für klug, wenn du morgen zu Hause bleibst.«

»Warum?«

»Nun, du würdest Demelza furchtbar enttäuschen. Vor allem aber solltest du um deiner selbst willen der Einladung folgen. Dem armen Jim kannst du jetzt nicht mehr helfen. Du hast dein Bestes getan und brauchst dir keine Vorwürfe zu machen. Aber dein Eindringen ins Gefängnis wird nicht zu deiner Beliebtheit beitragen. Deine Anwesenheit morgen wird unter den Leuten den Eindruck erwecken, dass du einer von ihnen bist und wird sie zögern lassen, etwas gegen dich zu unternehmen.«

Ross erhob sich und blieb einen Augenblick gegen den Kaminsims gelehnt stehen.

»Deine Argumente erfüllen mich mit Abscheu und Ärger.«

»Im Moment erfüllt dich zweifellos alles mit Abscheu. Ich kenne diese Stimmung nur zu gut. Wer einer solchen Stimmung unterworfen ist, dem geht es wie einem, der draußen in der Kälte steht. Wer den Anschluss an die Welt versäumt, geht unter.«

7

Als Ross schließlich, ohne sich weiter mit jemandem zu beraten, beschloss, die Feier doch mitzumachen, und Demelza in eines der Schlafzimmer im »Großen Haus«, dem Stadthaus der Warleggans, geleitet wurde, nagte doch einiges Unbehagen an ihr und trübte die erste Welle freudiger Erregung.

Sie waren alle gekommen; George Warleggan hatte es sich angelegen sein lassen. Es war wie ein einleitender königlicher Empfang vor der öffentlichen Ballveranstaltung. Demelza bewahrte nur eine verwirrte Erinnerung, Sir John

Soundso und den ehrenwerten Lord Dingsda kennengelernt zu haben, und war wie betäubt hinter einem Diener
die Treppe zu ihrem Schlafzimmer hinaufgestiegen. Jetzt
wartete sie auf das Eintreffen einer Zofe, die ihr beim An-
legen ihres neuen Kleides und mit ihrer Frisur helfen sollte.
Dieser Gedanke löste geradezu Panik in ihr aus, und ihre
Hände waren eiskalt. Aber das war nun einmal der Preis des
Abenteuers. Ross war noch nicht nach oben gekommen.
Dwight Enys war hier, jung und schneidig. Der alte Mr Nicholas Warleggan, Georges Vater, groß und wichtigtuend
und kalt. Ein Geistlicher namens Halse, hager und vertrock-
net, der sich unter den Aristokraten bewegte, als wäre er einer von ihnen – nicht demütig um einen Knochen bettelte
wie Mr Odgers.

Demelza wusste, dass Dr Halse und der alte Mr Warleggan zwei der Richter waren, die Jim verurteilt hatten. Sie
hatte Angst, dass etwas passieren könnte.

Es klopfte an der Tür. »Das ist gekommen, Ma'am. Man
hat mir aufgetragen, es Ihnen heraufzubringen. Danke,
Ma'am. Eine Zofe wird in wenigen Minuten da sein.«

Demelza starrte das Päckchen an. *Ross Poldark, Esquire*,
stand darauf geschrieben, und quer darüber hatte Ross mit
Tinte, die noch nicht trocken war, gekritzelt: *Persönlich für
Mrs Demelza Poldark.*

Sie löste die Verpackung, entnahm ihr ein Schächtel-
chen, schob ein Stück Baumwolle zur Seite und hielt den
Atem an. Erst dann, vorsichtig, als fürchtete sie, sich zu verbrennen, holte sie mit Daumen und Zeigefinger die Brosche
heraus.

»Oh«, machte sie.

Sie hob sie an die Brust, um ihre Wirkung im Spiegel be-
wundern zu können. Der Rubin glühte und blinzelte ihr zu.

Es war eine unerhörte Geste von Ross. Sie schmolz dahin. Ihre Augen, schwarz und leuchtend vor innerer Bewegung, übertrafen an Glut noch den Rubin. Wenn nichts anderes, so würde dieses Geschenk ihr Selbstvertrauen geben.

Nun, jetzt hatte sie es an. Schicklich war es nicht, darüber konnte kein Zweifel bestehen, doch die Zofe schien nichts daran zu finden. Natürlich trugen auch andere Frauen solche Sachen, es war ja große Mode, aber die anderen Frauen waren es gewohnt, Toiletten dieser Art anzuziehen; sie war es nicht.

»Ein Schönheitspflästerchen oder zwei, Ma'am?«, fragte die Zofe.

»O nein, danke. Ich mag diese Dinge nicht.«

»Aber das gehört doch heute zur Toilette! Darf ich zumindest eines unter dem linken Auge vorschlagen?«

»Also schön«, gab Demelza nach, »wenn Sie meinen.«

Fünf Minuten später, die Brosche an der Brust, sagte sie:

»Könnten Sie mir sagen, in welchem Zimmer Miss Verity Poldark untergebracht ist?«

»Das zweite Zimmer den Gang hinunter, Ma'am. Rechter Hand.«

Sir Hugh Bodrugan klopfte mit behaarten Fingern auf seine Schnupftabaksdose.

»Verdammt, wer ist das Füllen, das da eben hereingekommen ist, Nick? Die mit dem dunklen Haar und dem schönen Hals. Sie ist mit einem der Poldarks da, wenn ich mich nicht irre.«

»Ich habe sie noch nie gesehen. Ein leckeres Ding.«

»Erinnert mich an meine Stute Sheba«, sagte Sir Hugh. »Hat den gleichen Blick. Nicht leicht, sie im Zaum zu halten, könnte ich wetten. Verdammt, bei der würde ich nicht nein sagen.«

»Enys, Sie kennen doch die Poldarks. Wer ist dieses reizende Geschöpf, das da neben Miss Verity steht?«

»Captain Poldarks Frau, Sir. Sie haben vor etwa zwei Jahren geheiratet.«

Sir Hugh zog seine buschigen Augenbrauen zusammen, um in seinem Gedächtnis zu schürfen. Denken war nicht seine Lieblingsbeschäftigung.

»Tja, aber hat es da nicht eine Geschichte gegeben, dass es keine standesgemäße Heirat war? Eine Bauernmagd oder so etwas Ähnliches?«

»Das kann ich nicht sagen«, antwortete Dwight steif. »Ich war damals nicht hier.«

Demelza war in der Hoffnung heruntergekommen, Ross zu finden, aber in dieser Menge schien das fast unmöglich zu sein. Neben ihr stand ein Lakai, und sie und Verity nahmen ein Glas Port. Eine gewisse Miss Robartes belegte Verity mit Beschlag, und ehe sie sichs versah, waren sie getrennt. Leute begannen auf sie einzureden, und sie antwortete zerstreut. Dann sah sie Dwight Enys auf sie zukommen und begrüßte ihn erleichtert. In seiner Begleitung befand sich ein untersetzter älterer Herr mit buschigen, hervorstehenden Brauen und einer großen Nase, den Dwight ihr als Sir Hugh Bodrugan vorstellte. Demelza betrachtete ihn mit lebhaftem Interesse und begegnete einem Blick, der sie überraschte. Zweimal bereits hatte sie diesen Blick in den Augen eines Mannes gesehen: einmal bei John Treneglos bei der Weihnachtsfeier im vorvorigen Jahr und eben jetzt bei einem Fremden, als sie die Treppe heruntergekommen war.

»Dr Enys sagte mir, dass Sie Mrs Poldark von Nampara sind. Seit zwei Jahren sind wir Nachbarn und haben uns noch nicht kennengelernt. Ich beeile mich, dieses Versäumnis wiedergutzumachen.« Er schnippte mit den Fingern, um einen Lakaien herbeizurufen. »Wein für die Dame, Mann, ihr Glas ist leer.«

Demelza nippte an ihrem Glas. »Ich habe schon viel von Ihnen gehört«, sagte sie.

»Oho«, Sir Hugh blies die Backen auf. »Ich hoffe, man hat Ihnen nichts Nachteiliges berichtet?«

»Nein, Sir, keineswegs. Wie ich gehört habe, züchten Sie fette Fasane, die den armen Wilddieben Schwierigkeiten machen, wenn sie sie stehlen kommen.«

Sir Hugh lachte. »Aber ich habe auch ein Herz, und das hat auch noch keiner gestohlen.«

»Vielleicht bewachen Sie es zu gut, so wie Ihre Fasane«, antwortete ihm Demelza.

Sie bemerkte, dass Dwight sie erstaunt ansah.

»Du lieber Himmel, Hughie«, sagte seine Stiefmutter, die plötzlich vor ihnen auftauchte. »Ich dachte, du wärst ohne mich gegangen, du alter Gauner. Du hast dich doch um die Kutsche gekümmert, will ich hoffen?« Die verwitwete Lady Bodrugan, zwanzig Jahre jünger als ihr Stiefsohn, zog verdrießlich ihren Umhang hoch und musterte Demelza von Kopf bis Fuß. »Wer ist das? Ich habe noch nicht das Vergnügen gehabt, Miss.«

»Das ist Captain Ross' Frau, von Nampara. Verdammt, ich sagte gerade, dass wir unsere nachbarlichen Pflichten gröblich vernachlässigt haben. Wir hätten sie schon längst einmal auf eine Partie Whist zu uns bitten müssen …«

»Jagen Sie, Mrs Poldark?«, erkundigte sich Constance Bodrugan.

»Nein, Ma'am.« Demelza leerte ihr Glas. »Ich habe Mitgefühl mit den Füchsen.«

193

Lady Bodrugan starrte sie an. »Ha! Eine Methodistin oder so etwas Ähnliches. Ich habe es gerochen. Sagen Sie, sind Sie nicht die Tochter eines Bergarbeiters?«

Plötzlich wallte brennender Zorn in Demelza auf. »Ja, Ma'am. Vater wurde in Bargus gehenkt und den Krähen zum Fraß vorgeworfen. Und Mutter war eine Straßenräuberin und stürzte von den Klippen ins Meer.«

Sir Hugh brüllte vor Lachen. »Geschieht dir recht, Connie, für deine Fragerei. Sie brauchen meine Stiefmutter nicht ernst zu nehmen, Mrs Poldark. Sie bellt wie ihre Hunde, aber es ist nicht so böse gemeint.«

»Guten Abend!« John Treneglos drängte sich unbeholfen in ihren Kreis. Diesmal hatte er sich herausgeputzt, und sein sommersprossiges, sandfarbiges Gesicht war bereits vom Alkohol gerötet. »Hugh und Connie liegen sich wieder einmal in den Haaren. Ich hätte es mir denken können. Und Mrs Demelza«, fügte er mit geheucheltem Erstaunen hinzu. »Das ist ein Jagdtreffen besonderer Art. Hallo! Mrs Demelza, ich wollte sie um den ersten Kontertanz bitten.«

»Ja, den kannst du nicht mehr haben«, erklärte Sir Hugh. »Den hat sie mir schon versprochen. Ist das nicht so, Ma'am?« Er zwinkerte ihr zu.

Demelza nippte an einem frischen Glas, das jemand ihr in die Hand gedrückt hatte. Sie sah John Treneglos heute zum ersten Mal nach seinem Streit mit ihrem Vater, aber er schien diese Auseinandersetzung vergessen zu haben. Aus den Augenwinkeln sah sie Ruth Treneglos, die sich durch die Menge durchkämpfte und auf ihren Mann zusteuerte.

»Ich dachte, Sie meinten den zweiten, Sir Hugh«, sagte sie.

Wieder sah sie ganz deutlich den *Blick* in John Treneglos' Augen, als er sich vor ihr verbeugte. »Ich danke Ihnen. Ich werde mir erlauben, Sie zum ersten Tanz abzuholen.«

»Da ist Captain Poldark«, sagte Dwight, und seine Stimme klang fast erleichtert.

Demelza wandte sich um und sah Ross und Francis und Elizabeth zusammen den Saal betreten. Du lieber Himmel, dachte sie, was bilden sich diese Männer eigentlich ein? Mit Ross hier im Raum gibt es keinen, der mir einen zweiten Blick wert wäre. Er suchte nicht nach ihr. Neben ihm wirkte Francis klein. Nach der Farbe und der Form ihrer Augen hätten sie Brüder sein können.

Sie hätten Brüder sein können, die, auf einen Kampf vorbereitet, einen ihnen feindselig gesinnten Raum betraten. Demelza fragte sich, ob andere dasselbe aus ihren Gesichtern lasen.

Es war ein schöner Abend, und Demelza überredete Ross, zu Fuß ins Landhaus hinüberzugehen. Es war nicht weit, und mit einiger Vorsicht brauchten sie nicht zu fürchten, unterwegs ihr Kleid zu beschmutzen.

Zwei große Freudenfeuer waren angezündet, das eine auf dem Hahnenkampfplatz oberhalb der Stadt, das andere vor dem Gedenkkreuz gegenüber dem Landhaus. Einem Gerücht zufolge sollte in Falmouth ein Feuerwerk abgebrannt werden, aber Belustigungen solcher Art waren für Truro nicht vorgesehen. Stattdessen hatte man in den engen Straßen Laternen auf langen Stangen aufgehängt; darüber hinaus war Halbmond und somit genügend Helligkeit gegeben.

Demelza wollte mit Ross zusammen sein, seine Gesellschaft genießen, von ihm bewundert werden. Aber es gelang ihr nicht, die Mauer niederzureißen, die sein Zorn und seine Verbitterung aufgerichtet hatten. Die Verbitterung war nicht gegen sie gerichtet; dennoch fühlte Demelza sich ausgeschlossen. Selbst seine Sorge um den Erfolg der Kupfergesellschaft – und wie sie über den Winter kommen sollte – war seit seiner Reise vergessen. Demelza hatte versucht, ihm für sein wunderbares Geschenk zu danken, aber er hatte kaum darauf reagiert.

Nur ein paar Sekunden lang hatten seine Augen sich verändert, hatte ihr Anblick in dem neuen Kleid sein Herz erwärmt; aber es war ihr nicht möglich gewesen, sein Interesse auf sie zu lenken, ihn aus seinen trüben Gedanken zu reißen.

Sie erreichten die Treppe des Landhauses und sahen sich um. In der Mitte des kleinen Platzes prasselte und loderte das Feuer. Eine Kutsche und eine Sänfte kamen vor dem Landhaus zum Stehen, und Ross und Demelza wandten sich um und schritten die Treppe hinauf.

8

Wenn der Lord Lieutenant der Grafschaft eine Versammlung mit seiner Anwesenheit beehrte, so war dies eine bedeutsame Versammlung. Denn der Lord Lieutenant vertrat den König, und alles Bedeutsame und auch weniger Bedeutsame ging von ihm aus. Genauer gesagt, was von ihm ausging, das waren die Ernennungen zum Amt des Friedensrichters – und dieses Amt verlieh seinem Besitzer unbestrittene örtliche Gewalt. Darum war der Lord Lieutenant ein sehr gesuchter und begehrter Mann, vor dem man herumscharwenzelte und katzbuckelte.

Demelza hatte den Saal kaum betreten, als sie schon

Andrew Blamey erblickte. Er hatte ein ruhiges Plätzchen gewählt, von wo aus er die Tür im Auge behalten konnte, und sie wusste, dass er nach Verity Ausschau hielt. Ihr Herz begann zu klopfen, denn Verity kam mit Francis, und das konnte Ärger geben.

Nach ihrem Aufenthalt bei den Warleggans hatte sie jetzt eine Vorstellung der Dinge, die nun kommen sollten. Die Ankunft der Leute, die gleich ihr dort Gäste waren, gab ihr die nötige Zeit, um wieder Halt zu finden. Überdies war es äußerst vergnüglich und auch beruhigend, die Menschen zu begrüßen und von ihnen begrüßt zu werden, die sie eben erst kennengelernt hatte. Joan Pascoe sprach sie an und stellte ihr einen jungen Mann namens Paul Carruthers vor, der als Leutnant in der Marine diente. Dr und Mrs Choake waren da, hielten aber Distanz. Ganz unerwartet machte sich Patience Teague an sie heran; Demelza fühlte sich sehr geschmeichelt, bis sie zu argwöhnen begann, dass sie das nur tat, weil sie, Demelza, zu George Warleggans Gesellschaft gehörte. Dann drängte sich, unentwegt blinzelnd, ein dicker blasser Mann namens Sanson vor – den sie bei den Hungerkrawallen gesehen hatte – und verwickelte Ross in ein Gespräch. Es war von einem Spielverlust die Rede, den er erlitten hatte. Ehe sie sichs versah, waren sie voneinander getrennt.

Sie war von Leuten umgeben, die sie nicht oder nur oberflächlich kannte. Sir Hugh war da und John Treneglos und ein Mann namens St. John Peter, besser aussehend als die anderen und jung. Einige redeten auf sie ein; sie antwortete ihnen zerstreut und wandte ihre Aufmerksamkeit anderen Dingen zu. Wer von den Herren war der Lord Lieutenant, wie schafften sie es, dass so viele Kerzen so gleichmäßig brannten, wie sollte sie es anstellen, an Ross' Seite zurückzukehren, war Andrew Blamey aus seiner Ecke hervorgekommen, was für Blumen waren dort in den großen Vasen, war ihr Kleid nicht verdrückt, würde sie mit den hochgesteckten Haaren überhaupt tanzen können?

Sie musste etwas zu trinken haben, so viel war sicher. Die drei Gläser Portwein bei den Warleggans hatten sie in gute Stimmung versetzt und ihr Selbstvertrauen gehoben, aber das Selbstvertrauen begann allmählich zu schwinden.

Plötzlich ließ die Kapelle ein wirbelndes Geräusch ertönen, und sogleich verstummte der Lärm, so als hätte man ihn mit einem Lappen von einer Tafel gewischt. Die Leute erhoben sich und nahmen eine steife Haltung an, und erst jetzt wurde Demelza klar, dass sie »God save the King« spielten. Sehr bald stimmten alle ein und sangen aus voller Kehle mit. Kaum war es vorbei, schwoll der Lärm abermals an und füllte den Saal.

Am anderen Ende der Halle hielt jemand eine Rede, aber ohne aufzustehen konnte sie nichts sehen, und so hörte sie nur hin und wieder Wortfetzen wie »Unsere gnädige Majestät« und »Göttliche Vorsehung« und »das ganze Volk« und »dankbaren Herzens«. Dann war die Tirade zu Ende, und schütterer Applaus dankte dem Redner. Die Musikanten stimmten ihre Gamben. Mehrere Herren scharten sich um sie. Sie wollten das erste Menuett mit ihr tanzen. Wo blieb nur Ross? Sie betrachtete die Gesichter und gab schließlich St. John Peter durch ein leichtes Nicken ihre Zustimmung.

Die Kapelle setzte ein, aber niemand begab sich aufs Parkett außer einem ziemlich alten, aber sehr eindrucksvollen Paar, das allein den Tanz eröffnete. Nach ein oder zwei Minuten machten die Musikanten eine kleine Pause, und nun applaudierten alle und begannen sich zu formieren.

Es fiel St. John Peter auf, dass der Ausdruck seiner Partnerin sich verändert hatte. Ihr ein wenig zerstreutes, zur Flucht bereit scheinendes Wesen, dem ihre Worte auf so bezaubernde Weise widersprachen, hatte sich gewandelt, und nun schien die leicht gerunzelte Stirn vermuten zu lassen, dass sie ernsten Gedanken nachhing.

»… George erfreut sich heute allgemeiner Beliebtheit«, sagte St. John Peter und deutete mit dem Kopf auf das Gemälde am Ende des Saals. »Ich kann mich noch gut erinnern, wie man ihn wegen des Krieges in Amerika geschmäht hat.«

»Wie alt ist er?«, fragte Demelza.

»Wer?«

»Der König.«

»So um die fünfzig, würde ich meinen.«

»Ich frage mich, wie so ein verrückter König sich wohl einschätzt«, sagte sie. »Es wäre doch recht sonderbar, wenn er sich für den König von England hielte.«

St. John Peter lachte. »Wissen Sie, dass wir Vettern sind, Ma'am?«

»Wer? Sie und der König?«

»Nein. Sie und ich. Ross' Großmutter und mein Großvater waren Geschwister.«

»Aber Ross' Großmutter war nicht meine Großmutter.«

»Nein. Wir sind Vettern zweiten Grades. Das klingt doch erfrischend, nicht wahr?«

»Sehr erfrischend«, erwiderte sie zerstreut.

»Du hättest heute Abend nicht kommen sollen, Andrew«, sagte Verity. »Die Leute haben uns schon gesehen. In ein oder zwei Tagen wird der ganze Bezirk es wissen.«

»Das wollte ich haben. Heimlichkeiten führen zu nichts Gutem. Liebste. Treten wir doch der Zukunft mutig entgegen.«

»Aber ich habe Angst wegen Francis. Wenn er dich heute Abend sieht, könnte es Ärger geben. Er hat schlechte Laune.«

»Müssen wir ewig darauf warten, dass er in der richtigen Stimmung ist? Er kann uns nicht aufhalten. Vielleicht hat er gar nicht mehr so viel dagegen. Er ist älter geworden. Mit diesen heimlichen Treffen muss Schluss sein. Unsere Liebe braucht das Licht nicht zu scheuen. Ich werde noch heute mit ihm sprechen.«

»Nein, nicht heute. Nicht heute, Andrew. Ich habe ein Gefühl … eine Vorahnung.«

Flöte, Oboe und Streicher spielten ein altes italienisches Menuett, anmutig und zart. So dünn und unaufdringlich die Musik auch sein mochte, erreichte sie doch jeden Winkel des Tanzsaals und drang auch in den Salon, wo die Erfrischungen gereicht wurden, drang in die anschließenden Räume, ins Kartenzimmer …

»… Ich habe auf eine Gelegenheit gewartet, wieder mit Ihnen zu spielen, Captain Poldark«, sagte Sanson, als sie sich an der Tür begegneten. »Gute Spieler sind sehr selten, und es ist ein Vergnügen, mit einem solchen Experten wie Ihnen an einem Tisch zu sitzen.«

»Vielen Dank, aber zum Spielen habe ich heute keine Lust«, wich Ross aus.

»Das ist äußerst enttäuschend für mich, Captain Poldark. Als wir das letzte Mal spielten, hatten Sie einen schönen Erfolg zu verzeichnen – auf meine Kosten. Ich hatte gehofft, dass Sie mir Revanche geben würden. Ich bin sehr enttäuscht.« Er schien seine Worte sorgsam zu überlegen.

»Ich bin nur gekommen, um meine Frau zu begleiten. Es entspräche daher nicht meinen Intentionen, den Abend im Spielzimmer zu verbringen.«

»Wo ist Ihre Frau? Ich würde sie gerne kennenlernen.«

Ross sah sich um, aber Demelza war von Herren umringt.

»Da drüben.«

In diesem Augenblick erschien George Warleggan, begleitet von Francis und Elizabeth.

»Ach, Sanson«, sagte George, »bei diesem Gedränge macht das Tanzen keinen Spaß. Hast du einen Tisch?«

»Ich habe Plätze reserviert, aber sie werden bald weg sein, wenn wir uns nicht beeilen. Ich wollte gerade Captain Poldark überreden, sich uns anzuschließen.«

»Kommen Sie doch mit«, sagte George. »Mit Francis sind wir vier.«

Es waren zu viele Leute da, Leute von der Art, die Jim ins Gefängnis geschickt hatten. Bemalt und gepudert, herausgeputzt und aufgedonnert, Fächer schwenkend, mit Schnupftabakdosen klappernd, Adelstitel besitzend oder erstrebend, Pöstcheninhaber, Stellenjäger, große und kleine Gutsherren, Geistliche mit zwei oder drei ergiebigen Pfründen, Bierbrauer, Müller, Eisen-, Zinn- und Kupferhändler, Reeder, Bankiers. Leute seines Standes. Leute, die er verachtete.

Er drehte sich um. »Was wollen Sie? Was möchten Sie spielen?«

»… Wo ist Francis?«, erkundigte sich Mrs Chynoweth bereits einige Minuten später. »Der Tanz hat begonnen, und du tanzt nicht, Elizabeth. Das geht doch nicht, wirklich nicht. Wenn schon nicht mehr, sollte er doch zumindest mit seiner Frau den Tanz eröffnen. Jetzt werden die Leute noch mehr Grund zum Klatschen haben.«

Mrs Chynoweth fächelte sich energisch Luft zu, um ihrer Verbitterung Ausdruck zu verleihen. Die letzten Jahre hatten sie grausam verändert. Sie war auch eine zutiefst enttäuschte Frau, denn Elizabeth' Ehe, auf die sie so große Hoffnungen gesetzt hatte, verlief genauso wie die ihre – ja sogar noch unerfreulicher, da Jonathan es nie gewagt hatte, seinen Namen mit dem einer anderen Frau in Verbindung bringen zu lassen. Er hatte nur seit sechsundzwanzig Jahren ständig und mit aufreizender Nonchalance sein Geld verspielt.

»Elizabeth«, sagte George Warleggan, der plötzlich vor ihnen auftauchte, »darf ich Sie um den zweiten Tanz bitten?«

Lächelnd blickte sie zu ihm auf: »Ich hatte Ihnen den ersten versprochen, aber sie waren ja zu sehr mit Spielen beschäftigt.«

»Nein, ich habe mich nur um die anderen gekümmert. Ich war die ganze Zeit über nur darauf bedacht, rechtzeitig zur Stelle zu sein.«

Der Tanz begann.

George und Elizabeth tanzten in wohlerzogenem Schweigen.

»Elizabeth«, sagte George, »in diesem Kleid bezaubern Sie mich. Ich sehne mich danach, ein Poet oder ein Maler zu sein. Die Reinheit der Farben, die Schönheit der Form …«

9

Im Spielzimmer braute sich etwas zusammen.

Es wurde an vier Tischen gespielt, an je einem Pharo und Basset, an den zwei anderen Whist. Wenn er konnte, spielte Francis immer Pharo, doch als er jetzt ins Zimmer trat, sah er Margaret Cartland mit ihrem neuen Freund, einem Herrn Vosper, am Pharotisch sitzen. Sie drehte sich um und winkte ihm ironisch-gutmütig zu, aber Francis verneigte sich und ging sogleich, die vier von Sanson reservierten Plätze ignorierend, auf einen unbesetzten Whisttisch zu. Ross, dem die Art des Spieles, wie auch sonst alles, gleich war, folgte ihm. Sie setzten sich einander gegenüber, und Sanson nahm einen der anderen Plätze ein. George Warleggan jedoch sprach mit einem schwarz gekleideten Herrn an der Tür und kam dann zum Tisch, um ihnen mitzuteilen, dass er Dr Halse seinen Platz abtreten wolle.

Bei den Warleggans hatte Ross den Mann gemieden. Als Gast hatte er keine Szene machen wollen. Nun aber, das Entsetzen von Launcester noch frisch in seiner Erinnerung, empfand er den Anblick dieses Mannes, der mehr als jeder andere auf dem Richtersitz für das über Jim verhängte Urteil verantwortlich war, als provozierenden Stachel.

Als Dr Halse sah, wer am Tisch saß, zögerte er einen Augenblick, trat aber dann heran und nahm gegenüber Sanson Platz. Ross blieb stumm.

»Nun«, sagte Francis ungeduldig, »jetzt kann es ja losgehen. Wie hoch wollen wir spielen?«

»Eine Guinee den Punkt«, schlug Sanson vor. »Sonst wechselt das Geld zu langsam den Besitzer. Sind Sie einverstanden, Sir?«

»Das ist mehr, als ich sonst riskiere«, wandte Dr Halse ein und schnupperte an seinem Taschentuch. »Bei zu hohen Einsätzen wird das Spiel zu ernst.«

»Vielleicht würden Sie es vorziehen, auf einen anderen Tisch zu warten«, sagte Ross.

Das war der falsche Ton für den anmaßenden Doktor.

»Nein«, entgegnete er durch die Nase, »das werde ich wohl nicht tun.«

»Ach, beginnen wir doch nicht gleich mit einer Auseinandersetzung!«, warf Francis ein. »Spielen wir um eine halbe Guinee und fertig.«

»Wer ist das junge Geschöpf, das mit Ihrem Sohn tanzt, Lady Whitworth?«, fragte die ehrenwerte Mrs Maria Agar und ließ ihr Lorgnon sinken.

»Das kann ich nicht sagen. Ich hatte noch nicht das Vergnügen, sie kennenzulernen.«

»Sie ist sehr schön, meinen Sie nicht auch? Ein klein wenig – wie soll ich mich ausdrücken – anders. Ob sie wohl aus London kommt?«

»Das ist leicht möglich. William hat viele Freunde dort.«

»Ich habe bemerkt, dass sie auch ein wenig anders tanzt; mit mehr – wie soll ich mich ausdrücken – Schwung. Ob das wohl die neue Mode ist?«

»Zweifellos. In Bath, heißt es, muss man ständig Stunden nehmen, um die neuen Tanzschritte zu beherrschen.«

»Ich hätte gern gewusst, zu wem sie gehört, mit welchen Leuten sie gekommen ist.«

Der zweite Tanz ging zu Ende. Demelza sah sich nach Ross um, konnte ihn aber nirgends finden. So viele Herren schienen auf den zweiten Tanz erpicht zu sein, dass sie annahm, es bestünde ein Mangel an Damen. Offenheit über gute Manieren stellend, ließ sie verlauten, dass sie ein wenig Durst hatte, und unverzüglich wurde ihr eine peinlich große Zahl von gefüllten Gläsern gebracht. Um eine Spur zu geziert entschied sie sich für Port und versprach einem Mr William Hick den dritten Tanz. Erst als das Orchester einsetzte, merkte sie, dass es der erste Kontertanz war, und schon kam John Treneglos herbeigeeilt, um ihn für sich zu

204

beanspruchen. Es kam zu einer scharfen Auseinandersetzung zwischen ihm und William Hick, und Treneglos gebärdete sich, als wollte er Hick tätlich angreifen.

»Du liebe Zeit«, wunderte sich Demelza, als John sie aufs Parkett führte, »dass Sie sich wegen einer solchen Kleinigkeit so erhitzen. Ich wusste gar nicht, dass Männer so wild sein können.«

»Diese Stutzer aus der Großstadt denken, sie können sich mit ihrem großen Maul überall hineindrängen. Jetzt weiß er schon, dass er sich geirrt hat, und wenn er noch mal in meinen Stall getänzelt kommt, werde ich ihm seinen Irrtum handgreiflich aufzeigen.«

»Du lieber Himmel! Das klingt aber gar nicht nett. Müssen wir sogar auf dem Ball alle in Ställe gesteckt werden? Warum nicht gleich in Hundezwinger? Das entspräche doch dem, was Sie in Wahrheit von uns Frauen denken.«

Treneglos vergaß seine schlechte Laune und brach in ein wieherndes Gelächter aus, so dass viele Leute den Kopf nach ihm drehten. Ruth Treneglos, die mit Dr Choake vorbeitanzte, streifte sie mit einem giftigen Blick.

»Ich würde da schon Ausnahmen machen, obwohl, das muss ich sagen, viele an einem solchen Ort gut aufgehoben wären.«

»Und wo würden Sie sie hintun?«, fragte sie. »Vielleicht in den Garten zwischen das Unkraut setzen oder auf Papierbögen aufspießen wie Schmetterlinge?«

»Ich würde sie hegen und nähren. Am Busen nähren, kleines Fräulein. Am Busen.«

Sie seufzte. Der Port tat seine Wirkung. »Wie unbequem.«

»Es hat sich bis jetzt noch keine beklagt. Sie kennen doch das Sprichwort: ›Wer alles weiß zu tragen, darf auch alles wagen.‹« Er lachte.

»Ich dachte«, sagte sie, »es hieße: ›Ich wag's, Gott vermag's.‹«

»In der Gegend von Illugan mag es so heißen, in Mingoose sind wir forscher.«

»Ich lebe weder in der einen noch in der anderen Gegend. Ich lebe auf Nampara, wo wir unsere eigenen Sitten und Gebräuche haben.«

»Und welcher Art sind diese, wenn ich fragen darf?«

»Die kann man nur durch Erfahrung lernen.«

»Ha!«, machte er. »Diese Erfahrung möchte ich gerne machen.«

Verity und Blamey hatten diesen Tanz ausgelassen und saßen im Erfrischungsraum.

»Nichts steht uns im Weg«, sagte Andrew. »Ein paar Leute werden nicht vergessen und ihren Erinnerungen verhaftet bleiben. Aber neben jenen, die vergessen haben oder nie etwas wussten, fallen sie nicht ins Gewicht. Nie wieder brauchen wir bittere Stunden zu durchleben. Du musst dich nur zu diesem Schritt entschließen. Ich habe eine schöne Mietwohnung – ein halbes Haus – im Zentrum von Falmouth, sehr günstig gelegen und bequem. Wir können uns dort einrichten, bis wir was Besseres gefunden haben.«

»Ich wäre glücklich und stolz, dein Leben zu teilen. Ich … ich hatte immer gehofft, dir ein Heim einrichten zu können … wie du es nie gekannt hast. Das möchte ich immer noch …«

»Das wollte ich von dir hören, Liebste.«

»Ja, aber hör mich bis zu Ende an. Unsere Verbindung ist damals am Widerstand meiner Familie zerbrochen. Vaters, Francis' Widerstand. Vielleicht kannst du sie von Schuld freisprechen, vielleicht auch nicht. Nun, Vater ist tot. Es ist kein sehr erfreulicher Gedanke, dass ich jetzt gegen seine

Überzeugung handeln, seinen ausdrücklichen Wunsch missachten soll. Aber ich würde … ich fühle, dass ich das vor mir verantworten könnte. Ich fühle … dass er mich verstehen und mir verzeihen würde. Aber nicht Francis.«

»Darum will ich mit ihm sprechen.«

»Aber nicht heute Abend. Mein Liebster, ich weiß, was du empfindest. Aber versuche, Geduld zu haben. Francis ist zwei Jahre jünger als ich. Ich … ich erinnere mich, wie er kaum noch laufen konnte. Mutter starb, als ich vierzehn und er zwölf war. In gewisser Weise bin ich immer mehr als eine gewöhnliche Schwester für ihn gewesen. Er ist sein ganzes Leben lang verwöhnt worden. Seine Launen bringen mich oft zur Verzweiflung, aber ich liebe ihn … Vertrau mir noch ein wenig länger. Ich möchte den richtigen Zeitpunkt wählen, um mit ihm zu sprechen, wenn wir allein sind und keine Störung zu befürchten haben. Ich glaube, dann werde ich es fertigbringen.«

Der Seemann hatte ihr Mienenspiel beobachtet.

»Ich vertraue dir; natürlich vertraue ich dir. Gar keine Frage. Aber … man kann die Dinge nicht unbegrenzt hinausschieben. Geschehnisse entwickeln ein Eigenleben. Sind sie einmal in Bewegung geraten, lassen sie sich nicht mehr aufhalten. Wir haben uns jetzt mehrmals getroffen, und unsere Zusammenkünfte sind nicht unbemerkt geblieben.«

»Ich wollte, du würdest jetzt gehen, Andrew«, murmelte sie. »Ich habe das Gefühl, es würde schlecht ausgehen, wenn ihr euch hier trefft.«

Ross und Francis hatten jeder fünf Guineen von ihren Gegnern gewonnen.

»Sie hätten Trumpf nachspielen sollen, Doktor«, sagte Sanson und nahm eine Prise Tabak. »Wenn Sie nachgespielt hätten, würden wir das Spiel und den Rubber gewonnen haben.«

»Ich hatte nur zwei Trümpfe«, verteidigte sich Halse abweisend. »Und keine andere Farbe, um sie durchzusetzen.«

»Aber ich hatte fünf«, konterte Sanson, »und eine lange Flöte Pik. Es gehört doch zu den elementarsten Prinzipien, die Farbe des Partners nachzuspielen, Sir.«

»Vielen Dank«, erwiderte Halse, »ich bin mit den elementarsten Prinzipien vertraut.«

»Es ist nicht zu leugnen«, wandte Ross sich an Sanson, »dass Ihr Partner seine Prinzipien im kleinen Finger hat. Bedauerlich, dass er nicht danach handelt.«

Halse nahm seine Börse heraus. »Das Gleiche ließe sich auch von Ihren Manieren sagen, Poldark. Mit Unwissenheit, die man allenfalls noch als Entschuldigung auffassen könnte, ist Ihr Benehmen ja wohl nicht zu rechtfertigen. Sie sind mehrmals grundlos beleidigend gewesen. Man kann nur Vermutungen anstellen, welche Auswirkungen ein verpfuschtes Leben auf die Körpersäfte hat.«

»Beleidigend?«, wiederholte Ross. »Einem Friedensrichter gegenüber, der alle Tugenden des Richterstandes in sich vereinigt, ausgenommen vielleicht Frieden und Gerechtigkeit. Nein, Sie tun mir unrecht.«

Halse hatte eine spitze Nase bekommen. Er zählte fünf Goldmünzen auf den Tisch und erhob sich. »Ich kann Sie nur darauf hinweisen, Poldark, dass diese beleidigende Einstellung Ihrer Sache nicht dienlich sein wird. Zweifellos hat das gemeine Volk, mit dem Sie Umgang pflegen, Ihr Vermögen, zu unterscheiden, was man in guter Gesellschaft sagen darf und was nicht, erheblich vermindert.«

»Ich teile Ihre Meinung, wonach solcher Umgang den

Blick für gewisse Dinge in ein anderes Verhältnis bringt«, sagte Ross. »Sie sollten solchen Umgang auch einmal versuchen. Es würde Ihren Blick erweitern. Ich bin draufgekommen, dass ein Erlebnis dieser Art sogar den Geruchssinn des Menschen schärft.«

Auch andere Spieler lauschten dem Wortwechsel. »Du bist heute so aggressiv, Ross«, brummte Francis und steckte das Geld ein. »Setzen Sie sich, Halse. Das Spiel ist doch das Einzige, das dem Leben noch Sinn gibt.«

Ross beobachtete den anderen. »Sind Sie einmal in einem Gefängnis gewesen, Dr Halse? Es ist erstaunlich, welche Fülle und Vielfalt von Gestank dreißig bis vierzig Geschöpfe Gottes – ich nehme an, dass es Geschöpfe Gottes sind, unterwerfe mich aber dem Urteil eines Experten – von sich geben können, wenn sie wochenlang in einem kleinen Steinhaus ohne Senkloch, ohne Wasser und ohne ärztliche Aufsicht eingeschlossen sind. Es ist nicht so sehr ein Gestank als vielmehr Nahrung. Nahrung für die Seele, verstehen Sie?«

»Die Art Ihres Vorgehens in Launceston ist nicht unbemerkt geblieben«, erwiderte Halse heftig, wie ein klapperdürrer, wütender, knurrender Köter. »Wir werden uns in Kürze eingehend damit beschäftigen. Das mit dem Fall beschäftigte Richterkollegium …«

»Richten Sie den Herren aus, dass ich mehr Langmut gezeigt habe, als ich mich mit einem von ihnen an einen Tisch gesetzt habe, statt ihm den Schädel einzuschlagen, als wenn sie alle diese von Ungeziefer wimmelnden Pesthäuser in Cornwall geöffnet und die Gefangenen freigelassen hätten.«

»Sie können sich darauf verlassen, dass ich den Herren von Ihrer Grobheit und Unverschämtheit berichten werde«, stieß der Doktor barsch hervor. Das ganze Spielzimmer verfolgte jetzt die Auseinandersetzung.

Sich auf den niederen Tisch stützend, kam Ross langsam auf die Beine.

»Sagen Sie Ihren Kollegen, dass es mir ein Vergnügen sein würde, mich jedem von ihnen zu stellen, der von seinem hohen Amt die Zeit erübrigen kann und sich von der Behinderung eines frommen Amts frei weiß. Insbesondere jene, die für die Instandhaltung des Gefängnisses in Launceston verantwortlich sind.«

»Sie widerwärtiger Trunkenbold!« Halse drehte sich auf seinen Absätzen herum und verließ das Kartenzimmer.

Einen Augenblick herrschte Stille unter den Zurückgebliebenen, dann brach Margaret Cartland in ihr schallendes, ansteckendes Lachen aus.

Ein weiteres Menuett war getanzt worden, und im Erfrischungsraum hatte Verity Andrew endlich dazu überredet, zu gehen. Sie hatte ihm versprechen müssen, noch in dieser Woche mit Francis zu reden.

Es war vielleicht ein wenig unvorsichtig, aber weil es ihr nötig erschien, ihre Aufrichtigkeit unter Beweis zu stellen, ging sie mit ihm um die Tanzfläche herum, wobei sie es allerdings sorgfältig vermied, in die Nähe des Spielzimmers zu geraten. Schließlich erreichten sie die große Eingangstür des Landhauses. Ein Lakai öffnete, und sie traten ins Freie. Von der Straße her, die Treppe heraufschreitend, kam Francis.

10

Allmählich kam Demelza sich wie eine Löwenbändigerin vor, deren Lieblinge brav ihre Kunststücke gezeigt hatten, nun aber nicht mehr zu bändigen waren. Sie wusste nicht, ob sie es mit Kaltschnäuzigkeit durchstehen oder sich in Sicherheit bringen sollte. Mit den kleinen Löwen kam sie sehr gut zurecht, mit Männern wie Whitworth, William Hick und St. John Peter. Aber die großen Bestien wie John Treneglos und die alten Löwen wie Sir Hugh Bodrugan, das war eine andere Sache. Ständige Zufuhr von Port hatte ihren natürlichen Witz mit Mut angereichert, aber ihre Findigkeit hatte Grenzen, und sie war nur froh, dass sich alles in der Öffentlichkeit abspielte. Hin und wieder streckte sie den Hals, um über jemandes Schulter nach Ross Ausschau zu halten.

Bei einer dieser Gelegenheiten erblickte sie Verity, die von draußen wieder in den Saal kam. Sie sah es ihr sofort an den Augen an, dass etwas Schlimmes geschehen war.

Einen Augenblick später verlangsamte Verity ihre Schritte und verschwand hinter den Tänzern, die sich zu einer Gavotte formierten. Demelza sprang auf und folgte ihr um die Tanzfläche herum mit ihren gewohnten langen Schritten und mit einem Selbstvertrauen, das sie noch vor einer Stunde nicht für möglich gehalten hätte.

Fast hatte sie die Flüchtende erreicht, als Patience Teague, ihre Schwester Ruth Treneglos und zwei andere Damen ihr den Weg versperrten.

»Liebe Demelza«, sagte Patience, »darf ich Sie zweien meiner Freundinnen vorstellen, die begierig sind, Sie kennenzulernen, Lady Whitworth und die ehrenwerte Mrs Maria Agar. Das ist Mrs Poldark.«

»Sehr erfreut«, erwiderte Demelza, einen achtsamen Blick auf Ruth werfend, und knickste vor den Damen, wie Mrs Kemp es sie gelehrt hatte. Vom ersten Augenblick an missfiel ihr die groß gewachsene Lady Whitworth und fasste sie Zuneigung zu der kleinen Mrs Agar.

»Mein liebes Kind«, sagte Lady Whitworth, »seitdem die Veranstaltung begann, haben wir Ihr Kleid bewundert. Sehr beachtlich. Ich dachte, Sie hätten es aus London kommen lassen, aber Mrs Treneglos hat uns eines Besseren belehrt.«

»Es ist nicht das Kleid«, bemerkte Mrs Agar. »Es ist die Art, wie Sie es tragen.«

»Oh, vielen Dank, Ma'am«, antwortete Demelza lächelnd. »Vielen Dank, Ma'am. Ihr Lob macht mir große Freude. Sie sind alle zu liebenswürdig. Viel zu lieb, viel zu gütig. Aber wenn Sie mich jetzt entschuldigen wollen, ich muss meine Base finden. Sie …«

In dem stickigen kleinen Salon befanden sich zwei Zofen, drei Damen und ganze Haufen von Mänteln und Umhängen. Verity stand vor einem Spiegel, sah aber nicht hinein, sondern auf den Tisch vor ihr. Sie tat etwas mit den Händen.

Demelza ging ohne zu zögern auf sie zu. Verity riss ihr Spitzentaschentuch in Fetzen. »Verity. Was ist los? Was ist geschehen?«

Verity schüttelte den Kopf. Sie konnte nicht sprechen. Demelza blickte sich um. Die anderen Frauen hatten nichts gemerkt. Sie begann zu reden, alles, was ihr gerade einfiel, sah, wie Veritys Lippen bebten, sich beruhigten und wieder bebten. Eine Dame verließ den Salon. Dann die andere. Demelza schob von hinten einen Stuhl an Verity heran und zwang sie, sich zu setzen.

»Und jetzt erzähl mir«, flüsterte sie. »Was war? Sind sie sich begegnet? Ich fürchtete, dass es so kommen könnte.«

Wieder schüttelte Verity den Kopf.

»Ich kann das alles nicht noch einmal durchmachen«, sagte sie dann plötzlich mit leiser Stimme. »Nicht noch einmal. Ich wusste, dass das vielleicht geschehen würde, aber jetzt werde ich nicht damit fertig … Ich werde nicht fertig damit.«

»Aber, aber!«, versuchte Demelza sie zu beruhigen. »Erzähl mir, was geschehen ist.«

»Sie … sie begegneten sich, als er gerade gehen wollte. Auf dem Treppenabsatz. Ich wusste, dass heute Abend nicht die richtige Zeit dafür war. Ich hatte auf eine Gelegenheit gewartet, aber Francis ist schon seit Wochen nicht ansprechbar. Es gab wieder einen entsetzlichen Streit. Andrew schlug einen versöhnlichen Ton an, aber mit Francis war einfach nicht zu reden. Er erhob den Arm gegen Andrew. Ich hatte Angst, Andrew würde ihn umbringen. Stattdessen sah er ihn nur an … ich hatte das Gefühl, seine Verachtung gelte auch mir …«

»Ach, Unsinn …«

»Ja«, wiederholte Verity, »ich hatte dieses Gefühl. Weil ich beides haben wollte. Ich wollte mir sowohl Francis' als auch Andrews Zuneigung bewahren und hatte Angst, mit Francis zu reden. Hätte ich es ihm vorher gesagt, wäre das nie passiert – wenigstens nicht so.

… Und dann ging er. Ohne einen Blick, ohne ein Wort für mich. Es war noch schlimmer als damals. Ich weiß, dass ich ihn nie wiedersehen werde …«

In dreißig Minuten hatte Ross ebenso viele Guineen verloren; Francis etwa die gleiche Summe in der halben Zeit.

Nach seinem Spaziergang war er rot vor Wut ins Spielzimmer zurückgekehrt.

Ohne ein Wort zu sprechen, ohne von jemandem angesprochen zu werden, hatte er sich an den Pharotisch gesetzt, aber die Mienen der beiden Vettern trübten die Stimmung der anderen Spieler. Selbst dem Bankhalter, einem Mann namens Page, schien nicht wohl in seiner Haut zu sein, und schließlich begann Margaret Cartland zu gähnen, strich ein paar Goldstücke in ihre Tasche und erhob sich.

»Komm, Luke, wir sitzen schon zu lang. Machen wir einen Spaziergang durch den Saal, bevor sie mit den Reels anfangen.«

Gehorsam erhob sich ihr neuer Liebhaber; er streifte Francis mit einem verlegenen Blick, aber Francis achtete nicht auf sie, und sie verließen das Spielzimmer.

Margarets Blick fiel auf eine Gruppe, die nicht auseinanderbrechen zu wollen schien. Sie bestand vornehmlich aus Herren, aber irgendwo in der Mitte befanden sich eine oder zwei Damen. Unvermittelt begann die Gruppe, einem Bienenschwarm gleich, sich auf einige freie Stühle hinzubewegen, und besetzte sie; dann begaben sich einige der Drohnen auf die Suche nach Speisen und Getränken. Jetzt konnte sie sehen, dass es tatsächlich zwei Frauen waren: eine etwa dreißigjährige Person von liebenswürdigem Äußeren mit trauriger Miene und ein auffallend hübsches Mädchen mit vollem dunklen Haar und klar umrissenen Schultern in einem glitzernden Kleid mit scharlachrotem Besatz. Ein überraschtes Lächeln spielte um ihre Lippen. Ross' Frau. Mit einem zornigen und verbitterten Gesicht spielte er Pharo, während sie mit einem halben Dutzend Männer flirtete und sich nicht um ihn kümmerte. Margaret wandte sich um und sah, wie Ross Geld auf eine Karte setzte. Von hier aus konnte man die Narbe nicht sehen.

Etwa zehn Minuten später zog der Bankhalter die letzten zwei Karten aus einem Spiel, und Ross sah, dass er diesmal gewonnen hatte. Während er die Goldstücke einstreifte, trat Margaret Cartland an ihn heran und beugte sich zu ihm hinab.

»Sie haben wohl vergessen, dass Sie eine Frau haben, was, Mylord?«

Ross blickte auf.

Ihre großen Augen waren weit geöffnet. »Kein Witz, ich versichere Ihnen, sie ist die Sensation des Abends. Wenn Sie mir nicht glauben, kommen Sie und sehen Sie selbst.«

»Da drüben, Mylord«, sagte Margaret. »Da drüben mit all diesen Herren. Zumindest wurde mir gesagt, dass es Ihre Frau ist. Aber vielleicht hat man mich falsch informiert?«

Es sollte wieder eine Gavotte werden, weniger würdevoll und gemächlicher als das Menuett, und genügend attraktiv, um die Mehrzahl der Gäste aufs Parkett zu locken. Immer noch herrschte großes Gedränge um Demelza. Während der Pause, gestärkt durch – zur Abwechslung – französischen Rotwein, hatte sie alle ihre Konversationskünste spielen lassen, um die Aufmerksamkeit von Verity abzulenken, die stumm neben ihr saß.

Es war wirklich ihre eigene Schuld, wenn das Knurren und Fauchen immer schlimmer wurde; mit ihrer Kümmernis um Verity und ihrer Sorge um Ross war sie mit ihren Worten ein wenig achtlos umgegangen, und nicht weniger als drei Herren wiegten sich in dem Glauben, sie hätte ihnen den Tanz versprochen.

Zuerst rechteten sie mit ihr, dann stritten sie sich untereinander, um schließlich neuerlich an sie zu appellieren.

Demelza, ein wenig überreizt, schwenkte ihr Glas und schlug vor, sie sollten um sie losen. Carruthers fand dies durchaus fair, hätte aber Würfel vorgezogen. Darauf wurde Sir Hugh böse und meinte, er hätte nicht die Absicht, in einem Ballsaal um eine Frau zu würfeln. Dennoch war er nicht bereit, seinen Anspruch auf die Dame aufzugeben. Demelza schlug vor, er sollte mit Verity tanzen. Verity protestierte – »Oh, Demelza!« –, und Sir Hugh verbeugte sich vor ihr und sagte, vielen Dank, später dann ganz gewiss.

In diesem Augenblick erschien ein groß gewachsener Mann im Rücken der anderen, und Demelza verspürte ein flaues Gefühl im Magen bei dem Gedanken, dass es sich um einen vierten Bewerber handeln könnte. Sie hob den Kopf und sah, dass es tatsächlich ein weiterer Anwärter war.

»Entschuldigen Sie, Sir«, sagte Ross und drängte sich durch. »Verzeihen Sie. Entschuldigen Sie, Sir.« Er verbeugte sich gemessen, ein wenig kühl vor Demelza. »Ich wollte nur sehen, ob du etwas brauchst, meine Liebe.«

Demelza erhob sich. »Ich wusste doch, dass ich jemandem diesen Tanz versprochen hatte.«

Es erhob sich ein allgemeines Gelächter, an dem Sir Hugh sich nicht beteiligte. Er hatte den ganzen Abend getrunken und erkannte Ross, den er nur selten sah, zunächst nicht.

»Nein, Sir. Nein, Ma'am; das ist unfair, bei Gott. Der Tanz wurde mir versprochen. Ich sage Ihnen, dass er mir versprochen wurde. Er wurde mir versprochen! Das dulde ich nicht! Ich bin es nicht gewohnt, dass man mein Wort in Zweifel zieht.«

Ross betrachtete ihn; er musterte ihn von Kopf bis Fuß, denn Sir Hugh hatte bei Jims Verurteilung ebenfalls die Hand im Spiel gehabt. Ross empfand die Tatsache, dass er mit Demelza getanzt hatte, als Affront.

»Hast du diesen Tanz versprochen?«, fragte er Demelza.

Demelza blickte in seine kalten Augen, suchte Verständnis und fand keines. Bitterkeit beschlich ihr Herz.

»Ja«, antwortete sie. »Vielleicht habe ich ihn Sir Hugh versprochen. Kommen Sie, Sir Hugh. Ich weiß zwar kaum, wie man Gavotte tanzt, nicht richtig, aber Sie können es mir ja zeigen. Beim letzten Kontertanz haben Sie es mir ganz wunderbar gezeigt.«

Sie wandte sich um und wäre mit dem Baronet auf die Tanzfläche zu den anderen gegangen, die sich schon formiert hatten. Ross aber packte sie plötzlich an der Hand.

»Dennoch nehme ich mir das Recht, mit dir zu tanzen. Du wirst alle deine Freunde enttäuschen müssen.«

Mittlerweile hatte Sir Hugh ihn erkannt. Er öffnete den Mund, um zu protestieren. »Verdammt! Es ist ein bisschen spät, um sich jetzt noch …«

Aber Ross war gegangen, und Demelza, wütend und tief verletzt, mit ihm.

»Vielleicht«, sagte Demelza, die am ganzen Körper zitterte, »vielleicht hätte ich jemanden bitten sollen, dich mir vorzustellen, nachdem wir uns schon so lange nicht gesehen haben.«

»Ich zweifle nicht daran, dass man dich über meine Abwesenheit hinweggetröstet hat.«

»Du hast es nicht einmal der Mühe wert gefunden, dich dessen zu vergewissern.«

»Anscheinend war ich nicht sehr willkommen, als ich kam.«

»Nun, jeder ist nicht so unhöflich und so pflichtvergessen wie du.«

»Sie suchen alle nur ihren Vorteil, sie und das ganze Gezücht. Es wundert mich nur, dass dich ihre Komplimente nicht anwidern.«

Ich werde nicht weinen, sagte Demelza zu sich. Ich werde nicht weinen. Ich werde nicht weinen. Ich werde nicht weinen.

»Ich verabscheue sie alle«, fuhr Ross in einem etwas weniger persönlichen Ton fort. »Diese Menschen und ihre Dummheit. Sieh dir nur ihre fetten Bäuche und ihre von der Gicht befallenen Nasen an, ihre runzeligen Hautfalten, die Tränensäcke unter den Augen: geckenhaft gekleidete, geschmacklos angemalte, überfressene Trunkenbolde. Ich verstehe nicht, dass du an ihrer Gesellschaft Gefallen findest. Wenn diese Leute meinen Stand repräsentieren, schäme ich mich, ihm anzugehören.«

Sie trennten sich, und als sie wieder zusammenkamen, erwiderte ihm Demelza unvermittelt mit großer Heftigkeit.

»Wenn du glaubst, dass alle Dummköpfe, alle Dicken und Hässlichen nur in deiner Klasse zu finden sind, irrst du dich gewaltig. Weil der arme Jim Pech hatte und sterben musste, und weil Jim und Jinny nette Menschen waren, scheinst du zu denken, dass alle armen Leute so gut und nett sind wie sie. Da bist du aber sehr auf dem Holzweg, das kann ich dir sagen, denn ich weiß es. Ich habe mit ihnen gelebt, und das hast du nie getan! Es gibt überall gute und schlechte Menschen, und du wirst die Welt nicht damit in Ordnung bringen, dass du allen Leuten hier die Schuld an Jims Tod gibst …

»Doch, sie haben Schuld, durch ihre Selbstsucht, ihre Faulheit …«

»Und du wirst die Welt auch nicht dadurch in Ordnung bringen, dass du den ganzen Abend Brandy trinkst, im Kartenzimmer sitzt und spielst, dich überhaupt nicht um mich kümmerst – es ist mein erster Ball! –, in der Pause dann erscheinst und zu den Leuten grob bist, die sich um mich bemüht haben …«

»Wenn du dich weiter so benimmst, wirst du auf keinen Ball mehr gehen.«

Sie funkelte ihn an.

»Wenn du dich weiter so benimmst, werde ich auf keinen mehr gehen wollen!«

Sie waren beide stehen geblieben. Sie hielten die anderen Tänzer auf.

Er fuhr sich mit der Hand übers Gesicht.

»Demelza«, sagte er, »wir haben beide zu viel getrunken.«

»Würden Sie freundlich die Tanzfläche verlassen, Sir«, sagte eine Stimme hinter ihnen.

»Ich will nicht streiten«, sagte Demelza, Tränen in der Stimme. „Das habe ich nie gewollt, das weißt du. Du kannst nicht von mir erwarten, dass ich über Jims Tod das Gleiche empfinde wie du, Ross. Ich habe ihn kaum gekannt, und ich war auch nicht in Launceston. Für dich mag das hier nichts Besonderes sein, aber es ist das erste Mal, dass ich irgendwo gewesen bin. Ich wäre schon glücklich, wenn du auch fröhlich sein könntest.«

»Ein armseliges Vergnügen«, gab er zur Antwort, »wir hätten nie kommen sollen.«

»Komm, Ross«, sagte Demelza mit sanfter Stimme. »Tanzen wir. Zeig es mir. Der eine Schritt geht so, nicht wahr, und der andere so. Ich habe die Gavotte nie richtig tanzen gelernt, aber es ist ein hübscher und lebhafter Tanz. Komm, Liebster, wir sind ja noch nicht tot, auf jedes Heute folgt ein Morgen. Lass uns miteinander tanzen, bevor wir uns noch mehr in die Haare geraten.«

11

Der Ball war zu Ende, aber noch nicht der Abend. Um Mitternacht hatten sie mit den anderen zusammen vaterländische Lieder gesungen und »God save the King«, und danach waren alle, die zur Warleggans Gesellschaft gehörten, gegangen.

Doch als sie Warleggans Haus erreichten, gab es kaum Anzeichen, dass jemand hätte zu Bett gehen wollen. Die Gäste fanden sich bald zusammen, um Whist, Backgammon und Pharo zu spielen, und Sanson setzte Ross zu, sich an einer Partie Trumpf zu beteiligen.

Besorgt sah Demelza ihn gehen. Die Veranstaltung im Landhaus war vorübergegangen, ohne dass er jemanden niedergeschlagen oder den Lord Lieutenant beleidigt hätte; aber er war immer noch übler Laune.

Zwar hatte ihre Zahl sich vermindert, aber sie blieb auch hier nicht ohne Verehrer. Sir Hugh hatte seinen Ärger überwunden, John Treneglos war seiner Frau entwischt, und Carruthers hielt tapfer aus. Verity verschwand nach oben, doch Demelza durfte ihr nicht folgen. Sosehr sie auch protestierte, man drängte sie zum Pharotisch, fand einen Stuhl für sie, legte ihr Geld in den Schoß und hauchte ihr gute Ratschläge ins Ohr. Dass sie keine Ahnung von diesem Spiel hatte, machte nichts aus. Jeder kann Pharo spielen, sagten sie: Man setzte einfach Geld auf eine der Karten auf dem Tisch, der Bankhalter deckte zwei Karten seines eigenen Spiels auf, und wenn die Karte, auf die man gesetzt hatte, auf einen Stoß kam, hatte man gewonnen, und wenn sie auf den anderen kam, verloren.

Das schien ganz leicht zu gehen, und nachdem sie sich in

ihren Stuhl gedrückt hatte, um Sir Hugh daran zu hindern, seine Hand auf ihre bloße Schulter zu legen, machte sie sich bescheiden daran, das Geld, das ihr geliehen worden war, zu verlieren.

Doch statt zu verlieren, gewann sie. Langsam, aber stetig. Sie wollte nicht leichtsinnig spielen. Sie setzte nie mehr als eine Guinee, aber wann immer sie setzte, merkte sie, dass die anderen ihrem Beispiel folgten. Wenn dann ihre Karte gezogen wurde, erhob sich beifälliges Gemurmel hinter ihr. Von irgendwoher war William Hick wieder aufgetaucht; und dann eine große, hübsche, etwas zu laute Frau namens Margaret, auf die Francis nicht gut zu sprechen zu sein schien. Im Nebenzimmer spielte jemand ein Stück von Händel auf dem Spinett.

Man hatte ihr zwanzig Pfund geliehen; sie hatte sich den Betrag gut gemerkt. Wenn sie je auf siebzig kam, dachte sie, würden ihr fünfzig bleiben. Mit dem Gewinn würde sie aufstehen, und selbst die liebenswürdigsten Herren würden es nicht fertigbringen, sie daran zu hindern. Sie war bei einundsechzig angelangt, als sie hörte, wie William Hick leise zu jemandem sagte:

»Ross Poldark verliert Kopf und Kragen.«

Es lief ihr kalt über den Rücken.

Sie setzte und verlor, setzte wieder und verlor wieder, setzte hastig fünf Guinees und verlor. Sie stand auf.

»O nein«, protestierten sie und versuchten, sie zum Bleiben zu überreden; aber sie ließ sich auf keine Debatten ein.

In einer Ecke des zweiten Zimmers scharten sich die Gäste um einen kleinen Tisch, an dem Ross und Sanson, der dicke Getreidehändler, saßen.

Trumpf wurde mit zweiunddreißig Karten gespielt. Demelza sah einige Zeit zu und versuchte, den Sinn des

Spieles, das ihr sehr kompliziert vorkam, zu begreifen. Die Männer spielten sehr schnell, und nicht nur, dass am Ende eines jeden Rubbers ausbezahlt wurde, schlossen sie auch häufig mitten im Spiel Wetten ab. Ross' langes mageres Gesicht mit seinen vorstehenden Kinnbacken ließ nicht erkennen, wie viel er getrunken hatte, aber eine tiefe Furche hatte sich in seine Stirn gegraben.

Ross beherrschte das Spiel meisterhaft. Er hatte nie viel dabei verloren, aber in Sanson hatte er seinen Mann gefunden. Sanson musste es sein Leben lang und selbst im Schlaf gespielt haben. Und heute hatte er erstaunliches Glück. Wann immer Ross ein gutes Blatt in die Hand bekam, Sanson hatte ein besseres.

Nachdem er Wechsel für zweihundert Pfund ausgestellt hatte, was der Summe entsprach, die Harris Pascoe gerade noch einlösen würde und die sein gesamtes Barvermögen darstellte, brach er das Spiel ab und schickte einen Lakaien um eine Erfrischung.

»Ich bin erledigt, Sanson«, sagte er. »Ich glaube allerdings nicht, dass Ihnen das Glück noch lange treu geblieben wäre.« Jemand kicherte.

»Bieten Sie mir eine Sicherheit, wenn Sie weiterspielen wollen. Es ist noch nicht spät.«

Ross legte seine goldene Uhr auf den Tisch. Sie hatte seinem Vater gehört, und er trug sie nur selten.

Sanson nahm sie. »Fünfzig Guineen?«

»Wenn es beliebt.«

Aber in ein paar Minuten waren die fünfzig Guineen verloren.

Sanson lehnte sich zurück und wischte sich den Schweiß von seinem runden fetten Gesicht. Blinzelnd betrachtete er die Uhr.

»Ja, sie ist ein gutes Stück«, sagte er zu seinem Freund. »Ein bisschen teuer. Ich hoffe, sie geht gut.« Jemand lachte.

Der Lakai kam mit den Drinks.

»Bringen Sie mir ein neues Spiel Karten«, sagte Ross.

»Ja, Sir.«

»Womit wollen Sie denn jetzt spielen?«, fragte Sanson ein wenig sarkastisch.

»Vermögenswerte, die ich veräußern kann.«

Demelza wusste, dass er die Aktien der Leisure-Grube meinte. Sie war nahe an die Spieler herangekommen, jetzt beugte sie sich vor und legte ihre gewonnenen vierunddreißig Sovereigns auf den Tisch.

»Ich habe ein wenig Kleingeld, Ross.«

Überrascht sah er auf, denn er hatte nicht gewusst, dass sie da war. Erst blickten seine Augen durch sie hindurch, dann blieben sie auf ihr haften, aber diesmal nicht unfreundlich. Stirnrunzelnd betrachtete er das Geld.

»Tu mir den Gefallen, Ross.«

Der Lakai kam mit dem neuen Spiel.

Für eine Weile wechselte tatsächlich das Glück, und nach kurzer Zeit hatte Ross an die hundert Pfund vor sich liegen. Demelza blieb stumm. Dann wendete sich das Glück abermals, und Sanson bekam eine unschlagbare Hand nach der anderen. Das Geld schmolz dahin. Die Zahl der Zuschauer begann sich zu verringern. Irgendwo in der Ferne schlug eine Uhr zwei. Seit einiger Zeit trank Ross nicht mehr. Der Brandy stand unberührt neben ihm.

Sanson wischte sich die Hände ab und blinzelte Ross an.

»Geben Sie sich geschlagen«, sagte er. »Oder haben Sie noch andere Schmuckstücke zu verkaufen?«

»Ich habe Aktien.«

»Nicht, Ross; nicht, Ross«, flüsterte Demelza. »Komm schlafen.«

»Wie viel sind sie wert?«

»Sechshundert Pfund.«

»Ich werde eine Weile brauchen, um das alles zu gewinnen. Wollen Sie nicht lieber morgen Vormittag weiterspielen?«

»Ich fühle mich ganz frisch.«

»Ross.«

»Bitte.« Er sah sie an.

Sie schwieg. Dann sah sie Sansons Augen auf der Rubinbrosche, die Ross ihr gekauft hatte. Sie wich ein oder zwei Zoll zurück und hob instinktiv die Hand, um sie zu bedecken.

Ross hatte bereits zu geben begonnen.

Plötzlich legte sie die Brosche neben ihn auf den Tisch.

»Spiel darum, wenn du spielen musst.«

Ross drehte sich um und sah sie an, und Sanson starrte auf die Brosche.

»Ist sie echt?«, fragte er.

»Halt dich da heraus, Demelza«, sagte Ross.

»Du darfst das andere nicht riskieren«, flüsterte sie. »Spiel damit; ich gebe es dir gern – wenn du weitermachen musst.«

»Was ist sie wert«, fragte Sanson. »Ich verstehe nichts von Steinen.«

»Etwa hundert Pfund«, antwortete Ross.

»Na schön. Soll mir recht sein. Aber es ist schon spät …«

»Sie geben.«

Sie spielten, und Ross begann zu gewinnen.

Um drei hatte Ross genug zurückgewonnen, um seine Uhr wieder auszulösen. Viertel nach drei war auch Demelzas Gewinn wieder bei Ross.

George Warleggan mischte sich ein. »Kommen Sie, so geht das doch nicht. Haben Sie doch ein wenig Mitleid mit uns, Ross. Spielen Sie diese Hand zu Ende, und morgen Vormittag können Sie fortsetzen, wenn Sie wollen.«

Ross blickte auf und nippte an seinem Brandy.

»Tut mir leid, George. Gehen Sie zu Bett, wenn Sie wollen, aber der Ausgang dieser Partie ist noch lange nicht entschieden.«

Sanson trocknete sich Stirn und Hände. »Um die Wahrheit zu sagen, ich bin selbst schon übermüdet. Es war mir ein Vergnügen, mit Ihnen zu spielen, aber ich hatte nicht vor, die ganze Nacht durchzuspielen. Lassen Sie es doch gut sein, bevor sich das Glück wieder wendet.«

Ross gab nicht nach. »Spielen wir noch eine Stunde. Dann soll es genug sein.«

Um halb vier hatte Ross nur mehr sechzig Pfund über. Um Viertel vor vier war das Geld weg. Sanson schwitzte stark. Demelza fürchtete, ihr würde übel werden. Nur noch sieben Zuschauer waren geblieben.

Als nur mehr eine halbe Stunde Zeit blieb, fingen sie an, über die Aktien der Leisure-Grube zu verhandeln. Sanson erhob alle möglichen Einwände gegen die Annahme der Aktien als Spieleinsatz. Man hätte meinen können, er sei der Verlierer.

Fünf Minuten lang hatten sie debattiert, und als die Uhr vier schlug, war die Lage unverändert.

Demelza hielt sich an Ross' Stuhl fest und versuchte, durch den Nebel in ihren Augen durchzusehen.

»Karten«, sagte Sanson.

»Wie viele?«

»Eine.«

Und dann schien es, als habe Ross vergessen, dass Sanson

als Erster ziehen sollte, denn er streckte seine Hand aus, um zur gleichen Zeit zu ziehen. Irgendwie gerieten ihre Hände an- und ineinander, und statt seine Karten zu ziehen, packte Ross' Hand Sansons Handgelenk. Sanson grunzte, als Ross seine Hand langsam nach oben drehte. In seiner Handfläche lag der Trumpfkönig.

Einen Augenblick lang herrschte Stille.

»Ob Sie mir wohl erklären könnten«, sagte Ross, »wie diese Karte in Ihre Hand gelangt ist, bevor Sie noch gezogen haben?«

Plötzlich ließ Ross das Handgelenk des Dicken los. Ihn an den Rüschen seines Hemdes packend, zerrte er ihn von seinem Sitz hoch, bis er halb über dem Tisch lag.

»Mal sehen, ob Sie noch weitere Überraschungen für uns haben.«

Zwei Spielkarten steckten in der Innentasche von Sansons Jacke.

Ross erhob sich und untersuchte die Jacke. Er nahm seine eigenen Banknoten heraus und legte sie auf einen Stuhl. Sanson stand stumm daneben und unternahm plötzlich einen wilden Versuch, Ross die Jacke zu entreißen. Ross wehrte ihn ab, ließ dann die Jacke fallen und stieß Sanson energisch fort. Der Mann kam schief auf einen Stuhl zu sitzen, würgte, und Ross packte Sanson am Kragen und am Boden seiner seidenen Kniehose.

»Mach die Verandatür auf, Francis«, sagte er.

»Hören Sie mal, Ross …« Georges massige Gestalt stellte sich ihm in den Weg. »Das ist doch Unfug …«

Der Fluss führte kein Wasser. Unter den späten Sternen glich er einer schwarzen Grube mit schräg abfallenden Wänden. Je näher sie dem Ufer kamen, desto verzweifelter wehrte sich Sanson und versuchte, sich aus Ross' Griff zu befreien. Am Rand des Flussbettes begann er, um Hilfe zu rufen. Ross schüttelte ihn, bis er still war. Dann spannte er seine Muskeln, hob den Mann hoch, schwenkte ihn zurück und vor und ließ ihn sausen. Fast hätte der Schwung ihn selbst mitgerissen. Sansons Schreie, dünn und kindlich winselnd, endeten mit einem dumpfen *Plumps*.

Nachdem er sein Gleichgewicht wiedergefunden hatte, starrte Ross hinab. Er konnte nichts sehen. Er wandte sich ab und ging ins Haus zurück, ohne einen Menschen anzublicken. Nahe der Treppe berührte George seinen Arm.

»Haben Sie ihn in den Fluss geworfen?«

»Ich habe ihn dorthin geworfen, wo der Fluss sein sollte. Er führt kein Wasser.«

»Er wird im Schlamm ersticken!«

Ross sah ihn an. Ihre Blicke begegneten sich mit einem seltsamen Glitzern, das die Erinnerung an einen alten Hader wachrief.

»Ich bedaure, Ihren Gast angegriffen und diese Aufregung verursacht zu haben«, sagte Ross. »Aber wenn Sie solchen Burschen Ihr Haus öffnen, sollten Sie um eine passendere Art ihrer Entfernung besorgt sein.« Er ging ins Haus.

Demelza war schon zehn Minuten im Zimmer, als Ross heraufkam. Man hätte sie für ein sechzehnjähriges Mädchen halten können, wie sie da auf dem Bett saß und ihn argwöhnisch beobachtete.

Er schloss die Tür und sah sie an – die Augen so hell wie immer, wenn er zornig war. Er musterte sie und senkte dann den Blick auf etwas in seiner Hand.

»Ich habe dir deine Brosche gebracht«, sagte er. Er war jetzt völlig nüchtern, so als ob er den ganzen Tag kein Glas angerührt hätte.

»Oh, danke.«

»Du hast sie auf dem Stuhl liegen lassen.«

Er kam herüber und legte sie auf den Toilettentisch. »Ich danke dir, dass du sie mir geliehen hast.«

»Ja, also, ich … ich … ich wollte nicht an die Leisure-Grube denken … alle deine Pläne und Hoffnungen. Hast du alles zurückbekommen?«

»Was?«

»Was du heute Abend verloren hast.«

»Ja, natürlich.« Er fing an, seine Kleider abzulegen.

»Wann hast du gemerkt, dass er mogelt, Ross?«

»Ich weiß nicht … als du gekommen bist. Nein, später, aber ich war mir nicht sicher. Wohin gehst du?«

»Ich will nur die Brosche wegtun. Wenn sie da so liegt, kann ich nicht ruhig schlafen.«

Groß und sehr jung und schlank stand sie in ihrem langen weißen Baumwollnachthemd da. Sie sah nicht aus wie Julias Mutter.

Ross fasste sie am Ellbogen, als sie zum Bett zurückkam.

»Demelza«, sagte er.

Sie blieb stehen; immer noch unsicher, blickte sie in sein müdes Gesicht.

»Es war kein guter Abend, um dich in die Gesellschaft einzuführen.«

»Nein«, sagte sie und ließ den Kopf sinken.

Er schlang die Hände um ihren Hals und vergrub sie in der dichten Masse ihres Haares, das in Locken über ihre Schultern fiel. Sanft zog er daran, bis sie wieder seinem Blick begegnen musste.

»Was ich da alles im Ballsaal zu dir gesagt habe … Das war nicht sehr nett.«

»Ach … Ich wusste ja, warum du so warst. Ich wusste es

und hatte jedes Verständnis dafür. Ich machte mir Sorgen. Wie ein Schwarm Bienen schwirrten sie um mich herum. Ich hatte keine Zeit zu überlegen. Und als du dann kamst …«

Sie kletterte wieder in das große, mit Vorhängen versehene Bett, und er setzte sich, die Füße auf der Stufe, auf die Kante neben sie. Sie schlang die Arme um ihre Knie und sah ihn an.

»Und dann war da auch noch die Geschichte mit Verity.«

Sie erzählte es ihm.

»O Gott«, sagte er, »es ist eine verrückte Welt.« Er lehnte sich gegen ihre Knie zurück. »Die ganze Woche schon wollte ich mir irgendwie Luft machen, aber ich wusste nicht, wie. Ich glaube nur, dass ich jetzt einfach zu müde bin, um noch weiterzuhassen.«

»Das freut mich«, sagte sie.

Einige Minuten später stieg er ins Bett. Er lag still neben ihr und starrte zum Baldachin hinauf. Dann beugte er sich über sie und blies die Kerze aus.

Sie schlang die Arme um ihn und zog ihn zu sich herunter.

12

Am nächsten Morgen konnte kein Zweifel bestehen, dass die Warleggans den Ausgang der Auseinandersetzung am Spieltisch mit Missfallen betrachteten. Zurückhaltung und Steifheit waren nicht zu übersehen. Ross legte sich die Frage vor, ob der Hausherr erwartete, dass die Gäste sich schweigend und ohne aufzumucken ruinieren lassen sollten.

Aber er hatte zunächst nicht viel Zeit, sich darüber den Kopf zu zerbrechen, denn vor seiner Heimkehr musste er noch mit Harris Pascoe sprechen.

In den letzten Tagen war die Kupfergesellschaft beinahe in Vergessenheit geraten, doch jetzt gab es viel zu erledigen und zu bereden. Nach einer Weile begann der Bankier mit nervöser Stimme:

»Wie ich hörte, waren Sie vor einigen Tagen in Launceston.«

»Das haben Sie also gehört.«

Pascoe druckste ein wenig herum. »Was ich so weiß, ist Ihr Vorgehen in Launceston, ich meine das Aufbrechen des Gefängnisses, nicht auf allgemeine Zustimmung gestoßen.«

»Das habe ich auch nicht erwartet.«

»Ganz recht. Der junge Mann ist gestorben? Ja … Offen gesagt, ich glaube ja nicht, dass bei der ganzen Sache viel herauskommt. Bei einer Untersuchung Ihres Verhaltens würde natürlich die Frage zur Sprache kommen, ob das Gefängnis tatsächlich geeignet ist, Menschen als Aufenthaltsort zu dienen, und es liegt keineswegs im Interesse der damit befassten Richter, den Zwischenfall aufzubauschen und allgemein bekanntzumachen. In Wirklichkeit, wissen Sie, sind es fast durchwegs wohlmeinende Leute, deren größte Schuld darin besteht, dass sie gleichgültig und stumpf sind. Viele von ihnen versehen ihr Amt mit bewundernswertem Sinn für das Gemeinwohl.«

Ross klopfte auf seine Reitstiefel.

»Es mag bedauerlich sein«, fuhr Pascoe fort und warf einen Blick durch das Fenster, »dass einige Ihrer Mitaktionäre in der Carnmore Copper Company sozusagen auf der Gegenseite stehen.«

Ross blickte auf. »Wie meinen Sie das?«

»Nun, sie sind Richter, nicht wahr, und werden als solche vermutlich dazu neigen, die Dinge von ihrer Warte aus zu sehen: St. Aubyn Tresize und Alfred Barbary und die anderen. Aber dazu kommt es vielleicht gar nicht.«

Brummend erhob sich Ross. »Dass uns ein erbitterter Kampf bevorsteht, in dem wir keine internen Zwistigkeiten brauchen können, das scheinen sie nicht zu sehen.«

Pascoe rückte seine Augengläser zurecht und staubte etwas Tabak von seiner Jacke. »Ich war gestern nicht auf dem Ball, aber man hat mir erzählt, dass die Leute sich ausnehmend gut unterhalten haben.«

Ross maß ihn mit einem scharfen Blick. Sarkastische Bemerkungen waren normalerweise Pascoes Sache nicht.

»Inwiefern?«

Ein wenig erstaunt begegnete Pascoe Ross' Blick. »In höchst erfreulicher Art, denke ich. Wenn es eine unerfreuliche Art gibt, Erfolge zu haben, wäre mir das neu.«

»In Bezug auf meine Frau.«

»Ich habe nur wiederholt, was man mir zugetragen hat. Einige Damen äußerten sich bewundernd über ihre Schönheit. Angeblich soll sich auch der Lord Lieutenant nach ihr erkundigt haben.«

»Soso«, sagte Ross und versuchte, sich seine Überraschung nicht anmerken zu lassen, »das ist wirklich sehr schmeichelhaft.«

Er begleitete Ross zur Tür. »Sie wohnen bei den Warleggans?«

»Wir konnten die Einladung schlecht zurückweisen. Aber ich glaube nicht, dass man uns noch einmal zu Gast bitten wird. Es kann ja nicht mehr lange dauern, bis sie erfahren, dass ich hinter der Kupfergesellschaft stecke.«

»N-nein. Und die Affäre zwischen Ihnen und Matthew

Sanson wird Ihre Beziehung noch zusätzlich belasten. Schließlich ist Sanson ja mit ihnen verwandt.«

Ross sah ihn groß an. »Mit den Warleggans? Das wusste ich nicht.«

»Der alte Herr, der Großvater – wussten Sie, dass er Hufschmied war? Nun, er hatte drei Kinder. Die Tochter heiratete einen Nichtsnutz namens Sanson, Vater des Matthew Sanson. Das älteste Kind ist Nicholas, Georges Vater, und der jüngere Sohn heißt Cary.«

»Oh«, machte Ross und überlegte. Es gab eine ganze Menge zu überlegen. »Er ist von Beruf Getreidehändler, nicht wahr?«

»So heißt es«, antwortete Harris Pascoe, einen eigenartigen Ausdruck im Gesicht.

Um eins verabschiedeten sie sich von den Warleggans. Kein Wort mehr von dem Eklat am Spieltisch. Es war, als ob es nie einen Sanson gegeben hätte. Man trennte sich mit vielem Lachen und Dankesbezeugungen und wiederholten unaufrichtigen Versprechungen, sich recht bald wiederzusehen; dann wendeten die fünf Poldarks ihre Pferde zur Princess Street hinauf. Als sie aufsteigen wollten, kam ein Stallknecht vom Gasthof »Zu den sieben Sternen« auf Demelza zu und überreichte ihr einen versiegelten Brief. Sie war von so vielen Menschen umgeben, dass sie gerade noch Zeit fand, ihn in die Tasche ihrer Reitjacke zu stecken und zu hoffen, dass niemand sie beobachtet hatte.

Ihre Befangenheit hielt an, denn Francis hatte seit gestern Abend kein Wort mehr mit seiner Schwester gesprochen, und während sie zusammen dahinritten, schien keiner Lust zu einem Gespräch zu haben. Erst als sie das offene Moor erreicht hatten, setzten sich Ross und Francis an die Spitze und führten ein freundliches Gespräch, das auf lange Zeit das letzte sein sollte.

Sorgsam darauf bedacht, das Thema Andrew Blamey zu vermeiden, sprachen Sie über Matthew Sanson. Auch Francis hatte nicht gewusst, dass er mit den Warleggans verwandt war.

»Verdammt noch mal«, sagte Francis, »jetzt habe ich drei Jahre lang mit dem Gauner gespielt. Das ärgert mich. Keine Frage, dass er der größte Gewinner war. Hin und wieder hat er auch verloren, aber nur selten an mich. Ich frage mich, um wie viel er mich beschwindelt hat.«

»Um das meiste, würde ich sagen. Hör mal, Francis, ich finde, du sollst diese Sache nicht einfach auf sich beruhen lassen. Zwar habe ich nichts damit zu gewinnen, aber du schon. Und bestimmt auch andere. Ich glaube nicht, dass du es dir leisten kannst, auf die Warleggans Rücksicht zu nehmen.«

»Du meinst, wir sollten versuchen, ihm seine erschwindelten Gewinne wieder abzunehmen?«

»Warum nicht? Er ist Getreidehändler und schwimmt in Geld. Warum sollten wir ihn nicht zwingen, zu bezahlen?«

Ross hörte, dass Demelza und Elizabeth miteinander plauderten, und der Klang ihrer Stimmen im Wind machte ihm Freude. Es wäre doch erfreulich, wenn die beiden sich anfreunden könnten. Das hatte er sich schon immer gewünscht.

Als sie Trenwith erreicht hatten, mussten sie auf eine Tasse Tee mit hereinkommen. Und dann mussten Geoffrey und Charles und Julia betrachtet und bewundert und liebkost werden, so dass es spät wurde, bevor Ross, das krähende Baby im Arm, und Demelza die letzten drei Meilen bis Nampara in Angriff nahmen.

»Verity hat es ja wieder ganz schlimm erwischt«, sagte Ross. »Während des ganzen Tees hat sie kaum einmal den Mund aufgemacht. Ihr Ausdruck hat mir richtig Angst gemacht. Gott sei Dank, dass wir nichts damit zu tun haben.«

»Ja, Ross«, erwiderte Demelza. Der Brief brannte in ihrer Tasche. Sie hatte auf Trenwith nur kurz einen Blick hineingetan. *Mrs Poldark, da Sie es waren, die uns wieder zusammengebracht hat, bitte ich Sie auch jetzt, da meine Beziehungen zu Verity in eine kritische Phase geraten sind, um ihre Hilfe. Francis hat sich ganz unmöglich benommen; es kann nie eine Versöhnung mit ihm geben. Darum muss Verity wählen, muss sich rasch für einen von uns entscheiden. Ich fürchte ihre Entscheidung nicht, doch habe ich keine Möglichkeit, mich mit ihr in Verbindung zu setzen und die letzten Vorbereitungen zu treffen. Dazu bedarf es Ihrer Hilfe …*

»Ja, Ross«, sagte Demelza noch einmal.

Als sie das niedrige Gehölz erreicht hatten und in ihr Tal einbogen, kam die Sonne heraus, und sie hielten kurz an, um hinabzublicken. »Es ist mir heute zuwider«, sagte er plötzlich, »in unser Haus und auf unser Land zurückzukehren, weil ich damit auch zu Jinnys Leid und zu meinem Versagen zurückkehre.«

Sie legte ihre Hand auf die seine. »Nein, Ross, das ist nicht richtig. Wir kommen zu unserem Glück und zu unserem Erfolg zurück. Auch mir tut Jinny leid und wird mir immer leidtun, aber wir dürfen nicht zulassen, dass das Unglück anderer Leute unser Leben zerstört. Das dürfen wir nicht, weil sonst kein Mensch mehr glücklich sein könnte. Ich bin zufrieden, und ich möchte, dass du es auch bist. Du warst es einmal, vor gar nicht so langer Zeit. Habe ich dich enttäuscht?«

»Nein«, antwortete er, »du hast mich nicht enttäuscht.«

Sie holte tief Atem. »Wie schön ist es doch, das Meer wiederzusehen, wenn man einen Tag fort war.«

Er lächelte – zum ersten Mal, seit er heimgekommen war.

Seit vierzehn Tagen blies der Wind aus Südosten. Manchmal war das Meer flach und grün gewesen, und dann wieder voll von schäumenden, federigen Brechern. Aber heute war die See stark bewegt. Sie sahen die langen Reihen der Brecher langsam auf das Ufer zuschreiten, und die sonnengrünen Kämme bedeckten die ganze Bucht mit weißen Tälern glitzernder Gischt.

Als sie ihren Weg fortsetzten, sahen sie eine Mädchengestalt querab auf den Hang zulaufen. Ihr langes schwarzes Haar flatterte im heftigen Wind. Sie trug eine Tasche, die sie im Laufen hin und her schwenkte.

»Das ist wieder Keren Daniel«, sagte Demelza. »Immer wenn sie nach Sawle einkaufen geht, kürzt sie den Weg über meinen Garten ab.«

»Wahrscheinlich hat ihr noch niemand gesagt, dass sie das nicht darf. Übrigens: Heute Morgen wurde ich gefragt, ob Dwight Enys etwas mit einer Frau aus unserer Gegend hat. Ist dir was zu Ohren gekommen?«

»Nein«, antwortete Demelza, und mit einem Mal wurde ihr alles klar. »Oh!«

13

Keren hatte Dwight Enys fast eine Woche lang nicht gesehen. Und heute war er zu Hause.

Sie sah Mark zu, wie er sein Essen verzehrte. Sie selbst

stocherte nur wie ein Vogel auf ihrem Teller herum. Auch in dieser Beziehung war sie unbeständig: Wenn ihr etwas nicht schmeckte, hungerte sie lieber; aber wenn etwas auf den Tisch kam, das ihr schmeckte, aß sie, dass sie sich kaum noch rühren konnte.

Dann beobachtete sie Mark, wie er sich für die Grube bereitmachte. Wie schon viele Male zuvor – und immer aus den gleichen Gründen – geriet sie dabei in einen Zustand seltsamer, verborgener innerer Spannung. In letzter Zeit war er mürrischer geworden, weniger bereit, auf ihre Stimmungen einzugehen; sie hatte manchmal das Gefühl, dass er sie beobachtete.

Die Sonne war in den Abendwolken verschwunden. Hier im Raum waren die Schatten bereits grau und dunkel. Keren zündete eine Kerze an.

»Du tätest gut daran, mit dem Licht zu warten, bis es ganz dunkel ist«, sagte Mark. »Wo die Kerzen jetzt neun Pennys das Pfund kosten, und überhaupt.«

Immer beklagte er sich, wie teuer alles war. Was erwartete er denn? Sollte sie vielleicht im Dunkeln leben?

Er packte seine Sachen zusammen und ging zur Tür. Bevor er sie öffnete, warf er einen Blick zurück. Da saß sie im Schein der Kerze. Das Licht fiel auf ihre blasse Haut, ihre blassen Augenlider, ihre dunklen Wimpern und ihr dunkles Haar. Ihre Lippen waren gekräuselt, und sie blickte nicht auf. Plötzlich schlug eine mächtige Welle von Liebe und Argwohn und Eifersucht über ihm zusammen. Da saß sie, ein verführerischer Anblick, köstlich wie eine auserlesene Frucht. Er hatte sie geheiratet, aber seit Wochen verfolgte ihn der Gedanke, dass sie in Wirklichkeit nicht für ihn bestimmt war.

»Keren!«

»Ja?«

»Und mach die Tür nicht auf, bevor ich nicht wieder zurück bin.«

Nachdem er gegangen war, saß sie lange Zeit still da. Dann blies sie die Kerze aus.

Wie sie erwartet hatte, brannte Licht im Pförtnerhaus, im Fenster seines Wohnzimmers. Aber auch aus einem der Fenster des Türmchens drang ein Schimmer. Bone ging zu Bett.

Statt an die Tür zu klopfen, ging sie um das Dorngestrüpp herum, bis sie das Fenster erreichte, das auf den Hügel hinausging. Hier nahm sie das Kopftuch ab und schüttelte ihr Haar. Dann klopfte sie.

Die Vorhänge wurden zurückgezogen, und eine Hand klinkte das Fenster auf. Sie hob den Kopf und blickte in sein Gesicht.

»Keren! Was ist los? Fehlt dir etwas?«

»Doch«, antwortete sie. »Ich … ich wollte dich sehen, Dwight.« Ein Feuer knisterte im Kamin. Auf dem mit Papieren bedeckten Tisch brannten zwei Armleuchter. Er trug einen zerschlissenen Morgenrock, und sein Haar war zerrauft. Er sah sehr jung aus.

»Entschuldige, Dwight. Ich … ich konnte zu keiner anderen Zeit kommen. Mark hat Nachtschicht. Ich war so besorgt …«

»Besorgt?«

»Ja, um dich. Man hat mir erzählt, du hättest das Fieber gehabt.«

Sein Gesicht erhellte sich. »Ach, das …«

»Ich wusste, dass du Dienstag daheim warst, aber ich konnte nicht kommen, und du hast mir auch keine Nachricht zukommen lassen.«

»Wie hätte ich das tun sollen?«

»Nun, du hättest es irgendwie versuchen können, bevor du nach Truro zurückkehrtest.«

»Ich wusste nicht, in welche Schicht Mark eingeteilt war. Aber es gab wirklich keinen Grund, dir um mich Sorgen zu machen, liebe Keren. Wir haben uns sehr sorgfältig desinfiziert, bevor wir heimkamen. Weißt du, dass nach unserem Besuch im Gefängnis sogar mein Notizbuch stank? Ich musste es verbrennen.«

»Und da sagst du, du wärst nicht in Gefahr gewesen!«

Er sah sie an. »Nun, es war sehr lieb, dich so um mich zu sorgen. Ich danke dir. Aber es war gefährlich, um diese Nachtzeit herzukommen.«

»Wieso?« Durch ihre Wimpern hindurch begegnete sie seinem Blick. »Mark ist jetzt acht Stunden unter Tag. Und dein Diener schläft.«

Er lächelte ein wenig gezwungen. Auf seinem Ritt gestern nach Truro und manchmal auch noch im Landhaus war Keren Daniels Bild immer wieder vor ihm aufgetaucht. Er sah genau, wo ihr Weg sie hinführte, und fühlte sich zwischen zwei Regungen hin und her gerissen: einzuhalten oder den Weg weiterzugehen. Manchmal war er schon fast entschlossen gewesen, sie zu nehmen, denn er sah, dass sie es von ihm erwartete, aber er wusste, dass, wenn einmal der Anfang gemacht war, niemand voraussagen konnte, wie es enden würde.

Er war heute mit der festen Absicht zurückgekehrt, dass er diesem phantastischen Spiel mit dem Feuer ein Ende machen musste. Jetzt aber, da er Keren gegenüberstand, war die Entscheidung nicht so leicht, kannte er doch schon den Geschmack ihrer Lippen, die sinnverwirrende Berührung ihres Körpers.

»Nun«, sagte sie, als läse sie seinen Gedanken, »willst du mich nicht küssen?«

»Ja«, antwortete er. »Und dann musst du gehen, Keren.«

14

Sonnabend, den zweiten Mai, morgens versammelten sich die drei für die Geschäfte der Warleggans hauptverantwortlichen Mitglieder in einem der Räume des Obergeschosses des Großen Hauses. Nicholas Warleggan, bedächtig und nüchtern, saß großspurig mit dem Rücken zum Fenster in einem schönen Sheraton-Armsessel; George Warleggan lehnte am Kamin und klopfte hin und wieder mit seinem Stock an die Gipsornamente; Cary Warleggan saß am Tisch, sortierte einige Dokumente und atmete hörbar durch die Nase.

»Von Trevaunance gibt es nicht viel zu berichten«, sagte Cary. »Wenn man Smith glauben soll, gab es keine offizielle Zeremonie. Zu Mittag gingen Sir John Trevaunance, Captain Poldark und Mr Tonkin hinunter ins Werk. Sir John sprach einige Worte, und die Arbeiter zündeten die Kessel an. Dann begaben sich die drei Herren in eine der Blechhütten, die man dort aufgestellt hatte, tranken sich zu und gingen nach Hause.«

»Wie ist das Werk gelegen?«, erkundigte sich Mr Warleggan.

»Sehr günstig. Bei Flut kann eine Brigg in die Trevaunance-Bucht einlaufen und am Kai festmachen, und die Kohle wird unmittelbar neben den Kesseln entladen.«

George ließ seinen Stock sinken. »Wie steht es mit dem Walzen und Schneiden?«

»Sie haben ein Abkommen mit den Aktionären der Radiant-Grube, das ihnen den Gebrauch der Walzstraße und des Hammerwerks gestattet. Die Grube liegt etwa drei Meilen weit weg.«

»Die Radiant-Grube«, sagte George nachdenklich. »Die Radiant-Grube.«

»Und was war bei der Auktion?«, fragte Mr Warleggan.

Cary raschelte mit seinen Papieren.

»Blight sagt, der Saal wäre vollgestopft mit Menschen gewesen. Das war zu erwarten, denn die Neuigkeiten haben sich ja herumgesprochen. Es ist alles nach Plan gegangen, und die Carnmore Company hat überhaupt kein Erz bekommen. Die Gruben haben sich natürlich über die hohen Preise gefreut. Es ging alles ganz ruhig über die Bühne.«

»Mit dem, was sie das letzte Mal ersteigert haben, ist ihr Betrieb für drei Monate gesichert«, meinte George. »Das Feuerwerk geht erst los, wenn sie anfangen knapp zu werden.«

»Nach der Auktion«, gab Cary bekannt, »fühlte Tremail Martin diskret auf den Zahn, wie es um seine Loyalität gegenüber der Gesellschaft bestellt sei. Martin aber wurde sehr unfreundlich, und Tremail musste das Gespräch abbrechen.«

Nicholas Warleggan stand auf. »Ich weiß nicht, ob du etwas damit zu tun hast, aber wenn es so ist, erblicke ich darin keine Vorgangsweise, die ich gutheißen könnte. Ich bin jetzt vierzig Jahre im Geschäft, und viel, wenn nicht alles, was du geschaffen hast, wurde auf den Fundamenten errichtet, die ich gelegt habe. Das bezieht sich auf unsere Bank, auf unsere Schmelzhütte und auf unsere Fabriken. Wir haben uns stets von den Prinzipien solider Geschäftsführung und redlichem Handeln leiten lassen. Diesen Ruf genießen wir, und ich bin stolz darauf. Ich bin durchaus dafür, dass du den Kampf gegen die Carnmore Copper Company aufnimmst – mit allen legitimen Mitteln, die dir zur Verfügung stehen. Ich bin durchaus willens, die Leute in den Bankrott zu treiben, aber ich glaube nicht, dass wir uns zu solchen Mitteln herabwürdigen müssen, um unser Ziel zu erreichen.«

George nahm sein Spitzentaschentuch heraus und schnippte ein Gipsstäubchen fort, das auf seinem Knie haften geblieben war. »Ich habe gerade überlegt. Ist Jonathan Tresidder nicht der Hauptaktionär der Radiant-Grube?«

»Ich glaube ja. Wie kommst du auf ihn?«

»Nun, wickelt er seine Geschäfte nicht mit unserer Bank ab?«

»Ja.«

»Und wir haben ihm Kredit gewährt. Ich denke, wir können ihm klarmachen, dass er sich entscheiden sollte, zu welcher Partei er sich zu schlagen wünscht. Wenn er mit seinem Werk den Carnmore-Leuten hilft, soll er sich seinen Kredit anderswo suchen. Man kann nicht von uns erwarten, dass wir unsere Konkurrenten mit unserem Geld unterstützen. Im Übrigen sollte es nicht schwer sein, diese Eindringlinge aus dem Rennen zu werfen, sobald wir wissen, wer sie sind.

»Genau«, stimmte Cary ihm bei.

»Und seid unbesorgt, dass ein Geheimnis hier in unserer Gegend lange gehütet werden kann. Früher oder später wird einer seinen Mund nicht halten können. Wir dürfen nur nicht so ungeduldig sein und zu weit gehen.«

Cary erhob sich. »Du willst also, dass keine weiteren Erkundigungen eingezogen werden?«

»Sie sollten die Grenzen des guten Geschmacks nicht überschreiten. Schließlich wird es uns ja nicht ruinieren, selbst wenn die Gesellschaft sich etabliert.«

»Du scheinst zu vergessen«, warf Cary ein, »dass der Mann, der diese Gesellschaft leitet, mit dem Mann identisch ist, der Matthew diese Schande angetan hat.«

»Matthew hat nichts anderes verdient«, sagte Nicholas. »Diese Sache hat mich schockiert und entsetzt.«

Auch George stand auf, reckte seinen Stiernacken und nahm seinen Stock zur Hand.

»Ich habe nichts vergessen, Cary«, sagte er, die letzte Bemerkung seines Vaters ignorierend.

Drittes Buch

1

»Lies mir die Geschichte vom verschwundenen Bergmann vor, Tante Verity«, sagte Geoffrey Charles.

»Die habe ich dir doch schon vorgelesen.«

»Ja, aber bitte noch einmal. Lies sie mir so vor wie das letzte Mal.«

Verity nahm das Buch zur Hand und zauste zerstreut Geoffrey Charles' Lockenkopf. Schmerzlich schoss ihr der Gedanke durch den Kopf, dass sie morgen um die Zeit nicht mehr da sein würde, um ihm vorzulesen.

Die Fenster des großen Wohnzimmers standen offen, und die Strahlen der Julisonne fielen auf das beigefarbene Seidenkleid Elizabeths, die damit beschäftigt war, eine Weste mit Stickerei zu verzieren. Tante Agatha, die von frischer Luft nicht viel hielt, saß vor dem kleinen Feuer, das für sie unterhalten werden musste, und gähnte, die aufgeschlagene Bibel – es war Sonntag – im Schoß, wie eine müde alte Katze vor sich hin.

Verity beendete die Geschichte und ließ Geoffrey Charles sanft zu Boden gleiten.

»Er hat das Bergwerk im Blut«, sagte sie. »Er will keine andere Geschichte hören.«

Elizabeth lächelte, ohne aufzublicken.

»Vielleicht werden sich die Verhältnisse geändert haben, wenn er erwachsen ist.« Verity stand auf. »Ich werde wohl heute nicht zur Vesper gehen. Ich habe Kopfschmerzen.«

»Das kommt von der Sonne, du sitzt zu viel in der Sonne, Verity.«

»Ich muss jetzt nach dem Wein sehen. Man kann sich da nicht auf Mary verlassen. Sie träumt immer dann mit offenen Augen, wenn sie es nicht sollte.«

»Ich komme mit«, sagte Geoffrey Charles. »Ich werde dir helfen.«

Während sie in der Küche beschäftigt war, kam Francis herein. In diesem Sommer hatte er versucht, bei der Landarbeit mitzuhelfen, aber irgendwo passte die Arbeit nicht zu ihm; sie entsprach nicht seinem Naturell. Geoffrey Charles lief auf ihn zu, überlegte es sich aber, als er den Ausdruck auf seines Vaters Gesicht sah, und lief zu Verity zurück.

»Ich komme heute nicht zur Kirche mit, Francis. Ich habe Kopfschmerzen. Ich glaube, es ist das Wetter.«

»Ich habe auch gute Lust, daheimzubleiben.«

»Oh, das kannst du nicht.« Sie versuchte, ihre Bestürzung zu verbergen. »Du wirst doch erwartet.«

»Elizabeth kann allein gehen. Sie wird die Familie geziemend vertreten.«

Verity beugte sich über den siedenden Wein und schäumte ihn ab. »Du würdest Mr Odgers das Herz brechen. Er hat mir vorige Woche gesagt, dass er für die Vesper immer die kürzesten Psalme aussucht und eine besonders erbauliche Predigt hält, um dir gefällig zu sein.«

Francis ging ohne zu antworten aus der Küche, und Verity sah, dass ihre Hände zitterten. Geoffrey Charles' Geplapper, das nach seines Vaters Abgang wieder hörbar geworden war, drang wie aus weiter Ferne an ihr Ohr. Sie hatte sich für Sonntag, vier Uhr Nachmittag, entschieden, weil das die einzige Zeit in der Woche war, wo sie sicher sein konnte, dass Francis das Haus verlassen würde.

Sie verließ hastig die Küche, ging aber nicht durch das Haus, sondern über den Hof mit dem stillgelegten Springbrunnen und kam durch die große Halle zurück. Sie lief die Treppe hinauf. Es war vielleicht das letzte Mal, dass sie Geoffrey Charles gesehen hatte.

Im Schlafzimmer eilte sie ans Fenster, wo sie ihr Gesicht an die Scheibe presste, um aus dieser Ecke die Ausfahrt zu überblicken, über die Francis und Elizabeth zur Kirche gehen würden. Wenn sie gingen.

In der Ferne hatten die Glocken zu läuten begonnen. Die dritte Glocke hatte einen kleinen Sprung, und Francis pflegte zu sagen, ihr Klang ginge ihm durch Mark und Bein.

Sie saß ganz still auf dem Fenstersims. Die Berührung mit dem Glas ließ ein eigenartiges Frösteln in ihr aufsteigen. Keinen Augenblick lang konnte sie den Blick von der Auffahrt wenden.

Immer wieder hatte sie darüber nachgedacht. Sie konnte von Andrew nicht erwarten, dass er noch länger wartete. Sie hatte ihn in den drei Monaten seit dem Ball nicht mehr gesehen, die Verbindung war nur durch Demelza aufrechterhalten worden. Wegen Geoffrey Charles' Krankheit hatte sie ihre Flucht schon einmal verschoben. Jetzt war es fast ebenso schlimm, doch gehen musste sie – oder für immer bleiben.

Das Herz stockte ihr. Elizabeth schritt die Auffahrt hinunter, groß und schlank und so anmutig in ihrem Seidenkleid mit dem Strohhut und dem cremefarbenen Sonnenschirm. Sie konnte doch unmöglich allein …

Francis kam hinter ihr …

Verity stand auf. Ihre Wangen hatten am Fenster geklebt,

und nun strömte das Blut pochend in die Adern zurück. Sie kniete sich hin und zog ihre Tasche unter dem Bett hervor.

Nachdem er Elizabeth nachgegeben und die Mühe des Kirchgangs auf sich genommen hatte, war Francis' Stimmung allmählich umgeschlagen. Das Leben eines bäuerlichen Landedelmannes, das er führte, verbitterte ihn und langweilte ihn fast zu Tode. Er sehnte sich nach den Tagen zurück, die nun dahin waren. Doch weil ja alles relativ ist, ließ seine Langeweile zuweilen nach, und er vergaß seine Verbitterung. Dass er auch heute so empfand, war umso sonderbarer, weil er sich doch so über die Schafe geärgert hatte. Aber der Nachmittag war so vollkommen, dass Unzufriedenheit in seiner Seele keinen Raum fand. Mit der sommerwarmen Luft auf seinem Gesicht dahinschreitend, entdeckte er, dass es einfach gut war, am Leben zu sein.

Nicht einmal an dem fragwürdigen Anblick Jud Paynters, der auf einem der Grabsteine hockte und sich einen Schoppen Ingwerbier zu Gemüte führte, fand er etwas auszusetzen.

Die Kirche war voll, roch aber nicht so sehr wie sonst nach Moder und Würmern und faulem Atem. Auch der magere kleine Pfarrer, der wie ein Ohrwurm hin und her schoss, irritierte ihn nicht sonderlich.

Sie hatten Psalmen gesungen, Lesungen gehalten und die Gebete nachgesprochen, und Francis war sanft eingeschlummert, als die Tür plötzlich krachend zufiel und ihn aus dem Schlaf riss. Ein neuer Kirchgeher war eingetreten.

Jud hatte zwei Nächte in Frankreich zugebracht und dort fleißig mitgefeiert. So wenig Nüchternheit ihn seinem Schöpfer näherzubringen vermochte, so stark empfand er, wenn er Alkohol im Leib hatte, den Drang, sich zu bessern. Sich selbst und die gesamte Menschheit. Es drängte ihn, brüderlich mit seiner Umwelt zusammenzustehen. An diesem Nachmittag war er, der Kneipe überdrüssig, ausgezogen, um neue Felder zu bestellen.

Während Mr Odgers den Psalm ausgab, schritt er langsam, mit seiner Mütze spielend und in die Dunkelheit blinzelnd, den Mittelgang hinunter. Er fand einen Platz und ließ seine Mütze fallen. Als er sich niederbeugte, um sie aufzuheben, warf er den Stock der alten Mrs Carkeek um, die neben ihm saß. Nachdem das Geklapper verhallt war, zog er ein großes Tuch aus der Tasche und fuhr sich damit über seinen Haarkranz.

»Heiß heute«, sagte er zu Mrs Carkeek, denn er wollte höflich sein.

Alle sangen jetzt, und die Leute auf der Galerie neben der Treppe machten den meisten Lärm und spielten Instrumente wie bei einer Kirchweih. Jud fuhr sich mit dem Tuch über den Kopf und sah sich um. Das alles war neu für ihn. Unentschlossen und unvoreingenommen beobachtete er, was rund um ihn vorging.

Dann war der Psalm zu Ende, und alle setzten sich wieder. Jud starrte wieder zum Chor hinauf. Mr Odgers hatte mittlerweile die Kanzel bestiegen.

Jud putzte sich die Nase und steckte sein Tuch wieder in die Tasche. Er wandte seine Aufmerksamkeit Mrs Carkeek zu, die steif dasaß und ihre Baumwollhandschuhe befingerte.

»Wie geht es denn mit Ihrer alten Kuh?«, flüsterte er. »Hat noch immer nicht gekalbt, was?«

Mrs Carkeek schien einen Webfehler in einem ihrer Handschuhe gefunden zu haben und studierte ihn aufmerksam.

»Mit der werden Sie es wohl schwer haben, denke ich. War nicht die beste Idee, sie dem alten Ben abzukaufen. Ein aalglatter Gauner, der Alte, und sitzt auch noch oben im Chor …«

Plötzlich erklang eine laute Stimme. Er bekam es mit der Angst zu tun, und ihm schien, sie käme von irgendwo über seinem Kopf. Er sah, dass auch alle anderen kein Wort zu sprechen wagten.

Jud hob den Kopf und sah Mr Odgers in einer Art Holzkiste stehen, einen Stoß Papier in seiner Hand und eine Brille auf der Nase.

»Meine Freunde«, sagte Mr Odgers und blickte umher, »ich habe die Bibelstelle für diese Woche nach reiflicher Überlegung und inbrünstigem Gebet gewählt. Ich habe sie gewählt, weil wir nächsten Donnerstag den Tag des heiligen Sawle feiern. Wie Sie alle wissen, gibt dieser schon seit langem Anlass, nicht nur zu harmlosem fröhlichem Feiern, sondern auch zu übermäßigem Genuss von Alkohol …«

»Hört, hört«, sagte Jud, und nicht gerade leise.

Mr Odgers brach ab und blickte streng auf den kahlköpfigen alten Mann hinunter. Nach einer kleinen Weile und als es unten still blieb, fuhr er fort:

»Zu übermäßigem Genuss von Alkohol. Ich richte nun heute Abend die Bitte an die Mitglieder dieser Gemeinde, sie mögen am nächsten Donnerstag ein leuchtendes Beispiel geben. Wir dürfen nicht vergessen, liebe Freunde, dass dies nicht ein Tag für Schwelgerei und Trunkenheit ist; er wurde eingeführt zur Erinnerung an die Landung unseres Schutzpatrons, des heiligen Sawle, der aus Irland kam, um die Heiden des westlichen Cornwall zu bekehren. Es geschah im vierten Jahrhundert, dass er auf einem Mühlstein aus Irland über das Wasser kam und …«

»Auf einem was?«, fragte Jud.

»Auf einem Mühlstein«, wiederholte Mr Odgers, sich vergessend. »Es ist eine historisch belegte Tatsache, dass er …«

»Auf einem Mühlstein«, murmelte Jud. »Hat man so was je gehört? Ein Mensch kommt mit einem Mühlstein übers Wasser? Da soll doch …! Es hat keinen Sinn, es ist gegen die Natur, es ist nicht recht, es ist nicht ziemlich, und es ist nicht wahr!«

»Wie Sie sehen«, sagte Mr Odgers, die Herausforderung vorschnell annehmend, »haben wir heute einen unter uns, der gewohnheitsmäßig den Wein ansieht, wenn er rot ist. Und der Teufel schleicht sich in ihn hinein, führt ihn in ein Gotteshaus, auf dass er uns seine Sündhaftigkeit ins Gesicht schleudere …«

»He, he«, protestierte Jud schwankend, »ich bin auch nicht anders als die da oben. Wen haben Sie denn da im Chor, hm? Säufer und Bastarde! Sehen Sie sich nur Onkel Trageagle an, wie er mit seinen Ringellöckchen dasitzt und so tut, als könnte er nicht bis drei zählen …«

Der Mann hinter ihm packte ihn am Arm. »Sie kommen jetzt raus.«

Mit der flachen Hand warf Jud ihn in seinen Sitz zurück.

»Ich habe nichts angestellt! Der kleine Uhu da oben, vor dem muss man sich in Acht nehmen. Erzählt gemeine Lügen von einem Mann, der auf einem Mühlstein schwimmt …«

»Kommen Sie, Paynter«, sagte Francis, Elizabeths Drängen folgend.

»Ihre Beschwerden können Sie draußen vorbringen. Wenn Sie gekommen sind, um in der Kirche Unruhe zu stiften, könnten Sie leicht im Kittchen landen.«

Juds blutunterlaufene Augen blieben an Francis haften. »Warum werfen Sie mich hinaus, he?«, fragte er beleidigt.

»Ich bin Fischer und niemandes Diener, und ich weiß, dass Mühlsteine genauso wenig schwimmen können wie sie fliegen.«

Francis nahm seinen Arm. »Kommen Sie, Mann.«

Jud machte sich los. »Ich gehe«, sagte er würdevoll.

2

Gemeinsam mit Mr und Mrs Odgers hatten Elizabeth und Francis den Heimweg angetreten.

Auf Trenwith führte Francis den kleinen Kuraten in den Garten hinaus, während die Damen sich ein wenig zurecht-machten. Als sie dann zum Abendessen in den Wintergar-ten gingen und Mrs Odgers' gierige kleine Augen beim An-blick des vielen Essens aufleuchteten, sagte Francis:

»Wo ist Verity?«

»Als wir zurückkamen, ging ich in ihr Zimmer; sie war nicht da«, antwortete Elizabeth.

Francis legte den Mund gegen Tante Agathas spitzes lan-ges Ohr.

»Hast du Verity gesehen?«

»Was? Wie?« Tante Agatha stützte sich auf ihre Stöcke. »Verity? Ausgegangen, glaube ich.«

»Ausgegangen? Wo sollte sie um diese Zeit hingegangen sein?«

»Ich nehme es zumindest an. Vor einer Stunde kam sie und küsste mich und hatte ihren Umhang an und alles. Ich habe nicht verstanden, was sie sagte; die Leute reden alle so undeutlich.«

»Hat sie gesagt, wo sie hingeht?«

»Was? Verity? Ich sage dir doch, dass ich sie nicht verstehen konnte. Aber sie hat so eine Art Brief für euch dagelassen.«

»Einen Brief?«, sagte Elizabeth und erriet noch vor Francis die Wahrheit. »Wo ist er?«

Tante Agathas runzelige alte Hände kramten in den Spitzen und Falten ihrer Kleider. Mr Odgers wartete ungeduldig, bis auch er sich setzen und sich über das kalte Huhn und die Stachelbeerpastetchen machen konnte.

Schließlich tauchte eine zittrige Klaue auf, die ein versiegeltes Schreiben zwischen Daumen und Zeigefinger hielt.

»Lies«, sagte Francis und hielt Elizabeth den offenen Brief hin. Unbeherrschter Zorn verdüsterte plötzlich seine Züge.

Ich habe dich mein Leben lang gekannt und geliebt, Francis, und dich, Elizabeth, mehr als sieben Jahre, und so hoffe ich, Ihr werdet Verständnis für den Schmerz und den Verlust haben, den ich bei dem Gedanken empfinde, dass dies unsere Trennung bedeuten soll. Seit drei Monaten und noch länger schwanke ich in zwei Richtungen zwischen Neigungen und Loyalitäten, die mich mit gleicher Macht bewegen und die unter glücklicheren Umständen hätten nebeneinander bestehen können, ohne in Widerstreit zu geraten. Dass ich mich nun entschlossen habe, meine tiefer verwurzelten Gefühle zu unterdrücken und jenen zu folgen, die mein Leben und Schicksal mit einem Mann verbinden, dem Ihr misstraut, mag euch als der Gipfel der Unvernunft erscheinen, aber ich hoffe, Ihr werdet es nicht als Fahnenflucht ansehen. Ich werde in Falmouth wohnen. Oh, meine Lieben, ich wäre so glücklich gewesen, wenn nur die Entfernung uns trennte …

»Francis!«, rief Elizabeth. »Wohin gehst du?«

»Ich will sehen, welche Richtung sie eingeschlagen hat – ob ich sie noch einholen kann.« Er verließ eilig das Zimmer.

»Was ist los?«, fragte Tante Agatha. »Was hat er? Was steht in dem Brief?«

»Verzeihen Sie.« Elizabeth wandte sich an die Odgers, die mit offenem Mund dastanden. »Es … es hat da ein Missverständnis gegeben. Bitte setzen Sie sich doch und essen Sie. Warten Sie nicht auf uns. Ich fürchte, es wird eine kleine Weile dauern.« Sie folgte Francis.

Die vier Hausangestellten befanden sich in der großen Küche.

»Um welche Zeit hat Miss Verity das Haus verlassen?«

»Vor etwa eineinhalb Stunden, Sir«, antwortete Bartle nach einem verwunderten Blick auf das Gesicht seines Herrn.

»Welches Pferd hat sie genommen?«

»Ihr eigenes, Sir. Ellery hat sie begleitet.«

»Ellery … hat sie etwas in der Hand getragen?«

»Das weiß ich nicht, Sir. Er ist drüben im Stall.«

Francis überlegte kurz und ging dann schnell in den Stall hinüber. Alle Pferde waren da. »Ellery!«

»Sir?«

»Wie ich höre, bist du mit Miss Verity ausgeritten. Ist sie mit dir zurückgekommen?«

»Nein, Sir. Bei Bargus Cross hat sie die Pferde gewechselt. Ein Herr hat dort mit einem zweiten Pferd auf sie gewartet, das nahm sie und schickte mich zurück.«

»Was war das für ein Herr?«

»Ein Seemann, würde ich sagen, Sir. Nach seiner Kleidung zu urteilen …«

Eineinhalb Stunden. Sie würden bereits über Truro hin-

253

aus sein. Und von dort gab es zwei oder drei verschiedene Möglichkeiten, um nach Falmouth zu gelangen. So weit war es also gekommen. Sie war entschlossen, sich diesem brutalen Saufbold zu vermählen, und nichts konnte sie davon abhalten. Blamey hatte eine teuflische Macht über sie.

Als Francis in die Küche zurückkam, war auch Elizabeth da.

Francis lag herzlich wenig daran, den Schein zu wahren. Er wusste, dass es in ein bis zwei Tagen der ganze Bezirk erfahren haben würde. Er würde die Zielscheibe des Spottes sein: der Mann, der versucht hatte, der Werbung um seine Schwester einen Riegel vorzuschieben. Und nun war sie eines Nachmittags einfach durchgebrannt, während er in der Kirche saß.

»Es muss einen Kontakt gegeben haben, von dem wir nichts wissen«, sagte er in scharfem Ton. »Hat einer von euch einen Seemann hier in der Gegend gesehen?«

Nein, sie hatten nichts gesehen.

»Mrs Poldark aus Nampara ist oft zu ihr gekommen«, ließ Mary Bartle sich vernehmen. »Durch den Hof …«

Mrs Tabb trat ihr auf die Zehen, aber es war schon zu spät. Einen Augenblick oder zwei starrte Francis Mary Bartle an, dann ging er aus der Küche und knallte die Tür hinter sich zu.

Elizabeth fand ihn im großen Wohnzimmer. Die Hände hinter dem Rücken verschränkt, stand er am Fenster und blickte auf den Garten hinaus.

»Wir müssen uns damit abfinden, dass sie uns verlassen hat, Francis«, sagte sie. »Es ist ihre freie Entscheidung. Sie ist erwachsen und niemandem Rechenschaft schuldig.«

»Dieser verdammte Kerl«, stieß Francis zwischen den Zähnen hervor. »Das ist Ross' Werk, sein Werk und das dieses unverschämten Görs, das er geheiratet hat. Verstehst du denn nicht ... Er ... er hat die ganze Zeit über darauf hingearbeitet. Vor fünf Jahren hat er ihnen erlaubt, sich in seinem Haus zu treffen – obwohl er wusste, dass er damit unser Missfallen erregte. Unseren Vorhalten zum Trotz hat er Verity ermutigt. Diese Niederlage hat er nie überwunden. Die Rolle des Verlierers hat ihm nie behagt. Ich frage mich, auf welche Weise Verity wieder mit diesem Kerl zusammengetroffen ist. Zweifellos hat Ross das gedeichselt und Demelza als Botin und Kupplerin missbraucht!«

»Ich glaube, du urteilst ein wenig voreilig«, hielt Elizabeth ihm entgegen. »Bisher wissen wir noch nicht einmal, ob Demelza etwas damit zu tun hat, geschweige denn Ross.«

»Natürlich«, erwiderte er leidenschaftlich, immer noch auf den Garten hinausblickend, »du ergreifst ja in allem Ross' Partei. Du kannst dir einfach nicht vorstellen, dass Ross etwas tun würde, um uns zu schaden.«

»Ich ergreife niemandes Partei«, setzte Elizabeth sich zur Wehr, eine Spur von Zorn in ihrer Stimme. »Man kann nur einen Menschen nicht verurteilen, ohne ihn angehört zu haben.«

Es klopfte.

»Verzeihen Sie, Sir«, sagte Mary Bartle, »Mr Warleggan ist gekommen.«

»Wer?«, rief Francis. »Der Teufel! Vielleicht bringt er uns Neuigkeiten.«

Höflich, eine gepflegte und imponierende Erscheinung, trat George ein. In letzter Zeit ein seltener Besucher.

»Ach gut. Ich bin froh, dass Sie schon mit dem Abendessen fertig sind. Elizabeth, dieses einfache Kleidchen steht Ihnen ausgezeichnet!«

»Du lieber Gott, wir haben noch gar nicht angefangen!«, sagte Francis. »Haben Sie Neuigkeiten von Verity?«

»Ist sie fort?«

»Seit zwei Stunden. Sie ist zu diesem Hundsfott Blamey gegangen!«

Nicht gerade erfreut über die etwas brüske Begrüßung, musterte George die beiden und versuchte, ihre Stimmung auszuloten. »Das tut mir leid. Kann ich Ihnen irgendwie helfen?«

»Nein, da ist nichts zu machen«, antwortete Elizabeth. »Ich habe eben Francis gesagt, dass wir uns damit abfinden müssen. Er ist wütend. Wir haben die Odgers hier – sie werden glauben, dass wir alle verrückt geworden sind. Verzeihen Sie, George, aber ich muss mal sehen, ob sie mit dem Essen angefangen haben.«

Sie rauschte an George vorbei, dessen bewundernde Blicke ihr folgten.

George strich mit der Hand über seine geblumte Seidenweste. »Ich sehe schon, dass ich zu keiner ungelegeneren Zeit hätte kommen können. Aber wir sehen Sie in diesen Tagen so selten in Truro, dass ich mich genötigt sah, Ihnen meine Aufwartung zu machen und Pflicht mit Vergnügen zu verbinden.«

Sosehr Francis auch mit seinen eigenen zornigen Gedanken beschäftigt war, kam ihm doch zu Bewusstsein, dass George auf etwas hinsteuerte. Als sein größter Gläubiger befand sich George in einer gefährlich starken Position, und seit der Falschspielaffäre im April war die Stimmung zwischen den beiden nicht die beste.

»Eine angenehme Pflicht?«

»Man könnte es so nennen. Es hat mit Sanson zu tun und der Frage, die Sie einige Zeit später im Zusammenhang mit ihm aufgeworfen haben.«

Bisher hatte weder Francis noch sonst jemand aus dem

Getreidehändler etwas herausgeholt. Er war an dem Tag, nachdem Ross ihn bloßgestellt hatte, aus Truro verschwunden und hielt sich angeblich in London auf.

Wie sich herausstellte, gehörten seine Mühlen einer Gesellschaft und diese wieder einer anderen Gesellschaft.

George nahm seine goldene Schnupftabakdose aus der Tasche.

»Wir haben wiederholt über die Sache gesprochen, mein Vater und ich. Wenn auch unsererseits keine Verpflichtung besteht, ist Sansons Betragen doch ein Makel, den wir sehr schmerzlich empfinden. Wie ich Ihnen schon im Mai sagte, sind viele der Noten, die Sie Sanson gegeben haben, in Carys Hände gekommen. Er ist schon immer so etwas wie der Schatzmeister der Familie gewesen – so wie Matthew das schwarze Schaf –, und Cary hat Matthew Ihre Wechsel mit Bargeld bevorschusst.«

»Das hilft mir auch nicht weiter«, brummte Francis.

»Nun, vielleicht doch. Die Familie hat einstimmig beschlossen, die Forderungen aus der Hälfte aller Wechsel, die von Matthew an Cary weitergegeben wurden, zu streichen. Es ist keine große Sache; nur ein Versuch, das Unrecht, das an Ihnen und anderen begangen wurde, wenigstens zum Teil wieder gutzumachen. Wie gesagt, keine große Sache, etwa zwölfhundert Pfund.«

Francis errötete. »Ich kann kein Almosen von Ihnen annehmen, George.«

»Unsinn. Zunächst einmal ist anzunehmen, dass Sie das Geld unbilligerweise verloren haben. Überdies wollen wir das tun, um den Schaden, den unser Ruf gelitten hat, wiedergutzumachen. Es hat eigentlich gar nichts mit Ihnen persönlich zu tun.«

Mrs Tabb kam mit dem Abendessen herein. Sie rückte

ein Tischchen ans Fenster, stellte das Tablett darauf und zwei Stühle daneben. Francis sah ihr zu. Ein Teil seiner Gedanken kreiste immer noch um Veritys Fahnenflucht und Ross' Falschheit, die andere Hälfte beschäftigte sich mit der königlichen Geste eines Mannes, dem er zu misstrauen begonnen hatte. Es *war* eine königliche Geste, und er dürfte seinem wilden, dummen Stolz nicht erlauben, sie zurückzuweisen.

Francis ließ sich in seinen Stuhl fallen. »Essen Sie etwas, George. Nachher werde ich eine Flasche von meines Vaters Brandy öffnen – zur Feier des Tages. Zweifellos wird das meinen Zorn wegen Verity dämpfen und einen angenehmeren Tischgefährten aus mir machen. Sie bleiben doch über Nacht?«

»Gerne, vielen Dank.«

Kurze Zeit später stand der Brandy auf dem Tisch.

»Solche Heimlichtuereien und Hinterhältigkeiten sind mir auf den Tod zuwider«, sagte Francis bitter. »Hätte er so viel Schneid gehabt, hierherzukommen und mir die Stirn zu bieten, es wäre nicht nach meinem Geschmack gewesen, aber ich würde ihn nicht so verachtet haben.« Nach seiner Entfremdung von George drängte ihn die Reaktion jetzt in die alte Vertrautheit zurück und noch darüber hinaus. Nie hätte ihm Geld willkommener sein können als heute. In den kommenden Monaten würde es ihre Lage von Grund auf ändern. Es bedeutete eine fühlbare Erleichterung ihres Lebens und ein Ende einschneidender Sparmaßnahmen. Eine großartige Geste, die eine großartige Anerkennung erforderte. Im Unglück zeigten sich die wahren Freunde.

»Heimlichkeiten, immer nur Heimlichkeiten. Ich hätte gute Lust, morgen nach Falmouth zu reiten und sie aus ihrem Liebesnest zu holen.«

»Und dabei würden Sie zweifellos erfahren, dass er nach Lissabon abgereist ist und sie mit ihm.« George schmeckte den Brandy auf seinen Lippen. »Nein, Francis, lassen Sie sie laufen. Sie würden sich nur ins Unrecht setzen, wenn Sie versuchen wollten, sie mit Gewalt zurückzuholen. Der Schaden ist nun einmal angerichtet. Vielleicht wird sie Sie bald anflehen, wieder heimkommen zu dürfen.«

Francis stand auf und begann die Kerzen anzuzünden. »Hierher kommt sie nicht wieder, da kann sie lange flehen! Soll sie doch nach Nampara gehen, wo sie die ganze Sache eingefädelt haben! Der Teufel soll sie holen!« Das Kerzenlicht fiel auf sein zorniges Gesicht. »Wenn es bei der ganzen Sache etwas gibt, das mir wirklich unter die Haut geht, so ist es Ross' verfluchte hinterhältige Einmischung. Verdammt noch mal, ich hätte mir von meinem einzigen Vetter mehr Loyalität und Freundschaft erwartet! Was habe ich ihm nur getan, dass er mir auf diese Weise in den Rücken fällt?«

»Nun«, antwortete George, »Sie haben ihm doch die Frau weggeschnappt, die er haben wollte, nicht wahr?«

Francis blieb stehen und starrte ihn an.

George blickte in den Garten hinaus, wo es langsam dunkler wurde. Die Kerzen warfen seinen Schatten verschwommen an die Wand.

»Sie kennen Ross besser als ich, Francis, und so kann ich Ihnen keinen Rat geben. Ich weiß nur, dass meine Versuche, ihm näherzukommen, immer auf Ablehnung gestoßen sind.«

Francis kam an den Tisch zurück. »Haben Sie denn keine freundschaftlichen Beziehungen zueinander? Scheinbar nicht. Haben Sie ihn auf irgendeine Weise verärgert?«

»Nicht dass ich wüsste. Aber als seine Grube den Betrieb aufnahm, waren alle Aktionäre dafür, das Geschäft über unsere Bank laufen zu lassen, doch er setzte Himmel und Hölle in Bewegung, bis er sie so weit hatte, dass sie sich mit Pascoe einigten. Dann ist da auch noch dieses spekulative Projekt einer Schmelzhüttengesellschaft, das eindeutig gegen uns gerichtet ist.«

»Nein, nicht gerade gegen euch«, widersprach Francis. »Es geht einfach darum, bessere Preise für die Gruben herauszuschlagen.«

George warf ihm einen verstohlenen Blick zu. »Ich bin diesbezüglich keineswegs beunruhigt, denn das Projekt wird an Geldmangel scheitern. Dennoch lässt es eine Feindseligkeit mir gegenüber erkennen, die ich nicht verdient zu haben glaube – genauso wenig, wie Sie es verdient haben, dass man auf so schändliche Weise gegen die Interessen Ihrer Familie verstoßen hat.«

Die zwei Männer sahen sich an, und es entstand ein langes Schweigen. Die Uhr in der Ecke schlug sieben.

»Ich glaube nicht, dass das Projekt unbedingt an Geldmangel scheitern muss«, erwiderte Francis mit unschuldiger Miene. »Es steht eine gute Zahl bedeutender Persönlichkeiten dahinter …

3

Von Osten kam ein Wind auf, und als sie Falmouth erreichten, ging die Sonne unter, rot und rund wie ein chinesischer Lampion, riesengroß und mit krausen Wolkenstreifen verziert. Die Stadt war ein grauer Fleck, der die Bucht säumte.

»In deinem letzten Brief«, sagte Andrew, während sie den Hügel hinabritten, »hast du alles mir überlassen. Ich hoffe, dass meine Vorbereitungen deine Zustimmung finden werden.«

»Ich will alles tun, was du sagst.«

»Die Hochzeit ist für morgen elf Uhr Vormittag angesetzt – in der Kirche von König Karl dem Märtyrer. Ich habe mir gestern von Pastor Freakes die Eheerlaubnis besorgt. Meine alte Hausfrau und Captain Brigg werden die Trauzeugen sein. Die Zeremonie wird so still wie möglich sein.«

»Ich danke dir.«

»Was heute Abend betrifft« – Andrew räusperte sich –, »dachte ich anfänglich, es wäre das Beste, in einem der Gasthöfe ein Zimmer zu nehmen. Doch bei näherer Betrachtung schienen sie mir alle zu schäbig, um dich aufzunehmen.«

»Das macht mir nichts aus.«

»Stattdessen möchte ich, dass du in dein neues Heim einziehst. Mrs Stevens wird dir zur Verfügung stehen. Ich werde auf meinem Schiff schlafen.«

»Verzeih mir, wenn ich ein wenig schwer von Begriff zu sein scheine«, sagte sie. „Das ist alles nicht wichtig. Es ist nur die schmerzliche Trennung von Dingen, die mir so lange lieb und teuer waren.«

»Ich kann mir vorstellen, was du jetzt empfindest, Liebste. Aber es bleibt uns eine ganze Woche, bevor ich wieder in See stechen muss. Ich hoffe, dass bis dahin alles anders für dich sein wird.«

Wieder verfielen sie in Schweigen. »Francis ist unberechenbar«, sagte sie plötzlich. »Sosehr ich sie auch vermissen werde, ich wollte, wir wären mehr als nur zwanzig Meilen von Trenwith entfernt. Für einen, der Streit sucht, ist es eine sehr geringe Distanz.«

»Wenn er kommt, werde ich ihn abzukühlen wissen.«

»Ich weiß, Andrew. Aber gerade das möchte ich nicht.«

Er lächelte. »Im Landhaus war ich sehr geduldig. Wenn es sein muss, werde ich wieder geduldig sein.«

Möwen kreisten und kreischten. Mit Salz und Seetang und Fisch gewürzt, roch das Meer hier anders als daheim. Die Sonne war untergegangen, noch bevor sie die schmale Hauptstraße erreicht hatten, und die klaren Farben der Abendröte füllten den Hafen bis zum Rand.

Sie streifte ihn mit einem versteckten Blick. Ihr war eingefallen, dass sie sich, seitdem sie sich kannten, keine drei Dutzend Mal gesehen hatten. Würde sie sich nun mit Tatsachen konfrontiert sehen, von denen sie noch nichts ahnte? Nun, wenn sie einander liebten, mussten ihre Gefühle stark genug sein, um alle Schwierigkeiten zu meistern.

Sie hielten an, er half ihr vom Pferd, und sie betraten das Haus mit dem Portikus. Mrs Stevens stand an der Tür und begrüßte Verity im Großen und Ganzen recht freundlich, aber auch etwas abschätzend und mit einer Spur von Eifersucht.

Sie zeigte Verity das Speisezimmer und die Küche im Erdgeschoss, das elegante Wohnzimmer und das Schlafzimmer im ersten Stock und die zwei Schlafräume im Dachgeschoss, in welchen die Kinder wohnten, wenn sie zu Hause waren – die Kinder, die sie nie gesehen hatte. Die sechzehnjährige Esther wurde von Verwandten aufgezogen; der fünfzehnjährige James war Seekadett. Verity war schon daheim auf so heftigen Widerstand gestoßen, dass sie noch gar keine Zeit gefunden hatte, darüber nachzudenken, wie viel Widerstand sie hier vorfinden würde.

Andrew stand im Wohnzimmer und blickte auf den in glühenden Farben leuchtenden Hafen hinaus. Er drehte sich um, als sie eintrat und sich neben ihn ans Fenster stellte. Er ergriff ihre Hand. Sie fühlte sich durch diese Geste ermutigt.

»Welches ist dein Schiff, Andrew?«

»Es liegt in einiger Entfernung von hier, im St. Just's Pool. Das am höchsten aufragende von den dreien.«

»Es ist wunderschön. Kann ich es mir einmal ansehen?«

»Schon morgen, wenn du willst.« Plötzlich fühlte sie, wie glücklich er war. »Ich werde jetzt gehen, Verity. Ich habe Mrs Stevens angewiesen, dir das Abendessen zu servieren, sobald es fertig ist. Du wirst vom Ritt ermüdet und froh sein, wenn du Ruhe hast.«

»Kannst du nicht zum Abendessen bleiben?«

Er zögerte. »Wenn du es willst?«

»Bitte. Was für ein herrlicher Hafen das ist! Hier werde ich sitzen und beobachten können, wie die Schiffe ein- und auslaufen. Und auf deine Heimkehr warten.«

Wenige Minuten später gingen sie ins Esszimmer hinunter.

»Ich bin so froh, dass du geblieben bist«, sagte sie nach dem Essen. »Wenn du schon früher gegangen wärst, hätte ich mich sehr einsam gefühlt.«

Sein sonst so beherrschtes Gesicht war sekundenlang ungeschützt. »Gestern Abend habe ich den Schlussstrich unter mein bisheriges Leben gezogen. Morgen beginnt ein neues. Wir werden es gemeinsam gestalten.«

»Das möchte ich«, antwortete sie, »ich habe keine Angst.«

»Wenn dir je Böses zustoßen sollte, es wird nicht an mir liegen. Das schwöre ich. Gute Nacht, Liebste.«

4

Zur gleichen Zeit, da Verity mit einer Kerze in der Hand die Treppe hinaufstieg, um in ihrem neuen Bett zu schlafen, begann Mark Daniel seine Schicht in der Leisure Grube.

Bei ihm war einer von Martins jüngeren Söhnen, um ihm zu helfen. Seine Aufgabe war es, das tote Gestein wegzuführen und es in einer nahe gelegenen Höhle in einen Schacht zu werfen. Die Luft war hier so schlecht, dass ihre Hanfkerzen nicht richtig brannten und sie halb im Dunkeln arbeiten mussten. Die Wände des Stollens tropften vor Feuchtigkeit, und der Boden war mit Wasser und Schlamm bedeckt.

Mark war nie sehr gesprächig, wenn er arbeitete, aber in dieser Nacht hatte er noch kein einziges Wort geredet. Der Junge wusste nicht, was ihn bedrückte, und wagte nicht, ihn zu fragen.

Mark hatte lange versucht, daran zu glauben, dass alles in Ordnung war. Jetzt glaubte er es nicht mehr. In seinem Innersten hatte er es seit Wochen gewusst, es sich aber nicht eingestehen wollen. Die kleinen Anzeichen hatten sich gehäuft, die Anspielungen jener, die es wussten, aber nicht auszusprechen wagten, die verstohlenen Blicke, das verschmitzte Lächeln. Im Einzelnen unbedeutend, hatte sich alles angesammelt wie Schneeflocken auf einem Dach, Gewicht auf Gewicht, bis das Dach eingebrochen war.

Jetzt wusste er es, und er wusste auch, wer es war.

Er fürchtete diese Woche der Nachtschicht, denn sie würde ihn einem Höhepunkt entgegentreiben.

Jetzt brauchte er Grubenpulver. Mit der Haue kam er nicht weiter. Er erklärte es Matthew und nahm seinen großen Hammer und das Bohreisen auf. Mit aus langer Erfahrung gewonnener Gewandtheit suchte er eine Stelle im harten Fels, bohrte ein tiefes Loch, zog den Steinbohrer heraus und säuberte und trocknete das Loch. Er griff nach der Pulvertasche und ließ Pulver hineinfallen. Durch das Pulver stieß er einen spitz zulaufenden Stab wie einen Eisennagel hinein, füllte die Öffnung mit Lehm und rammte ihn mit dem Bohreisen fest. Dann zog er den Eisennagel heraus und schob an seiner Stelle ein hohles, mit Pulver gefülltes Schilfrohr hinein, das als Lunte dienen sollte.

Er nahm den Hut ab, blies die rauchige Kerze sanft an, bis die Flamme aufflackerte, und zündete das Schilfrohr an. Dann brachten sie sich hinter der ersten Krümmung des Stollens in Sicherheit.

Mark zählte bis zwanzig. Nichts. Er zählte noch einmal bis zwanzig. Er zählte bis fünfzig. Dann griff er nach seiner Laterne und fluchte. In der Dunkelheit hatte er sie an die Wand gestellt, und nun war Wasser eingedrungen.

»Ein Blindgänger«, sagte er.

Als Mark das Schilfrohr herauszog, gab es ein grelles Aufblitzen und ein dumpfes Dröhnen, und die Felsbrocken flogen Mark ins Gesicht. Er hob die Hände vor die Augen und wich zurück. Die Wand brach auseinander.

»Geh zurück, Junge! Es ist erst ein Teil losgesprengt.«

Aber Matthew blies eine Kerze an. Im flackernden Schein starrte er Mark an. Sein hageres Gesicht war schwarz und blutig, Haar und Augenbrauen angesengt.

»Ihre Augen, Mr Daniel. Sind Sie verletzt?«

Mark starrte auf die Kerze. »Nein, nein, ich kann sehen.« Wieder ertönte ein donnerndes Gepolter, als der zweite Teil der Ladung explodierte. Schwarze Rauchwolken schossen auf sie zu und hüllten sie ein.

»Ihr Gesicht. Sie bluten.«

Mark betrachtete seine Hände. »Da auch.« Seine linke Hand blutete aus Handteller und Fingern. Die Feuchtigkeit des Pulvers hatte den Unfall verursacht, ihm aber auch das Leben gerettet. Er holte einen schmutzigen Fetzen aus der Tasche und band ihn sich um den Kopf.

»Sie sollten zum Arzt gehen. Der kennt sich aus mit Wunden und so.«

Mark reagierte heftig. »Zu dem würde ich nicht gehen, selbst wenn ich am Abkratzen wäre.«

Sie erreichten den Hauptschacht und kletterten hinauf. Es dauerte nicht lange, und sie atmeten die frische Nachtluft und hörten das Rauschen des Meeres. Eine herrliche scharfe Süße füllte ihre Lungen, als sie die Oberfläche erreichten.

Mark war hinaufgekommen, um sich verbinden zu lassen und wieder unter Tag zu gehen. Aber während er dastand und mit den anderen redete und sich die Finger verbinden ließ, überkam ihn die alte Sorge, und er erkannte in einem Augenblick quälenden Zorns, dass die Zeit für die Entscheidung gekommen war.

Eine Weile leistete er dieser Erkenntnis Widerstand. Er hatte das Gefühl, sie wäre ihm zu früh aufgezwungen worden, dass er sich erst darauf vorbereiten müsse. Dann wandte er sich an Matthew.

»Lauf nach Hause, Junge«, sagte er. »Für mich ist es besser, wenn ich heute nicht weitermache.«

Mark sah ihn in der Dunkelheit verschwinden, wünschte dann den Kumpeln eine gute Nacht und folgte ihm. Er hatte ihnen gesagt, dass er nicht wüsste, ob er Dr Enys noch belästigen sollte; aber in Wahrheit war sein Entschluss gefasst. Er wusste genau, was er jetzt tun würde.

Als er sein Haus im Glanz der Sterne vor sich sah, war ihm, als spannte sich ein eisernes Band um seine Brust. Er kam zur Tür, griff nach der Klinke, drückte sie hinunter.

Die Tür ging auf.

Schwer atmend trat er unbeholfen ins Haus. Er keuchte, als ob er um sein Leben gelaufen wäre. Er hielt sich nicht damit auf, Licht zu machen, und setzte seinen Weg in die Schlafkammer fort. Die Läden waren geschlossen. Mit der unverletzten Hand tastete er sich im Dunkeln an der Wand entlang, bis er das Bett erreichte. Die raue Decke. Er setzte sich auf die Kante und ließ die Hand über das Bett gleiten, auf der Suche nach Keren – seiner Keren. Sie war nicht da.

Schmerzlich aufstöhnend saß er da. Er wusste, das war das Ende. Er brach in heftiges Schluchzen aus. Dann stand er auf.

Das Pförtnerhaus war dunkel. Er ging um das Haus herum, machte sich mit ihm vertraut. Eine Spur von Licht in einem Fenster des Obergeschosses.

Er stand und starrte und versuchte, sich den quälenden Schmerz zu verbeißen.

Ich werde warten, dachte er.

Den langen Rücken gebeugt, schlich er langsam davon, bis er an eine Stelle kam, von der aus er den Vorder- und den Hintereingang im Auge behalten konnte.

Glitzernd und funkelnd, ihre endlose Bahn durchlaufend, zogen die Sterne über den Himmel. Ein sanfter Wind erhob sich, säuselte und seufzte zwischen Adlerfarnen und Dorngestrüpp, säuselte und seufzte und legte sich wieder. Im Stechginster begann eine Grille zu zirpen, und irgendwo in der Höhe schrie ein Nachtreiher. Im Unterholz raschelten kleine Tiere. Kreischend ließ sich eine Eule auf dem Dach nieder.

Ich werde warten.

Dann zeigte sich im Osten ein blassgelbes Licht, und die abgezehrte Mondsichel kroch den Himmel hinauf, blieb welk und ausgedörrt haften und fing an zu sinken.

Die Tür des Pförtnerhauses öffnete sich einen Spalt, und Keren schlüpfte heraus.

Der Mond war im Sinken, als Keren ihr Haus erreichte, und im Osten kündigte ein blauer Schimmer den Anbruch eines neuen Tages an.

Sie trat ins Haus und drehte sich zur Seite, um die Tür zu schließen.

Im selben Augenblick drückte eine Hand, die von draußen kam, sie wieder auf. »Keren.«

Ihr Herz setzte aus; dann begann es zu pochen. Es hämmerte, bis es in den Kopf hinaufschlug und ihn zu sprengen drohte.

»Mark!«, flüsterte sie. »Du kommst früh. Ist etwas passiert?«

»Keren …«

»Wie kannst du mich so erschrecken! Ich wäre fast gestorben!«

Schon war sie ihm mit ihren Gedanken wieder voraus, setzte zum Angriff und zur Abwehr seines Angriffs an. Diesmal aber hatte er mehr als Worte, um sie zur Rechenschaft zu ziehen.

»Wo bist du gewesen, Keren?«

»Ich?«, erwiderte sie. »Ich konnte nicht schlafen. Ich hatte Schmerzen. O Mark, ich hatte entsetzliche Schmerzen. Ich habe nach dir gerufen. Aber ich war ganz allein. Ich wusste nicht, was ich tun sollte. Ich dachte, ein Spaziergang würde mir guttun. Wenn ich gewusst hätte, dass du so früh fertig

bist, wäre ich zur Grube hinaufgekommen, um dich abzuholen.«

Sie kam auf ihn zu, und er schlug ihr mit seiner verletz-
ten Hand ins Gesicht, schleuderte sie durch den Raum. Wie
ein Häufchen Elend lag sie da.

»Du gemeine Lügnerin! Du gemeine Lügnerin!«, stieß er
schluchzend hervor.

Sie weinte vor Schmerz. Es war ein sonderbares, mäd-
chenhaft spielerisches Weinen, völlig anders als das seine.

Er trat auf sie zu. »Du warst bei Enys«, sagte er mit furcht-
erregender Stimme.

Das schwache Licht der anbrechenden Dämmerung fiel
auf sein rauchgeschwärztes und angesengtes Gesicht. Sie
sah es durch den Schirm ihrer Hände und Haare und stieß
einen Schrei aus.

»Du warst bei Enys, du hast mit Enys geschlafen!« Seine
Stimme überschlug sich.

»Das habe ich nicht!«, schrie sie. »*Du* bist der Lügner. Ich
war wegen meiner Schmerzen bei ihm. Er ist doch Arzt,
nicht wahr? Du dreckiges Vieh. Ich hatte solche Schmerzen.«

»Wie lange warst du bei ihm?«

»Ach … eine Stunde. Er gab mir eine Arznei, und dann
musste ich warten …«

»Ich habe über drei Stunden gewartet«, sagte er.

»Mark«, stieß sie verzweifelt hervor, »es war nicht so,
wie du denkst. Ich schwöre es bei Gott. Wenn du mit ihm
sprichst, wird er es bestätigen. Gehen wir zu ihm. Er hat mir
keine Ruhe gelassen, Mark. Er hat mir immer nachgestellt.
Ich schwöre es bei Gott und beim Andenken meiner Mutter, Mark! Ich liebe nur dich! Geh doch, töte ihn, wenn du
willst. Er verdient es, Mark! Ich schwöre bei Gott, dass er
mich verführt hat!«

Sie besprühte ihn mit Worten, um seinen gewaltigen Zorn von sich abzuwenden, suchte hier und dort nach Ausflüchten und Auswegen. Dann, als sie sah, dass alles vergeblich war, sprang sie wie eine Katze unter seinem Arm durch und auf die Tür zu.

Er streckte eine gewaltige Hand aus, packte sie an den Haaren und holte die Kreischende in seine Arme zurück. Er zerrte ihr das Tuch vom Hals und hielt es fest.

Sie hörte auf zu schreien. Ihre Augen vergossen Tränen, weiteten sich, erloschen.

Ein Sommermorgen. Die sich verdunkelnden Augen des Mädchens, das er liebte, der Frau, die er hasste. Ihr Gesicht war angeschwollen. Angeekelt, rasend, ließ er seine Tränen auf ihre Wangen fallen.

5

Ross hatte geträumt, dass er mit Sir John Trebaunance und den anderen Aktionären über die Schmelzhütte debattierte. Es war kein ungewöhnlicher Traum oder einer, der sich ins Gegenteil verkehrte. Ross verbrachte jetzt sein halbes Leben damit, die Carnmore Copper Company vor innerer Spaltung oder einem Angriff von außen zu bewahren. Denn die Schlacht war im Gange, und noch konnte keiner sagen, wie sie ausgehen würde.

Aus dem Erdgeschoss waren eilige Schritte zu vernehmen, und das Klopfen verstummte. Er schlüpfte aus dem Bett, und Demelza setzte sich auf – hellwach.

»Was ist los?«

»Ich weiß es nicht, Liebste.«

Dann klopfte es an der Tür, und Ross öffnete. In solchen Ausnahmefällen erwartete er immer noch, Jud auf der Schwelle stehen zu sehen.

»Verzeihen Sie, Sir«, sagte Gimlett, »ein Junge wünscht Sie zu sprechen. Charlie Baragwanath, der Gärtnerjunge drüben in Mingoose. Er ist schrecklich aufgeregt.«

»Ich komme.«

Mit einem Seufzer der Erleichterung ließ Demelza sich wieder in die Kissen fallen. Sie hatte geglaubt, es hätte etwas mit Verity zu tun. Den ganzen Tag hatte sie gestern an Verity gedacht.

Die Augen über der Bettdecke, sah sie Ross beim Ankleiden zu. Dann ging er hinunter.

Sie wünschte, die Leute würden sie in Frieden lassen. Sie wollte nichts anderes, als mit Ross und Julia allein sein. Aber die Leute ließen sich nicht abhalten, insbesondere ihre Verehrer, wie Ross sie ironisch bezeichnete. Sir Hugh Bodrugan war schon mehrmals zum Tee da gewesen.

Ross kam zurück. Sie erkannte sofort, dass etwas vorgefallen war.

»Was ist los?«

»Ich kann nichts Vernünftiges aus dem Jungen herausbringen. Wahrscheinlich ist es etwas in der Grube.«

Sie setzte sich auf. »Ein Unfall?«

»Nein. Schlaf noch ein wenig. Es ist erst kurz nach fünf.«

Er ging wieder hinunter zu dem unterernährten Jungen, dessen Zähne klapperten, als ob er fröstelte. Er gab ihm ein paar Schluck Brandy, bevor sie sich durch die Apfelbäume durch auf den Weg über den Hügel machten.

Als sie zu dem Haus kamen, sahen sie drei Männer draußen stehen. Paul Daniel, Zacky Martin und Nick Vigus.

»Ist das wahr, was der Junge erzählt?«, fragte Ross.

Zacky nickte.

»Ist jemand ... drin?«

»Nein, Sir.«

»Weiß jemand, wo Mark ist?«

»Nein, Sir.«

»Haben Sie Dr Enys kommen lassen?«

»Eben jetzt, Sir.«

»Ja, ja, nach dem haben wir geschickt«, sagte Paul Daniel bitter. Ross streifte ihn mit einem Blick.

»Kommen Sie mit mir hinein, Zacky«, sagte er.

Zusammen gingen sie zur offenen Tür. Ross musste sich bücken, und sie traten ein.

Mit einem Laken bedeckt lag sie auf dem Boden. Wie eine goldene Flut fiel die Sonne durch das Fenster auf das Laken.

»Wo war Mark, als es geschah, Zacky?« Er sagte es mit leiser Stimme, um nicht von den anderen gehört zu werden.

»Unter Tag hätte er sein sollen, Captain Ross, und eigentlich erst jetzt heraufkommen. Aber schon kurz nach Beginn seiner Schicht hatte er einen Unfall. Seitdem hat keiner mehr Mark Daniel gesehen.«

»Haben Sie eine Ahnung, wo er sein könnte?«

»Das kann ich nicht sagen.«

»Haben Sie den Gemeindekonstabler verständigt?«

»Wen? Den alten Vage? Hätten wir das tun sollen?«

»Nein, das geht Jenkins an. Wir sind hier in der Gemeinde Mingoose.«

Ein Schatten fiel durch den Raum. Es war Dwight Enys. Er war totenbleich, und seine Augen glänzten wie im Fieber. »Ich ... Sein Blick fiel auf Ross und dann auf die leblose Gestalt unter dem Laken.

»Eine scheußliche Geschichte, Dwight.« Seine freund-schaftlichen Gefühle für den jungen Mann veranlassten Ross, sich Paul Daniel zuzuwenden, der ihm ins Haus gefolgt war.

»Komm, wir sollten Dr Enys allein lassen, während er seine Untersuchungen vornimmt.«

Den ganzen Tag ließ Mark Daniel nichts von sich hören. Gleich dem lauen Lüftchen, das durch das Gras weht, hatte sich das geflüsterte Wort von Kerens Untreue in der ganzen Gegend verbreitet, und niemand zweifelte daran, dass sie ihr den Tod gebracht hatte. Und sonderbarerweise schien auch niemand zu bezweifeln, dass sie ihren gerechten Lohn bekommen hatte. Es war die biblische Strafe. Mark mochte das Gesetz gebrochen haben, aber er hatte Gerechtigkeit geübt.

Und der Mann, mit dem sie es getrieben hatte, konnte seinem Schöpfer danken, dass er nicht auch mit gebroche-nem Genick dalag.

Die allgemeine Stimmung war nicht gegen ihn, wie das eigentlich zu erwarten gewesen wäre. Die Leute hatten ihn schätzen gelernt, Keren aber nicht gemocht.

Am späten Nachmittag, gegen fünf, ging Ross zu Dwight hinüber.

Dwight saß an einem Tisch, Stöße von Papier vor sich und mit einem Ausdruck tiefster Verzweiflung auf dem Gesicht. Er hatte sich seit dem Morgen nicht umgezogen und auch nicht rasiert. Er warf einen Blick auf Ross und erhob sich.

»Ist es etwas Wichtiges?«

»Es gibt keine Neuigkeiten. Und das ist wichtig, Dwight. An Ihrer Stelle würde ich nicht bis zum Einbruch der Nacht hierbleiben. Verbringen Sie doch ein paar Tage bei den Pascoes.«

»Warum?«, fragte er benommen.

»Weil Mark Daniel ein gefährlicher Mann ist. Wenn es ihm einfiele, hierher zu kommen, glauben Sie, Bone oder ein paar versperrte Türen würden ihn aufhalten können?«

Dwight schlug die Hände vors Gesicht. »So hat es sich also schon überall herumgesprochen?«

»Von Einzelheiten abgesehen, ja. Auf dem Land lässt sich nichts geheim halten. Bis auf weiteres …«

»Nie werde ich ihr Gesicht vergessen!«, sagte er. »Zwei Stunden vorher habe ich es noch geküsst!«

Ross ging zur Anrichte und goss ihm ein Glas Brandy ein.

»Trinken Sie das. Sie haben Glück, dass Sie noch am Leben sind, und wir müssen alles tun, damit Sie es auch bleiben. Was geschehen ist, lässt sich nicht mehr ändern. Vor allem möchte ich jetzt, dass nicht noch mehr Unglück angerichtet wird. Ich bin nicht hergekommen, um Sie zu verurteilen.«

»Ich weiß«, sagte der junge Mann. »Ich weiß, Ross. Ich verurteile mich selbst.«

»Und Sie urteilen zweifellos zu streng. Das sieht doch jeder, dass die Schuld bei dem Mädchen liegt. Ich weiß natürlich nicht, was Sie für sie empfunden haben.«

Dwight brach zusammen. »Ich weiß es selbst nicht, Ross. Ich weiß es nicht. Als ich sie da liegen sah, dachte ich … ich hätte sie geliebt.«

Ross schenkte sich selbst ein Glas voll. Als er zum Tisch zurückkam, hatte Dwight sich wieder gefasst.

»Jetzt müssen Sie erst einmal weg. Für eine Woche oder so. Das Gericht hat Haftbefehl gegen Mark erlassen.«

Dwight sprang auf und schwenkte sein halbleeres Glas.

»Nein, Ross! Wofür halten Sie mich? Mich an einem sicheren Ort verkriechen, während der Mann gejagt wird, und mich zurückschleichen? Da würde ich ihm lieber jetzt gleich entgegentreten und die Folgen auf mich nehmen.« Erregt ging er im Zimmer auf und ab. Dann blieb er stehen. »Versuchen Sie, die Dinge von meiner Warte aus zu sehen. Ich habe die Leute hier in jeder Beziehung enttäuscht. Ich bin als Fremder und als Arzt zu ihnen gekommen. Sie sind mir mit nichts Schlimmerem als Misstrauen begegnet und mit vielem, das über bloße Liebenswürdigkeit weit hinausgeht. Wenn ich jetzt fortginge, müsste ich für immer fort – ein Betrüger und ein Versager.«

Ross wusste nichts darauf zu sagen.

»Aber es gibt auch einen anderen, einen schwereren Weg: Sehen Sie, Ross, drüben in Marasanvose habe ich noch einen Fall von schwerer Halsentzündung. In Grambler liegt eine Frau im Wochenbett, die das letzte Mal dank der falschen Behandlung einer Hebamme beinahe gestorben wäre. Ich habe vier Fälle von Staublunge in Behandlung. Diese Leute rechnen mit mir.«

»Dann verbringen Sie doch einige Tage bei uns. Wir haben ein Gästezimmer. Bringen Sie doch Ihren Diener mit.«

»Nein. Ich danke Ihnen für Ihre Güte. Aber von morgen früh an mache ich weiter wie bisher.«

Ross starrte ihn grimmig an. »Dann sind Sie selbst schuld.«

Vom Pförtnerhaus ging Ross ohne Umwege zu den Daniels. Ohne eine Hand zu rühren, saßen sie, wie Trauergäste eines Leichenschmauses, in der Düsternis ihres Hauses. Alle erwachsenen Familienmitglieder waren anwesend.

Der alte Daniel sog an seiner Tonpfeife und redete und redete. Niemand schien ihm zuzuhören, aber das machte dem Greis nichts aus. Er versuchte, sich seinen Kummer und seinen Schmerz von der Seele zu reden.

»Ich erinnere mich noch gut, wie ich neunundsechzig in Lake Superior war. Da gab es einen ähnlichen Fall. Neunundsechzig in Lake Superior – oder war es siebzig? Ein Mann brannte mit der Frau des Lagerverwalters durch. Ich erinnere mich noch genau. Aber er …«

Respektvoll begrüßten sie Ross. Er sagte, er wolle nur ein paar Worte mit Paul unter vier Augen wechseln.

Paul folgte Ross nach draußen. Dann schloss er die Tür hinter sich und blieb ein wenig abwehrend davor stehen. Auch vor den Türen anderer Häuser standen plaudernde Gruppen, aber außer Hörweite. »Nichts Neues von Mark?«

»Nein, Sir.«

»Hast du eine Ahnung, wo er sein könnte?«

»Nein, Sir.«

»Ich nehme an, Jenkins hat dir Fragen gestellt?«

»Ja, Sir. Und auch anderen in Mellin. Aber wir wissen nichts.«

»Ihr würdet auch nichts sagen, wenn ihr etwas wüsstet, nicht wahr?«

Paul richtete den Blick auf den Boden. »Das kann schon sein.«

»Vielleicht sollte ich dir sagen, was vermutlich geschehen wird, Paul. Das Gericht hat einen Haftbefehl erlassen und die Konstabler ausgeschickt. Der alte Schmied Jenkins aus Marasanvose wird sein Bestes tun, und Vage aus Sawle wird nicht zurückstehen wollen. Aber ich glaube nicht, dass sie ihn finden werden.«

»Vielleicht nicht.«

»Daraufhin wird das Gericht eine groß angelegte Fahndung anordnen. Eine Menschenjagd ist eine sehr hässliche Sache. Sie sollte vermieden werden.«

Paul Daniel trat von einem Fuß auf den anderen und schwieg.

»Ich kenne Mark, seit wir Jungen waren, Paul. Ich finde den Gedanken fürchterlich, dass man ihn vielleicht mit Hunden jagen und dass er später am Galgen hängen könnte.«

»Wenn er sich ergibt, wird er hängen.«

»Weißt du, wo er ist?«

»Ich weiß nichts. Was ich mir denke, ist meine Sache.«

»Ja, natürlich.« Ross wusste jetzt, was er wissen wollte. »Hör mal, Paul, du kennst doch die kleine Nampara-Bucht?«

»Natürlich.«

»Dort gibt es zwei Höhlen. In der einen liegt ein Boot.«

Paul Daniel sah ihn scharf an. »Ja?«

»Es ist ein kleines Boot. Ich benütze es, um an der Küste zu fischen. Hinten auf einem Bord liegen die Ruder. Die Ruderklampen habe ich bei mir im Haus, damit das Boot nicht ohne meine Erlaubnis benutzt wird.«

Paul fuhr sich mit der Zunge über die Lippen. »Ja?«

»Ja. Im Haus habe ich auch einen abnehmbaren Mast und ein paar Segel. Damit kann man aus dem Boot einen Kutter machen. Bei schwerem Wellengang ist es nicht für die offene See geeignet, aber für einen entschlossenen Mann im Sommer nicht das Schlechteste. Nun, in England ist für Mark nichts mehr zu holen, aber oben im Norden liegt Irland und unten im Süden Frankreich, wo es momentan drunter und drüber geht. Er kennt Leute in der Bretagne und ist schon mehrmals hinübergesegelt.«

»Ja?«, sagte Paul und begann zu schwitzen.

»Ja«, antwortete Ross.

»Und was ist mit den Klampen und den Segeln?«

»Ich könnte mir vorstellen, dass sie nach Einbruch der Dunkelheit in die Höhle gelangen – zusammen mit etwas zum Essen, weil der Mensch ja leben muss. Es war nur so ein Gedanke von mir.«

Paul fuhr sich mit dem Arm über die Stirn. »Ich danke Ihnen für die Idee. Wenn …«

»Weißt du, wo er jetzt ist?«

»Ich weiß, wo ich ihm eine Nachricht hinterlassen kann; wir haben als Jungen oft so gespielt. Aber ich fürchte, vor morgen Abend wird sich nichts machen lassen. Zuerst muss ich einmal sehen, dass ich ihn erwische, und dann muss ich ihn davon überzeugen, dass es für alle das Beste wäre, wenn er fortginge. Es heißt, er wäre völlig zusammengebrochen.«

»Dann haben also einige Leute schon mit ihm gesprochen?«

Paul streifte Ross mit einem kurzen Blick. »Ja.«

»Ich glaube nicht, dass er sich weigern wird, zu fliehen.«

6

Nachdenklich kehrte Ross nach Nampara zurück. John Gimlett war damit beschäftigt, in der Bibliothek die Fenster zu putzen, für die Mrs Gimlett Spitzenvorhänge genäht hatte. Der Fleiß der Gimletts, so im Gegensatz zu der Faulheit der Paynters, überraschte ihn immer wieder aufs Neue.

Julia lag in ihrer Wiege im Schatten der Bäume, und als

er sah, dass sie wach war, ging er zu ihr und hob sie in seine Arme. Sie krähte und lachte und zauste an seinen Haaren.

Demelza war mit Gartenarbeiten beschäftigt, und Ross, mit Julia auf der Schulter, lief ihr entgegen. Sie hatte ihr weißes Musselinkleid an, und es bereitete Ross ein verschrobenes Vergnügen, dass sie Handschuhe trug. Allmählich, ohne Eile und ohne Angabe, machte sie sich gewisse Feinheiten in ihren Lebensgewohnheiten zu eigen.

In diesem Sommer war sie reifer geworden. Die zu ihrem Wesen gehörige koboldhafte Vitalität würde sich niemals ändern, aber sie hatte sich jetzt besser in der Gewalt. Und sie hatte sich an die überraschende Tatsache gewöhnt, dass sie es den Männern wert zu sein schien, ihr nachzustellen.

Julia krähte vor Freude, und Demelza nahm sie von Ross' Schulter.

»Sie bekommt schon wieder einen Zahn. Sieh doch. Fühle ihn mit dem Finger. Ist dein Finger sauber? Na ja, es geht. Hier.«

»Tatsächlich. Bald wird sie beißen können wie Garrick.«

»Gibt es etwas Neues von Mark?«

Leise berichtete ihr Ross, was er erfahren hatte.

Demelza warf einen Blick auf Gimlett. »Ist das nicht ein großes Risiko?«

»Nein, wenn es schnell geschieht. Ich glaube, Paul weiß mehr, als er zugegeben hat. Mark wird noch heute Abend erscheinen.«

»Ich habe Angst um dich. Ich hätte Angst, mit jemandem darüber zu reden.«

»Ich hoffe nur, dass Dwight in seinem Haus bleibt, bis Mark sicher außer Landes ist.«

»Ach, hier ist ein Brief für dich von Elizabeth«, sagte Demelza, als ob es ihr eben erst eingefallen wäre.

Sie kramte in ihrer Schürzentasche und holte den Brief heraus. Ross erbrach das Siegel.

Lieber Ross,

wie du vielleicht weißt, hat Verity uns gestern Abend verlassen. Sie hat uns verlassen, während wir bei der Vesper waren, und ist mit Captain Blamey nach Falmouth geritten. Sie wollen heute heiraten.

Elizabeth

»Hat sie es also doch getan«, sagte Ross. »Das habe ich befürchtet.«

Demelza las den Brief.

»Warum sollten sie nicht glücklich miteinander sein? Ich habe schon immer gesagt, es ist besser, ein Risiko einzugehen, als in gelangweilter Bequemlichkeit und stumpfer Sicherheit ein apathisches Dasein zu führen.«

»Was soll das heißen: ›Wie du vielleicht weißt‹? Woher sollte ich es denn wissen?«

»Vielleicht hat es sich bereits herumgesprochen.«

Ross strich sich die Haare zurück, die Julia zerzaust hatte – eine Geste, die ihm ein jungenhaftes Aussehen verlieh. Aber seine Miene stand in krassem Gegensatz dazu.

»Ich kann mir nicht vorstellen, wie sie mit Blamey leben wird. Aber du magst recht haben, dass sie mit ihm glücklich sein wird. Ich hoffe, dass sie es sein wird.«

Es hat also geklappt, dachte Demelza, und Verity ist jetzt schon mit ihm verheiratet. Und ich hoffe, dass sie glücklich miteinander sein werden, denn wenn sie das nicht sind, werde ich nicht ruhig schlafen können.

»In weniger als einer Stunde geht die Sonne unter«, sagte Ross. »Ich werde mich beeilen müssen.« Er sah sie an. »Du würdest wohl nicht an meiner Stelle hinübergehen wollen?«

»Zu Elizabeth und Francis! O Gott, nein! O nein, Ross. Ich würde viel für dich tun, aber das nicht.«

»Ich verstehe nicht, warum du einen Besuch auf Trenwith scheust. Aber natürlich muss ich gehen. Ich frage mich, was Verity bewogen hat, diesen Schritt zu tun – nach so vielen Jahren.«

Ross kam erst sehr spät wieder zurück. Die hereingebrochene Nacht hatte Wolken aufziehen lassen, und ein leichter kühler Wind war aufgekommen. Eine Wetteränderung stand bevor. In der Ferne ertönte der an das Gekläffe eines Schoßhündchens erinnernde Ruf eines Moorschneehuhns.

Ross sprang vom Pferd und machte die Zügel am Fliederbaum fest.

»War jemand da?«

»Nein. Du warst lange fort.«

»Ich habe mit Jenkins gesprochen – auch mit Will Nanfan, der immer alles weiß. Zwei andere Konstabler werden Jenkins bei der Suche helfen. Bring mir bitte eine Kerze. Ich möchte jetzt gleich die Segel herunterholen.«

Sie ging mit ihm in die Bibliothek.

»Wind kommt auf. Wenn irgend möglich, muss er noch heute Nacht fahren. Morgen könnte es auch noch aus einem anderen Grund zu spät sein.«

»Und zwar?«

»Sir Hugh ist einer der Richter, und er drängt darauf, Militär einzusetzen. Außerdem ist vorige Woche in St. Ann ein Finanzbeamter tätlich angegriffen worden. Daraufhin hat die zuständige Behörde heute die Entsendung einer Abteilung Dragoner nach St. Ann verfügt. Als Vorsichtsmaßnahme sollen sie nun eine Zeit lang dort stationiert bleiben, und es wäre durchaus möglich, dass man sie während ihres Aufenthalts zu einer Suchaktion heranzieht.«

»Soll ich dich zur Bucht hinunterbegleiten?«

»Nein, ich werde nicht länger als eine halbe Stunde fort sein.«

»Und ... Verity?«

Mit dem Mast auf der Schulter blieb Ross an der Tür der Bibliothek stehen.

»Ja ... Verity ist tatsächlich fort. Und ich hatte eine phantastische Auseinandersetzung mit Francis.«

»Eine Auseinandersetzung?« Sie hatte gespürt, dass ihn noch etwas anderes bedrückte.

»Einen ausgewachsenen Streit. Er beschuldigte mich, ihre Flucht in die Wege geleitet zu haben, und weigerte sich, mir zu glauben, als ich ihm sagte, dass ich nichts dergleichen getan hätte. In meinem ganzen Leben hat mich noch nie etwas so aus der Fassung gebracht. Ich habe ihm immer ein gewisses Maß an ... Intelligenz zugebilligt.«

Demelza machte eine jähe Bewegung, als wollte sie das Kältegefühl, das sie überkommen hatte, abschütteln.

»Aber Liebster ... wieso gerade du?«

»Ach, sie denken, ich hätte dich als Zwischenträgerin bemüht; hätte irgendwie seine Briefe abgeholt und sie durch dich an Verity weitergeleitet. Ich hätte ihn niederschlagen mögen. Jedenfalls haben wir jetzt für lange Zeit miteinander gebrochen. Es sind Worte gefallen, die eine Versöhnung nicht leicht machen werden.«

»Ach Ross ... es tut mir so leid ... ich ...«

»Bleibe im Haus, solange ich fort bin«, sagte er leichthin.

Wenige Minuten später war sie wieder allein. Sie war mit ihm ein kleines Stück Wegs den Fluss entlanggegangen und hatte dann seine Gestalt im Dunkeln verschwinden gesehen. Von diesem Punkt aus konnte man die Wellen an den Strand schlagen hören.

Ein Jahr lang hatte sie unermüdlich für Veritys Glück gearbeitet, wissend, dass das, was sie tat, von Ross – und doppelt so scharf von Francis und Elizabeth – verurteilt werden würde. Nie aber war ihr in den Sinn gekommen, dass daraus ein Bruch zwischen Ross und seinem Vetter entstehen könnte. Damit hatte sie einfach nicht rechnen können. Sie war völlig verzweifelt.

So tief empfand sie ihren Kummer, dass sie die Gestalt nicht sah, die quer über den Rasen auf die Tür zukam. Sie war jetzt im Haus und wollte zuschließen, als eine Stimme ertönte. Sie trat von der Tür zurück, um das Licht aus der Diele hinausfallen zu lassen.

»Dr Enys!«

»Ich wollte Sie nicht erschrecken, Mrs Poldark … Ist Ihr Gatte zu Hause?«

Ihr Herz hatte zu klopfen begonnen und kam nicht so schnell wieder zur Ruhe. Hier drohte eine andere Gefahr.

»Im Augenblick nicht.«

Sie registrierte sein unordentliches, ungepflegtes Aussehen, so im Gegensatz zu dem adretten, schicklichen, sauber gekleideten jungen Mann, den sie kannte.

»Glauben Sie, wird er lange ausbleiben?«

»Etwa eine halbe Stunde.«

Er drehte sich zur Seite, als ob er gehen wollte. Aber er blieb stehen. »Verzeihen Sie mir, wenn ich bei Ihnen eindringe …«

»Selbstverständlich.«

Sie führte ihn ins Wohnzimmer. Ob nun Gefahr drohte oder nicht: Sie konnte ihr nicht ausweichen.

Steif stand er da. »Ich möchte Sie nicht stören, wenn

Sie etwas zu tun haben. Ich möchte Ihnen nicht lästig fallen.«

»Ich habe nichts Wichtiges zu tun«, erwiderte sie mit sanfter Stimme. Sorgsam auf den Faltenwurf bedacht, zog sie die Vorhänge zu. »Wie Sie sehen, sind wir mit dem Abendessen spät dran, aber Ross hatte sehr viel zu tun. Möchten Sie ein Glas Port?«

»Danke, nein. Ich …«

Während sie sich vom Fenster abwandte, stieß er impulsiv hervor: »Sie verurteilen mich wegen meiner Schuld an der Tragödie von heute Morgen?«

Eine leichte Röte überzog ihre Wangen. »Wie kann ich jemanden verurteilen, wenn ich so wenig darüber weiß?«

»Ich hätte es nicht erwähnen sollen. Aber ich grüble … ich grüble den ganzen Tag und kann mit niemandem reden. Ich hatte das Gefühl, ich müsste aus dem Haus und irgendwo hingehen. Dieses Haus ist das einzige …«

»Heute Nacht unterwegs zu sein, könnte gefährlich werden.«

»An Ihrer Meinung liegt mir sehr viel«, sagte er. »An Ihrer und Ross' Meinung. Es war sein Vertrauen, das mich hierhergebracht hat; wenn ich das Gefühl hätte, es mir verscherzt zu haben, wäre es besser, gleich wieder zu gehen.«

»Ich glaube nicht, dass Sie es sich verscherzt haben. Aber ich glaube auch nicht, dass er sehr erfreut sein wird, Sie heute Abend hier zu finden.«

»Wollen Sie damit sagen, dass ich gehen soll?«

»Ich glaube, es wäre besser.« Sie schob einen Teller zurecht.

Er sah sie an. »Aber ich muss Ihrer Freundschaft sicher sein – trotz allem. Heute Abend allein im Pförtnerhaus war ich nahe … war ich nahe …« Er beendete den Satz nicht.

Sie begegnete seinem Blick.

»Dann bleiben Sie, Dwight«, sagte sie. »Setzen Sie sich und kümmern Sie sich nicht um mich.«

Er ließ sich in einen Stuhl fallen und presste die Hände vor das Gesicht. Während Demelza herumhantierte, aus dem Zimmer ging und wieder zurückkehrte, stieß er Satzfetzen hervor, erklärte, argumentierte.

Als sie das dritte Mal aus dem Zimmer ging und wiederkam, blieb er stumm. Sie warf ihm einen Blick zu und sah, dass er mit verkrampften Gliedern dasaß.

»Was haben Sie?«

»Ich glaube, jemand hat ans Fenster geklopft.«

Demelza stockte der Atem. Nur mit Mühe gewann sie ihre Fassung wieder. »Oh, ich weiß, was das ist. Bleiben Sie sitzen. Ich sehe selbst nach.«

Bevor er etwas einwenden konnte, ging sie in die Diele hinaus und schloss die Tür zum Wohnzimmer hinter sich. Jetzt war es also so weit. Wie sie befürchtet hatte. Ausgerechnet jetzt. Hoffentlich blieb Ross nicht zu lange aus. Aber im Augenblick musste sie selbst mit der Situation fertigwerden.

Sie ging zur Eingangstür und spähte hinaus. Der matte Schein der Laterne fiel auf einen leeren Rasen. Neben dem Fliederbaum bewegte sich etwas.

»Verzeihen Sie, Ma'am«, sagte Paul Daniel.

Ihr Blick streifte ihn und glitt über ihn hinweg.

»Captain Ross ist eben zur Bucht hinuntergegangen. Ist … noch jemand mit dir gekommen?«

Er zögerte. »Sie wissen von …?«

»Ich weiß.«

Er stieß einen leisen Pfiff aus. Eine dunkle Gestalt löste sich von der Hausmauer. Paul griff hinter ihr nach der Tür und zog sie zu, um kein Licht herausfallen zu lassen.

Mark stand vor ihnen. Sein Gesicht lag im Dunkeln, aber sie konnte die Höhlen seiner Augen sehen.

»Captain Ross ist unten in der Bucht«, sagte Paul. »Am besten gehen wir gleich zu ihm.«

»Bei Flut«, warnte Demelza, »pflegen Bob Baragwanath und Bob Nanfan dort zu fischen.«

»Wir werden unter den Apfelbäumen warten«, sagte Paul.

»Drinnen seid ihr sicher. In der … in der Bibliothek seid ihr sicher.«

Sie stieß die Tür auf und trat in die Diele, aber die Brüder blieben zurück und flüsterten miteinander. Paul sagte:

»Mark will Sie nicht mehr in die Sache hineinziehen, als unbedingt nötig. Er würde lieber draußen warten.«

»Nein, Mark. Uns macht das nichts aus. Kommt nur herein.«

Paul trat in die Halle, gefolgt von Mark, der den Kopf einziehen musste, um durch die Tür zu kommen. Demelza hatte gerade noch Zeit, die Blasen auf seiner Stirn, sein aschgraues Gesicht, und die verbundene Hand zu sehen, bevor sie die Tür zum Schlafzimmer öffnete, das in die Bibliothek führte. Als sie die Laterne aufhob, um vorzugehen, bewegte sich etwas auf der anderen Seite der Diele. Ihre Augen glitten hinüber und blieben auf Dwight Enys haften, der auf der Schwelle des Wohnzimmers stand.

7

In der Diele schwoll die Stille an und explodierte.

Paul Daniel hatte die Außentür zugeknallt.

Mit dem Rücken zur Tür blieb er stehen. Mark, hager und riesenhaft, rührte sich nicht. Die Adern auf seiner Stirn und auf seinen Händen traten hervor und wurden knotig.

Demelzas Erstarrung löste sich, und sie wandte sich den beiden zu.

»Dwight, gehen Sie zurück ins Wohnzimmer! Sofort! Mark, hörst du nicht! Mark!« Ihre Stimme klang ihr wie die einer Fremden in den Ohren.

»Eine plumpe Falle«, sagte Mark.

Klein und schmächtig stand sie vor ihm. »Wie kannst du es wagen, so etwas zu sagen. Bist du verrückt geworden? Paul, nimm ihn mit. Hier hinein.«

»Du dreckiger Saukerl«, zischte Mark über ihren Kopf hinweg.

»Daran hätten Sie früher denken sollen«, erwiderte Dwight. »Bevor Sie sie umgebracht haben.«

»Schmieriger, schleimiger Ehebrecher. Machst dir aus deiner Arbeit ein schäbiges Geschäft. Beschmutzt die Nester von Leuten, denen du zu helfen vorgibst.«

»Sie hätten zur mir kommen sollen«, entgegnete Dwight, »statt ein Mädchen zu töten, das sich nicht wehren konnte.«

»Ja, bei Gott …«

Als Mark einen Schritt vortat, schob Demelza sich dazwischen und hämmerte mit geballten Fäusten gegen seine Brust. Seine Augen flackerten, blieben an ihr haften. Er senkte den Kopf.

»Bist du dir darüber klar, was das für uns heißt?«, fuhr sie ihn atemlos, mit blitzenden Augen an. »Wir haben nichts getan. Wir versuchen zu helfen. Euch beiden zu helfen. Auf *unserem* Land, in *unserem* Haus wollt ihr euch schlagen und töten? Loyalität und Freundschaft – bedeutet dir das gar nichts, Mark? Wozu bist du hergekommen? Vielleicht nicht nur, um deine eigene Haut zu retten, sondern auch, um die Schande von deinem Vater und deiner Familie abzuwenden. Sie würde ihn töten. Also, was ist dir wichtiger – das Leben deines Vaters oder dieses Mannes? Dwight, gehen Sie *sofort* ins Wohnzimmer!«

»Das kann ich nicht«, antwortete Dwight. »Wenn Daniel mich haben will, muss ich bleiben.«

»Was macht er eigentlich da?«, wollte Paul wissen.

»Mrs Poldark wollte, dass ich fortgehe«, antwortete Dwight.

Demelza packte ihn am Arm, als er ihn heben wollte. »Hier hinein. Sonst kommt noch die Dienerschaft, und dann lässt sich nichts mehr geheim halten.«

Er gab keinen Zoll unter ihrem Druck nach. »Wenn er davon weiß, bleibt gar nichts geheim. Komm nach draußen, Enys. Dort mach ich dich fertig.«

»Nein.« Paul, der bis jetzt untätig dabeigestanden war, entschloss sich einzugreifen. »Für mich ist er genauso ein gemeiner Schuft wie für dich, aber wenn du dich jetzt mit ihm schlägst, ist alles aus.«

»Es ist sowieso schon alles aus.«

»Das ist nicht wahr!«, rief Demelza. »Es ist nicht wahr, sage ich euch. Seht ihr denn das nicht ein? Dr Enys kann euch nicht verraten, ohne gleichzeitig auch uns zu verraten.«

Dwight zögerte. Die verschiedensten Regungen malten sich auf seinen Zügen. »Ich werde niemanden verraten«, sagte er.

Paul trat auf Mark zu. »Es ist ein übles Zusammentreffen, Mark; aber wir können nichts tun. Komm, Alter, du hast gehört, was Mrs Poldark gesagt hat.«

Langsam schob Paul Mark durch die Schlafzimmertür.

Jäh riss Mark sich von ihm los und blieb abermals stehen. Einen Augenblick lang arbeitete es heftig in seinem wutverzerrten Gesicht.

»Mag sein, dass jetzt nicht die Zeit für eine Abrechnung ist, Enys. Aber keine Bange, sie kommt.«

Dwight hob nicht den Kopf.

Als Ross nach Hause kam, saß Dwight, den Kopf in den Händen, im Wohnzimmer. Mark und Paul waren in der Bibliothek. Und dazwischen, in der Diele, stand Demelza Wache. Als sie Ross erblickte, ließ sie sich in den nächsten Stuhl fallen und brach in Tränen aus.

»Was zum Teufel …?«, sagte Ross.

Nur ein paar Wortfetzen kamen über ihre Lippen.

Er kam auf sie zu. »Und es hat kein Blutvergießen gegeben? Mein Gott, ich schwöre, noch nie waren wir näher …«

»Warum hast du die Segel zurückgebracht?«, fragte sie.

»Weil er noch nicht wegkann. Mit der Flut ist auch eine Dünung aufgekommen. Sie würde das Boot zum Kentern bringen, noch bevor wir es zu Wasser gelassen haben.

Eine gute Stunde vor Tagesanbruch wanderten sie, dem brodelnden Strom und der sich senkenden Talschlucht folgend, zur Bucht hinunter. Wie grüne Edelsteine leuchteten hier und dort die Glühwürmchen. Die Flut hatte sich gedreht, aber die Dünung hielt mit unverminderter Gewalt an; tosend rasten die Wogen auf sie zu, wann immer sie sich in die Nähe wagten.

Im ersten Schimmer des Tagesanbruchs, während der tödlich fahle Mond sein letztes Licht in dem sich erhellenden Osten verglimmen ließ, wanderten sie langsam zurück. Vor vierundzwanzig Stunden hatte entsetzlicher Zorn, heiß und bitter und brandig, in Marks Seele gewütet. Jetzt war alles Gefühl erstorben. Seine schwarzen Augen lagen tief in den Höhlen.

»Ich werde mich auf den Weg machen«, sagte er, als sie sich dem Haus näherten.

»Bis morgen kannst du unter unserem Dach bleiben«, sagte Ross.

»Hören Sie, Sir«, sagte Mark. »Mir ist es gleich, ob ich hänge oder verdufte. Mich kümmert das jetzt kein bisschen mehr. Aber auf keinen Fall werde ich mich irgendwo verkriechen, wo ich Menschen in Gefahr bringe, die sich mir als Freunde erwiesen haben. Wenn die Soldaten kommen, dann sollen sie eben kommen.«

Schweigend erreichten sie das Haus.

»Du warst schon immer ein Dickschädel«, sagte Ross.

»Sieh mal, Mark«, wandte Paul sich an seinen Bruder. »Ich dachte mir …«

Jemand kam aus dem Haus.

»Oh, Demelza«, knurrte Ross halb ärgerlich, »ich habe dir doch gesagt, du solltest zu Bett gehen. Du brauchst dir doch keine Sorgen zu machen, Liebste.«

»Ich habe Tee aufgesetzt. Ich dachte mir, dass ihr jetzt zurückkommen würdet.«

Sie gingen ins Wohnzimmer. Beim Licht einer einzigen Kerze schenkte sie ihnen aus einem großen Zinnkrug Tee ein. Verlegen standen die drei Männer da und tranken. Der Dampf stieg ihnen ins Gesicht. Zwei von ihnen vermieden es, sich anzusehen, der dritte starrte an die Wand.

»Im Obergeschoss hört man es tosen«, brach Demelza die Stille. »Ich dachte mir gleich, es würde nicht gehen.«

»So hat es getost, als ich gestern aus der Grube kam«, sagte Mark unvermittelt. »Mein Gott, dieses Tosen …«

Ein bedrückendes Schweigen entstand.

»Du bleibst heute bei uns?«, fragte Demelza.

»Ich habe es ihm schon angeboten«, antwortete Ross an Marks Stelle, »aber er will nichts davon wissen.«

Mark ließ seine Schale sinken. »Ich habe daran gedacht, in die Grambler Grube zu gehen.«

Wieder Schweigen. Demelza fröstelte.

Ross schaute durchs Fenster. »Bevor du hinkommst, ist es schon hell.«

Auch Demelza sah hinaus, richtete den Blick auf den verschwommenen Horizont. »Und was ist mit der Grace-Grube? Ist noch eine Leiter da?«

Ross wandte sich Mark zu. »Vor sechs Jahren war die Leiter in gutem Zustand. Du könntest dich anseilen, um sicherzugehen.«

»Ich habe daran gedacht, in die Grambler Grube zu gehen.«

»Ach, Unsinn. Mann. Kein Mensch könnte mir einen Vorwurf daraus machen, wenn du dich in der Grace-Grube versteckst.«

Um neun Uhr bestieg der stämmige Sam Jenkins ein Pferd vor seiner Schmiede und ritt nach Mingoose hinüber; unterwegs besuchte er Dr Enys. Um ein Viertel vor zehn traf auch Sir Hugh Bodrugan in Mingoose ein; der Reverend Mr Faber, der Pfarrherr von St. Minver, folgte ihm. Die Besprechung dauerte bis elf; dann wurde ein Bote ausgeschickt, um Dr Enys zu holen. Zu Mittag löste sich die Versammlung auf; Sir Hugh Bodrugan ritt nach Trenwith hinüber, um mit Mr Francis Poldark zu sprechen, dann weiter nach St. Ann, wo er mit Mr Trencrom zusammentraf. Zusammen suchten sie dann den Hauptmann der Dragoner auf. Das Gespräch verlief ein wenig stürmisch. Um vier ging Ross zum Strand hinunter. Der sanfte Regen hatte die See beruhigt, aber die Wellen gingen immer noch hoch. Um fünf traf die Nachricht ein, dass die Soldaten, statt den Flüchtigen zu jagen, den ganzen Nachmittag über die Häuser in St. Ann durchsucht und eine große Menge von Schmuggelware entdeckt hatten. Ross lachte.

Um sechs kamen drei Dragoner und ein Zivilist die schmale Talmulde von Nampara heruntergeritten. Nie zuvor hatte man hier Soldaten gesehen.

Demelza erblickte sie als Erste. Sie hastete ins Wohnzimmer, wo Ross saß und über seinen Streit mit Francis nachdachte.

»Zweifellos wollen sie uns einen Anstandsbesuch abstatten«, sagte er.

»Aber warum kommen sie hierher, Ross, warum hierher? Glaubst du, es hat uns jemand verraten?«

Er lächelte. »Geh dich umziehen, mein Schatz, und bereite dich vor, deine Rolle als Dame des Hauses zu spielen.«

Sie eilte nach oben. Durch die halbgeöffnete Tür sah sie, dass der Zivilist Konstabler Jenkins war.

Als sie die Treppe hinunterstieg und zur Tür kam, brach plötzlich schallendes Gelächter aus. Ermutigt trat sie ein.

»Ach, Liebste, das ist Captain McNeil vom Zweiten Schottischen Dragonerregiment. Meine Frau.«

In seiner roten und goldenen Uniformjacke, seiner dunklen, mit goldenen Litzen besetzten Hose und den gespornten, glänzenden Stiefeln bot Captain McNeil einen imposanten Anblick.

»Konstabler Jenkins kennst du, glaube ich.«

Sie warteten, bis Demelza einen Stuhl genommen hatte, und setzten sich wieder.

292

»Captain McNeil hat von den Annehmlichkeiten unserer Gasthöfe gesprochen«, sagte Ross. »Er meint, die kornischen Läuse hätten den gesündesten Appetit.«

Der Hauptmann äußerte sich mit einem sanften Echo seines schallenden Gelächters dazu.

»Na, so schlimm ist es nun auch wieder nicht. Vielleicht treten sie nur in größerer Zahl auf.«

»Ich habe dem Captain angeboten, bei uns zu logieren.«

»Danke sehr. Danke sehr herzlich.« Captain McNeil zwirbelte ein Ende seines Schnurrbartes, als wäre es eine Schraube, die er an seinem Gesicht festmachen müsste. »Und eingedenk alter Zeiten wäre es mir ein außergewöhnliches Vergnügen, Ihre Einladung anzunehmen. Sie müssen wissen, Mrs Poldark, dass Captain Poldark und ich im Jahre einundachtzig am James River beide in eine handfeste Schlägerei verwickelt waren. Ein Wiedersehen alter Kämpfer, könnte man sagen. Aber wenngleich ich hier in der Nähe des Schauplatzes des Mordes wäre, würde ich mich doch sehr weit von der Schmuggelware befinden, die wir heute Nachmittag aufgespürt haben – und um Schmuggelware aufzuspüren, hat man mich ja hierhergeschickt, nicht wahr?« Er lachte in sich hinein.

»Tatsächlich?«, sagte Demelza.

Konstabler Jenkins räusperte sich. »Was diesen Mord betrifft …«, setzte er schüchtern an.

»Ach ja. Den dürfen wir nicht vergessen …«

»Darf ich Ihnen nachschenken?«, sagte Ross.

»Danke … Wie ich Ihrem Gatten eben erklärte, Mrs Poldark, das ist nur eine Routineuntersuchung, denn soviel ich weiß, hat er als einer der Ersten die Leiche gefunden. Auch heißt es, der Flüchtige sei hier in der Gegend gesehen worden …«

»Ach ja?«, entgegnete Demelza. »Davon habe ich aber nichts gehört.«

»Ein Gerücht, Ma'am«, fügte Jenkins hastig ein. »Wir wissen nicht genau, woher es kommt.«

»Ich bin also in der Hoffnung gekommen, Sie können mir ein paar Ratschläge geben. Captain Poldark kennt den Mann seit seiner Kindheit, und ich dachte, er hätte vielleicht eine Ahnung, wo er sich versteckt halten könnte.«

»Sie könnten ein Jahr lang nach ihm suchen, und würden noch immer nicht alle Kaninchenbaue durchforstet haben. Dessen ungeachtet glaube ich nicht, dass Daniel sich lange hier aufhalten wird. Meiner Meinung nach wird er versuchen, Plymouth zu erreichen, um sich bei der Flotte anwerben zu lassen.«

Captain McNeil beobachtete ihn. »Ist er ein guter Seemann?«

»Ich habe keine Ahnung. Aber hier in der Gegend hat so ziemlich jeder die See im Blut.«

»Jetzt sagen Sie mir eines, Captain Poldark: Gibt es sehr viele Stellen hier an der Küste, von wo aus ein Boot ausgesetzt werden kann?«

»Bei ruhigem Seegang an die fünfzig. Bei schwerem Seegang keine einzige von Padstow bis St. Ann.«

»Und wie würden Sie die heutige Lage einschätzen?«

»Mäßig bewegt, würde ich sagen, aber die See scheint sich zu beruhigen. Möglicherweise könnte man morgen Abend von Sawle aus ein Boot zu Wasser lassen. Warum fragen Sie?«

Captain McNeil zwirbelte seinen Schnurrbart. »Gibt es hier an der Küste eine große Anzahl seetüchtiger Boote, wie ein Mann sie gebrauchen könnte, um zu fliehen? Was meinen Sie?«

294

»Oh, ich verstehe, wo Sie hinauswollen. Nein, nicht allzu viele, die ein Mann allein steuern könnte.«

»Kennen Sie überhaupt jemanden, der ein solches Boot besitzt?«

»Ich kenne ein paar Leute. Ich selbst habe eines. Es liegt in einer Höhle in der Nampara-Bucht.«

»Wo bewahren Sie die Ruder auf, Sir?«, erkundigte sich Konstabler Jenkins.

Ross erhob sich. »Kann ich die Herren dazu überreden, zum Abendessen zu bleiben? Ich müsste jetzt die nötigen Anweisungen geben.«

Der Schmied reagierte ein wenig nervös auf diese Gunstbezeugung, doch Captain McNeil erhob sich und lehnte ab. »Aber eines Tages komme ich wieder, und dann können wir uns gemütlich über alte Zeiten unterhalten. Doch jetzt wäre ich Ihnen sehr verbunden, wenn Sie die Freundlichkeit hätten, mir die Bucht und die Klippen zu zeigen, wenn Sie die Zeit dazu erübrigen können. Ich habe das Gefühl, dass mir das weiterhelfen würde. Zwei Fliegen mit einer Klappe schlagen, wie man so sagt …«

8

Bei Einbruch der Nacht setzte starker Regen ein.

Um zehn, die Zeit, da die Flut fast ihren Höhepunkt erreichte, ging Ross zur Bucht hinunter und sah, dass die Dünung nachgelassen hatte. Es hätte keine günstigere Nacht geben können.

Um Mitternacht warteten zwei Männer in dem eines

Daches ermangelnden Maschinenhaus der Grace-Grube. Paul Daniel mit einem alten Filzhut und einem Sack über der Schulter, Ross in einem langen schwarzen Mantel, der ihm bis zu den Knöcheln reichte. In der Tiefe des Schachts flackerte ein Licht auf.

Als Mark sich dem Einstieg näherte, erlosch das Licht. Sein Kopf und seine Schultern wurden sichtbar, dann kletterte er heraus und blieb einen Augenblick hocken.

»Ich dachte, es wäre schon Morgen«, sagte er. »Wie steht es mit der Flut?«

»Es wird reichen.«

Sie gingen das Tal hinunter und auf das Haus zu.

»Mit der Grube ist noch viel Geld zu machen«, sagte Mark. »Ich habe mich gut umgesehen. Ich wäre sonst noch verrückt geworden.«

»Irgendwann einmal vielleicht«, sagte Ross.

»Kupfer … Ich habe noch nie ein reicheres Lager gesehen. Und eine Silberader.«

»Wo?«

»Auf der Ostseite. Sie wird allerdings die meiste Zeit unter Wasser liegen.«

Das Wohnzimmer war hell erleuchtet, aber Ross machte einen Umweg und erreichte das Haus von der Seite der Bibliothek. Er tastete nach der Tür; sie traten ein und standen im Dunkeln. Ein Kratzen, und eine Kerze brannte am anderen Ende des Raumes – dort, wo Keren gespielt und getanzt hatte.

»Das ist für dich«, sagte Ross und stellte ein Bündel mit Essen vor Mark hin, »und das auch.« Ein alter Mantel. »Das ist alles, was wir tun können. Du wirst alle Kraft brauchen, um vor Tagesanbruch außer Sicht von der Küste zu sein, denn es gibt keinen Wind, der dir helfen könnte.«

Sie machten sich auf den Weg zur Bucht hinunter. Auch der Regen hatte die Glühwürmchen nicht zum Erlöschen gebracht. Die See war jetzt ruhiger, rollte und zischte unter dem stetigen Regenguss. Es war hier nicht ganz so finster, denn der weiß phosphoreszierende Besatz der Brandung nahm der Nacht etwas von ihrem Dunkel.

Sie wandten sich vom Fluss ab und wanderten über den weichen Sand. Sie waren nur noch wenige Meter von der Bucht entfernt, als Ross stehen blieb. Er streckte eine Hand nach hinten und zog Paul an sich heran.

»Was ist das?«, raunte er.

Paul stellte den Mast nieder und starrte in die Finsternis. Er hatte sehr scharfe Augen und war Dunkelheit gewohnt. Er beugte sich ein wenig vor und richtete sich wieder auf.

»Ein Mann.«

»Ein Soldat«, korrigierte Ross. »Ich habe das Knarren seines Gurtes gehört.«

Sie hockten sich hin.

»Ich gehe lieber«, sagte Mark.

»Nein, den bring ich schon zum Schweigen«, sagte Paul. »Unter ihren Mützen haben sie alle weiche Rüben.«

»Aber nicht ernstlich verletzen«, flüsterte Ross. »Ich mach das lieber ...« Aber Paul war schon fort.

Ross kauerte im Sand und hielt den Mast fest. Mark brummelte vor sich hin. Er hatte sich ergeben wollen. McNeil, überlegte Ross, hat mit seinen Männern eine Kette gebildet. Zwei Fliegen mit einer Klappe. Auf diese Weise kann er entweder den Mörder oder auch ein paar Schmuggler fangen. Aber wenn er die ganze Küste zwischen hier und St. Ann im Auge behalten will, stehen seine Männer in großen Abständen voneinander.

Kriech vor.

Ein schriller Anruf. Sie stürzten hin. Hart und laut knallte die Muskete am Eingang der Höhle. Eine Gestalt sank zu
Boden.

»In Ordnung«, keuchte Paul. »Verdammter Lärm.«

»Schnell, das Boot!«

In die Höhle; Ross warf Mast und Segel hinein; Mark tastete nach den Rudern.

»Ich bring sie dir schon; ins Wasser mit dem Boot!«

Die Brüder begannen, das Boot über den weichen Sand
zu schieben. Zweimal blieben sie stecken. Sie mussten den
bewusstlosen Soldaten zur Seite zerren. Ross kam mit den
Rudern, legte sie hinein und schob mit an, bis das Boot
schließlich zum Wasser hinunterglitt.

Das Geräusch von Stiefeln, die irgendwo an Felsen stie-
ßen. Schreie. Männer kamen gelaufen.

»Hierher!«, rief eine Stimme. »Bei der Höhle!«

Am Wasser. Die phosphoreszierende Gischt konnte sie
verraten.

»Steig ein!«, stieß Ross zwischen den Zähnen hervor.

Sie schoben an. Neben ihnen brach eine Welle, schwenkte das Boot herum; fast wäre es gekentert; zurück ins seichte Wasser. Mark hob die Ruder auf.

Noch einmal zusammen anschieben! Plötzlich kam Leben in das Boot, es trieb davon, ins Dunkel. Paul stürzte, lag
auf Händen und Knien in der Brandung; Ross packte ihn
an den Schultern, riss ihn hoch. Eine Gestalt tauchte vor
ihnen auf und griff nach seinem Mantel. Ross duckte sich,
als eine Muskete dicht neben ihm feuerte. Er schlug den Soldaten nieder. Sie liefen den Strand entlang. Gestalten folgten ihnen, als sie zum Fluss hin abbogen. Ross blieb stehen,
schlug auf eine Gestalt ein, die an ihm vorbeilief. Der Mann
rollte in den Fluss. Dann änderte Ross seine Richtung und

fing an, zwischen den Adlerfarnen hinaufzuklettern, die
vier Fuß hoch die Talschlucht säumten.

9

Gleich einem Pesthauch lag das Militär über dem Land.
Alle hatten auf einen baldigen Abmarsch gehofft; stattdessen wurde eine Abteilung nach Sawle verlegt, und die
Soldaten ließen in keiner Weise erkennen, dass sie sich hier
unerwünscht fühlten. Sie schlugen ihr Zeltlager auf einem
offenen Feld hinter Cr. Choakes Haus auf, und zur großen
Enttäuschung der Dorfbewohner klärte das Wetter auf, und
kein Wind kam, der ihnen im Schlaf die Zelte weggerissen
hätte.

Ross hatte einige unruhige Tage hinter sich. Von der
Möglichkeit abgesehen, dass er wegen Mark Daniel in
Schwierigkeiten geraten könnte, bedrückte ihn der Bruch
mit Francis. Nie hatte es einen so heftigen Streit zwischen
ihnen gegeben.

Freitag musste Ross nach Trevaunance. Auch Richard
Tonkin sollte kommen, und gemeinsam wollten sie die
Hauptrechnungen durchsehen, denn für abends war eine
Generalversammlung anberaumt. Seit Eröffnung der
Schmelzhütte hatte die Gesellschaft schwer zu kämpfen.
Einige Gruben waren genötigt worden, sie zu boykottieren,
und man hatte versucht, sie aus den für Hüttenkupfer of-
fenen Märkten herauszudrängen. Bei den Auktionen wur-
den sie immer wieder überboten. Aber bis jetzt hatten sie
durchgehalten.

Seit Dienstagabend war es heute das erste Mal, dass Ross das Haus verlassen hatte, und als er Grambler erreichte, war er nicht übermäßig erfreut, einen groß gewachsenen Kavallerieoffizier zu sehen, der ihm entgegengeritten kam.

»Captain Poldark.« McNeil zügelte sein Pferd und verneigte sich leicht. »Ich wollte Ihnen gerade einen Besuch abstatten. Könnten Sie wohl eine halbe Stunde Zeit für mich erübrigen?«

»Leider habe ich eine geschäftliche Verabredung in Trevaunance. Könnten Sie mich begleiten?«

McNeil wendete sein Pferd. »Ja, vielleicht können wir unterwegs ein wenig plaudern. Ich wollte schon früher bei Ihnen vorbeikommen, aber Sie wissen ja, wie das ist. Eins kommt zum andern, und ich hatte alle Hände voll zu tun.«

»Ach ja«, sagte Ross, »die Schmuggler.«

»Nicht nur die Schmuggler. Da war auch noch die kleine Geschichte mit dem entflohenen Mörder.«

»Glauben Sie, dass er entflohen ist?«

Captain McNeil zwirbelte seinen Schnurrbart. »Ganz sicher. Und aus Ihrer Bucht, Captain, und in Ihrem Boot!«

»Ach, das. Ich dachte, Sie hätten ein Rencontre mit den Schmugglern gehabt. Der Sergeant …«

»Soviel ich weiß, hat Sergeant Drummond Ihnen gegenüber mit seiner Ansicht nicht hinter dem Berg gehalten.«

»Meiner Meinung nach befand er sich im Irrtum.«

»Wie das, wenn ich fragen darf?«

»Nun, soviel mir bekannt ist, hatten Sie es doch mit mehreren Männern zu tun. Mörder treten für gewöhnlich nicht in Rudeln auf.«

»Nein, aber er konnte mit der wohlwollenden Hilfe seiner Nachbarn rechnen.«

Schweigend trabten sie weiter.

»Nun, es ist schade, dass Sie keinen der Halunken erwischt haben. Haben Ihre Männer irgendwelche Verletzungen davongetragen?«

»Was man so Verletzungen nennt, nein. Außer vielleicht, was ihre Würde angeht. Wenn sie einen Gesetzesbrecher erwischt hätten, wäre es ihm wohl übel ergangen.«

»Ach«, sagte Ross. Und: »Verstehen Sie etwas von Kirchen, Captain? Die Kirche in Sawle erinnert mich an eine, die ich in Connecticut gesehen habe, nur befindet sie sich leider in schlechtem Bauzustand.«

»Der Verlust Ihres Bootes scheint Ihnen nicht besonders nahegegangen zu sein, Captain Poldark.«

»Ich werde langsam zum Philosophen«, erwiderte Ross. »Ich finde, wenn man in die Dreißiger kommt, ist das ein erstrebenswerter Geisteszustand. Es macht mich nicht gerade glücklich, ein gutes Boot zu verlieren, aber Seufzen und Klagen bringt es mir auch nicht wieder – genauso wenig wie meine verlorene Jugend.«

»Ihre Einstellung ehrt Sie«, entgegnete McNeil trocken. »Darf ich, der ich ein oder zwei Jahre älter bin, Ihnen einen Rat geben?«

»Selbstverständlich.«

»Nehmen Sie sich vor dem Gesetz in Acht, Captain! Es ist ein verschrobenes, launisches Ding, über das man sich ein halbes Dutzend Mal hinwegsetzen kann. Aber kommen Sie ihm einmal in die Krallen, und Sie werden feststellen, dass es leichter ist, einem zehnarmigen Tintenfisch zu entwischen. Verstehen Sie mich recht: Ich sympathisiere mit Ihrem Standpunkt. Das Soldatenleben bringt es mit sich, dass der Mensch der Justiz und dem Gemeindekonstabler mit einer gewissen Unduldsamkeit gegenübersteht. Mir ist es auch nicht anders gegangen.«

»Schauen Sie sich diese Kinder an, McNeil«, sagte Ross. »Es ist das einzige Buchenwäldchen in der Gegend. Sie sammeln die Blätter und tragen sie zum Kochen nach Hause. Es ist keine sehr nahrhafte Speise und lässt die Bäuche anschwellen.«

»Ja«, bestätigte der Captain grimmig, »ich sehe sie deutlich.«

»Ich gebe zu, dass gewisse Leute meine Duldsamkeit oft auf eine harte Probe stellen«, sagte Ross, »wie zum Beispiel der Gemeindekonstabler und die hier ansässigen Richter. Ich glaube, ich habe schon sehr früh begonnen, so zu empfinden. Und um diesen Leuten auszuweichen, bin ich zum Infanterieregiment Zweiundfünfzig gegangen.«

»Das mag wohl sein. Wer einmal ein Rebell gewesen ist, wird es im Grunde seines Herzens immer bleiben. Aber es gibt verschiedene Grade von Rebellion, so wie es auch verschiedene Arten von Vergehen und Übertretungen gibt, und wenn einmal der Gemeindekonstabler von einer Abteilung Seiner Majestät Kavallerie unterstützt wird …«

»Abteilung eines Eliteregiments.«

»Eines Eliteregiments, wie Sie ganz richtig bemerken; dann wird Verwegenheit zu Unvernunft und kann üble Folgen nach sich ziehen.«

Die Kirche von Sawle lag hinter ihnen, und sie bogen die Straße nach Trenwith ein.

»Sie werden mir vielleicht zustimmen«, sagte Ross, »wenn ich behaupte, dass es, sosehr wir das Gesetz theoretisch auch achten, in der Praxis Beweggründe geben kann, die einen höheren Stellenwert besitzen.«

»Wie zum Beispiel?«

»Freundschaft.«

Schweigend ritten sie weiter.

»Das würde kein Gericht akzeptieren.«

»Von einem Gericht erwarte ich das auch gar nicht. Ich habe es *Ihnen* nahegelegt, es zu akzeptieren.«

Der Schotte zwirbelte seinen Schnurrbart und antwortete bedächtig:

»Nein, nein, Captain Poldark. Du lieber Himmel, nein. Sie haben die Uniform abgelegt, aber ich trage sie noch. Mit moralischen Argumenten dieser Art werden Sie mich nicht in die Enge treiben. Ich hätte es nur zu schätzen gewusst, wenn Sie mir versicherten, dass Sie sich meine Warnung zu Herzen nehmen werden.«

»Oh, das tue ich, das kann ich Ihnen versichern.«

»Dann ist alles gesagt – für heute. Es könnte sein, dass wir einander wieder begegnen – unter anderen Umständen, möchte ich hoffen.«

»Ich freue mich schon darauf«, erwiderte Ross. »Wenn Sie je wieder in unsere Gegend kommen, betrachten Sie bitte mein Haus als das Ihre.«

»Danke.« McNeil streckte ihm seine Hand entgegen.

Ross nahm seine Handschuhe ab, und sie schüttelten sich die Hände.

»Haben Sie Ihre Hand irgendwo verletzt?«, fragte McNeil mit einem Blick auf die kaum noch vernarbten Knöchel.

»Ja«, gab Ross zu, »ich bin in eine Kaninchenfalle geraten.«

Die Schmelzhütte fraß sich jetzt in das Kaigelände von Trevaunance hinein.

Schon von weitem sah man die immensen Rauchmassen aus den Schmelzöfen kommen, und an diesem windstillen Tag hingen sie, die Sonne verdunkelnd, im Tal. Hier breitete sich eine sich selbst verschlingende Industrie aus, mit Riesenbergen von Kohle, Haufen von Schlacke und einem nicht enden wollenden Strom von Maultieren und Menschen, die geschäftig um Kupferanlage und Kai schwärmten.

Es fiel ihm auf, wie viele der Männer, die hier arbeiteten, blass und kränklich aussahen, obwohl das Werk erst drei Monate in Betrieb war. Die große Hitze und die Dämpfe machten auch dem Kräftigsten zu schaffen, und der Krankheitssatz war hier höher als in den Gruben. Ein Faktor, den er vergessen hatte. Er hatte viele Stunden darauf verwandt, diese Anlage ins Leben zu rufen, hatte geglaubt, dass sie dem Bezirk Wohlstand bringen und die Gruben vielleicht retten würde, aber für die armen Teufel, die hier arbeiteten, schien »Wohlstand« nur ein leeres Wort zu sein.

Die Dämpfe zerstörten die Vegetation in dieser schönen Bucht. Der Adlerfarn welkte schon einen Monat vor der Zeit, und die Blätter der Bäume krümmten und verfärbten sich. Nachdenklich ritt er zum Place House hinauf, das auf der anderen Seite des Tales stand.

Als er hereingeführt wurde, saß Sir John Trevaunance noch beim Frühstück und las den *Spectator*.

»Ach, Poldark, nehmen Sie Platz. Sie sind früh dran. Oder ich vielleicht spät, was? Tonkin wird nicht vor einer halben Stunde da sein.« Er klatschte mit dem Handrücken auf die Zeitung. »Das ist eine verflixte Geschichte, was?«

»Sie meinen die Unruhen in Paris?«, gab Ross zurück. »Etwas überspannt.«

Sir John schob sich das letzte Stück Fleisch in den Mund. »Dass der König ihnen so nachgibt! Ein Feigling ist er! Ein oder zwei Runden Kartätschenfeuer, das brauchten sie!«

10

Seit Montagabend hatte Demelza mit ihrem Gewissen gekämpft, und als Ross am Freitag das Haus verließ, wusste
sie, dass sie keinen Frieden finden würde, solange sie nicht
handelte.

Darum machte sie sich, kaum dass er gegangen war, auf
den Weg nach Trenwith. Sie konnte sich nicht erinnern,
dass sie sich in ihrem ganzen Leben schon einmal so unbe-
haglich gefühlt hätte, aber es blieb ihr nichts anderes übrig.

Als sie klingelte, erfuhr sie von Mary Bartle, dass Mrs
Poldark noch schlief und Mr Poldark allein im Wintergar-
ten frühstückte. Das erschien ihr noch günstiger, als sie zu
hoffen gewagt hatte.

»Könnte ich ihn bitte sprechen?«

»Ich werde fragen, Ma'am. Wenn Sie hier warten wollen.«

Es war sehr still im Haus, etwas schien zu fehlen. Plötzlich kam sie drauf, dass dieses Etwas – Verity war. Sie blieb
stehen und begriff zum ersten Mal, dass sie dieses Haus
seiner kraftvollen Persönlichkeit beraubt hatte.

So hatte sie die Dinge noch nie gesehen. Sie hatte immer
nur Veritys unerfülltes Leben vor Augen gehabt. Sie hatte
sich Andrew Blameys Standpunkt zu eigen gemacht, nie
den von Elizabeth oder Francis. Wenn sie überhaupt an sie
gedacht hatte, so nur als Menschen, die aus eigennützigen
Motiven, weil sie sie brauchten, an ihr hingen. Es war ihr
nicht in den Sinn gekommen, dass jeder in diesem Haus
Verity geliebt und einen persönlichen Verlust erlitten hatte.

»Mr Poldark lässt bitten«, sagte Mary Bartle.

Er erhob sich, als sie eintrat. Er musterte sie unfreundlich.

»Tut mir leid«, sagte er kurz angebunden, »Elizabeth ist

noch nicht heruntergekommen. Neuerdings frühstückt sie immer oben.«

»Ich bin nicht gekommen, um Elizabeth zu sprechen«, antwortete Demelza errötend. »Ich bin gekommen, um mit dir zu sprechen.«

»Oh. Wenn das so ist, bitte nimm Platz.«

»Ich möchte dich nicht beim Frühstück stören.«

»Ich bin fertig.«

»Oh.« Sie setzte sich, aber er blieb, die Hand auf der Lehne ihres Stuhls, neben ihr stehen.

»Nun?«

»Ich bin gekommen, um dir etwas zu sagen«, begann sie. »Ich glaube, du hattest einen Streit mit Ross über … über die Art, wie Verity euch verlassen hat. Du denkst, es wäre seine Schuld.«

»Hat er dich hergeschickt?«

»Nein, Francis; du solltest wissen, dass er das nie tun würde. Aber ich … ich muss das aufklären, auf die Gefahr hin, dass du mich dafür immer hassen wirst. Ross hatte nichts mit Veritys Verschwinden zu tun. Das weiß ich ganz sicher.«

Francis' zorniger Blick begegnete dem ihren. »Warum sollte ich dir etwas glauben, was ich ihm nicht glaube?«

»Weil ich dir sagen kann, wer den beiden geholfen hat.«

Er lachte kurz auf. »Da bin ich aber neugierig.«

»Ja, das kann ich. Denn ich war es, die ihnen geholfen hat, Francis, nicht Ross. Er wusste nichts davon. Er hat ihr Fortgehen nicht weniger missbilligt als du.«

Francis starrte sie an und wandte sich dann stirnrunzelnd ab. Als wollte er ihr Geständnis beiseiteschieben, ging er ans Fenster.

»Ich glaubte … ich glaube, dass Veritys Glück dabei auf

dem Spiel stand«, stammelte sie. Ursprünglich hatte sie ihm die ganze Geschichte beichten wollen, doch nun verließ sie der Mut.

Stille herrschte im Zimmer. Eine Uhr tickte. Francis holte tief Atem und ließ ihn gegen das Fenster entweichen.

»Du verdammte Stänkerin …«

Sie stand auf.

»Es ist mir nicht leichtgefallen, hierherzukommen und eine Beichte abzulegen. Ich kann mir vorstellen, was du von mir denkst. Aber ich konnte nicht zulassen, dass du durch meine Schuld mit Ross verfeindet bleibst. Ich wollte weder dir noch Elizabeth weh tun, bitte glaub mir das. Du hast recht: Ich habe mich eingemischt. Aber wenn ich einen Fehler gemacht habe, so nur aus Liebe zu Verity, und nicht um euch weh zu tun …«

»Geh!«

Eine leichte Übelkeit überkam sie. Sie hatte nicht geglaubt, dass das Gespräch auch nur annähernd so ungut verlaufen würde. Sie hatte versucht, einen Fehler wiedergutzumachen, aber wie es schien, war es ein nutzloses Bemühen gewesen. Hatte ihr Besuch wenigstens eine Änderung seiner Haltung gegenüber Ross bewirkt?

»Ich bin gekommen«, sagte sie, »um die Schuld auf mich zu nehmen. Wenn du mich jetzt hasst, verdiene ich vielleicht nichts anderes, aber lass, was ich getan habe, nicht Anlass zu Unfrieden zwischen dir und Ross sein. Ich würde …«

Er hob die Hand an die Fensterklinke, als ob er es öffnen wollte. Sie sah, dass seine Hand zitterte. Was war nur los mit ihm?

»Du wirst nie wieder dieses Haus betreten. Verstanden? Solange ich lebe, will ich nicht, dass du je wieder nach Trenwith kommst. Und auch Ross kann bleiben, wo er ist. Wenn er so eine dumme Schlampe wie dich geheiratet hat, muss er die Konsequenzen tragen.«

Er hatte seine Stimme so gedämpft, dass sie ihn kaum noch verstehen konnte. Sie drehte sich um, ging in die Halle hinaus, nahm ihren Mantel und trat durch die offene Tür in die Sonne hinaus. An der Hauswand stand eine Bank, und sie setzte sich erst einmal. Sie fühlte sich schwach, und der Boden schien zu schwanken.

Lord Devoran war nicht gekommen. Ein Anfall von Fieber hatte ihn ans Bett gefesselt. Auch Trencrom fehlte. Er war insgeheim immer noch mit den Ersatzansprüchen seiner leidgeprüften Untergebenen beschäftigt – jener Unglücksvögel, in deren Kellern und Dachböden man Schmuggelware gefunden hatte.

Von Anfang an hatte Ross das Gefühl, dass etwas nicht stimmte. Es war dies eine Generalversammlung der Aktionäre und wurde als solche erst nach Einbruch der Dunkelheit abgehalten. Keine Generalversammlung war je bei Tageslicht einberufen worden; es konnte sich immer ein Spion in der Nähe aufhalten, der das Kommen und Gehen beobachtete.

Zwanzig Herren waren erschienen. Zur Diskussion stand vor allem ein Vorschlag von Ray Penvenen, auf der Kuppe des Hügels, wo sein Besitz an den Sir Johns angrenzte, ein Walz- und Schrämmwerk zu errichten. Es war vorgesehen, dass er und die Gesellschaft die Kosten je zur Hälfte übernehmen würden.

Strittig war nur die Wahl des Standortes. Ross neigte dazu, ein Zugeständnis an Penvenens *amour-propre* zu machen, denn Penvenen besaß etwas, das hoch im Kurs stand –

flüssiges Geld. Widerstand erwartete Ross nur von Alfred Barbary, und er bekam ihn auch zu spüren. Wieder wurde die alte Klage laut, wonach den Aktionären der Nordküste immer alle Rosinen zugeschanzt würden.

Während Ross dem Gezänk lauschte, fiel sein Blick abermals auf den schielenden Aukett, der schweigend dasaß und an seiner Unterlippe nagte. Von einem Teppichfabrikanten namens Fox hätte man meinen können, er wäre zu Stein erstarrt. Schließlich sagte Tonkin, der einen perfekten Vorsitzenden abgab: »Ich hätte gerne auch die Meinung der anderen Aktionäre gehört.«

Die Mehrheit sprach sich dafür aus, die Anlage in der Nähe des Werks zu errichten. Dann meldete sich überraschend Aukett zu Wort: »Das ist alles gut und schön, meine Herren, aber ich möchte gern wissen, wo unsere Hälfte des erforderlichen Kapitals herkommen soll.«

»Nun«, antwortete Tonkin, »die Hauptaktionäre waren sich von vornherein darüber klar, dass Nachschüsse erforderlich sein könnten. Das haben wir alle akzeptiert. Der Bedarf ist groß. Wenn wir das Kupfer nicht walzen und hämmern können, verlieren wir so gut wie alle unsere kleineren Märkte.«

»Das ist alles schön und gut«, sagte Aukett und blinzelte in seiner Erregung noch heftiger als sonst, »aber ich fürchte, unsere Grube wird einen solchen Nachschuss nicht leisten können. Ja, wir könnten uns sogar gezwungen sehen, unsere Aktien abzustoßen.«

Tonkin musterte ihn mit einem scharfen Blick. »Was Sie mit Ihren Aktien machen, ist Ihre Sache, aber solange sie sich noch in Ihrem Besitz befinden, sind Sie moralisch verpflichtet, die von uns allen gemeinsam übernommene Verantwortung mitzutragen.«

»Und das würden wir auch gerne tun«, erwiderte Aukett, »aber wo nichts ist, hat der Kaiser das Recht verloren. Ob es uns nun gefällt oder nicht, wir werden aus dem Vertrag aussteigen müssen.«

»Was soll denn das heißen?«, wunderte sich Blewett. »Erst Dienstag haben Sie mir erzählt, dass die Aktionäre der Mexiko-Grube nach den höheren Preisen bei der letzten Auktion so zuversichtlich sind wie schon lange nicht.«

»Ja.« Aukett nickte. »Aber gestern bekam ich einen Brief von Warleggans Bank, in dem sie mir mitteilen, dass sie uns den Kredit kündigen müssen. Gleichzeitig fordern sie uns auf, Vorkehrungen zu treffen, um den Kredit auf ein anderes Institut zu übertragen. Das bedeutet für uns den Ruin – außer Pascoe springt ein, und das bezweifle ich, denn Pascoe wird mehr Sicherheiten haben wollen.«

»Haben sie einen Grund genannt?«, erkundigte sich Ross.

»Ich habe einen ganz ähnlichen Brief bekommen«, unterbrach Fox. »Wie Sie alle wissen, habe ich meine Geschäfte nach mehreren Richtungen ausgedehnt und im vergangenen Jahr Wechsel über große Summen ausgestellt. Ich war gestern Abend bei Mr Nicholas Warleggan, um ihm darzulegen, dass eine Kreditentziehung das Scheitern dieser Projekte nach sich ziehen würde. Er zeigte sich nicht sehr zugänglich. Ich glaube, dass er von meiner Beteiligung an der Carnmore Copper Company weiß und sich daran stößt. Ich bin ganz sicher, dass das der wahre Grund für sein Verhalten ist.«

»Zweifellos.« Alle Augen wandten sich St. Aubyn Tresize zu. »Meine privaten Geschäfte stehen an diesem Tisch nicht zur Debatte, meine Herren. Aber Warleggans Bank hat mir in den letzten Jahren Geld vorgeschossen. Sie haben die beste Sicherheit, die es gibt: Grund und Boden. Und das ist eine Sicherheit, der ich nicht verlustig zu gehen die Absicht habe.«

»Wie zum Teufel haben Sie das alles erfahren?«, wunderte sich Blewett.

»Jemand hat geredet«, meldete sich eine Stimme im Hintergrund.

Richard Tonkin klopfte auf den Tisch. »Hat sonst noch jemand von den Warleggans gehört?«

Schweigen.

»Noch nicht«, sagte Johnson.

»Zum Henker«, ließ Trevaunance sich vernehmen, »Sie alle sollten mit Pascoe arbeiten, so wie ich, dann würden Sie jetzt nicht in der Klemme sitzen. Wickeln Sie doch Ihre Geschäfte mit Pascoe ab.«

»Leichter gesagt als getan«, entgegnete Fox giftig. »Aukett hat recht. Pascoe verlangt bessere Sicherheiten.«

»Das ist Ihr persönliches Problem«, brummte Ray Penvenen ungeduldig. »Wir können jetzt nicht alle unsere privaten Schwierigkeiten voreinander ausbreiten. Zur Diskussion steht das Walzwerk.«

Schließlich kam man überein, dass das Werk von Penvenen in eigener Regie am Ort seiner Wahl errichtet werden sollte. Die Carnmore Copper Company verpflichtete sich zur Übernahme von dreißig Prozent des Aktienkapitals.

Die Unwirklichkeit saß nun am Tisch. Jemand war ihnen in den Rücken gefallen.

Schon früh wurde die Versammlung als geschlossen erklärt. Ross verließ als einer der Ersten das Haus. Er wollte nachdenken. Er wollte überlegen, wo die undichte Stelle sein könnte. Er war schon nach Hause unterwegs, als sich ihm ein äußerst unerfreulicher und beunruhigender Gedanke aufdrängte.

11

Demelza lag im Bett, schlief aber noch nicht. Unnatürlich glitzerten ihre Augen im gelben Schein der Kerze.

»Gibt es etwas Neues von Mark?«

»Dafür ist es noch zu früh.«

»Es sind alle möglichen Gerüchte über Frankreich im Umlauf.«

»Ja, ich weiß.«

»Wie ist es bei der Generalversammlung zugegangen?«

Er berichtete ihr.

Sie schwieg eine Weile, nachdem er geendet hatte. »Könnte das heißen, dass du noch mehr Schwierigkeiten zu erwarten hast?«

»Es könnte.«

Das Haar über das Kissen gebreitet, wartete sie ruhig, bis er sich ausgekleidet hatte. Eine Strähne lag auf seinem Kissen, als er ins Bett stieg.

»Lösch das Licht nicht«, sagte sie, »ich muss dir etwas sagen.«

»Kannst du nicht im Dunkeln reden?«

»Nicht darüber. Manchmal lastet die Dunkelheit schwer … Hast du noch etwas von Verity gehört?«

»Ich war den ganzen Tag über auf Trevaunance.«

»Ach, Ross«, seufzte sie.

»Was ist denn?«

»Ich … ich war heute in Trenwith bei Francis. Ich bin hingegangen, um ihm zu sagen, dass er irrt, wenn er glaubt, du hättest Verity ermutigt, durchzubrennen.«

»Wozu sollte das gut sein?«

»Ich wollte nicht, dass man mir vorwirft, ich hätte Unfrieden zwischen euch gestiftet. Ich musste ihm die Wahrheit sagen: dass ich ohne dein Wissen Verity geholfen habe.«

Sie lag ganz still und wartete.

Irgendwo in seinem Inneren verspürte er Ärger, aber sein Unbehagen brach nicht auf und versickerte in den Kanälen seiner Müdigkeit.

»Ach, du lieber Himmel«, brummte er schließlich. »Was spielt das für eine Rolle?«

Sie rührte sich nicht und antwortete nicht. Ihre Worte drangen tiefer in sein Bewusstsein ein, setzten neue Gedanken und Gefühle frei.

»Was hat er gesagt?«

»Er ... er hat mich hinausgeworfen ... hat mich aufgefordert zu gehen und ... er war schrecklich zornig. Ich hätte nie gedacht ...«

»Wenn er seine schlechte Laune noch einmal an dir auslässt ...«

»Nein, Ross, nein, Ross«, flüsterte sie beschwörend. »Das ist alles anders. Nicht auf ihn solltest du böse sein, sondern auf mich. Ich bin die Schuldige. Und dabei habe ich ihm gar nicht alles gesagt.«

»Und was hast du ihm nicht gesagt?«

Sie schwieg. Dann antwortete sie: »Jetzt wirst du mich wohl schlagen, Ross.«

»So?«

»Was ich getan habe, habe ich getan, weil ich Verity liebe und es mir unerträglich war, sie so unglücklich zu sehen.«

»Und?«

Sie erzählte ihm alles. Von ihrem heimlichen Besuch in Falmouth während seiner Abwesenheit, wie sie ein Zusammentreffen zustande gebracht hatte und wie alles gekommen war.

Er unterbrach sie kein einziges Mal. Stockend, aber entschlossen berichtete sie rückhaltlos. Auf unerklärliche Weise ungläubig hörte er ihr zu. Und die ganze Zeit regte sich jener andere Verdacht in ihm. Diese Geschichte war ein Teil des Ganzen. Francis musste erkannt haben, dass Verity und Blamey ganz bewusst zusammengebracht worden waren. Francis hatte *ihn* verdächtigt. Francis wusste genau über die Carnmore Copper Company Bescheid …

Die Kerze flackerte, und ihr Schein veränderte die Schattenmuster auf dem Bettvorhang.

Es fiel alles auf Demelza zurück. Zorn wallte in ihm auf.

»Ich kann einfach nicht glauben, dass du das getan hast«, sagte er schließlich. »Hinter meinem Rücken! Diese Hinterhältigkeit …«

»Ich wollte es offen tun. Aber das hast du nicht zugelassen.«

Sie hatte ihn verraten und damit den Anstoß zu einem größeren Verrat gegeben. Es passte alles zusammen.

»So hast du es heimlich getan, nicht wahr? Loyalität, Verantwortungsbewusstsein, das hat dir nichts bedeutet, wenn du nur deinen Kopf durchsetzen konntest.«

»Ich habe es doch nicht für mich getan. Nur für Verity.«

»Die Hinterlist und Lügen«, fuhr er fort und ließ sie seine Verachtung deutlich spüren. »Über zwölf Monate immer wieder Lügen. Wir sind noch nicht lange verheiratet, aber ich habe mir eingebildet, dass das, unsere Verbindung, das einzig Beständige in meinem Leben ist. Das einzig Unveränderliche und Unantastbare. Dass zwischen uns reinstes und vollstes Vertrauen herrscht. Ich war restlos davon überzeugt.«

»Oh, Ross«, schluchzte sie plötzlich auf, »willst du mir das Herz brechen?«

»Du erwartest von mir, dass ich dich schlage?«, sagte er.
»Das ist etwas, was du verstehen kannst. Eine gute Tracht
Prügel, und die Sache ist erledigt. Aber du bist kein Hund
und kein Pferd, kein Tier, dem man mit der Peitsche Manieren beibringt. Du bist eine Frau mit der angeborenen
Fähigkeit, zwischen Recht und Unrecht zu unterscheiden.
Loyalität kann man nicht kaufen; man kann sie nur schenken oder – vorenthalten. Du hast es vorgezogen, sie mir
vorzuenthalten!«

Blind begann sie aus dem Bett zu klettern. Als sie zur Tür
kam, setzte er sich auf. Sein Zorn wollte sich nicht legen.

»Komm her, Demelza!«

Sie war fort und hatte die Tür hinter sich geschlossen. Er
stieg aus dem Bett, nahm die Kerze und trat auf den Gang
hinaus. Sie war nicht auf der Treppe. Er folgte ihr hinunter.
Kam zum Wohnzimmer. Sie versuchte, die Tür hinter sich
zu schließen, aber er stieß sie krachend auf.

Sie floh zur anderen Tür hin, aber er stellte die Kerze nieder, erwischte sie am Kamin und hielt sie fest. Schwächlich,
als hätte der Kummer sie all ihrer Kraft beraubt, wehrte sie
sich in seinen Armen. Er packte sie an den Haaren und bog
ihren Kopf zurück.

»Lass mich gehen, Ross. Lass mich gehen.«

Er hielt sie fest, während die Tränen über ihre Wangen
rollten. Dann ließ er ihre Haare los, und sie blieb ruhig stehen und weinte an seiner Brust.

Das hat sie verdient, dachte er, das und noch mehr. Mehr,
noch mehr! Sie soll leiden.

Unverschämte Göre! Der Teufel soll sie holen! Verity mit
Blamey verheiratet, und alles, alles, die ganzen Schwierigkeiten ihre Schuld. Er hätte sie am Kragen nehmen und
durchschütteln mögen, bis ihr die Zähne klapperten.

Doch schon meldete sich ein Gefühl der Fairness zu Wort. Es war zum Teil ihr Verschulden, aber sie trug keine Schuld. Zumindest nicht an den Folgen. Dieser verdammte Francis! Dieser unglaubliche Treuebruch!

»Komm, du wirst dich erkälten«, sagte er barsch.

Sie achtete nicht darauf.

Sein Zorn klang langsam ab. Er legte sich nicht, aber er erreichte ein vernünftiges Maß. In Wahrheit war er an dem ganzen Schlamassel schuld: der erste Bruch zwischen Verity und Blamey, und dann seine halsstarrige Weigerung, seine Abneigung, die ganze Sache doch noch einmal zu überdenken. Demelza hatte zweifellos aus den reinsten Motiven heraus gehandelt. Nun ja, man wusste ja, womit der Weg zur Hölle gepflastert war.

Aber sie hatte kein Recht gehabt, so zu handeln – aus welchen Motiven auch immer. Die Folgen ihrer Handlungsweise waren nicht abzusehen und würden so manchen Mannes Leben von Grund auf verändern.

Sie hatte aufgehört zu weinen und löste sich von ihm.

»Es geht mir schon besser«, sagte sie.

»Bleib nicht die ganze Nacht hier unten.«

»Geh nur voraus. In einer kleinen Weile komme ich nach.«

Er überließ ihr die Kerze und kehrte ins Schlafzimmer zurück. Dort zündete er eine zweite Kerze an und ging zur Wiege hinüber. Julias lockiges braunes Haar umrahmte ihr unschuldiges Engelsgesicht wie ein Heiligenschein.

Ross blickte auf das Kind hinab, und als er sich umdrehte, war Demelza schon im Bett. Er konnte gerade noch die Pyramide ihrer Knie sehen.

Nun begab auch er sich ins Bett, blies die Kerze aus und legte sich nieder. Lange Zeit veränderte sie ihre Stellung nicht. Überspannt und querköpfig in allem, dachte er, in ihren Pflichten und in ihrem Kummer. Sie streut mir Sand in die Augen, belügt mich, ohne mit der Wimper zu zucken – aus Liebe zu Verity. Soll ich sie tadeln, der ich so viel von geteilten und einander widersprechenden Gefühlen weiß?

Sie führt diesen Bruch zwischen Francis und mir herbei, einen Bruch, der unabsehbare Folgen haben kann, möglicherweise Zusammenbruch und Ruin.

»Es tut mir so entsetzlich leid«, murmelte sie. »Ich wäre nie auf den Gedanken gekommen, dass ich damit Unfrieden zwischen dir und Francis stiften könnte. Es wäre mir nicht im Traum eingefallen. Wenn ich das vorausgesehen hätte, würde ich es nie getan haben.«

Er seufzte. »Du hast in eine eigenartige Familie hineingeheiratet. Du darfst von den Poldarks nie erwarten, dass sie rein vernunftmäßig handeln. Das zu erwarten habe ich längst aufgegeben. Wir handeln überstürzt – ganz unglaublich überstürzt, wie mir scheint. Wir sind jähzornig. Unsere Neigungen und Abneigungen sind stark ausgeprägt und oft absurd – geradezu verbohrt. Was die erste Sache betrifft, so zeugt vielleicht deine Einstellung von gesundem Menschenverstand. Wenn zwei Menschen sich gern haben, sollen sie doch heiraten und um ihr eigenes Heil besorgt sein …«

»Aber ich … ich verstehe immer noch nicht«, sagte sie. »Du sprichst in Rätseln. Und ich komme mir so gemein vor, so charakterlos …«

»Ich kann es dir jetzt nicht besser erklären.«

Sie rutschte ein Zoll weiter im Bett herunter.

Sie holte tief Atem. »Ich wollte … ich werde nicht sehr glücklich sein, wenn dieser Streit zwischen dir und Francis nicht bald beigelegt wird.«

»Dann, fürchte ich, wirst du noch sehr lange unglücklich sein.«

Viertes Buch

1

Am Weihnachtsabend öffnete Demelza einen Brief von Verity.

Meine teure Demelza,

dein lieber Brief ist gestern Morgen angekommen, und ich antworte dir gleich, um dir zu sagen, wie froh ich bin, zu hören, dass alle gesund sind – wo man doch überall von Krankheiten hört. Hier in der Stadt ist es sehr schlimm. Es wüten zwei oder drei Krankheiten, und wer die eine nicht hat, bekommt die andere. Gott sei Dank sind wir bis jetzt verschont geblieben …

Ich freue mich, dass du endlich von Mark Daniel gehört hast, dass er in Frankreich in Sicherheit ist – soweit man dort heute in Sicherheit sein kann. Es war eine schreckliche Sache, und ich wollte, es wäre nie geschehen; ich kann Mark verstehen, aber seine Tat nicht gutheißen.

In der vergangenen Woche waren wir sehr beschäftigt. Die Ostindienflotte – drei schöne Schiffe und eine Fregatte –, dazu zwei Flotten aus Westindien und eine aus Oporto, haben alle unseren Hafen angelaufen …

Nun, Liebste, ich bin in meinem neuen Leben sehr glücklich. Als verheiratete Frau bin ich eine andere geworden. Auch Andrew ist glücklich und pfeift immer, wenn er zu Hause ist. Das ist für mich ungewöhnlich, weil auf Trenwith nie jemand gepfiffen hat. Manches vermisse ich sehr, und oft sehne ich mich nach den vertrauten

Gesichtern, besonders wenn Andrew fort ist, aber bis jetzt kannst du mit ruhigem Gewissen behaupten, dass dein Glaube an uns nicht enttäuscht wurde. Gott segne dich für alles, was du getan hast.

Es wäre mein Wunsch gewesen, dass diese Weihnachtstage für uns alle ein Wiedersehen gebracht hätten. Das wäre schön gewesen, doch ich fürchte, Francis wird sich nie besänftigen lassen. Aber ich weiß, dass Ross der Einsichtigere ist, und im Frühjahr, wenn das Wetter sich bessert und Ross weniger zu tun hat, möchte ich, dass ihr beide herkommt und eine Woche bei mir verbringt. Wir haben viele Freunde hier, und wer Andrew gut kennt, schätzt ihn.

Es tut mir so leid, dass Ross' Pläne fehlgeschlagen sind. Das ist schlimm und auch sehr bedauerlich, denn die Industrie braucht Hilfe. Es gibt sehr viele Not leidende Arbeiter aus den Zinnbergwerken in der Gegend. Versuche, auf Ross einzuwirken, dass er es sich nicht so zu Herzen nimmt. Manchmal neigt er dazu, weil er das Gefühl hat, jeder Misserfolg sei sein Misserfolg. Wenn alle Stricke reißen und die Schmelzhütte schließen muss, ist das vielleicht nur ein Rückschlag für wenige Jahre. Es werden wieder bessere Zeiten kommen und damit vielleicht ein neuer Beginn.

Ich bedaure nur, dass Andrew so viel unterwegs ist. Er fährt heute Abend und wird über Weihnachten und bis ins neue Jahr hinein fortbleiben. Ich habe oft daran gedacht, mit ihm mitzufahren, aber er sagt, ich soll bis zum Sommer warten … Er kommt ganz ausgelaugt von seinen Fahrten zurück, so als ob er mit den Nerven am Ende wäre. Dann ist er leicht gereizt und Stimmungen unterworfen. Ich glaube, er trinkt ein wenig, wenn er auf See ist – kein Wunder, schließlich braucht er etwas, das ihn stärkt und aufrecht erhält – aber an Land rührt er keinen Tropfen an. Ich brauche einen ganzen Tag seiner kostbaren Zeit, bis ich ihn wieder so weit habe, dass er sich richtig wohl fühlt – und dann muss er bald wieder fort.

Meine zwei »Kinder« habe ich noch nicht kennengelernt. Es könnte für mich zu einer echten Bewährungsprobe werden … Dabei ist es mein sehnlichster Wunsch, sie hier willkommen zu heißen und ihnen ein gemütliches Heim einzurichten – wenn unsere persönlichen Beziehungen sich positiv entwickeln. Manchmal fürchte ich, ich bin kein sehr geselliger, kein anpassungsfähiger Mensch. Ich wünschte, ich könnte so unbeschwert sein, wie das manche Leute sind.

In diesen Weihnachtstagen werde ich an dich denken. Ich bin sehr, sehr froh, dass du mir den Mut gegeben hast, mir mein eigenes Leben einzurichten.

Gott segne und erhalte euch beide.

Verity

2

Zehn Uhr hatte es längst geschlagen, als Ross an diesem Abend heimkam. Es war ein schöner Abend, und vor einer Stunde hatte der Kirchenchor von Sawle Weihnachtslieder gesungen und an die Tür geklopft. Demelza ging ihm zur Tür entgegen und erkannte sofort, wie die Dinge standen.

»Ich habe dir etwas Pastete aufgehoben«, sagte sie. »Und kaltes Huhn ist auch noch da, wenn du willst. Und ein paar frische Kuchen und Törtchen.«

»Ich habe mit Tonkin zu Abend gegessen. Kein Festmahl, aber ausreichend. Mit einem Glas Rum und ein, zwei Stückchen von deinem Kuchen bin ich zufrieden. Haben wir Besuch gehabt?«

Demelza berichtete. »Von Verity ist ein Brief gekommen. Heute Morgen.«

Ross las ihn langsam, wobei er die Augen zukniff. Sie

legte ihre Hand auf seine Schulter, las noch einmal mit ihm mit, und er legte seine Finger über die ihren.

Von ihrer Auseinandersetzung an jenem Juliabend wurde längst nicht mehr gesprochen, aber sie war nicht vergessen. Dass er Francis des Treubruchs verdächtigte, war ihr nur allmählich zu Bewusstsein gekommen und damit auch der Rest seiner Überlegungen. So kam es, dass sie sich manchmal nicht nur die Schuld an dem Zerwürfnis mit seinem Vetter gab, sondern auch an den zunehmenden Schwierigkeiten der Kupfergesellschaft. Es war keine erfreuliche Vorstellung und belastete sie schwer, weit schwerer, als er ahnen konnte. Es war der erste wirkliche Schatten auf ihrer Beziehung und hatte ihr in diesem Herbst alle Fröhlichkeit genommen. Nach außen hin aber hatte sich nichts geändert.

»Deinem Experiment ist also mehr Erfolg beschieden als dem meinen«, sagte er. »Vielleicht war dein Instinkt sicherer.«

»Gibt es keine besseren Nachrichten für dich?«

»Johnson und Tonkin und ich sind die Bücher Punkt für Punkt durchgegangen. Sir John ist zu der Ansicht gelangt – die, glaube ich, von allen geteilt wird, die noch dabei sind –, dass es besser wäre, unsere Verluste abzuschreiben, als uns zu weigern, unsere Niederlage einzugestehen. Nach der Auktion am Montag findet eine letzte Zusammenkunft statt. Wenn die Entscheidung gegen uns fällt, werde ich den Dienstag damit verbringen, bei der Liquidation der Gesellschaft mitzuhelfen.«

Demelza setzte sich neben ihn. »Hast du bis Montag frei?«

»Ja – um lustig zu sein und Weihnachten zu feiern.«

»Sei nicht bitter, Ross. Du hast gelesen, was Verity schreibt.« Er seufzte, und sein Seufzer ging in ein Gähnen über.

»Sie meint, du nimmst dir alles zu sehr zu Herzen, und ich glaube, sie hat recht. Was würde das finanziell für uns bedeuten?«

»Ich muss vielleicht einen Teil der Leisure-Aktien verkaufen.«

»O nein!«

»Vielleicht nur die Hälfte – den Teil, den ich von Choake gekauft habe.«

»Aber diese Aktien werfen doch eine … eine Dividende ab – heißt das so? Das wäre doch schrecklich! Ist Harris Pascoe nicht dein Freund?«

»Er ist Bankier, mein Schatz. Er ist vor allem seinen Einlegern verpflichtet.«

»Aber er muss doch einen Haufen Geld in seinem Tresor haben, das ihm nichts einbringt! Er weiß doch, dass er sicher sein kann, wenn du ihm ein Zahlungsversprechen gibst. In ein paar Jahren kannst du ihm dann alles zurückzahlen. Er muss dir nur Zeit lassen.«

Ross lächelte. »Das werden wir alles durchsprechen. Ich werde zwei Tage in Truro zu tun haben, und Pascoe hat mich eingeladen, bei ihm zu logieren. Es wird ihm schwerfallen, einem Gast seines Hauses gegenüber zu hart zu sein.«

Die Arme um die Knie geschlungen, saß Demelza in düstere Gedanken versunken.

»Könnten wir nicht eine Hypothek auf dieses Haus aufnehmen?«

»Wir haben schon eine.«

»Oder die Pferde und die Ochsen verkaufen. Mir macht es nichts aus, zu Fuß zu gehen und ein bisschen am Essen zu sparen. Das war ich gewohnt. Dann hätte ich auch noch mein bestes Silberkleid und die Rubinbrosche. Du hast gesagt, sie wäre hundert Pfund wert.«

Er schüttelte den Kopf. »Das alles würde die Schuld nicht abgelten, nicht einmal die Hälfte. Wenn es nicht anders geht, muss ich meinen Verpflichtungen nachkommen.«

Auf Nampara gingen die Weihnachtstage still vorüber – die Ruhe vor dem Sturm. Seitdem das Projekt Gestalt angenommen hatte, war ihnen nicht mehr so viel freie Zeit geblieben. Um einzusparen, hatten sie den ganzen Sommer lang versucht, mit weniger Arbeitskräften auszukommen. Ross hatte sich abgerackert, um alles in die Carnmore Kupfergesellschaft zu stecken. Wie es jetzt aussah, hätte er es genauso gut zum Fenster hinauswerfen können.

Eine bittere Feststellung, aber eine, der man ins Auge sehen musste. Seit jener Generalversammlung im Juli hatten Ross und seine Mitaktionäre auf verlorenem Posten gekämpft. St. Aubyn Tresize, Aukett und Fox hatten an jenem Tag so gut wie aufgegeben, und seither war fast jede Woche ein anderer fahnenflüchtig geworden. Wen die Warleggans nicht frontal angreifen konnten, den machten sie sich mit anderen Mitteln gefügig.

Natürlich waren nicht immer nur die Warleggans am Werk, aber die von ihnen in Bewegung gesetzten Kräfte brachten die gleichen Ergebnisse. Wäre ihre Herrschaft allumfassend gewesen, die Gesellschaft hätte keinen Monat mehr überleben können. Aber ihre Pläne hatten Lücken. Nur ein Drittel der anderen Kupfergesellschaften unterlag ihrer unmittelbaren Kontrolle; der Rest verfolgte die gleichen Ziele mit freundschaftlicher Zusammenarbeit.

Demelza zerbrach sich den Kopf, wer Ross helfen könnte. »Würde der alte Mr Treneglos dir nicht helfen? Mit der Grube, die du ihm eingerichtet hast, hat er gut verdient. Wie viel bräuchtest du, um eine Weile durchzuhalten?«

»Mindestens dreitausend Pfund.«

Sie spitzte die Lippen, als ob sie pfeifen wollte. Dann sagte sie: »Ich meine, für dich selbst, Ross, damit du die Leisure-Aktien nicht verkaufen musst. Daran liegt mir mehr als an allem anderen.«

»Ich werde klarersehen, wenn ich mit Pascoe gesprochen habe«, wich Ross ihr aus. »Aber keinesfalls wäre ich willens, mir Geld von Freunden zu leihen.«

3

Keinesfalls wäre ich willens, mir Geld von Freunden zu leihen. Er sagte es laut vor sich hin, als er Montag früh nach Truro aufbrach. In seinem Inneren war er einer Meinung mit Demelza, dass sein Glück bei ihr und der kleinen Julia lag und darin, dass er die nötige Muße hatte, sein eigenes Land zu bestellen und es blühen und wachsen zu sehen. So hatte er anfangs gedacht und dachte immer noch so. Er könnte sogar auf das vergangene Jahr wie auf einen Alptraum zurückblicken, den es zu vergessen galt. Dennoch: Nichts konnte den Schandfleck seines Misserfolgs tilgen, nichts den Stachel der Niederlage, die Warleggan ihm bereitet hatte, beseitigen.

Und niemals würde er die bittere Enttäuschung verschmerzen können, seinen gesamten Anteil an der Leisure-Grube abgeben zu müssen – eine Entwicklung, die er kommen sah, obwohl er es Demelza verheimlicht hatte. Das zu verlieren, das war der schwerste Schlag von allem.

Beim Tannenwäldchen wartete Zacky Martin.

Als sie zur Abzweigung bei der Kirche von Sawle kamen, sahen sie Dwight Enys. Ross winkte ihm zu, und Dwight machte ihm ein Zeichen, anzuhalten. Zacky ritt ein Stück voraus, um außer Hörweite zu gelangen.

Als Dwight auf ihn zukam, merkte Ross mit Bestürzung, wie das einst so blühende Aussehen des jungen Mannes einer leichenhaften Blässe gewichen war.

Seine Stellung im Bezirk war nun durchaus gesichert; seine Arbeit während der Epidemien im Herbst hatte sie noch weiter gefestigt. Einige wenige flüsterten immer noch hinter seinem Rücken, aber keiner wollte ihn weghaben. Sie mochten ihn, sie schätzten seine Arbeit, sie verließen sich auf ihn. Seit der Schließung von Grambler waren viele von Choakes Patienten zu Enys gekommen. Sie brachten ihm nicht viel ein, aber keiner klopfte je vergebens an seine Tür.

»Sie sehen aus, als ob Sie einen kleinen Urlaub brauchen könnten«, sagte Ross. »Ich schlafe heute bei den Pascoes, und sie würden sich sicher freuen, Sie zu sehen.«

Dwight schüttelte den Kopf. »Das kommt nicht in Frage, Ross. Ich habe einen Berg Arbeit vor mir, und wenn ich drei Tage ausbliebe, würde ich das in drei Monaten nicht aufholen.«

»Sie sollten einiges an Choake abgeben. Das ist keine faire Einteilung, dass Sie hundert arme Patienten behandeln und er zehn reiche.«

»Ich komme schon voran. Vorige Woche hat mich der alte Mr Treneglos wegen seiner Gicht holen lassen, und Sie wissen ja, welches Misstrauen er gegen unseren Beruf hegt.«

Sein Lächeln erlosch. »Aber was ich Ihnen sagen wollte, ist keine gute Nachricht. Es handelt sich um Mr Francis Poldark. Haben Sie es schon gehört? Es heißt, er wäre krank, er und sein Söhnchen.«

»Oh …? Nein. Waren Sie bei ihm?«

»Der behandelnde Arzt ist natürlich Dr Choake. Es soll diese bösartige Halsentzündung sein. *Morbus strangulutorius.*«

Ross starrte ihn an. Seit neun Monaten wütete die Krankheit im ganzen Bezirk. Sie war nie so epidemisch verlaufen wie andere bekannte Krankheiten; sie schlug hier und dort zu, überaus schnell und mit entsetzlichen Folgen. Manchmal fielen ihr sämtliche Kinder einer Familie zu Opfer. Sie flammte in diesem oder jenem Dorf auf und klang wieder ab.

»Ich wünschte, Sie würden sie besuchen gehen, Dwight.« Ross dachte an Elizabeth.

Der junge Mann schüttelte den Kopf. »Wenn ich nicht gerufen werde … Außerdem kann ich keine Heilung versprechen. Der Ausgang ist unvorhersehbar. Manchmal sterben die Kräftigsten, und die Schwachen überleben. Choake weiß darüber so viel wie ich.«

»Schmälern Sie Ihr Wissen nicht«, erwiderte Ross. Er zauderte und überlegte, ob er seiner Regung folgen und sogleich hinüberreiten und nach Elizabeth sehen sollte.

Während er noch zögerte, tauchte Dr Choake in Person auf der Kuppe des Hügels auf und kam auf sie zugeritten.

»Sie werden mich entschuldigen«, sagte Dwight. »Dieser Mann hat mir alle möglichen Schwierigkeiten in den Weg gelegt. Ich habe nicht den Wunsch, ihm zu begegnen.«

Ross blieb stehen, bis Choake an ihn herangekommen war. Der Arzt wäre ohne ein Wort weitergeritten, wenn er vorbeigekonnt hätte.

»Guten Tag, Dr Choake.«

Choake musterte ihn unter seinen buschigen Brauen hervor. »Würden Sie wohl die Freundlichkeit haben, zur Seite zu gehen, Mr Poldark? Ich habe es eilig.«

»Ich werde Sie nicht lange aufhalten. Aber ich hörte, dass mein Vetter ernstlich erkrankt ist.«

»Ernstlich erkrankt?«

Choake blickte seinem enteilenden Rivalen nach. »Du lieber Himmel, an Ihrer Stelle würde ich nicht jedem Gerücht Glauben schenken.«

»Ist es richtig, dass Francis an dieser bösartigen Halsentzündung leidet?«, fragte Ross schroff.

»Ich habe die Symptome gestern erkannt. Aber er befindet sich bereits auf dem Weg der Besserung.«

»So rasch?«

»Dem Fieber wurde rechtzeitig Schach geboten. Ich habe ihm den Magen mit Fieberpulver entleert und ihm ein paar kräftige Dosen Chinarinde verabreicht. Es ist alles eine Frage der richtigen Behandlung. Es steht Ihnen natürlich frei, persönlich nachzusehen.«

»Und Geoffrey Charles?«

»Hat überhaupt nichts mit dem Hals. Ein leichtes Quartanfieber. Und die anderen Kranken im Haus haben bloß eitrige Hälse, und das ist wieder etwas ganz anderes. Und jetzt wünsche ich Ihnen einen guten Tag, Sir.«

Als Choake vorüber war, sah Ross ihm noch einen Augenblick sinnend nach. Dann wendete er sein Pferd und folgte Zacky.

Die Auktion war vorbei, und das Festessen sollte beginnen.

Alles war planmäßig verlaufen – nach anderer Leute Plänen. Man hatte, wie gewohnt, sorgsam darauf geachtet, dass die Carnmore Copper Company kein Kupfer bekam.

Die Gruben fuhren gut dabei, solange die Carnmore durch ihre bloße Existenz die Preise hochtrieb. Wenn Zacky einmal keine Angebote mehr machte, würden sie einen jähen Rückgang erleiden.

Ross fragte sich, ob die Gruben – die noch in Betrieb befindlichen Gruben – wirklich so machtlos waren, wie sie es – nach Warleggans Manipulationen – zu sein schienen. Weil sie nicht imstande gewesen waren, zusammenzuhalten, hatte man sie, eine nach der anderen, kleingekriegt. Es war ein bedrückendes, entmutigendes, schmutziges Geschäft.

Mit Zacky auf der einen und Captain Henshawe, der die Leisure-Grube vertrat, auf der anderen Seite, setzte sich Ross an die lange Tafel. Erst als aufgetragen wurde, fiel sein Blick auf Warleggan.

Nie zuvor hatte Ross ihn bei einem Auktionsdinner gesehen. An sich hatte er hier nichts zu schaffen, denn obwohl er in einigen Gesellschaften die Aktienmehrheit besaß, ließ er sich stets von einem Agenten oder Direktor vertreten. Sonderbar, dass er sich heute herabgelassen hatte, denn je mächtiger George wurde, desto exklusiver gebärdete er sich. Es entstand ein kurzes Schweigen unter den Anwesenden. Alle wussten, wer Mr Warleggan war. Sie wussten, dass er, wenn es ihm beliebte, so manchem von ihnen zum Erfolg verhelfen oder ihn vernichten konnte. Dann hob George Warleggan den Kopf und fing Ross' Blick auf. Er lächelte kurz und hob grüßend eine wohlgepflegte Hand.

Es war ein Zeichen dafür, dass das Mahl beginnen konnte.

Ross hatte mit Richard Tonkin besprochen, dass sie sich in der Taverne »Sieben Sterne« treffen wollten, bevor noch die anderen kamen. Als er aus dem Roten Löwen kam, fand er George Warleggan an seiner Seite.

»Ja, Ross«, begann er in freundlichem Ton, als ob nichts geschehen wäre, »in letzter Zeit bekommt man Sie in Truro ja kaum noch zu sehen.«

Während sie die Straße überquerten, streifte Ross seinen Begleiter mit einem Blick. Sie hatten sich seit acht Monaten nicht gesehen, und Ross hatte den Eindruck, dass George immer mehr zu einem »Original« wurde. Früher war es sein Bestreben gewesen, seine Eigenheiten zu verbergen, er hatte, den konventionellen Aristokraten nachäffend, versucht, weltgewandt, unbeteiligt und unpersönlich zu wirken. Von seinen Erfolgen und seiner Macht berauscht, hatte er jetzt seine Freude daran, diesen Besonderheiten frei Ausdruck zu geben. Er hatte immer versucht, seinen Stiernacken mit eleganten Halstüchern zu kaschieren; jetzt schien er ihn fast ein wenig zu betonen, indem er beim Gehen den Kopf vorstreckte und einen langen Stock trug. Alles in seinem Gesicht schien überdimensioniert zu sein: die plumpe Nase, die vorgeschobenen Lippen, die großen Augen. Weil er Geld mehr als genug hatte, lebte er jetzt für die Macht. Er liebte es, wenn man mit Fingern auf ihn zeigte, und der Gedanke, dass Menschen ihn fürchteten, entzückte ihn.

»Wie geht es Ihrer Gattin?«, fragte er. »Sie gönnen uns zu wenig das Vergnügen ihres Anblicks. Ihr Erscheinen beim Festball wurde überaus freundlich kommentiert; seitdem hat man sie nicht mehr gesehen.«

»Wir haben keine Zeit für gesellschaftliche Vergnügungen«, antwortete Ross. »Und ich kann mir auch kaum vorstellen, dass sie zu unserem Wohlbefinden beitragen würden.«

331

George ließ sich nicht aus der Ruhe bringen. »Natürlich sind Sie beschäftigt. Diese Schmelzhüttengeschichte nimmt sicher einen guten Teil Ihrer Zeit in Anspruch.« Sehr hübsch ausgedrückt.

»Das und die Leisure-Grube.«

»Mit der Güte Ihres Erzes und der leichten Wasserhaltung ist die Leisure-Grube eine der wenigen, die dem Kapitalanleger immer noch gute Aussichten bietet. Wie ich höre, soll ein Teil der Aktien in Kürze auf den Markt kommen.«

»Tatsächlich? Und aus wessen Besitz?«

»Wie ich höre«, erwiderte George genießerisch, »aus dem Ihren.«

Sie waren vor der Tür der »Sieben Sterne« angelangt, und Ross blieb stehen und fixierte seinen Begleiter. Schon seit ihrer Schulzeit waren die beiden sich nicht gutgesinnt, doch war es nie zu einem offenen Bruch gekommen.

Dann fügte George mit kalter Stimme, aber rasch, hinzu: »Verzeihen Sie, wenn ich falsch informiert sein sollte. Es wurde darüber gesprochen.«

»Man hat Sie falsch informiert«, erwiderte Ross und starrte ihn aus kalten hellen Augen an.

George beugte sich über seinen Stock. »Bedauerlich. Sie wissen ja, ich bin immer an einer guten Anlage interessiert. Wenn Sie einmal hören, dass etwas auf den Markt kommt, lassen Sie es mich wissen. Ich würde dreizehn Pfund fünfzehn pro Aktie zahlen; mehr als Sie – mehr als man zum gegenwärtigen Zeitpunkt auf dem freien Markt bekommen würde.«

Er streifte den ihm an Körpergröße überlegenen Mann mit einem gehässigen Blick.

»Ich habe keinen Einfluss auf meine Mitaktionäre. Es wäre das Beste, Sie würden sich direkt mit dem einen oder anderen in Verbindung setzen. Was mich betrifft, ich würde die Aktien eher verbrennen.«

George blickte über die Straße. »Die Poldarks haben nur einen Fehler«, sagte er nach einem Augenblick des Überlegens, »sie können keine Niederlage einstecken.«

»Und auch die Warleggans haben nur den einen Fehler: Sie wissen nie, wann sie unerwünscht sind.«

»Aber sie wissen eine ihnen zugefügte Beleidigung richtig einzuschätzen, und sie vergessen sie nie.«

»Nun, ich hoffe, dass Sie auch diese nicht vergessen.« Ross drehte ihm den Rücken zu und ging die Treppe in die Taverne hinunter.

4

Es war Nachmittag, als Demelza die schlimmen Nachrichten aus Trenwith erfuhr. Alle Poldarks waren krank, alle außer Tante Agatha, und auch drei der vier Dienstboten hatte es erwischt. Geoffrey Charles war dem Tod nahe, hieß es, und keiner wusste, wie es weitergehen sollte.

Demelza hob Julia vom Boden auf, wo sie zwischen ihren Beinen herumkroch, und trug sie ins Wohnzimmer. Dort setzte sie sich auf den Teppich und spielte mit dem Kind vor dem Feuer, während sie mit ihrem Gewissen und ihren Gefühlen kämpfte.

Sie schuldete ihnen nichts. Francis hatte sie aufgefordert, sich nie wieder sehen zu lassen. Francis hatte sie an die Warleggans verraten. Eine schändliche, eine verachtenswerte Tat.

Dr Choake würde sich um sie gekümmert haben. Sie würden gewiss zurechtkommen. Sie warf Julia einen Stoffball zu. Das Kind grapschte danach und begann, den Ball auseinanderzunehmen.

Es bestand kein Grund, nach ihnen zu sehen. Man könnte ihr unterstellen, sie versuche nur, sich beliebt zu machen und den Streit beizulegen. Warum sollte sie das tun, wo doch Elizabeth ihre Rivalin war. Im vergangenen Jahr war sie ihr nicht so sehr in diesem Licht erschienen, aber sie stellte eine ständige Gefahr dar. Nein, nur nicht an die Dinge rühren. Sie hatte sich schon genug eingemischt.

»Nein, nein!«, sagte Demelza. »Du bist ein schlimmes Kind. Nicht zerreißen! Wirf ihn wieder zurück. Los! Gib ihm einen Schubs!«

Aber eben diese Einmischung war es, die ihr, wie sie in ihrem Innersten empfand, eine Verpflichtung auferlegte. Hätte sie nicht darauf hingearbeitet, dass Verity Blamey heiratete, Verity wäre jetzt da gewesen, um nach dem Rechten zu sehen. Und wenn sie das nicht getan hätte, würde Francis sich nie mit Ross zerworfen oder sie verraten haben. War wirklich alles ihre Schuld? Sie sah aus dem Fenster. Noch zwei Stunden Tageslicht. Die Auktion würde jetzt vorüber sein. Heute Abend war er nicht zu Hause; sie konnte ihn nicht um Rat fragen. Aber sie wollte seinen Rat gar nicht.

Demelza ging nach oben, um ihren Umhang zu holen.

Kalt und grau lag Trenwith House vor ihr. Vielleicht war es auch nur ihre Einbildung. Oder vielleicht das Wissen, was dieses Haus jetzt in sich schloss.

Sie zog an der Türglocke und glaubte, sie irgendwo in der Küche, jenseits des Innenhofs, läuten zu hören. Der Garten war hier überwuchert, der sich zum Fluss senkende Rasen ungepflegt und der Teich schmutzig grün. Zwei Brachvögel glitten darüber hin, tauchten ihre von Federbüschen gekrönten Köpfe ein und flogen davon.

Wieder zog sie an der Glocke. Stille.

Sie versuchte es mit der Tür. Die Klinke ließ sich leicht niederdrücken, und die schwere Tür schwang nach innen. Die große Halle war leer. Obwohl die hohen Fenster nach Süden gingen, hingen die Schatten des Winternachmittags bereits schwer im Haus. Bis auf eines lagen alle Bilder der Ahnengalerie am anderen Ende der Halle und im Treppenhaus im Dunkel.

Demelza fröstelte. Es roch nach Gras und Kräutern. Sie hätte lieber nach alter Gepflogenheit um das Haus herumgehen sollen. In diesem Augenblick fiel oben eine Tür zu.

Sie ging zum großen Wohnzimmer hinüber und klopfte. Die Tür war angelehnt, und sie stieß sie auf. Der Raum war leer und kalt und die Möbel mit Schonbezügen verhangen.

Sie hörte Schritte auf der Treppe und eilte in die Halle zurück.

Im Halbdunkel sah sie eine alte Frau, die, sich mühsam am Geländer festhaltend, schwankend die Stiege herunterkam. Sie trug ein Kleid aus verschossener schwarzer Seide und einen weißen Schal über ihrer Perücke.

Demelza ging ihr entgegen.

Tante Agatha blieb stehen. Die Augen in einer Masse von Falten und Runzeln vergraben, betrachtete sie ihre Besucherin.

»Was …? Bist du es, Verity? Wieder zurückgekommen, was? Ist auch schon an der Zeit …«

»Nein, ich bin Demelza.« Sie erhob ihre Stimme. »Demelza, Ross' Frau. Ich wollte mich erkundigen …«

»Wer bist du? Ach ja, die Kleine von Ross. Na ja, heute ist

kein Tag für Besuche, sie sind alle krank, die ganze Familie. Alle außer mir und Mary Bartle. Seit Verity fort ist, geht alles drunter und drüber. Sie hätte nie fortgehen dürfen, verstehst du? Es war selbstsüchtig von ihr, diesem Mann nachzulaufen. Es wäre ihre Pflicht gewesen, dazubleiben. Das hat auch ihr Vater immer gesagt. Auf mich hat sie ja nie gehört. Sie war immer ein Dickkopf. Ich erinnere mich noch, damals war sie fünf Jahre alt …«

Demelza schlüpfte an ihr vorbei und lief die Treppe hinauf.

Sie wusste, wo das Schlafzimmer lag, und als sie oben um die Ecke bog, kam eine ältliche, schwarzhaarige Frau mit einer Schüssel Wasser aus einem Zimmer. Es war Sarah Tregeagle.

»Sind sie da drin?«

»Ja, Ma'am.«

»Bist du es, die sie pflegt?«

»Ja also, Dr Tommy hat mich hergeschickt, Ma'am. Sie wissen ja, ich bin vor allem Hebamme. Das ist mein Beruf. Ich bin nur gekommen, weil sonst niemand da war.«

Die Hand auf der Klinke, sah Demelza der Frau nach. Alle kannten Tante Sarah. Keine Krankenschwester für feine Leute. Aber man konnte es sich ja nicht aussuchen. Der Geruch nach Kräutern war hier oben noch stärker. Vorsichtig öffnete sie die Tür und schlüpfte hinein.

Nach der Versammlung der Aktionäre kehrte Ross nicht gleich zu den Pascoes zurück. Sie aßen erst um acht, und er wollte nicht im Wohnzimmer mit den Damen höfliche Konversation betreiben.

So schlenderte er also durch die engen Straßen der kleinen Stadt. Ganz bewusst verbannte er alles, was jetzt zu

Ende gekommen war, aus seinen Gedanken. Er dachte an sich und seine Familie und an seinen Windhund von Vater, der, ein Zyniker ohne Illusionen bis ans Ende seiner Tage, sein Leben lang von einem Schlamassel ins andere geraten war, ein Liebesabenteuer nach dem anderen bestanden und sich immerfort mit gehörnten Ehemännern und empörten Vätern herumgeschlagen hatte. Er dachte an Demelza und dass seine Entfremdung von Francis manchmal eine Mauer zwischen ihnen aufzurichten schien. Sie hatte dort nichts zu suchen, war aber vorhanden – eine Art Vorbehalt, ein Schatten, der auf ihre innige Vertrautheit fiel. Er dachte an Garrick, ihren Hund, und Julia, lachend mit sich selbst beschäftigt und unberührt von den Ungereimtheiten dieser Welt. Er dachte an Mark Daniel in der Ferne und fragte sich, ob er sich jemals dort wohl fühlen oder ob ihn eines Tages das Heimweh in das Dämmerlicht des Galgens zurücklocken würde. Er dachte an die Kranken auf Trenwith und an Verity.

Seine Schritte hatten ihn aus der Stadt heraus- und zum Fluss hinuntergeführt, auf dem an diesem Abend die Lichter vieler Schiffe zu sehen waren. Drei Schiffe waren am Kai festgemacht, zwei kleine Schoner und ein für dieses Gewässer recht großes, eine Brigantine, wie Ross feststellte, als er nahe genug war, um ihre Rahen auf ihrem Fockmast ausmachen zu können. Es war ein hübsches neues Schiff, frisch gestrichen, mit glitzerndem Messing am Heck. Wegen seines großen Tiefganges konnte es gewiss nur bei Flut ein- und auslaufen. Daher auch die hastige Geschäftigkeit, die jetzt hier herrschte.

Er sah einige Männer an Bord gehen. Zwei Matrosen hielten Laternen über das Fallreep, und als einer der Männer das Deck erreichte, fiel das Licht der Laterne voll auf sein

Gesicht. Ross machte eine hastige Bewegung, besann sich aber noch. Er konnte diesem Mann nichts anhaben.

Nachdenklich ging er weiter. Noch einmal blickte er zurück, doch der Mann war bereits unter Deck gegangen. Ein Matrose kam vorbei.

»Sind Sie von der *Queen Charlotte*?«, fragte Ross, einer plötzlichen Regung folgend.

Der Matrose blieb stehen und sah ihn misstrauisch an. »Ich, Sir? Nein, Sir. *Fairy Vale*. Captain Hodges.«

»Ein schönes Schiff, die *Queen Charlotte*«, sagte Ross. »Ist wohl neu hier?«

»Ach, sie war dieses Jahr schon drei- oder viermal da, glaube ich.«

»Wer ist der Kapitän?«

»Captain Bray, Sir. Sie wird gleich auslaufen.«

»Wissen Sie, was sie geladen hat?«

»Getreide zum größten Teil, und Sprotten.« Der Matrose ging weiter.

Nur noch einen Augenblick ließ Ross den Blick auf dem Schiff ruhen, dann drehte er sich um und ging in die Stadt zurück.

Der betäubende Duft von Räucherwerk kam von einer Kohlenpfanne in der Mitte des Zimmers, in der desinfizierende Kräuter glommen. Sie befanden sich alle in diesem einen Zimmer. Francis lag im großen Mahagonibett, Geoffrey Charles in seinem kleinen Bett im Alkoven. Elizabeth saß neben ihm.

Wie groß der Groll auch gewesen sein mochte, den sie gegen Demelza empfunden hatte, die Freude über ihr Kommen ließ ihn dahinschmelzen.

»Oh, Demelza, wie lieb von dir! Ich war … ich war verzweifelt. Wir sind … wir sind in einer entsetzlichen Lage. Wie lieb von dir. Mein armer kleiner Junge …«

Demelza blickte auf das Kind hinab. Geoffrey Charles kämpfte um Luft; jeder Atemzug klang heiser und röchelnd und schmerzhaft. Sein Gesicht war gerötet, die Haut gespannt, und die Augen standen halb offen. Er hatte rote Flecken hinter den Ohren und im Nacken. Während er atmete, öffnete und schloss er ständig die kleine Faust.

»Er … er hat diese Krämpfe«, murmelte Elizabeth. »Und dann spuckt er aus oder erbricht sich. Dann tritt eine Erleichterung ein, aber nur für kurze Zeit … bis wieder alles von vorn anfängt.«

Ihre Stimme klang gebrochen und verzweifelt. Demelza blickte in ihr gerötetes Gesicht, auf ihr hochgestecktes blondes Haar, in ihre großen leuchtenden Augen.

»Du bist selbst krank, Elizabeth. Du solltest im Bett sein.«

»Ein leichtes Fieber. Aber nicht das. Ich kann schon aufbleiben. Oh, mein armer Junge. Ich habe gebetet und gebetet …«

»Und Francis?«

Elizabeth hustete und schluckte mit einiger Mühe. »Es … es geht ihm schon ein wenig besser. Aber mein armer Kleiner … wenn ich ihm nur helfen könnte. Wir haben ihm die Kehle mit dieser Tinktur ausgepinselt, aber es scheint nicht viel zu helfen …«

»Wer ist da?«, fragte Francis vom Bett aus. Seine Stimme war fast nicht wiederzuerkennen.

»Es ist Demelza. Sie ist gekommen, um uns zu helfen.«

Schweigen.

Dann sagte Francis langsam: »Es ist schön von ihr, dass sie den alten Streit vergessen hat …«

Langsam ließ Demelza den Atem aus ihrer Brust entweichen.

»Sieh mal, Elizabeth, ich … ich wusste nicht, ob ich länger bleiben würde, ich wusste ja nicht, wie es hier aussieht …«

»Aber …«

»Aber da ihr mich braucht, bleibe ich – solange ich nur kann. Aber zuerst … zuerst muss ich nach Hause und Jane Gimlett Bescheid sagen und ihr Anweisungen geben wegen Julia. Dann komme ich zurück.«

»Ich danke dir. Wenn auch nur diese Nacht. Es ist so wunderbar, wenn man einen Menschen hat, auf den man sich verlassen kann. Nochmals vielen Dank. Hörst du, Francis, Demelza bleibt über Nacht bei uns.«

Nach dem Nachtmahl, als die Damen sich zurückgezogen und sie es sich bei einer Flasche Port bequem gemacht hatten, sagte Harris Pascoe:

»Nun, und was gibt es heute für Neuigkeiten?«

Ross betrachtete den dunklen Wein in seinem Glas. »Wir haben Schluss gemacht. Die Gesellschaft wird morgen aufgelöst.«

Der Bankier nickte.

»Ich habe einen letzten Versuch gemacht, sie bei der Stange zu halten. Zum ersten Mal seit einem Jahr ist das Kupfer gestiegen statt gesunken. Darauf habe ich sie hingewiesen und ihnen vorgeschlagen, noch weitere sechs Monate zusammenzubleiben. Ich habe angeregt, den Arbeitern der Schmelzhütte Gewinnbeteiligung anzubieten. Jede Grube tut das Gleiche, wenn sie die Kumpel im Akkord arbeiten lässt. Ich schlug ihnen also vor, einen letzten Versuch zu wagen. Einige waren dazu bereit, aber die Großen wollten nichts davon wissen.«

340

»Insbesondere nicht Sir John Trevaunance«, sagte der Bankier.

»Ja. Woher wissen Sie das?«

»Mit dem Kupferpreis haben Sie recht. Ich erhielt heute Nachricht, dass er um weitere drei Pfund gestiegen ist.«

»Das sind sechs Pfund in sechs Wochen.«

»Aber Sie müssen bedenken, dass noch Jahre vergehen können, bis das Metall ein wirtschaftliches Preisniveau erreicht hat.«

»Woher wussten Sie, dass Sir John meinen Vorschlag ablehnen würde?«

Harris Pascoe fuhr sich mit der Zunge über die Lippen und senkte den Blick.

»Er ist nicht so sehr gegen Ihren Vorschlag. Sondern ganz allgemein gegen eine Fortführung des Geschäftes. Wobei ich da meine Schlüsse aus Informationen ziehe, die mir zugetragen wurden.«

»Welcher Art waren diese Informationen?«

»Man deutete mir an, dass Sir John, der ein Jahr gegen den Wind gesegelt ist, sich jetzt anschickt, mit ihm zu segeln. Er hat bei dieser Geschichte ein hübsches Sümmchen verloren und ist bestrebt, sie wieder einzubringen. Verständlicherweise behagt ihm der Gedanke nicht, die Schmelzhütte für immer stillzulegen.«

Er stand auf. »Sie meinen, dass er sich an die Warleggans verkauft hat?«

Der kleine Bankier griff nach seinem Glas.

»Ich meine, dass er eine Verständigung mit ihnen anstrebt. Mehr weiß ich nicht.«

»Er und Penvenen werden sich auf einen Handel mit ihnen einlassen, um ihre Verluste abzudecken; die anderen sollen sehen, wie sie zurechtkommen.«

»Ich könnte mir vorstellen«, sagte Pascoe, »dass eine Art interimistische Verwaltung bestellt wird, in der die Warleggans Sitz und Stimme haben.«

Ross schwieg und starrte auf die Bücher im Regal.

»Hören Sie«, sagte er dann, »ich bilde mir ein, ich hätte heute Abend Matthew Sanson gesehen, als er am Kai ein Schiff bestieg. Wäre das möglich?«

»Ja, er ist schon seit Monaten wieder in Truro.«

»Man hat ihm erlaubt zurückzukommen und Handel zu treiben, als ob nichts geschehen wäre? Können sich denn die Warleggans in dieser Stadt schon alles erlauben?«

»Sanson ist für niemanden so wichtig, dass es sich lohnen würde, seinetwegen Krach zu schlagen. Es sind nur vier oder fünf Leute, die er betrogen hat, und die haben keinen Einfluss.«

»Und das Schiff, mit dem er fährt?«

»Ja, das gehört einer von den Warleggans kontrollierten Gesellschaft. Es sind zwei: die *Queen Charlotte* und die *Lady Lyson*. Zweifellos ein erträgliches Zusatzgeschäft.«

»Wenn ich in Ihrer Haut steckte, ich würde um mein Seelenheil fürchten. Gibt es außer Ihnen noch jemanden in der Stadt, den sie nicht in der Tasche haben?«

Pascoe verfärbte sich. »Ich schätze sie auch nicht mehr als Sie. Aber Sie nehmen einen sehr extremen Standpunkt ein.«

»Ich weiß«, sagte Ross. Er setzte sich wieder. »Und jetzt zur Abrechnung. Bringen wir es hinter uns. Die Gesellschaft wird sich von Belastungen frei machen können; es geht also nur noch um einen Ausgleich meines persönlichen Kontos. Was schulde ich Ihnen?«

Harris Pascoe rückte seine Augengläser zurecht. »Keine große Summe, etwa neunhundert Pfund oder auch ein biss-

342

chen weniger. Über die Hypothek hinaus, die auf Ihrem Besitz lastet.«

»Der Verkauf meiner Leisure-Aktien wird das wohl einbringen – zusammen mit der Dividende, die wir jetzt ausgeschüttet haben.«

»Sogar mehr als das. Zufällig hat sich erst gestern jemand für Leisure-Aktien interessiert. Es wurden achthundertfünfundzwanzig Pfund für sechzig Aktien geboten.«

»Da wäre noch eine Kleinigkeit«, sagte Ross. »Harry Blewett von der Maid Grube hat es noch schlimmer erwischt. Er hat Angst, dass er ins Gefängnis kommt. Die Aktien und die Dividende werden an die tausend Pfund bringen, und ich möchte, dass er den Überschuss bekommt. Möglicherweise kann er damit seinen Kopf aus der Schlinge ziehen.«

»Dann soll ich die Aktien also zu diesem Preis verkaufen?«

»Wenn Sie nicht mehr erzielen können.«

»Es ist mehr, als Sie auf dem offenen Markt bekämen. Dreizehn Pfund fünfzehn Shilling pro Aktie ist ein guter Preis.«

»Dreizehn Pfund …« Das Weinglas zerbrach in Ross' Fingern, und der rote Saft spritzte auf seine Hand.

Pascoe stand neben ihm. »Was haben Sie? Ist Ihnen nicht gut?«

»Ihr Glas hat einen zarten Stiel. Ich hoffe, es war kein Erbstück.«

»Nein. Aber etwas …«

»Ich habe mich anders entschlossen«, fiel Ross ihm ins Wort. »Ich verkaufe die Aktien nicht.«

»Es war ein Mann namens Coke, der zu mir kam …«

Ross nahm ein Taschentuch heraus und wischte sich die

Hand ab. »Es war ein Mann namens Warleggan. Tut mir leid, Harris; Sie werden auf Ihr Geld warten müssen. Ich habe ja noch einen Monat Zeit. Bis dahin werde ich mir das Geld beschaffen – irgendwie. Aber meine Grube bleibt sauber, und wenn ich dafür ins Gefängnis müsste.«

5

Der Notar Pearce war zu Hause und spielte Cribbage mit seiner Tochter, als Ross angemeldet wurde.

»Das ist wirklich ein besonderes Ereignis, dass Sie uns besuchen kommen, Captain Poldark. Wie wäre es mit einer Hand Cribbage? Mit Grace zu spielen, ist ein wenig langweilig, denn sie will nie mehr als einen Penny setzen.«

Ross rückte seinen Stuhl vom Feuer weg.

»Ich brauche Ihren Rat und Ihre Hilfe.«

»Ich benötige ein Darlehen von tausend Pfund, ohne Sicherheiten.«

»Gerne, lieber Freund, wenn es in meiner Macht steht.«

Mr Pearce zog die Augenbrauen hoch. Gleich den anderen Aktionären der Leisure-Grube hatte er sich aus dem Kampf der Kupfergesellschaften herausgehalten, aber er wusste natürlich, wie er ausgegangen war.

»Hm-hm, das ist eine ziemlich schwierige Sache. *Ohne* Sicherheiten, sagten Sie? Ja, ja, dachte ich mir. Du liebe Zeit.«

»Ich wäre bereit, einen hohen Zinsfuß zu akzeptieren.«

Mr Pearce kratzte sich. »*Ohne* Sicherheiten. Haben Sie es bei Cary Warleggan versucht?«

»Nein«, erwiderte Ross. »Es ist auch nicht meine Absicht, das zu tun.«

»Mhm. Mhm. Aber das wird sehr schwer sein. Wenn Sie keine Sicherheiten haben, was wollen Sie denn bieten?«

»Mein Wort.«

»Ja, ja. Ja, ja. Aber das wäre doch in Wirklichkeit ein Gefälligkeitsdarlehen. Haben Sie es denn schon einmal bei Ihren Freunden versucht?«

»Nein. Es soll eine rein geschäftliche Transaktion sein. Ich will dafür bezahlen.«

»Bezahlen? In der Form von Zinsen, meinen Sie? Aber … aber der Darlehensgeber könnte sich doch Sorgen um sein Kapital machen. Warum verkaufen Sie nicht Ihre Anteile an der Leisure-Grube, wenn Sie das Geld so dringend brauchen?«

»Weil ich gerade das vermeiden möchte.«

»Ach ja.« Mr Pearces pflaumenfarbiges Gesicht war nicht ermutigend. »Und Ihr Besitz?«

»Ist bereits verpfändet.«

»Wie hoch?«

Ross sagte es ihm.

»Haben Sie an eine zweitrangige Hypothek gedacht? Es gibt Leute – ich kenne da einen, der bereit sein könnte, das Risiko auf sich zu nehmen.«

»Würde das genug bringen?«

»Möglicherweise ja. Aber es wäre natürlich ein kurzfristiger Kredit, sagen wir für ein Jahr oder zwei …«

»Das würde mir passen.«

»… und der Zinsfuß wäre außerordentlich hoch. An die vierzig Prozent.«

Für ein Darlehen von tausend Pfund würde er in einem Jahr vierzehnhundert zahlen müssen – zuzüglich zu seinen

345

anderen Verpflichtungen. Eine hoffnungslose Sache – außer der Kupferpreis stieg weiter und die Leisure-Grube fand eine zweite, ebenso fündige Lagerstätte.

»Könnten Sie ein solches Darlehen arrangieren?«

»Ich könnte es versuchen. Es ist keine gute Zeit für solche Dinge. Es ist kein billiges Geld zu haben.«

»Das ist kein billiges Geld.«

»Nein, nein. Da haben Sie schon recht. Nun, in ein, zwei Tagen könnte ich Ihnen Bescheid geben.«

»Ich hätte es gerne morgen gewusst.«

Am Dienstag verzögerte er seine Abreise bis fünf Uhr Nachmittag.

Zusammen mit Johnson, Tonkin und Blewett liquidierte er die Carnmore Copper Company noch vor dem Essen. Sie würden es nicht verhindern können, dass die Schmelzhütte den Warleggans in die Hände fiel oder dass eine neue Gesellschaft gegründet wurde, die die Früchte ihrer harten Arbeit erntete.

Als alles vorüber war, ging Ross wieder zu Mr Pearce zurück und erfuhr, dass ihm das Geld zur Verfügung gestellt werden würde. Er fragte sich, ob Pearce nicht selbst der Darlehensgeber war. Der Notar war ein schlauer Mann und auf dem besten Wege, auch ein vermögender zu werden.

Dann kehrte Ross zu den Pascoes zurück. Der Bankier schüttelte den Kopf, als er die Neuigkeiten erfuhr. Solch unverantwortliches Schuldenmachen war gegen seine Prinzipien.

Noch in Pascoes Haus schrieb Ross an Blewett, um ihm mitzuteilen, dass er zweihundert Pfund auf seinen Namen in Pascoes Bank deponiert hatte. Er sollte es als ein auf fünf Jahre befristetes, mit vier Prozent zu verzinsendes Darlehen ansehen. Er hoffe, es würde ihn über die Runden bringen.

Für den Ritt nach Hause brauchte Ross etwa zwei Stunden. Als er in die Talmulde einbog, kurz bevor die Lichter von Nampara in Sicht kamen, überholte er eine in einen Mantel gehüllte Gestalt, die vor ihm den Hang hinuntereilte.

Er war verbittert und niedergeschlagen, doch als er Demelza erkannte, besserte sich seine Stimmung.

»Na, mein Schatz? Du bist noch spät unterwegs. Hast du wieder Besuche gemacht?«

»Ach, Ross«, antwortete sie, »ich bin froh, dass du nicht schon vor mir daheim warst. Ich hatte Angst, du würdest auf mich warten müssen.«

»Ist etwas geschehen?«

»Nein, nein. Ich werde es dir erzählen, wenn wir daheim sind.«

»Komm. Herauf zu mir. Es ist ja doch noch eine halbe Meile.«

Sie setzte ihren Fuß auf den seinen, und er hob sie aufs Pferd.

Darkie tat einen Schritt zur Seite. Mit einem Seufzer des Behagens setzte sie sich vor ihm zurecht.

»Du solltest dich von jemandem begleiten lassen, wenn du nach Einbruch der Dunkelheit noch unterwegs bist.«

»Ach … hier kann mir doch nichts zustoßen.«

»Sei nicht so sicher. Die Armut ist zu groß, als dass es nur anständige Menschen geben könnte.«

»Hast du etwas retten können, Ross? Geht es weiter?«

Er berichtete ihr.

»Ach, Liebster, das tut mir schrecklich leid. Leid wegen dir. Ich weiß nicht, wie das alles geschehen konnte …«

»Lass nur. Das Fieber ist vorbei. Jetzt müssen wir uns wieder in das tägliche Leben eingewöhnen.«

»Was für ein Fieber?«, fragte sie erstaunt.

»Das war nur so eine Redensart. Übrigens, hast du gehört, dass auf Trenwith alle krank sind? Ich wollte vorbeischauen, aber es ist so spät geworden.«

»Ja. Ich habe es gehört … gestern.«

»Hast du auch erfahren können, wie es ihnen geht?«

»Ja. Es ging ihnen heute ein wenig besser – aber sie sind noch nicht außer Gefahr.«

Als sie den Fluss überquerten, tauchte das Haus vor ihnen auf. Vor der Tür stieg er ab und hob sie herunter. Zärtlich senkte er den Kopf, um sie zu küssen, aber im Dunkel hatte sie sich ein wenig bewegt, so dass seine Lippen nur ihre Wange fanden.

Sie drehte sich um und öffnete die Tür. »John!«, rief sie. »Wir sind wieder da!«

Es war ein stilles Mahl. Ross schilderte ihr die Ereignisse der letzten Tage. Demelza war ungewöhnlich schweigsam. Er erzählte ihr, dass er seine Anteile an der Leisure-Grube gerettet hatte, aber er erzählte ihr nicht wie. Damit hatte es Zeit, bis der Zahltag näher kam.

»Sagtest du, dass es auch Geoffrey Charles besser geht?«, fragte er. »Diese Halsentzündung ist besonders bei Kindern sehr gefährlich.«

Demelza stutzte, aß aber weiter.

»Ich glaube, das Schlimmste ist vorbei.«

»Nun, das ist doch beruhigend. Nach dem, was Francis uns angetan hat, wird es nie eine Aussöhnung mit ihm geben, aber diese Krankheit wünsche ich nicht einmal meinem ärgsten Feind.«

Es folgte ein langes Schweigen.

»Ross«, sagte sie, »ich habe geschworen, dass ich nie wieder Geheimnisse vor dir haben würde. Hör mir jetzt zu, denn du sollst nicht glauben, ich hätte dich wieder hintergangen.«

»Was war denn? Hast du in meiner Abwesenheit Verity besucht?«

»Nein. Ich war auf Trenwith.«

Sie sah ihm ins Gesicht. Sein Ausdruck veränderte sich nicht. »Um einen Besuch zu machen, meinst du?«

»Nein. Ich war dort, um zu helfen.«

»Und sie haben dich fortgeschickt?«

»Nein. Ich bin die ganze Nacht geblieben.«

Er blickte sie an. »Warum?«

»Ross, ich musste bleiben. Ich wollte nur nach ihnen sehen, aber sie befanden sich in einer schrecklichen Lage. Francis – das Fieber war abgeklungen, aber er konnte sich nicht rühren. Geoffrey Charles konnte jeden Moment sterben. Auch Elizabeth hatte es erwischt, obwohl sie es nicht zugeben wollte. Drei Dienstboten waren krank, und nur Mary Bartle und Sarah Tregeagle konnten überhaupt etwas tun. Ich half mit, Elizabeth zu Bett zu bringen, und blieb die ganze Nacht bei Geoffrey Charles. Ein- oder zweimal glaubte ich schon, er wäre hinüber, aber er schaffte es doch, und heute Morgen ging es ihm etwas besser. Ich kehrte nach Hause zurück und ging nachmittags wieder hin. Dr Choake sagt, die Krise wäre überwunden. Bei Elizabeth, meint er, ist es nicht so schlimm. Ich … ich bin geblieben, solange ich konnte, aber ich habe ihnen gesagt, dass ich heute nicht über Nacht bleiben könnte. Tabb ist jetzt wieder auf und kann sich um die anderen kümmern. Heute Nacht kommen sie schon zurecht.«

Er streifte sie mit einem Blick. Er war kein kleinlicher Mann, und was er jetzt auf der Zunge hatte, konnte er nicht aussprechen.

Und obwohl er anfangs dagegen ankämpfte, musste er am Ende zugeben, dass die Gefühle, die sie bewegt hatten, sich nicht von jenen unterschieden, die ihn bewegt hatten, als es um Jim Carter gegangen war. Konnte er sie wegen Regungen tadeln, die auch seine Handlungen bestimmt hatten?

Schweigend aßen sie weiter.

»Ich konnte nicht anders handeln, Ross«, sagte sie schließlich.

6

In der Nacht kam ein Sturmwind aus Südwesten auf und hielt zwanzig Stunden an. Es folgte eine kurze Ruhepause und danach ein Wind aus Norden, bitterkalt und begleitet von peitschendem Regen, Graupelschauern und Schneetreiben. Neujahr 1790, ein Freitag, brach an, als das Unwetter seinen Höhepunkt erreicht hatte.

Sie hatten sich schon früh niedergelegt, denn Demelza war müde. Sie war die Nacht zuvor nicht viel zum Schlafen gekommen, weil Julia so quengelte.

Die ganze Nacht heulte der Wind – ein dünnes, kaltes, pfeifendes Heulen, und die ganze Nacht trommelten Regen und Hagel gegen die Fenster, die auf die See hinausgingen, und auf die Fensterbretter mussten Tücher gelegt werden, um das Regenwasser aufzufangen, das durch die Ritzen drang.

Julias Jammern weckte Ross. Es drang nur schwach an sein Ohr, denn der Sturm toste, und da Demelza nichts gehört hatte, beschloss er, selbst aus dem Bett zu steigen und zu versuchen, das Kind zu beruhigen. Er setzte sich langsam auf. Erst jetzt sah er, dass Demelza nicht neben ihm lag.

Er zog die Vorhänge zurück, und der kalte Hauch des Windes wehte ihm ins Gesicht. Demelza saß neben der Wiege. Auf dem Tisch flackerte tropfend eine Kerze. Er stieß einen leisen Zischlaut aus, um ihre Aufmerksamkeit zu erregen, und sie wandte den Kopf nach ihm.

»Was ist denn?«, fragte er.

»Ich weiß nicht recht, Ross. Die Zähne kommen, glaube ich.«

»Du wirst dir eine Lungenentzündung holen, wenn du da sitzen bleibst. Zieh dir den Schlafrock an.«

»Nein, mir ist nicht kalt.«

»*Ihr* ist kalt. Bring sie zu uns ins Bett.«

Ihre Antwort ging im Prasseln des Hagels unter, der plötzlich ans Fenster schlug. Er machte jedes Gespräch unmöglich. Ross stieg aus dem Bett, kämpfte sich in seinen Schlafrock und nahm den ihren vom Stuhl. Er ging zu ihr hinüber und legte ihn ihr um die Schultern. Aufmerksam beobachteten sie das Kind.

Julia war wach. Ihr rundes Gesichtchen war gerötet, und wenn sie weinte, schien ihr Wimmern in einen trockenen Husten überzugehen.

»Sie hat Fieber!«, schrie Ross auf.

»Zahnfieber, glaube ich. Ich glaube …«

Der Hagel hörte so plötzlich auf, wie er begonnen hatte, und das Heulen des Windes nahm sich aus wie Stille.

»Es kann nicht schaden, wenn wir sie heute Nacht zu uns nehmen«, sagte Demelza. Sie beugte sich vor, etwas ungelenk, wie ihm schien, und nahm das Kind aus der Wiege. Der Schlafrock glitt ihr von den Schultern und blieb am Boden liegen.

Er folgte ihr zum Bett; zusammen legten sie Julia hinein.

»Ich möchte einen Schluck Wasser trinken«, murmelte sie.

Er sah sie zum Krug gehen und sich ein Glas vollgießen. Sie trank langsam, und dann nochmals. Ihr Schatten schwankte und tanzte an der Wand. Plötzlich stand er neben ihr.

»Was hast du?«

Sie sah ihn an. »Ich glaube, ich habe mich erkältet.«

»Was hast du?«

Sie sah ihn an. »Ich glaube, ich habe mich erkältet.«

Er legte seine Hand auf die ihre. Trotz der eisigen Kälte, die im Zimmer herrschte, war ihre Hand heiß und feucht.

»Wie lange hast du das schon?«

»Die ganze Nacht. Am Abend hat es angefangen.«

Er starrte sie an. Ihr Gesicht schimmerte im schattenhaften Schein der Kerze. Er fasste nach dem hohen gekräuselten Kragen ihres Nachthemds und schob ihn nach unten.

»Dein Hals ist geschwollen«, sagte er.

Sie wich einen Schritt zurück und verbarg ihr Gesicht in den Händen.

»Mein Kopf tut mir so weh«, flüsterte sie.

Er hatte die Gimletts geweckt. Er hatte Demelza und das Kind ins Wohnzimmer hinuntergetragen und sie vor dem schläfrig glimmenden Feuer in warme Decken gehüllt. Er hatte Gimlett losgeschickt, um Dwight zu holen. In Joshuas altem Zimmer machte Mrs Gimlett das Bett zurecht. Der

Raum hatte einen Kamin, der nicht rauchte, und das einzige Fenster ging nach Süden; ein behaglicheres Krankenzimmer bei diesem Sturm.

Während er im Wohnzimmer saß und leise mit Demelza redete und ihr versicherte, dass Julia ein kräftiges Kind war und die Krankheit bald überstanden haben würde, quälten ihn bittere Gedanken. In Wellen fluteten sie über ihn hin und drohten seinen gesunden Menschenverstand und alle nüchternen Überlegungen fortzuspülen. Leichtfertig hatte Demelza ihren Kopf in eine Schlinge gesteckt. Verwandtschaftliche Verpflichtungen …

Nein, das nicht. Zwar vermochte er dem Ursprung ihrer edelmütigen Regungen nicht auf den Grund zu gehen, aber dass sich viel mehr dahinter verbarg als nur diese Verpflichtungen, das wusste er. All dies hatte sich in ihrem Herzen zu einem unteilbaren Ganzen verbunden: ihr Anteil an Veritys Flucht, sein Zerwürfnis mit Francis, seine Auseinandersetzung mit ihr, das traurige Ende der Kupfergesellschaft, ihr Besuch bei den Kranken auf Trenwith. Man durfte diese Dinge nicht voneinander getrennt sehen, und die Verantwortung für ihre Erkrankung schien nun auf seltsame Weise nicht bei ihr, sondern bei ihm zu liegen.

Schon brannte ein Feuer im unteren Schlafzimmer. Während er Demelza zu Bett brachte, dröhnte und hallte das ganze Haus, ratterten die Bilder an den Wänden, klatschten und flatterten die Teppiche. Dann ging die Eingangstür, und in der Diele nahm Dwight Enys seinen regennassen Umhang ab.

Er kam ins Zimmer, und Ross hielt die Kerze, während der Arzt Demelzas Hals untersuchte; er fühlte ihr den Puls, stellte ein paar Fragen und wandte sich dem Kind zu. Demelza lag still in dem großen Klappbett und beobachtete ihn. Nach ein paar Minuten ging er in die Diele hinaus, um seine Tasche zu holen, und Ross folgte ihm.

»Nun?«, fragte Ross.

»Sie haben sie beide.«

»Sie meinen die bösartige Halsentzündung?«

»Die Symptome sind unverkennbar. Bei Ihrer Frau ist die Krankheit schon weiter fortgeschritten als bei der Kleinen. Die geröteten Fingerspitzen sind bei beiden zu erkennen.«

Dwight wollte, Ross' Blick ausweichend, ins Zimmer zurückgehen. Ross hielt ihn auf.

»Wie schlimm wird es noch werden?«

»Ich weiß es nicht, Ross. Manche kommen schnell über das erste Stadium hinweg, aber die Genesung dauert immer sehr lange – drei bis sechs Wochen.«

»Die Dauer der Genesung spielt keine Rolle.«

Dwight klopfte ihm auf den Arm. »Das weiß ich. Ich weiß.«

»Die Behandlung?«

»Wir können nur wenig tun; es hängt so viel vom Patienten ab.«

7

Noch drei Tage lang wütete der Sturm aus dem Norden. Am späten Nachmittag des Neujahrstages setzte ein Schneetreiben ein, und am nächsten Morgen lagen die Wehen an Hecken und Mauern; nur die ebenen Plätze, über die der Wind hinwegfegte, blieben frei.

Zu Mittag begann es von neuem zu hageln. Es schien,

als fielen die Graupel nicht zu Boden. Es war, als fegten sie flach über das Land. Man hatte das Gefühl, als könne ihnen kein Glas widerstehen. Dann klopfte es ein Dutzend Mal an die Fenster und hörte plötzlich auf. Man hörte, wie sich der Wind, einem gewaltigen brüllenden Untier gleich, in die Ferne verzog.

Für Demelza war dieses wilde Geschehen Teil eines Alptraums. Zwei Tage wurde sie von hohem Fieber geschüttelt, und sicher hatte es etwas damit zu tun, dass sie im großen Klappbett des alten Joshua lag, dass ihr wandernder Geist zu der ersten Nacht zurückkehrte, die sie auf Nampara verbracht hatte. Die Jahre schwanden dahin, und sie war wieder ein Kind von dreizehn Jahren, zerlumpt, schlecht ernährt, unwissend, halb frech, halb verängstigt. Man hatte sie ausgezogen, unter die Pumpe gestellt, ihr ein nach Lavendel duftendes Hemd übergezogen und sie in dieses große Bett gesteckt. Auf dem Rücken brannten noch die Striemen von den letzten Prügeln, die ihr Vater ihr verabreicht hatte, und ihre Rippen schmerzten von den Fußtritten der Lausebengel auf dem Jahrmarkt von Redruth. Am schlimmsten war, dass sie nicht schlucken konnte, weil ihr jemand einen Strick um den Hals gebunden hatte; und hinter der Tür zur Bibliothek wartete jemand, bis sie eingeschlafen und die Kerze ausgegangen war; dann würde er sich heranschleichen und den Knoten noch enger ziehen.

Darum musste sie wach bleiben, musste sie unbedingt wach bleiben.

Manchmal kamen Leute ins Zimmer, und oft sah sie Ross und Jane Gimlett und den jungen Dr Enys. Sie waren da, aber sie waren nicht wirklich. Nicht einmal das Kind in der Wiege, ihr Kind, war wirklich. Sie waren alle nur Phantasiegebilde, ein Traum, etwas, das mit einer unmöglichen

Zukunft zu tun hatte, mit etwas, das sie erhofft, aber nie erreicht hatte.

Sie fühlte etwas Kühles auf der Stirn und schreckte auf.

»Es ist ungewöhnlich, dass das Fieber so lange anhält«, sagte Dwight. »Ich muss zugeben, ich weiß nicht, was ich noch tun soll.«

Natürlich hatte Mark Keren auf diese Weise getötet. Die Männer hatten ihr nichts erzählt, aber es war darüber geredet worden. Irgendwo am Fenster, und er hatte sie gewürgt, bis sie tot war. Das würden sie jetzt auch bei ihr versuchen. Sie hatte vor sich hin gedöst, und der Feind war aus der Bibliothek gekommen und zog jetzt die Schlinge zu.

»Garrick!«, flüsterte sie. »Garrick! Komm her! Hilf mir!«

»Trink das, mein Liebling«, Ross' Stimme kam von weit her.

»Es ist zwecklos«, sagte Dwight. »Sie kann jetzt nichts schlucken. Vielleicht in ein paar Stunden, wenn …«

Garrick kratzte bereits, kratzte ungestüm.

»Öffne das Fenster!«, flehte sie. »Öffne es schnell, bevor … es … zu spät ist!«

Etwas Großes, Zottelhaariges, Schwarzes sprang durch das Zimmer auf sie zu. Sie wusste, dass man ihren Wunsch erfüllt hatte und stieß einen Schrei des Entzückens aus. Seine raue Zunge leckte ihr Gesicht und Hände. Aber zu ihrem Entsetzen begriff sie, dass der Hund einen schrecklichen Fehler machte. Statt in ihr seine Herrin zu erkennen, hielt er sie für seine Feindin und schlug seine Zähne in ihre Kehle. Sie wehrte sich verzweifelt und wollte es ihm erklären, aber ihre Stimme versagte, sie rang nach Atem …

Die Kerze war ausgegangen. Es war kalt. Sie fröstelte im Dunkeln. Julia weinte wieder wegen ihrer Zähne. Sie musste aufstehen und ihr etwas zu trinken geben. Wenn nur der

Wind nicht so kalt wäre. Wo war Ross? War er noch nicht zurückgekommen? Er nimmt sich alles so zu Herzen, sagte Verity, er nimmt sich alles zu Herzen. Nun, diesmal darf ich ihn nicht enttäuschen. Ich darf ihn nicht im Stich lassen. Das war ihr klar, ganz klar, aber wie sollte sie es anstellen? Wenn man etwas nicht weiß, kann man nicht sicher sein.

Etwas war mit Julia und ihr geschehen. Ja, natürlich, Julia war krank. Sie hatte die ganze Nacht an ihrem Bett gesessen. Francis war krank, und auch Elizabeth war krank, wenn sie es nur zugeben wollte. Sie hatte einen schrecklichen Geschmack nach Kupfer im Mund. Das waren diese Kräuter, die sie verbrannten. Sarah Tregeagle war vom Weihnachtssingen gekommen, um sie zu pflegen. Aber wo war …

»Ross!«, rief sie. »Ross!«

»Er ist im Wohnzimmer in seinem Sessel eingeschlafen, Ma'am«, sagte eine Frauenstimme. Es war nicht Prudie. »Soll ich ihn rufen? Er hat schon drei Nächte nicht geschlafen.«

Am Morgen des vierten Januar legte sich der Wind, und es begann in dichten Flocken zu schneien. Als es mittags zu Ende ging, lag der Schnee hoch und schwer auf den Feldern und Bäumen. Die Zweige neigten sich, und Eisschollen trieben den Fluss hinunter. John Gimlett, der im Hof Holz spaltete, musste die Scheite mit Gewalt auseinanderreißen.

Überall herrschte tiefe Stille. Nach dem entfesselten Wüten des Sturmes lag sie wie eine Decke auf der Erde. Nichts rührte sich, und das Kläffen eines Hundes hallte im ganzen Tal wider. Das Brausen des Meeres war irgendwie in der Stille untergegangen.

Gegen zwei teilten sich die Wolken, hell und strahlend

kam die Sonne hervor, und es fing an zu tauen. Es tropfte von Zweigen und Büschen, und kleine Schneelawinen begannen über das Dach herunterzurutschen. Auf den Feldern wurden vereinzelte dunkle Flecken sichtbar. Ein Rotkehlchen, das im Schnee auf dem Zweig eines Apfelbaums saß, begrüßte die Sonne mit einem Lied.

Aber das Wetter war zu spät umgeschlagen, bald fielen Schatten über das Tal, und von neuem setzte Frost ein.

Gegen vier, als es schon dunkel wurde, schlug Demelza ihre Augen auf und blickte zur hölzernen Decke ihres Bettes hinauf. Sie fühlte sich anders, ruhiger und gelöster. Sie war nicht mehr das Geschöpf ihres Alptraums, es gab nur noch diese eine Wirklichkeit: die des Erwachens zu den langen glatten Schatten im Zimmer, zu der fahlgrau schimmernden Helle der Decke, zu den Vorhängen vor den vergitterten Fenstern, zu Jane Gimlett, die schläfrig nickend bei einem Torfkohlenfeuer saß. Demelza fragte sich, was heute für ein Tag war, wie viel Uhr, welches Wetter. Ein Lärm hatte sich gelegt. In ihrem Kopf oder irgendwo in der Welt? Alles war friedlich, aber unwichtig, so als betrachtete sie es aus weiter Ferne, so als gehöre sie nicht mehr dazu.

In diesem Augenblick fiel ein Stück Kohle durch den Rost. Die aufflammende Glut warf ihr heißes Licht auf Jane Gimletts Gesicht. Sie erwachte, seufzte und gähnte und legte ein paar Stücke nach. Dann stand sie auf und ging zum Bett, um einen Blick auf die Patientin zu werfen. Was sie sah, veranlasste sie, das Zimmer zu verlassen und Ross zu holen.

Er saß zusammengesunken in seinem Lehnsessel im Wohnzimmer und starrte ins Feuer.

Zusammen kehrten sie zurück, und Ross trat allein ans Bett.

Demelzas Augen waren geschlossen, aber wenige Sekunden später schien sie den Schatten auf ihrem Gesicht zu spüren. Sie blickte auf und sah Ross. Jane Gimlett kam mit einer Kerze ans Bett und stellte sie auf das Nachttischchen.

»Nun, Liebste?«, fragte Ross.

Demelza versuchte zu lächeln, und nach einem Augenblick schreckerfüllten Zögerns ging sie das Risiko ein, ihre Stimme zu erproben.

»Ja, Ross …«

Die Schale war aufgebrochen, er hatte sie gehört. Plötzlich wusste sie, dass sie gesund werden würde.

Sie sagte etwas, das er nicht verstand; er beugte sich tiefer und verstand sie immer noch nicht.

Dann sagte sie ganz deutlich: »Julia …«

»Schon recht, Liebling«, sagte er. »Aber nicht heute. Wenn du kräftiger bist, dann darfst du sie sehen.« Er beugte sich vor und küsste sie auf die Stirn. »Jetzt musst du schlafen.«

»Tag?«, fragte sie.

»Du warst ein paar Tage krank«, beruhigte er sie. »Es hat geschneit, und es ist kalt. Schlaf jetzt. Am Abend kommt Dwight wieder, um nach dir zu sehen, und wir wollen ihm doch zeigen, dass es dir besser geht. Schlaf jetzt, Demelza.«

»Julia«, sagte sie.

»Morgen. Morgen wirst du sie sehen. Schlaf jetzt.«

Gehorsam schloss sie die Augen und fing bald an, tiefer und regelmäßiger zu atmen, als sie es in den letzten fünf Tagen getan hatte. Er ging ans Fenster und stellte sich die Frage, ob er recht daran getan hatte, sie anzulügen.

Denn in der vergangenen Nacht war Julia gestorben.

8

Zwei Tage später begruben sie das Kind. Das Wetter war ruhig und kalt geblieben, und Schneehaufen lagen in geschützten Ecken auf Feldern und Wegen. Viele Leute waren zur Beerdigung gekommen.

Dwight Enys ging mit Ross; John Treneglos und Sir Hugh Bodrugan folgten ihnen. Auch Harry Blewett und Richard Tonkin waren gekommen, und Harris Pascoe hatte seinen ältesten Sohn geschickt. Captain und Mrs Henshawe folgten Joan Teague mit einer Base von den Tremenheers. Nach ihnen kamen Jud und Prudie Paynter, die übrigen Martins und Daniels und Carters, die Vigus' und die Nanfans und anschließend eine große Menge von Bergleuten und ihren Frauen, Kleinbauern und Landarbeitern, Steinhauern, Rudergängern und Fischern. Mr Odgers sah sich schließlich genötigt, die Totenmesse vor mehr als dreihundertfünfzig Menschen zu zelebrieren, die zum Großteil in der Kirche keinen Platz mehr fanden und schweigend auf dem Kirchhof standen.

Es war diese unerwartete Achtungsbezeigung, die Ross erschütterte. Allem anderen hatte er sich zu verschließen gewusst. Er war kein gläubiger Mensch und besaß daher, um den Verlust eines Kindes zu verkraften, nichts als seinen eigenen, von Zorn gestählten Willen. In seinem Innersten wütete er gegen den Himmel und die widrigen Umstände, aber gerade die Grausamkeit des Schlages berührte sein Wesen, wo es am zähesten und hartnäckigsten war.

Zu diesem – frühen – Zeitpunkt empfand er die Tatsache, dass Demelza aller Wahrscheinlichkeit nach am Leben bleiben würde, nicht als Grund zur Dankbarkeit. Zu sehr hatte ihn dieser Verlust verwundet und erschüttert.

Doch dieses sonderbare stumme Bekenntnis der Achtung und Zuneigung, das ihm heute alle diese Menschen darbrachten, einfache Menschen, viele von ihnen hungrig, Bauern, Arbeiter, Bergleute, hatte seinen Widerstand überwunden. In dieser Nacht kam neuerlich ein Sturm aus dem Norden. Er saß den ganzen Abend bei Demelza. Nach einem Nervenzusammenbruch, den sie erlitten hatte, als man ihr gestern die Nachricht schonend beibrachte, fasste sie sich langsam wieder. Es war so, als ob die Natur ihrem müden Geist nicht erlaubt hätte, bei ihrem Verlust zu verweilen. Sie war nur darauf bedacht, ihren Körper zu erhalten. Erst wenn sie die Krankheit selbst überstanden, wenn die Rekonvaleszenz begonnen hatte, erst dann würde die Zeit der Prüfung gekommen sein.

Dwight kam gegen neun. Nachdem er nach Demelza gesehen hatte, saßen sie noch eine Weile im Wohnzimmer. Ross war unaufmerksam, brütete vor sich hin und schien nicht imstande, auf die einfachste Bemerkung einzugehen. Er betonte immer wieder, wie leid es ihm täte, dass er die Trauergäste nach der Beerdigung nicht zu einem Leichenschmaus gebeten hätte. Der ganze Bezirk hatte sich eingestellt, er kam nicht drüber hinweg. Er hatte das nicht erwartet und konnte nur hoffen, sie würden einsehen, dass man sich in Anbetracht der Tatsache, dass Demelza noch so krank war, nicht an die Spielregeln hatte halten können, wie man es hätte tun sollen.

Dwight nahm an, Ross habe getrunken. Er irrte.

Ross litt an einem geistig-seelischen Gebrechen, von dem Dwight ihn nicht heilen konnte. Nur die Zeit, der Zufall oder Ross selbst konnten das. Es war ihm unmöglich, sich mit einer Niederlage abzufinden. Wenn er sein Gleichgewicht wiederfinden wollte, musste die auf unerträgliche Weise gespannte Feder seines Wesens auf irgendeine Weise zurückschnellen.

»Ross«, wandte Dwight sich an seinen Freund, »ich wollte es bisher nicht aussprechen, aber ich muss Ihnen einmal sagen, wie entsetzlich leid es mir tut, dass ich sie … nicht retten konnte.«

»Ich hatte nicht erwartet, Sir Hugh heute zu sehen«, entgegnete Ross. »Er hat mehr Gefühl für seine Mitmenschen, als ich ihm zugetraut hätte.«

»Ich hätte vielleicht etwas anderes versuchen sollen – irgendetwas anderes. Sie haben mich hierhergebracht. Sie waren mir immer ein guter Freund. Wenn ich Ihnen das hätte lohnen können …«

»Von Trenwith ist niemand gekommen. Ich nehme an, sie sind alle noch nicht wiederhergestellt.«

»Oh, nach dieser Krankheit werden sie noch ein paar Wochen zu Hause bleiben müssen. Ich habe das im Sommer und im Herbst zur Genüge kennengelernt. Ich wollte … Choake wird sicher behaupten, irgendeine Nachlässigkeit meinerseits wäre daran schuld. Er wird sagen, er hätte Geoffrey Charles gerettet, während …«

»Demelza hat Geoffrey Charles gerettet«, sagte Ross, »und hat Julia für ihn gegeben.«

Wütend rüttelte der Sturm am Haus.

Dwight erhob sich. »So müssen Sie wohl denken. Es tut mir leid.«

»Mein Gott, wie der Wind heult«, stieß Ross heftig hervor.

Ross blieb die ganze Nacht an Demelzas Bett. Er schlief nicht viel und nickte nur hin und wieder ein, während der Wind pfiff und heulte. Im Wachen wie auch im Schlafen waren es immer die gleichen Gedanken, die ihn beschäftigten. Verbitterung und Trauer. Jim Carter und die Warleggans und Julia. Versagen und Verlust. Sein Vater, der ohne jede Betreuung in diesem Raum gestorben war. Seine Rückkehr aus Amerika. Seine Enttäuschung über Elizabeth und das Glück, das er bei Demelza gefunden hatte. War alle diese Freude dahin? Vielleicht nicht, aber sie würde, von Erinnerungen durchzogen, ihren Klang verändern. Und wo blieb der Sinn seines eigenen Lebens? Ein wilder und vergeblicher Kampf, der in Niederlage und womöglich auch in Bankrott auszugehen drohte. Ein Teil seines Lebens, eine Phase, ein Abschnitt ging zu Ende, eine Wegbiegung war erreicht, und einen Neubeginn auf den gleichen ausgefahrenen Gleisen konnte er sich nicht vorstellen.

Im kalten Wind des frühen Morgens holte er Holz, fachte das Feuer an und trank dann mehrere Gläser puren Brandy, um das Kältegefühl zu vertreiben. Als er sich wieder an Demelzas Bett setzte, schien das Feuer des Alkohols wohltuend auf ihn einzuwirken, und er schlief ein.

Als er wieder erwachte, drang graues Tageslicht durch die Gardinen, und John Gimlett beugte sich über das Feuer.

»Wie viel Uhr ist es?«, fragte Ross flüsternd.

John drehte sich um. »Ein Viertel vor acht, Sir, und draußen treibt ein Schiff an den Strand.«

Ross warf einen Blick auf Demelza. Ihre Locken über das Kissen gebreitet, schlief sie friedlich, aber er wünschte, ihr Gesicht wäre nicht so blass gewesen.

»Es ist kaum hell genug, um es deutlich auszumachen«, flüsterte Gimlett.

»Was?«

»Das Schiff, Sir. Es scheint ziemlich groß zu sein.«

363

Ross griff nach der Brandyflasche und trank noch ein Glas. Er zitterte vor Kälte, seine Beine waren steif, und die Zunge klebte ihm am Gaumen.

»Wo?«

»Unterhalb von Damsel Point. Von der Landspitze ist es freigekommen, aber bei diesem Sturm und diesem Seegang kommt es nie aus der Bucht heraus.«

Ross' Hirn arbeitete noch langsam, aber der Brandy tat seine Wirkung. Das würde eine gute Beute für die Bergleute und ihre Frauen geben. Er konnte ihnen nur Glück wünschen.

»Ich glaube, Sie können es jetzt schon vom Obergeschoss aus sehen.«

Ross stand auf und streckte sich. Dann verließ er das Zimmer und kletterte verdrießlich die Stiege hinauf. Das Nordfenster ihres alten Schlafzimmers war so dick von Salz verkrustet, dass er überhaupt nichts ausmachen konnte, doch als er es öffnete, sah er bald, wovon Gimlett gesprochen hatte. Ein Zweimaster von ansehnlicher Größe. Er rollte und schlingerte in den Wellen. Bis auf einige Fetzen, die im Wind flatterten, waren alle Segel fort, aber auf der Back hatten sie eine Art Nottakelung aufgezogen und versuchten, damit weiterzukommen. Doch wenn das Schiff sich nicht Flügel wachsen ließ, würde es bald am Strand liegen. Es war Ebbe.

Schon wollte er sich, des Schauspiels müde, abwenden, als etwas von neuem seine Aufmerksamkeit erregte und seine Blicke auf das Schiff bannte. Er holte das alte Fernglas seines Vaters. Während er es an die Augen setzte, flatterten die sich blähenden Vorhänge über seinen Kopf. Der Wind flaute endlich ab.

Dann ließ er das Glas sinken. Das Schiff war die *Queen Charlotte*.

Er ging hinunter. Im Wohnzimmer schenkte er sich ein Glas ein.

»John!«, rief er, als Gimlett vorbeikam.

»Bitte?«

»Sattle Darkie.«

Gimlett warf einen Blick auf das Gesicht seines Herrn. In seinen Augen glänzte ein Licht, als ob er eine Vision gesehen hätte. Aber keine erbauliche.

»Fühlen Sie sich nicht wohl, Sir?« Ross leerte ein frisches Glas. »Diese Leute bei der Beerdigung, John. Man hätte sie bewirten müssen. Das muss heute nachgeholt werden.«

Erschrocken sah Gimlett ihn an. »Setzen Sie sich doch, Sir. Sie brauchen jetzt nichts mehr zu trinken.«

»Sattle Darkie sofort, John.«

»Aber …«

Nichts rührte sich im ersten Haus von Grambler, als Ross angeritten kam. Jud und Prudie hatten geschmuggelten Gin im Haus gehabt und, bitter enttäuscht über das Ausbleiben jeglicher Bewirtung nach der Beerdigung, auf ihre Weise gefeiert.

Niemand antwortete auf sein Klopfen. Er stemmte sich gegen die Tür, und der lockere Riegel gab nach.

»Verdammt noch mal«, brüllte Jud, bebend vor Zorn, »man ist ja nicht einmal Herr in seinem eigenen Haus, wenn Leute einfach hereingeplatzt kommen und …«

»Jud«, sagte Ross ruhig, »es gibt Strandgut.«

»Was?« Jud setzte sich auf und war plötzlich ruhig. »Wo?«

»Am Hendrawna-Strand. Es kann jeden Augenblick so weit sein. Wecke die Nachbarn hier in Grambler und lass es die Leute in Mellin und Marasanvose wissen. Ich reite nach Sawle.«

Jud blinzelte im dämmrigen Licht. Sein Kahlkopf sah aus

wie ein zweites Gesicht. »Wozu denn so viele? Die kommen schon von allein. Aber wenn …«

»Es ist ein ziemlich großes Schiff«, fiel Ross ihm ins Wort. »Hat Lebensmittel geladen. Es wird für alle reichen.«

»Ja, aber …«

»Tu, was ich sage, oder ich sperr dich hier ins Haus und mache es selbst.«

»Ich geh schon, Captain. Es war nur so eine Idee, wie man sagt. Was ist es denn für ein Schiff?«

Ross stürmte hinaus und knallte hinter sich die Tür zu.

9

Dank seiner außerordentlichen seemännischen Erfahrung gelang es Captain Bray, sein Schiff über eine Stunde lang der Küste fernzuhalten.

Eine plötzliche Windstille leistete ihm Beistand, und einmal sah es so aus, als könnte er sich noch freikämpfen.

Doch dann setzte die Flut ein, und alles war verloren. Ross kam gerade noch rechtzeitig nach Hause, um sie anrollen zu sehen. Noch Jahre später erinnerte er sich an das Schauspiel. Obwohl die Flut noch am Horizont stand, war der Sand schon feucht und bis zu den Dünen und dem Strandkies schaumbedeckt. An einigen Stellen überzog der graue Schaum selbst die Klippen. Eine Gruppe von dreißig oder vierzig Menschen, die Ross gerufen hatte, weil sie bei der Ernte helfen sollten, standen wartend am eigentlichen Ufer. Mit dem Heck voran, vom Wind getrieben, von den Wellen hin und her geschleudert und halb begraben, kam die *Queen*

Charlotte schnell näher. Als Ross auf die Mauer stieg, kam die Sonne plötzlich hinter den zerrissenen schwarzen Wolken hervor, die nach Osten jagten. Ein kränklich blasses, unwirkliches Gelb erhellte den Himmel und setzte den gewaltigen Wogen goldene Lichter auf. Dann verschlang ein verschlissener Wolkenvorhang die Sonne, und die Lichter erloschen.

Wie es die Absicht des Kapitäns gewesen war, lief das Schiff mit dem Heck auf, aber nicht kräftig genug, und ein gewaltiger Brecher spülte in einer großen Pyramide quer über die Flutwelle und warf es herum. Sturzseen schossen auf, und Sekunden später lag es auf der Seite, das Deck der Küste zugewandt.

Ross lief über den Strand. Noch bestand keine Möglichkeit, an das Schiff heranzukommen, aber die See schwemmte es schnell heran. Die Wellen fluteten bis an die Dünen und ließen dann große glasklare, ein Halbzoll tiefe Wasserflächen zurück.

Die Männer an Bord versuchten ein Boot auszusetzen. Das war das Schlimmste, was sie tun konnten, aber bei einlaufender Flut hatten sie auch keine besseren Chancen, wenn sie auf dem Schiff blieben.

Sie ließen es vom Brunnendeck zu Wasser, und das gelang ihnen; dann aber, und es waren erst drei oder vier Männer im Boot, wirbelte eine schwere See um die Leeseite der Brigantine herum und riss das Boot fort. Die Männer ruderten verbissen, um dem Flutstrom zu entkommen. Eine Welle schlug über ihnen zusammen, und der Strudel trieb sie dem Ufer zu. Dann aber blieben sie in einem Wellental hängen, und die nächste See stellte das Boot auf den Kopf und brach es in Stücke.

Die Männer am Ufer hatten vor der Flut den Rückzug angetreten, doch als die großen Wellen heranrollten, starrten Ross und ein paar andere auf das Wrack hinaus, während das zurückgeflutete Wasser ihre Knie umspülte und sie mit sich zu ziehen versuchte.

»Vor Mittag kommen wir nicht heran«, meinte Vigus und rieb sich, vor Kälte zitternd, die Hände.

»Die Flut wird sie in Stücke brechen, und sobald Ebbe eintritt, bleibt alles auf dem Strand zurück. Wir könnten ruhig nach Hause gehen.«

»Ich kann keinen von den Männern sehen«, sagte Zacky Martin. »Wahrscheinlich hat der Sog sie fortgerissen, und die Wellen werden sie weiter im Süden ans Ufer schwemmen.«

»Bei diesem Seegang bleibt sie nicht bis zur Ebbe ganz«, erklärte Ross. »Es wird schon bald was zu holen geben.« Zacky sah ihn von der Seite an. Ungezügelte Wildheit schien Ross an diesem Morgen zu beherrschen.

»Seht euch vor!«, schrie einer.

Eine mächtige Woge prallte gegen das Wrack, und in der nächsten Sekunde erhob sich eine Wassersäule zweihundert Fuß hoch in die Luft, um langsam zusammenzufallen und im Wind zu versprühen. Zwei Männer packten Ross und zogen ihn zurück.

»Jetzt!«, schrie er.

Sie versuchten zu laufen, aber sie konnten nicht. Die Welle erfasste sie in Hüfthöhe und riss sie fort, trug sie ein Stück den Strand hinauf und ließ sie in zwei Fuß hohem Wasser zurück. Sie hatten gerade noch Zeit, Halt zu finden und sich gegen das rückflutende Wasser zu stemmen. Ross wischte sich das Wasser aus den Augen.

Die *Queen Charlotte* konnte jetzt nicht mehr lange standhalten. Das ungeheure Gewicht der Flut hatte sie nicht nur hereingetragen; sie hatte sie fast nach kieloben gedreht, hatte beide Maste geknickt und die ganze Besatzung bis auf einen oder zwei Mann über die Seite gespült. Spieren und Sparren, Fässer und Masten, Tauwerksrollen und Säcke mit Getreide tanzten in der Brandung.

Mit Äxten, Körben und leeren Säcken strömten die Menschen herunter, ein Ansporn für jene, die vor ihnen da gewesen waren. Bald war die Brandung schwarz von Menschen, die, wild um sich schlagend, nach allem griffen, was sie fassen konnten. Die Flut schwemmte alles an den Strand, was sie fortreißen konnte. Von der Besatzung war einer lebend und drei tot an Land gespült worden; die anderen waren verschwunden.

Als sich der Tag aufhellte, kamen immer mehr Leute mit Maultieren, Ponys und Hunden, um die Beute wegzubringen. Bis jetzt war nur ein Teil der Fracht angetrieben, und es reichte nicht, um alle zufrieden zu stellen. Ross setzte es durch, dass alles aufgeteilt wurde. Wo ein Fass Sprotten anschwamm, wurde es aufgebrochen, und jeder bekam einen Korb voll. Ross war unermüdlich; überall half er mit, gab Rat, sprach Mut zu.

Um zehn kamen fast zur gleichen Zeit drei Fässchen Rum und eines, das mit Brandy gefüllt war. Sie wurden sofort aufgebrochen. Mit Alkohol im Magen wurden die Männer verwegener und rücksichtsloser.

Gegen Mittag wurden die meisten vom Strand vertrieben und sahen aus angemessener Entfernung zu, wie die Fluten den Schiffskörper zertrümmerten. Ross kehrte nach Nampara zurück, aß eine Kleinigkeit, trank einige Gläser und ging wieder. Demelzas Fragen beantwortete er sanft, aber ungerührt.

Um halb drei hatte die Flut bereits seit einer Stunde ihren Höhepunkt überschritten, und an die fünfhundert Menschen standen da und warteten. Weitere hundert tanzten singend um die Scheiterhaufen oder lagen, sich betrinkend, auf den Dünen. Nirgends war ein Stück Treibholz oder auch ein gebrochener Sparren mehr zu sehen. Es ging das Gerücht um, dass die Bergleute aus Illuggan und St. Ann im Anmarsch waren, um ihr Teil von der Beute zu beanspruchen.

Um drei watete Ross in die Brandung hinaus. Im Verlauf des Tages war er schon mehrmals bis auf die Haut nass geworden.

Es war schwer voranzukommen, aber als er glaubte, weit genug draußen zu sein, tauchte er und schwamm unter Wasser. An der Leeseite des Wracks angekommen, fasste er nach der zersplitterten Spiere, die einst der Großmast gewesen war und jetzt auf die Küste zuragte. Er schwang sich hinauf; die Leute am Strand riefen und winkten, aber er hörte und sah nichts.

Er löste das Seil, das er um seine Mitte geschlungen hatte, und befestigte es am Mastfuß. Eine erhobene Hand diente der Küste als Signal, und das Seil schwankte und straffte sich. In ein paar Minuten würden andere, mit Äxten und Sägen bewaffnet, ihm folgen.

Auf dem Mast reitend sah er sich um. Kein Zeichen von Leben. Die Back war abgesplittert; von hier war das Treibgut gekommen. Am Achterschiff musste es noch reichlich Fracht geben. Er warf einen Blick zum Heck hinüber. In Truro vor Anker hatte sie anders ausgesehen. Auch die Warleggans waren eben nicht allmächtig.

Er verließ den Mast und rutschte, flach an das Deck gelehnt, nach achtern. Die Kabinentür vor ihm hing schräg.

Sie war einen Spalt von ein oder zwei Zoll offen, aber verklemmt.

Er fand einen Sparren und zwängte ihn in die Tür; versuchte sie aufzudrücken. Der Sparren splitterte, aber der Spalt vergrößerte sich. Während er seine Schulter in die Öffnung schob, bebte das Schiff unter einer mächtigen Woge. Wasser schoss hoch in die Luft; während es niederprasselte, wirbelte die Woge, seine Schultern umflutend, mit schwindender Kraft um das Schiff herum. Er hielt sich fest; es wirbelte, zog und zerrte und erschöpfte sich schließlich. Wasser ergoss sich aus der Kajüte, überschüttete ihn noch lange, nachdem der Rest schon abgeronnen war. Erst als das Wasser ihm nur noch bis zur Hüfte reichte, zwängte er sich ins Innere.

Etwas rieb sich sanft an seinem Bein. Eine sonderbare grüne Düsternis, wie unter Wasser. Die drei Bullaugen backbords schimmerten in dunkler Tiefe; steuerbords blickten sie zerborsten zum Himmel. Ein Tisch schwamm auf dem Wasser, eine Perücke, eine Zeitung. An der oberen Wand hing noch eine Seekarte. Er senkte den Blick. Das Ding, das sich an seinem Bein rieb, war eine Menschenhand. Friedlich, willfährig, das Gesicht nach unten, trieb ein Mann daher. Das durch die Tür ausfließende Wasser hatte ihn gebracht, um Ross zu begrüßen. Sekundenlang schien noch Leben in ihm zu sein. Ross packte ihn am Kragen und hob seinen Kopf. Es war Matthew Sanson.

Mit einem heiseren Knurren ließ Ross den Kopf zurückfallen und zwängte sich ins Freie.

Mit fortschreitender Ebbe kamen Hunderte herausgewatet und fielen über das Schiff her. Mit Äxten brachen sie die Lukendeckel auf und zerrten den Rest der Fracht heraus. Das

Stückgut in der hinteren Luke war unbeschädigt geblieben. Die Deckplanken wurden aufgerissen, Steuerrad und Kompasshaus, Kleider und Möbel aus Kojen und Kabinen fortgeschleppt. Jud, von Rum und Brandy beduselt, die Arme um die vergoldete Galionsfigur geschlungen, wurde in zwei Fuß tiefem Wasser vor dem Ertrinken bewahrt; entweder hatte er sie für eine lebende Frau oder aber die Vergoldung für echtes Gold gehalten.

In der Abenddämmerung wurde neben dem Wrack ein neues Feuer angemacht, das den Plünderern leuchten sollte. Der aufkommende Wind blies die Rauchwolken zum Strand hinüber, wo sie sich mit den Feuern auf den Dünen vereinten.

Ross verließ das Schiff und ging nach Hause. Er entledigte sich seiner Kleider, die steif waren von halb getrocknetem Salz, aß etwas und setzte sich zu Demelza. Doch der rastlose Teufel in seiner Seele war noch nicht versöhnt: abermals flüchtete er ins Dunkel hinaus.

Beim Licht einer Laterne begruben einige besonnenere Bürger sieben Leichen am Fuß der Dünen. Ross blieb stehen und riet ihnen, tief zu graben. Die nächste Flut sollte sie nicht freilegen. Er fragte Zacky, wie viele sich hatten retten können, und erhielt die Antwort, dass zwei nach Mellin gebracht worden waren.

Er stieg die Anhöhe hinauf und blickte auf die Menge hinunter. Eine Hand berührte seinen Arm. Es war John Gimlett.

»Verzeihen Sie, Sir.«

»Was ist denn?«

»Die Bergleute, Sir. Aus Illuggan und St. Ann. Die ersten kommen schon das Tal herunter. Ich dachte …«

»Sind es viele?«

»Hunderte, sagt Bob Nanfan.«

»Also, dann gehen Sie ins Haus zurück, Mann, und verriegeln Sie die Türen. Sie kommen ja nur, um das Schiff zu plündern.«

»Schon, Sir, aber es bleibt nicht mehr viel zu plündern – auf dem Schiff.«

Ross rieb sich das Kinn. »Ich weiß. Aber es gibt auch nicht mehr viel zu trinken. Wir werden schon mit ihnen fertigwerden.«

Am Strand war es ruhiger geworden. Das Feuer ließ einen Funkenregen in die Luft schießen, den der Wind über den Sand jagte. Und wieder berührte eine Hand seinen Arm. Pally Rogers aus Sawle.

»Sehen Sie doch, Sir! Da drüben! Ist das nicht ein Licht?« Ross starrte auf das Meer hinaus.

»Da ist noch ein Schiff, das an die Küste treibt«, sagte Rogers. »Es ist schon zu nahe, um sich noch retten zu können. Gott sei ihren Seelen gnädig!«

Plötzlich sah Ross jenseits der Brandung ein Licht funkeln und gleich daneben ein zweites. Er lief auf das Ufer zu. Rogers holte ihn ein.

»Da drüben, Sir!«

Ein Schiff, größer als die Brigantine, kam rasch näher. Ein Licht vorn, ein zweites mittelschiffs, aber keines am Heck.

10

Die *Pride of Madras*, ein mit einer vollen Ladung Seide, Tee und Gewürze auf der Heimreise befindlicher Ostindienfahrer, war, eine im Nebel kaum wahrnehmbare Geistererscheinung, am Vormittag jenes Tages unerwartet vor Sennen aufgetaucht.

Es schien sicher, dass sie auf Gurnard's Head stoßen würden, doch das vorübergehende Nachlassen des Sturmes hatte ihnen etwas Seeraum gegeben. Dann waren sie vor Godrevy gesichtet worden, und schon wenig später hörten die Bergleute von St. Ann und Illuggan, die Nachrichten vom Wrack der *Queen Charlotte* noch in den Ohren, dass eine noch wertvollere Prise jeden Augenblick bei Gwithian oder Basset's Cove zu erwarten war.

Und dann war die *Pride of Madras* unterhalb des Leuchtfeuers von St. Ann unbemerkt im Nebel verschwunden und erst kurz vor Anbruch der Dunkelheit wieder gesichtet worden, als sie an der Einfahrt zum Sawle Cove vorbeisegelte. Sie musste also nur wenige Meilen von da auflaufen, und die Bergleute waren ihr entlang der Klippen gefolgt, so dass ihre Anführer zur gleichen Zeit wie sie den Strand von Hendrawna erreichten.

Was nun folgte, wäre auch in der Sonne eines Sommernachmittags kein attraktives Schauspiel gewesen. Was sich aber hier in einer sternenklaren stürmischen Winternacht abspielte, dem gab düsteres Entsetzen und die schrillen Kadenzen einer anderen Welt ihr Gepräge.

Anfangs konnten sie nicht nahe an das Schiff heran; es fehlten noch zwei Stunden bis zur völligen Ebbe, und bald begannen die Waghalsigen, von Rum und Gin zu noch größerer Verwegenheit angestachelt, sich durch die Brandung zu kämpfen.

Eine große Zahl von Bergleuten kam jetzt anmarschiert, und bald wurde das Grau des Sandes zu einem mächtigen schwarzen Halbkreis gegenüber dem gestrandeten Schiff. Ross beteiligte sich in keiner Weise; weder kümmerte er sich um das Wrack noch um die Bergung. Er beobachtete die Vorgänge aus einiger Entfernung, aber wer ihm ins Gesicht sah, konnte keine Missbilligung darin entdecken. Es war, als ob der Stachel seiner Qual es ihm nicht gestattete, zur Vernunft zu kommen und die Geschehnisse nüchtern zu beurteilen.

Um sieben lag das Schiff auf dem Trockenen. Am Strand tummelten sich jetzt schon dreitausend Menschen. Die leeren Sprottenfässer wurden angezündet und loderten und rauchten dank ihrer dicken Fettschicht wie riesige Fackeln. Das Schiff war jetzt ein Kadaver, auf dem Myriaden von Ameisen krabbelten. Überall waren Männer am Werk, die mit Messern und Äxten Planken und Kisten aufhackten, um aus den Eingeweiden des Schiffes die Schätze Indonesiens hervorzuzerren. Besinnungslos nach einer Schlägerei oder auch volltrunken lagen Dutzende am Strand. Die Besatzung und acht Passagiere – im letzten Augenblick von Zacky Martin, Pally Rogers und ein paar anderen in Sicherheit gebracht – teilten sich in zwei Gruppen. Die größere, angeführt vom Maat, stieß ins Land vor, um Hilfe zu suchen, und der Rest kauerte in einiger Entfernung vom Schiff; mit gezogenem Schwert bot ihnen der Kapitän Schutz.

Ross drängte sich durch die Menge. Es schien, als bewegten ihn wieder normale Gefühle. Kreislauf in einem abgestorbenen Glied.

Er sah sich nach den Schiffbrüchigen um. Noch hockten sie zusammen an der gleichen Stelle.

Als er näher kam, zogen zwei der Matrosen ihre Messer, und der Kapitän hob sein Schwert.

»Halten Sie Distanz, Mann! Bleiben Sie, wo Sie sind. Wir wissen uns zu wehren!«

Ross musterte sie. Kaum zwei Dutzend erschöpfte, frierende arme Teufel; ohne Beistand mochte so mancher den morgigen Tag nicht mehr erleben.

»Ich wollte Ihnen eine Unterkunft anbieten«, sagte er.

Der Klang seiner kultivierten Sprache veranlasste den Kapitän, sein Schwert zu senken. »Wer sind Sie? Was wünschen Sie?«

»Mein Name ist Poldark. Ich habe hier in der Nähe ein Haus.«

Sie berieten sich flüsternd. »Und Sie bieten uns Obdach?«

»Soweit ich kann. Ein Feuer. Decken. Etwas Heißes zu trinken.«

Selbst jetzt zögerten sie noch. So übel hatte man ihnen mitgespielt, dass sie Verrat fürchteten. Und der Kapitän spielte auch mit dem Gedanken, die Nacht über hierzubleiben, um vor Gericht voll und ganz Zeugnis ablegen zu können. Aber die acht Passagiere überstimmten ihn.

»Also gut, Sir«, sagte der Kapitän, ohne sein Schwert in die Scheide zu stecken, »wenn Sie uns führen wollen …«

Sie kamen an einigen Dutzend Leuten vorbei, die rund um einen Scheiterhaufen tanzten und frisch gekochten, mit Brandy versetzten Tee tranken. Sie überholten sechs Maultiere, die so schwer mit Stoffballen beladen waren, dass ihre Beine bei jedem Schritt zolltief in den Sand sanken. Keine hundert Meter weiter schlugen sich vierzig oder fünfzig Männer um vier Goldbarren.

»Haben Sie denn gar keinen Einfluss auf diese … diese Wilden?«, fragte der Kapitän mit vor Empörung bebender Stimme.

»Keinerlei.«

»Gibt es denn keine Gesetze mehr in unserem Land?«

»Keine, die vor tausend Bergleuten bestehen würden.«

»Ja, wenn wir Lebensmittel geladen hätten und diese Leute am Verhungern wären …«

»Viele sind es seit Monaten.«

»… das könnte man noch als Entschuldigung gelten lassen. Aber wir haben keine Lebensmittel geladen.«

Als sie die Mauer am Ende des Strandes hinaufstiegen, sahen sie eine Gruppe von Männern von Nampara House her auf sie zukommen. Ross blieb stehen. Er hörte das Knarren von Leder.

»Hier sind die Hüter der Gesetze, deren Mangel sie vorher beklagt haben.«

Die Männer kamen näher. Ein Dutzend Dragoner, von einem Sergeant befehligt. Captain McNeil und seine Männer waren schon vor Monaten versetzt worden. Diese waren neu. Auf die Nachricht vom Schiffbruch der *Queen Charlotte* waren sie aus Truro abmarschiert.

»Wenn Sie da hinuntergehen, tun Sie das auf eigene Gefahr, Sergeant«, warnte Ross.

»Also schön«, sagte der Sergeant. »Immer mit der Ruhe. Keine Angst, wir werden den Plünderern schon das Handwerk legen.«

»Sie wären gut beraten, wenn Sie bis morgen früh warten würden«, beharrte Ross. »In der Nacht werden sich die Gemüter beruhigen. Denken Sie an die zwei Zollbeamten, die voriges Jahr in Gwithian ermordet wurden.«

»Ich habe meine Befehle, Sir.« Mit einem Gefühl des Unbehagens musterte der Sergeant seine kleine Schar und ließ seine Blicke dann wieder über die wirbelnde, rauchige Masse am Strand wandern. »Sie würden mir raten, bis zum Morgengrauen zu warten?«

»Es ist Ihre einzige Chance.«

Ross ging weiter, während die Dragoner immer noch

unschlüssig verharrten. Vor der Tür seines Hauses blieb er abermals stehen.

»Verzeihen Sie, meine Herren, aber ich muss Sie um Ruhe bitten. Meine Frau ist eben von einer schweren Krankheit genesen, ich möchte nicht, dass sie geweckt wird.«

Langsam erstarb das Gemurmel, und es herrschte Stille. Er führte sie ins Haus.

11

Ross erwachte beim ersten Lichtstrahl. Sieben Stunden lang hatte er tief geschlafen. Die unentrinnbare Pein war noch da, aber die reinigende Kraft der Nacht hatte ihr viel von ihrer Schärfe genommen. Es war seit einer Woche das erste Mal, dass er sich richtig ausgeschlafen hatte. Er war in sein altes Zimmer hinaufgegangen, denn gestern Abend hatte Demelza sich wohler gefühlt, und Jane Gimlett hatte versprochen, im Lehnstuhl vor dem Feuer zu schlafen.

Er zog sich schnell an. Immer noch blies ein starker Wind, immer noch waren die Scheiben mit Salz verkrustet. Er öffnete das Fenster und blickte auf den Hendrawna-Strand hinunter.

Der Tag war angebrochen, und über den klaren Himmel zogen schwarze Wolken nach dem sich aufhellenden Osten. Die Flut war zurückgegangen, und beide Wracks waren auf dem Trockenen. Von der *Queen Charlotte* hätte man meinen mögen, sie sei ein alter Wal, von der See an Land gespült. Auf der *Pride of Madras* und um sie herum schusselten und krochen immer noch Leute. Immer noch lagen Waren auf den

Dünen, und gerade noch oberhalb der Hochwasserstands-
zeichen, aber das meiste war schon fortgetragen worden.

In der Nacht war Blut geflossen.

Jack Cobbledick war kurz vor Mitternacht noch vorbei-
gekommen und hatte es ihm erzählt. Die Dragoner waren
zum Strand hinuntermarschiert und hatten versucht, das
Wrack gegen die Plünderer zu sichern. Die Soldaten hatten
in die Luft gefeuert, um die Menge in Schach zu halten. Aber
gut tausend zornige Bergleute hatten sie vom Strand verjagt.

Ross wusste nicht, ob die Dragoner ein zweites Mal versucht hatten, das Wrack zu besetzen, nachdem die Flut zurückgegangen war, aber er hielt es nicht für wahrscheinlich.
Vermutlich beobachteten sie die Vorgänge aus angemessener Entfernung, während der Sergeant Verstärkung ange-
fordert hatte.

In höchstens sechs Stunden aber würden die Schiffe nur
mehr leere Schalen sein, bis auf die Knochen abgenagte
Kadaver.

Er schloss das Fenster, und als ihm das beschlagene Glas
die Sicht nahm, überfiel ihn von neuem der Schmerz um
seinen Verlust. Er hatte so viel für Julia geplant …

Vor dem Feuer, das ausgegangen war, saß Jane im Schlafzimmer und schlief den Schlaf des Gerechten. Demelza war
wach.

Er setzte sich ans Bett, und sie schob ihre Hand in die
seine.

»Wie geht es dir?«

»Viel, viel besser. Ich habe die ganze Nacht durchgeschla-
fen. Oh, Ross, mein Liebster. Ich fühle, wie meine Kräfte zurückkehren. In wenigen Tagen werde ich wieder aufstehen
können.«

»Nicht so schnell.«

»Und wie hast du geschlafen?«

»Wie eine Rat—« Der Vergleich gefiel ihm nicht. »Wie ein Murmeltier.«

Sie drückte seine Hand. »Und die Leute vom Schiff?«

»Ich war noch nicht bei ihnen.«

»Ich habe noch nie ein schiffbrüchiges Schiff gesehen. Zumindest nicht bei Tage. Kein richtiges, meine ich.«

»Ich werde dich in unser altes Schlafzimmer hinauftragen; mit dem Fernglas kannst du dann alles sehen.«

»Heute Vormittag?«

»Nicht heute Vormittag.«

»Ich glaube, morgen wird es zu spät sein, um die Wracks richtig zu sehen. Du könntest mich doch in Decken einwickeln. Es würde mir bestimmt nicht schaden.«

Er legte ihre Hand gegen seine Wange. Was immer sie litt, welcher Verlust immer sie traf, sie würde alles abschütteln, denn es entsprach nicht ihrer Natur, aufzugeben. Das hieß nicht, dass sie Julias Tod nicht ebenso tief und schmerzlich empfand, aber er sah, dass sie als Erste darüber hinwegkommen würde. Hauptsächlich hing es wohl damit zusammen, dass es in ihrer Natur lag, glücklich zu sein. Wohin sie sich wendete und wie lange sie am Leben bleiben mochte, sie würde immer dieselbe sein, ihre Aufmerksamkeit großzügig an Dinge verschwenden, die sie liebte, Kinder aufziehen und für sie arbeiten …

Das war der wunde Punkt!

Sie sah ihn an. Er lächelte.

»Hast du von Trenwith etwas Neues gehört?«

»Nichts, was ich dir nicht schon berichtet hätte.« Er musterte sie und sah, dass keine Spur von Bitterkeit ihre Gedanken an Elizabeth und Francis trübte. Er schämte sich *seiner* Gefühle.

»Hast du gesagt, es hätte auch unter den Leuten der *Pride of Madras* Verluste gegeben?«

»Nicht unter den Passagieren. Einige Männer der Besatzung fanden den Tod.«

Schließlich stand Ross auf und zog den Vorhang zurück. Die Sonne war aufgegangen und glitt an den im Wind schwankenden Wipfeln der Bäume vorbei.

»Ross, ich möchte so gern unser Zimmer wieder sehen. Trag mich hinauf, nur für ein paar Minuten, bitte. Ich glaube, ich könnte sogar allein hinaufgehen, wenn ich es versuchte.«

Einer Regung folgend sagte er: »Also gut. Wenn du es so gern möchtest …«

Er hob sie aus dem Bett, wickelte eine Decke um ihre Beine und eine um ihre Schultern. Sie hatte stark an Gewicht verloren. Er trug sie in ihr Schlafzimmer und setzte sie aufs Bett. Dann ging er ans Fenster und öffnete einen Flügel, um einen Kreis in die Salzkruste des anderen zu schaben. Er schloss das Fenster und ging zum Bett zurück. Tränen rollten über ihre Wangen.

»Was hast du?«

»Die Wiege«, sagte sie. »Ich hatte die Wiege vergessen.«

Er legte seinen Arm um sie, und so saßen sie ein oder zwei Minuten. Dann hob er sie wieder auf, trug sie zum Fenster und setzte sie in einen Lehnsessel.

»Ross«, fuhr sie fort, »ich möchte, dass du dich irgendwann mit Francis aussöhnst. Es wäre für alle besser.«

»Irgendwann.«

»Irgendwann bald.«

Er hatte heute nicht den Mut, mit ihr zu diskutieren.

Die Sonne fiel voll auf ihr Gesicht, auf die schmalen, blassen Wangen.

»Wenn etwas geschieht«, sagte sie, »wie das, was uns zugestoßen ist, dann scheinen alle Streitigkeiten unbedeutend und armselig, als ob wir nicht das Recht hätten, in Unfrieden zu leben. Sollten wir nicht versuchen, Freundschaft zu finden, wo wir nur können?«

»Wenn Freundschaft gefunden werden kann.«

»Schon. Aber sollten wir sie nicht suchen? Können wir nicht alle unsere Unstimmigkeiten begraben und vergessen, so dass Verity uns besuchen kann und wir nach Trenwith gehen und – in Freundschaft miteinander leben können, solange noch Zeit bleibt?«

Ross schwieg. »Ich glaube, du bist die einzige Weise unter uns, Demelza«, antwortete er schließlich.

Sie sahen auf den Strand hinaus.

»Jetzt muss ich das Kleid für Julia nicht mehr fertig nähen«, sagte sie. »Und es war doch so niedlich.«

»Komm«, sagte er, »du wirst dich erkälten.«

»Nein. Mir ist schön warm. Lass mich noch eine Weile in der Sonne sitzen.«

Trotz intensiver Recherche war es dem Verlag nicht möglich, einen Kontakt zu dem Übersetzer oder seinem Rechtsnachfolger herzustellen bzw. den aktuellen Rechteinhaber der Übersetzung zu identifizieren. Wir bitten den Übersetzer bzw. seinen Rechtsnachfolger, sich ggf. beim Verlag zu melden.

Die große Poldark-Saga des Erfolgsautors Winston Graham

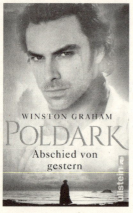

Ein üppiges Historiendrama, episch wie Diana Gabaldons Outlander

Taschenbuch.
Auch als E-Book erhältlich.

Die mitreißende Saga auf einen Blick:
Alle Titel sind als E-Book erhältlich.

Poldark – Abschied von gestern
Roman.

Poldark – Von Anbeginn des Tages
Roman.

Poldark – Schatten auf dem Weg
Roman.

Poldark – Schicksal in fremder Hand
Roman.

Poldark – Im Licht des schwarzen Mondes
Roman.

Poldark – Das Lied der Schwäne
Roman.

Poldark – Die drohende Flut
Roman.

www.ullstein-buchverlage.de